Bibliografische Information der Deutschen Nationalbibliothek: Die Deutsche Nationalbibliothek verzeichnet diese Publikation in der Deutschen Nationalbibliografie; detaillierte bibliografische Daten sind im Internet über dnb.dnb.de abrufbar.

© 2024 Patrick Salm
«Verlag: BoD • Books on Demand GmbH, In de Tarpen 42, 22848 Norderstedt».
«Druck: Libri Plureos GmbH, Friedensallee 273, 22763 Hamburg».
ISBN: 978-3-7597-1460-2

# Patrick Salm

# Die Bedrohung fährt hinterher

Alle Personen in diesem Buch sind frei erfunden. Ähnlichkeiten mit lebenden oder verstorbenen Personen wären rein zufällig.

2. Auflage 2024

# Freitag, 3. April

Bis auf die Tatsache, dass es an diesem Tag nie aufgehört hat zu regnen, verläuft Stephans Bikereise wie geplant. Erste Spuren der nahenden Dämmerung zeigen sich bereits. Sein vorgesehener Übernachtungsplatz liegt nur wenige hundert Meter von hier entfernt.

Die malerische Touristenstadt Ronda, mittig getrennt durch die imposante Schlucht des Río Guadalevín, zeigt sich im farblosen, wolkenverhangenen dumpfen Licht des regnerischen Tages und lädt nicht zum Verweilen ein.

Vorsichtig, auf nassem Kopfsteinpflaster über die Puente Nuevo, vorbei am Parador-Hotel direkt am Rande der Schlucht und der weltberühmten Stierkampfarena, nähert er sich dem Ortsende der beliebten andalusischen Kleinstadt. Die Wasserspritzer der auf der nassen Fahrbahn rollenden Räder können von den kleinen Kunststoff-Schutzblechen nur dürftig aufgefangen werden. Kein Wunder, dass sich seine Füsse und die Unterschenkel feucht und kalt anfühlen. Trotzdem ist Stephan mit sich und diesem Tag zufrieden. Die notwendigen Einkäufe für die bevorstehende Übernachtung hat er soeben in Ronda getätigt, und die anstrengenden achtzig Kilometer von Marbella hier hinauf in das Städtchen, die er heute zurückgelegt hat, verschaffen ihm innere Zufriedenheit.

Plötzlich und völlig unerwartet, wie aus dem Nichts, steht sie vor ihm. In einem nahen Gebüsch muss sie sich versteckt haben, steifbeinig rennt, oder besser, humpelt sie direkt vor sein schwer beladenes Bike. Obwohl er sehr langsam unterwegs war, kann Stephan einen Zusammenstoss nur knapp verhindern. Sie packt Stephan am rechten Arm – nein, sie umklammert ihn mit eisigem Griff. Er fühlt ihre nasse Kälte.

«*Señor, por favor, ayúdame,* helfen Sie mir, bitte – helfen Sie mir!»

Verzweiflung spricht aus ihrer Stimme. Ihr dunkelbraunes nasses Haar fällt kraftlos, einem feuchten Schleier ähnlich, über ihr fahles Gesicht. Von den tiefen Augenringen aus läuft das dunkle Make-up über ihre markanten Wangenknochen. Dieser junge, vor Kälte schlotternde Frau ist wahrlich kein schöner Anblick.

Stephans Spanischkenntnisse sind sehr bescheiden. Er kommuniziert mit ihr mehr schlecht als recht auf Englisch und Französisch.

«Helfen Sie mir bitte!», sprudelt es aus ihr heraus.

Sie wiederholt sich mehrmals und fügt mit zittriger und schluchzender Stimme hinzu, dass sie zusehen musste, wie ihr Mann heute Morgen ermordet wurde. Auch sie sei in grosser Gefahr und absolut sicher, dass sie verfolgt werde. Schon den ganzen Tag verstecke sie sich im nahen Gebüsch und dem angrenzenden Schuppen und wisse nicht, an wen sie sich wenden könne.

Sie trägt elegante Kleidung: dunkelbraune Stiefeletten, schwarze Strümpfe, einen dunkelbraunen Jupe und eine pastellfarbene Bluse. Die goldene Armbanduhr, der auffällige Versace-Gürtel und die Etienne-Aigner-Tasche lassen vermuten, dass sie aus wohlhabenden Verhältnissen stammen muss.

Hilflos und bettelnd steht sie vor Stephan. Sie tut ihm leid und gleichzeitig weckt sie sein Interesse. Noch immer am Strassenrand und im Regen stehend bietet er ihr an, sie zur Polizei zu begleiten.

«*No, Señor*», stöhnt sie, «nur nicht zur Polizei, die ist wahrscheinlich am Mord meines Mannes beteiligt.»

Auch seine Empfehlung für ein nahes Hotel in Ronda stösst auf heftigen Widerstand. Autos fahren an den beiden vorbei und es fällt Stephan auf, wie sie sich jeweils abwendet und den wenigen Verkehrsteilnehmern den Rücken zukehrt. Sie will offensichtlich nicht erkannt werden.

Später sollte sich herausstellen, dass ihr Verhalten richtig war und einen wesentlichen Einfluss auf den weiteren Verlauf dieser unglaublichen Geschichte haben sollte.

*Was sollte er tun? Diese vor Kälte und Verzweiflung zitternde Frau mit ihren wirren Aussagen einfach hier stehen lassen? Welche Möglichkeit könnte er ihr noch anbieten?*

«Möchten Sie mit mir kommen und in meinem Zelt übernachten?», fragt er die junge Frau.

Verkrampft hält sie die teure Ledertasche in ihren Händen und nickt, ohne lange zu überlegen. Aus ihrer Sicht ist das wahrscheinlich die beste aller schlechten Varianten.

Trotz der Kälte in dieser unwirklichen Gegend ist Stephan hellwach; seine Neugier ist geweckt. Angesichts ihrer Verzweiflung verzichtet Stephan darauf, sie mit Fragen, weshalb sie sich nicht an irgendwelche Bekannte oder einen vorbeifahrenden Automobilisten gewendet habe, zusätzlich zu strapazieren. Später wird er noch genügend Zeit finden, das nachzuholen.

Seinen Regenschutz braucht die junge Frau mehr als er selbst, also zieht er ihn aus und bietet ihn der vor Kälte zitternden Unbekannten an.

Sie ist völlig geschwächt; ihre Arme, klamm vor Kälte, sind nicht mehr in der Lage, den Regenschutz selbst überzuziehen. Stephan hilft ihr dabei und zieht auch die Kapuze über ihr nasses Haupt. Die Jacke schützt sie vor Wind und dem weiteren Auskühlen ihres Körpers. Die Frau ist sehr schlank und für eine Spanierin recht gross gewachsen. Ihr Alter schätzt Stephan auf 30 bis 35 Jahre.

Sein Navigationsgerät, stets ein treuer Begleiter auf dieser Reise, leistet auch jetzt beste Arbeit bei der Suche nach einem geeigneten Übernachtungsplatz, zu dem eine Naturstrasse, einige hundert Meter von hier, rechts von seiner momentanen Route führen soll.

Der schlechten Verfassung seiner Begleiterin wegen nehmen sie sehr langsam die Strecke bis zum Übernachtungsort in Angriff. Auf dem Weg zur Naturstrasse passieren sie ein Trucker-Lokal mit einem grossen Parkplatz, auf dem ungefähr zwanzig schwere Brummer stehen. Aus dem Lokal dringen dumpfe Musikklänge und Stimmenfetzen fröhlicher Menschen, die nichts vom dramatischen Ereignis vor ihrem Lokal ahnen.

Heftig keuchend schiebt Stephan sein Rad mit dem schweren Anhänger auf dem nun eingeschlagenen Kiesweg durch den Wald, den Hügelzug empor. Mehrere Male hält er inne, seine neue Begleitung kann kaum folgen. Sie läuft wie in Trance und ihr wenig für einen solchen Fussmarsch geeignetes Schuhwerk erschwert diesen zusätzlich. Sie ist völlig entkräftet und könnte ohne Stephans Hilfe wohl kaum mehr weiterlaufen.

Auf der Anhöhe verlassen sie den Kiesweg und schlagen eine neue Richtung durch eine nasse Wiese ein.

Sein Instinkt hat ihn noch nie im Stich gelassen. Jede Übernachtungsstelle auf seiner bisherigen Reise war sicher gewählt und nie erlebte er unliebsame Überraschungen. Vor dem jeweiligen Ziel legt er seitlich jeweils zwei- bis dreihundert Meter zurück, immer darauf bedacht, für jegliche Verkehrsteilnehmer unsichtbar zu bleiben. Waldränder oder leichte Geländesenkungen sind Orte, in denen er sich relativ sicher fühlt. Es scheint ihm äusserst wichtig, dass niemand bemerkt, wenn er von der normalen Route abweicht. Im Verlaufe seiner Reise ist er in ähnlichen Fällen oft weitergefahren, um dann wenig später wieder zurückzukehren.

In der momentanen Situation empfindet er es als Glück, an einem regnerischen Tag unterwegs zu sein. Den Autofahrern macht dieses Wetter anscheinend auch wenig Freude, kaum ein Wagen zeigt sich auf der Ausfallstrasse von Ronda. So bleibt es ihm erspart, eine noch längere Wegstrecke abzulaufen.

Die Wiesen sind um diese Jahreszeit noch nicht gemäht und auf dem nassen Gras hinterlassen sein Rad und die Fussabdrücke sichtbare Spuren. Kein Grund zur Beunruhigung, die nasse Witterung arbeitet für die beiden, sie wird diese nicht erwünschten Spuren in Kürze zum Verschwinden bringen. Nur das unter dem Gewicht der Schuhe zusammengedrückte Gras und eigentümliche Quietschgeräusche aus den durchnässten Schuhen begleitet sie in dieser gespenstischen Stille.

Mühsam bewegen sie sich weiter über diesem feuchten Grund. Die rechte Hand führt den Lenker, mit dem linken Arm stützt Stephan seine geschwächte Begleiterin. Eine einigermassen flache Mulde taucht aus dem nasskalten Nichts vor ihnen auf.

Prüfend mustert Stephan die im Dunst auslaufende Umgebung. Dieses Revier scheint für eine unentdeckte Übernachtung geeignet. Aus der rechten hinteren Fahrradtasche entnimmt Stephan sein Fernglas. Langsam schweift sein Blick über die Landschaft. Kein Haus, keine Strasse und auch sonst nichts Beunruhigendes zeigt sich in der schwächer werdenden Abenddämmerung.

«Hier werden wir unser Zelt aufschlagen.»

Mit leerem Blick nimmt sie Stephans Worte zur Kenntnis. Ihr scheint es in diesem Moment völlig gleichgültig, was mit ihr geschieht. Sie hat nicht mehr die Kraft, um weiterzukämpfen. Im nassen Gras kauernd, durchgefroren von der kalten Nässe und vom Windschutz nur wenig geschützt, wartet sie, 15 Grad Celsius zeigt sein Temperaturmesser.

Den Anhänger, in welchem Zelt und Innenausstattung untergebracht sind, koppelt Stephan vom Rad ab. Dies gelingt ihm erst nach einigen Versuchen, denn das Bike kippt auf dem matschigen Untergrund mehrmals auf die Seite.

Als Erstes löst Stephan das Strompanel der kleinen Fotovoltaik-Anlage, welche zuoberst auf der Plane des Anhängers befestigt ist. Sie dient dem Laden der Batterien für Handy und Navigationsgerät, die wassergeschützt in einem Plastikbeutel untergebracht sind.

Dann legt er das zusammengerollte Zelt auf die Wiese. Moderne Technik macht es möglich, ein Zelt auch ohne Zeltstangen, nur mit Luftbahnen im Zelttuch, in Kürze mit einer Luftpumpe aufzurichten. Kaum Wind weht, deshalb verzichtet Stephan auf das Sichern des Zeltes mit Heringen. Die weiche und geschmeidig Schlafunterlage entfaltet sich unter dem Luftdruck der Pumpe ebenfalls sehr schnell und kurz darauf ist auch der wärmende Daunenschlafsack, eine Neuentwicklung aus der Raumfahrttechnik, installiert. Nur noch das Vordach einknöpfen und ihr Igluzelt ist wohnbereit. Die vier Radtaschen sind unter dem Vordach verstaut und den Anhänger schiebt Stephan ebenfalls darunter, wo er regengeschützt ist.

Einen Moment lang verweilt Stephan gedankenversunken in dieser nasskalten, fast menschenfeindlichen Umgebung, er atmet tief durch.

Die letzte Stunde seit der Begegnung mit der unbekannten Frau auf der Strasse wird sich in Stephans Kopf einprägen wie kein Ereignis zuvor. Diese Begegnung sollte den Verlauf seiner Radreise dramatisch verändern.

Behutsam hilft er der Spanierin aus dem nassen Gras und mit seiner Unterstützung gelangen sie ins Zelt. Die junge Frau sollte schnell aus ihren nassen Kleidern. Gemeinsam entledigen sie sich der nicht mehr wärmenden Textilien. Apathisch und schwächlich, die Arme schützend vor ihren Brüsten verschlungen, kauert sie auf der weichen Daunendecke.

Die Situation ist grotesk, vor nur einer Stunde hat Stephan die unbekannte Frau auf der Strasse getroffen. Seit dieser Begegnung haben sie kein Wort mehr miteinander gesprochen. Er kennt weder ihren Namen noch sonst etwas von ihr und nun sitzt sie unbekleidet und frierend in seinem Zelt.

Stephan übergibt ein trockenes Frotteetuch in die klammen Finger seiner schlotternden Begleiterin. Er möchte sie mit seinen Blicken nicht verletzen und kramt umständlich ein Unterhemd mitsamt Herrenslip aus der Tasche.

Sie zieht sich seine Sachen über und schlüpft in den wärmenden Schlafsack. Zusammengerollt und zitternd wie ein neugeborenes Kätzchen im schützenden Korb liegt sie schwach atmend auf der Seite.

Das Frotteetuch wandert nun über Stephans ebenso regennassen Körper. Wie seine Gefährtin zieht er trockene Unterwäsche an und schlüpft zu ihr, in den bei dieser Kälte wunderbaren und unverzichtbaren Schlafsack.

Unaufhaltsam prasselt der Regen vom Himmel; ihr Zelt, im Moment scheint es wie eine kleine Villa, gibt Schutz und vermittelt Geborgenheit.

Der jungen Frau geht es sehr schlecht, ihre Unterkühlung schwächt sie zusehends. Ihr Gesundheitszustand scheint kritisch, schnelle Linderung ist höchstens durch Stephans Körperwärme möglich.

«Darf ich Sie auf meinen Oberkörper ziehen, Señora?»

Sie antwortet nicht, doch ihr schwaches Nicken signalisiert ihr Einverständnis.

«Helfen Sie mir bitte dabei, ich brauche Ihre Unterstützung!», bittet er.

Sie akzeptiert seinen Vorschlag und lässt das Prozedere über sich ergehen.

Um sie nicht unnötig berühren zu müssen, zieht Stephan sie mit ihren an den Hüften angewinkelten Ellenbogen rücklings auf seinen Oberkörper. Er fühlt die endlose Kälte und das nasse Haar der völlig entkräfteten Frau auf seinem warmen Körper. In diesem Moment, als Beschützer und Retter der leidenden Unbekannten, befällt ihn ein warmes Glücksgefühl.

«Señora, bald geht es Ihnen besser, kämpfen Sie weiter, Sie haben das Schlimmste bereits überstanden», versucht er, sie aufzubauen.

Unaufhaltsam schreitet die Dämmerung voran und legt ihren beruhigenden Mantel über die neblige Regenlandschaft. Bald wird sie die Dunkelheit in ihrer kleinen Welt einhüllen.

Müsste diese Frau nicht so sehr leiden, Stephan empfände diesen Zustand in ihrem Zelt wohlig und schön.

Stephans Entscheidung, sie nicht ihrem Schicksal zu überlassen, erfüllt ihn mit innerer Genugtuung, er möchte ihr helfen, das traumatische Ereignis zu bewältigen und so weit wie möglich Geborgenheit und Sicherheit vermitteln. Mit der Wärme seines Körpers breitet sich auch die Wärme im Daunenschlafsack aus und ihr frostiges Zittern wird von Minute zu Minute schwächer.

Seit Mittag hat Stephan nichts mehr gegessen und entsprechend hungrige Signale melden sich aus seiner Magengegend. Er vermutet, dass auch seine spanische Begleiterin längere Zeit nichts mehr zu sich genommen hat.

Während sie geborgen, halb auf seinem Oberkörper liegend, Wärme tankt, richtet sich Stephan, den momentanen Möglichkeiten entsprechend, etwas auf und macht sich am griffbereiten Gaskocher zu schaffen. Eine würzige Gemüsesuppe steht auf dem Speiseplan.

Herrlicher Duft von Fleischbrühe, Brokkoli, Karotten, Erbsen und Blumenkohl schwängert wenig später die Luft in seinem Iglu.

Ihre Arme und Oberkörper bleiben in der geborgenen Wärme des Daunenschlafsackes, während er Löffel um Löffel der Kraft einflössenden und fein schmeckenden Suppe zu ihrem Munde führt. Sie teilen sich den Inhalt und in kürzester Zeit wird der Boden des Pfännchens sichtbar.

Als Nächstes folgt ein Menu aus Teigwaren und spanischem Jamón. Obwohl nur aus der Büchse, aufgeheizt durch den Kocher, geniesst Stephan diese Kost, als sässe er in einem Fünfsternerestaurant.

Ihr Hunger muss riesig sein: Sie isst, so scheint es, als wäre dies ihre letzte Mahlzeit.

Eine halbe Stunde liegen sie inzwischen beieinander.

Die wohlige Wärme im Daunenschlafsack hat nun auch die Extremitäten ihres Körpers erreicht. Sie müsste sich geborgen und wohlfühlen und dennoch ist ihr Blick traurig und leer.

Als ob sich eine Schleuse öffnet, bricht das heute Erlebte plötzlich aus ihr heraus. Laut schluchzend und heftig zitternd weint sie ihr Leid von der Seele. Mehr zu sich selbst quält und quillt es aus ihr heraus. Auf Spanisch wiederholt sie mehrmals das Unfassbare, das sie heute Morgen erleben musste. Wörter wie «Alejandro», wahrscheinlich der Name ihres Ehemannes, und «morir» fallen immer wieder.

In diesem Moment will sie keine Zuneigung, sie sucht die Trauer nur für sich allein. Das Einzige, was sie von Stephan annimmt, sind die wenigen Papiertaschentücher, die ihm zur Verfügung stehen.

Er lässt ihr die Zeit zum Ausheulen. Es besteht überhaupt kein zeitlicher Druck, vor morgen können sie sowieso nichts mehr unternehmen.

Mit der endgültig einsetzenden Dunkelheit beruhigt sich auch die junge Frau neben Stephan.

An und für sich wäre nun der Abwasch des Geschirrs an der Reihe. Angesichts der fortgeschrittenen Dunkelheit – er müsste jetzt die Taschenlampe zu Hilfe nehmen – verzichtet Stephan dieses Mal darauf.

Das Risiko, in seinem Zelt mit Licht entdeckt zu werden – dieses Mal sogar mit einer Frau, die um ihr Leben fürchtet – ist für Stephan einfach zu gross. Eine Taschenlampe liegt jedoch immer griffbereit; aus Sicherheitsgründen würde er sie nur in einem absoluten Notfall benutzen. Auch den kleinen Kocher verwendet er deshalb nur, solange es draussen noch hell ist.

Das Einzige, was Stephan im Moment noch unternimmt, ist, das Geschirr ungewaschen in einem Plastiksack zu verstauen. Tiere haben ein empfindliches Geruchsorgan und nächtliche Besuche eines Fuchses, eines Wildschweins oder eines anderen Geschöpfes möchte er sich ersparen.

Die wohlige Wärme im Daunenschlafsack und das unaufhaltsame Niederprasseln der Regentropfen wirken entspannend und beruhigend.

Geborgenheit stellt sich ein.

Bald eine Stunde liegen sie nun wortlos in der geborgenen Wärme des Schlafsacks, unaufhaltsam hüpfen die Regentropfen über das Zeltdach und verursachen klatschende, beinahe fröhliche

Geräusche. Inzwischen ist es vollkommen dunkel, nur die gegenseitige Körperwärme und die gelegentlich ungewollten Berührungen machen deutlich, dass zwei sehr nahe beieinanderliegen.

«Können Sie mir von dem dramatischen Ereignis, welches Ihnen heute widerfahren ist, erzählen, Señora? Ich möchte Ihnen bei der Verarbeitung der schrecklichen Tat und der Suche nach einer Lösung zur Seite stehen.» Sachte, beinahe entschuldigend, bringt Stephan seine Worte über die Lippen.

Nach einigen Augenblicken der inneren Sammlung beginnt sie zu erzählen. Ihre Stimme wirkt jetzt klarer und gefasst. Gebannt lauscht er ihren beinahe unglaublichen Ausführungen.

«Es war heute, Freitagmorgen, als ich im Wagen zusammen mit Alejandro, meinem Ehemann, zurück nach Madrid fahren wollte. Ursprünglich hatten wir geplant, eine Woche in unserer Ferienwohnung in Marbella zu verbringen. Alejandro war in letzter Zeit oft abwesend und unkonzentriert. Diverse Telefonate von gestern und vorgestern haben ihn besonders beunruhigt. Er war auf Ungereimtheiten gestossen, welche ein Erdbeben in der spanischen Regierung auslösen könnten. Noch wisse er nicht genau, was an dieser Geschichte wahr sei und er müsse wegen Abklärungen möglichst rasch zurück nach Madrid, hatte er mir gesagt. In der Nacht auf heute erreichten ihn zwei anonyme Anrufe. Er schlief kaum und mehrere Male hielt er sich in seinem Büro auf. Er wolle mich auf keinen Fall in etwas hineinziehen, wovon er selbst noch nicht hundert Prozent Gewissheit hatte. Nur so viel wollte er mir verraten: Es handelte sich um ein vermutlich dubioses Ölgeschäft mit einem arabischen Staat, in das hohe spanische Regierungsmitglieder involviert seien. Namen nannte er mir keine. Mein Mann ist … war Anwalt.»

Erneut unterbricht heftiges Weinen für einen Moment ihre Erzählung, bevor sie fortfährt. «Er war Anwalt in führender Funktion im Wirtschaftsministerium. Sein Fachgebiet umfasste internationale Handelsbeziehungen. Auf der Avenida de Ricardo Soriano verliessen wir Marbella Richtung Madrid. Am Ausgang von Marbella fuhr Alejandro seinen Wagen auf eine Bus-Ausweichstelle, gegenüber liegt die Arztpraxis unseres Freundes Silvano.»

Sie berichtet weiter, dass er ihm ein blutdrucksenkendes Medikament verschrieben hatte, was sie nun abholen wollte. Es war halb neun morgens und seine Praxis sollte geöffnet sein. Reger Verkehr belebte an diesem regnerischen Morgen die Avenida und sie brauchte etwas Geduld, bis sie die beiden Fahrbahnen überqueren konnte.

«Beim kurzen Blick zurück beobachtete ich, wie ein Fahrzeug mit Blaulicht im Kühlergrill direkt hinter dem Mercedes-Sportwagen meines Mannes anhielt. Es müsse sich um ein verdecktes Polizeifahrzeug handeln, meinte ich. Das Einparken auf der Busspur war sicher nicht erlaubt und es dürfte einiges an Diskussionsgeschick von Alejandro verlangen, um einer Verwarnung oder Geldbusse zu entgehen. Aus dem vermeintlichen Polizeifahrzeug stieg der Beifahrer aus und begab sich zum Mercedes von Alejandro, der im Fahrzeug sitzen blieb und das Seitenfenster öffnete … Was ich nun sah, war grauenhaft.»

Mit weinender Stimme erzählt sie weiter: «Der Mann zückte eine Pistole und zielte auf Alejandro. Einen Schuss konnte ich nicht hören. Ich sah aber, wie Alejandro seitlich neben dem Lenkrad wegknickte. Ich schrie heftig auf, das war einfach unfassbar, was ich mit ansehen musste. Mein geliebter Mann war soeben angeschossen worden und sackte offenbar mit tödlichen Verletzungen im Wagen zusammen. Durch meinen lauten Entsetzensschrei wurde der hinterhältige Mörder auch auf mich aufmerksam. Unsere Blicke trafen sich und augenblicklich schickte er sich an, die Strasse zu überqueren. Er trug keine Uniform und er hatte deshalb wie ich zuvor, einige Schwierigkeiten die Strasse zu überqueren. Ich war Zeugin des Mordes an meinem Mann geworden. In diesem Moment wurde mir bewusst, dass auch mein Leben in grösster Gefahr war. Auf meiner Strassenseite, nur hundert Meter von mir entfernt, fuhr soeben der Linienbus Marbella–Marbella Centro an die Bushaltestelle. Mir war klar, dass ich diesen Bus erreichen musste. Ich rannte also um mein Leben. Den Mantel und den Regenschirm habe ich unterwegs verloren und meine Stiefeletten mit den hohen Absätzen waren beim Flüchten sehr hinderlich. Der Busfahrer schickte sich gerade an, die Haltestelle zu verlassen. Er musste mich im Rückspiegel gesehen haben und hielt wieder an. Die hintere Wagentür stand kurz für mich offen. Kaum war ich hindurchgeschlüpft, schloss sie sofort wieder und der Bus setzte sich in Bewegung. Durch das Rückfenster verfolgte ich diese Bestie beim Überqueren der Strasse, er war ja auf der Jagd nach mir. Als dieser Mann die gleiche Strassenseite erreicht hatte, fuhr mein Bus bereits im fliessenden Verkehr. Dieser Busfahrer hat mein Leben gerettet.»

Jetzt weint seine Begleiterin heftig und ist nicht mehr in der Lage, weiterzusprechen. Stephan ergreift tröstend ihre Hand. Ruhig und geborgen liegen sie im Iglu und lauschen den herunterprasselnden Regentropfen.

Eine Weile vergeht, bis sie mit zittriger Stimme von den dramatischen Ereignissen weitererzählt. «Ich war mir bewusst, dass der Mörder schnellstens zu seinem Fahrzeug zurückeilen wird und sie mich mit dem Wagen verfolgen würden, – es war nur eine Frage der Zeit, bis sie meinen Bus eingeholt haben dürften. An der nächsten Bushaltestelle stieg ich deshalb aus. Durch die Unterführung gelangte ich auf die andere Strassenseite und bestieg dort einen Bus, der in Gegenrichtung fuhr. Den Zielort dieser Linie kannte ich nicht, in diesem Moment war es mir auch egal. Wichtig war nur, dass der Motor startete und sich das Gefährt in Bewegung setzte. Auf dem Sitz kauernd, beobachtete ich das sich nun auf der gegenüberliegenden Strassenseite schnell nähernde, vermeintliche weisse Seat-Polizeiauto, das nun ohne Blaulicht hinter dem Kühlergrill vorbeiraste. Doch sie waren zu schnell, als dass ich die beiden Männer hätte erkennen können, die Alejandro verfolgt und umgebracht hatten. Ich vermutete, dass sie meinen vorherigen, stadteinwärts fahrenden Bus bald eingeholt haben würden und feststellen mussten, dass die für sie belastende Zeugin nicht mehr an Bord war. Im Moment war ich ihnen entkommen, ich konnte ein erstes Mal durchatmen. – Auf derselben Strasse und in derselben Richtung wie eine Viertelstunde vorher mit Alejandro, rollte der Bus nun stadtauswärts in Richtung Osten. Wir fuhren an der Ausweichstelle mit dem noch immer am gleichen Ort stehenden Mercedes meines Mannes vorbei. Deutlich sah ich Alejandro seitlich vornübergebeugt und regungslos neben dem Lenkrad liegen. Keine Menschenseele war zu sehen und niemand schien von dem dramatischen Ereignis Notiz genommen zu haben. – Am Ortsausgang von Marbella erreichte der städtische Bus die Umkehrstelle. Von hier aus verzweigen sich weitere Linien in alle Himmelsrichtungen. Mein Instinkt liess mich ein weit entferntes Ziel wählen. Ich entschied mich für Ronda, denn diese Stadt kannte ich aus früheren Besuchen mit Alejandro. Kurz darauf fuhr der Bus, in dem ich nun sass, die Bergstrasse in Richtung Ronda hinauf. Ich wählte einen Platz ganz hinten und liess die Strecke hinter uns nicht aus den Augen. Kein Seat folgte uns, auch kein anderes Fahrzeug mit fragwürdiger Besatzung. Der Busschaffner musterte mich kritisch, als ich das Billett löste, meine verheulten Augen und die verzerrten Gesichtszüge liessen mich sicherlich schrecklich aussehen. Am Ortsausgang von Ronda verliess ich den Bus und versteckte mich an dem Ihnen bekannten Ort.»

Stephan hat sie in ihren Ausführungen nie unterbrochen und ihre Geschichte mitfühlend angehört.

«In Ihrer familiären Umgebung kennen Sie sicherlich Personen, zu denen Sie Vertrauen haben? Warum haben Sie nicht versucht, in diesen Kreisen Hilfe zu finden?», möchte er wissen.

«Das habe ich, leider vergebens. Auf der Fahrt nach Ronda und in meinem Versteck ausserhalb der Stadt ist es mir nicht gelungen. Mein Handy hatte keinen Empfang.»

Wie ein Blitz schiesst es durch Stephans Kopf: *Ihr Handy kann geortet werden, und wenn ihre Geschichte stimmt und die Polizei in den Mord verwickelt ist, dann sind sie hier in grösster Gefahr! Ganz allein in dieser verlassenen Gegend und weit und breit niemand, der sie hören oder helfen könnte!*

«Hast du dein Handy noch hier? Und wenn ja, ist es noch eingeschaltet?», fragt Stephan aufgeregt. In seiner Hektik entgleitet ihm die Wortwahl, es ist das erste Mal, dass er sie mit «du» anspricht.

Sie wühlt in der Dunkelheit in ihrer edlen Tasche und streckt Stephan schliesslich das Handy entgegen. Er ertastet es und durch die Berührung einer Taste schaltet sich das Display ein. Sanftes, grünliches Licht beleuchtet das Iglu und ihr Gesicht, in welchem Stephan viele Fragen sieht.

Die Batterie hat noch fast ihre volle Kapazität, die Empfangsanzeige hingegen meldet schwache Verbindung. Dank des Displaylichtes findet auch Stephan sein Handy. Hier ist es das Gleiche: Es hat ebenfalls nur schwach Netz.

Vorerst ist Stephan beruhigt, denn wenn kaum Verbindung vorhanden ist, können sie auch nicht so schnell geortet werden. Er erinnert sich daran, als vor nicht allzu langer Zeit in der Schweiz eine junge Frau vermisst wurde. Dieser Fall wurde in der Presse ausführlich ausgeschlachtet. Die junge Frau hatte ein Handy bei sich. Obwohl im Standby-Modus, konnte es geortet werden. Dieser Prozess dauerte wohl etwas länger, führte aber schlussendlich auch zum Erfolg und zum Auffinden dieser vermissten Frau.

*Wenn ich der jungen Frau ihr Handy hier und jetzt vernichte oder eingrabe, habe ich dann die Gewissheit, dass es niemand orten kann?*, stellt sich Stephan selbst die Frage.

Er findet jedoch keine beruhigende Antwort, und wendet sich seiner mysteriösen Begleiterin zu: «Wenn ich Sie vor den Tätern schützen will, müssen wir Ihr Handy schnellstmöglich loswerden; weshalb, werde ich Ihnen später erzählen.»

Mit Erleichterung nimmt sie zur Kenntnis, dass es bei seiner heftigen Reaktion um ihr Handy geht und sie ist sofort bereit, auf seinen Vorschlag einzugehen.

«Mein Plan ist verwegen, aber er müsste funktionieren. Ich werde Ihre Verfolger auf eine falsche Fährte locken, Señora. Ich habe da einen Plan: Das Handy schicke ich auf einem der Lastwagen auf dem Trucker-Parkplatz unten auf der Hauptstrasse – wir sind daran vorbeigelaufen – auf die Reise. Diese Aktion dürfte nur wenig Zeit beanspruchen und in einer halben Stunde bin ich wieder zurück.»

Der Griff an seinen Arm ist derselbe wie vor einigen Stunden auf der Strasse im Regen als er ihr das erste Mal begegnete; nur, dass ihre Hand dieses Mal warm ist.

«*No, Señor*, das können Sie mir nicht antun, ich sterbe vor Angst! Bitte, bitte, bleiben Sie hier!»

Sie will auf keinen Fall hier alleingelassen werden, zu gross ist ihre Angst in dieser einsamen Gegend und der dunklen Nacht. Sie hat etwas Forderndes und Bittendes zugleich, dieser Frau kann Stephan ihren Wunsch nicht abschlagen. Er muss sich gleichzeitig auch eingestehen, dass er keine Frau kennt, welche hier oben auf der einsamen Wiese und bei Dunkelheit allein ausharren würde.

«Señora, ich werde Sie nicht hier allein lassen. Ich nehme Sie mit zum Trucker-Parkplatz. Wir müssen uns aber sehr beeilen. Es wird nicht angenehm sein, wieder in unsere nassen Kleider zu schlüpfen, aber wir haben keine andere Wahl.»

Hinein geht es also in die nassen Kleider. Dieses Anziehen bei Dunkelheit ist mühsam und macht keine Freude. Kalt und nass klebt die Unterwäsche auf der trockenen Haut. Besonders unangenehm ist das Hineinschlüpfen in ihre Schuhe.

Bei seinen «Klicks» geht das noch einigermassen, ihre nassen Stiefeletten hingegen erfordern Stephans Mithilfe beim Anziehen. Den Regenschutz überlässt er auch dieses Mal seiner Begleiterin.

Nasskalt empfängt sie die dunkle, verregnete Umgebung. Das Navigationsgerät trägt Stephan sicherheitshalber bei sich und auch sein Bike wird ihn begleiten. Die Fussabdrücke auf der nassen Wiese, vor allem aber die Radspuren werden ihnen nachher wieder den Weg zu ihrem «Zuhause» weisen. Stephan rechnet damit, dass die tiefer eingedrückten Radabdrücke auch in einer halben Stunde noch sichtbar sein werden.

Sie laufen lautlos durch die dunkle Nacht. Mehrmals halten sie inne und lauschen auf verdächtige Geräusche oder ein Automobil, das im Dunkeln abgestellt sein könnte. Nichts Beunruhigendes ist festzustellen.

Wenig später erreichen sie den schmalen Weg, auf dem die beiden vor ein paar Stunden schon einmal hinaufliefen. Damit sie ihren Standort später leichter wiederfinden, tritt Stephan zur Markierung das Gras am Wegrand nieder.

Weiter folgen sie dem Kiesweg nach unten bis zur Hauptstrasse. Von hier aus erkennen sie bereits die Beleuchtung des Truckerareals.

Es gibt bessere Momente, um jemanden nach seinem Vornamen zu fragen. Stephan tut es trotzdem jetzt. «Ich heisse Stephan, darf ich Sie nach Ihrem Vornamen fragen?»

Er fühlt das Erstaunen in ihrer Stimme, als sie ihm ihren Vornamen nennt: «Olivia.»

«Olivia, du musst nun tapfer sein. Die restliche Distanz bis zum Truckerareal muss ich allein zurücklegen. Man darf dich keinesfalls auf der Strasse sehen. Verstecke dich hier im Gebüsch. In spätestens zehn Minuten bin ich wieder hier.»

Keine Antwort. Ihrem Stillschweigen entnimmt Stephan, dass sie seinen Vorschlag begreift und akzeptiert.

Er drückt die Äste zur Seite und hilft Olivia ins schützende, aber wenig einladende und vor Nässe triefende Gebüsch. Gleichzeitig vergewissert er sich, dass sie aus allenfalls vorbeifahrenden Fahrzeugen nicht entdeckt werden kann. Mit einem kurzen Händedruck verabschiedet sich Stephan, er versichert ihr nochmals das Gelingen seines Vorhabens und verspricht ihr, in wenigen Minuten wieder hier zu sein.

«Auf keinen Fall darfst du das Versteck verlassen! Bleibe so lange im Versteck, bis ich wieder zurück bin!», ermahnt er sie eindringlich.

Gespenstische Ruhe herrscht, als Stephan sich aufs Bike setzt und in Richtung Trucker-Parkplatz losradelt. Kein Auto fährt zu dieser späten Stunde auf der Ausfallstrasse von Ronda. Mit dem dürftigen Licht am Fahrrad nähert er sich dem Truck-Areal. Die Platzscheinwerfer zeichnen bizarre Lichtkegel in die unwirkliche, regnerische und dunstige Nachtstimmung.

Nur noch wenige Trucks stehen auf dem Parkplatz. Das Restaurant ist um diese Zeit geschlossen.

Ein schwerer Lastwagen zieht Stephans Aufmerksamkeit auf sich. Grosse Lettern prangen auf der Plane: *Farmacia Internacional de Cataluña.*

Eine sehr weite Strecke hat dieser Laster bis hierher zurückgelegt, der Weg retour nach Katalonien dürfte ebenfalls sehr viel Zeit beanspruchen.

Das Bike hat Stephan inzwischen beim Eingang zum Parkplatz an einem Geländer abgestellt und er nähert sich zu Fuss dem grossen Lastwagen. Die Fenster sind mit Vorhängen verschlossen und kein Licht dringt nach aussen. Der Chauffeur geniesst seine wohlverdiente Nachtruhe.

Auch bei den beiden schweren Brummern links und rechts ist nichts Beunruhigendes zu erkennen. Von hinten schleicht Stephan zu den schweren Lastwagen. Seine Klick-Schuhe verursachen auf dem Kiesareal deutlich vernehmbare Geräusche.

Lauter als das Klackern seiner Schuhe jedoch sind die aufprallenden Regentropfen auf den Kabinendächern und den Planen der Lastwagen.

Durch die grossen Aussenspiegel könnte er beobachtet werden. Das Risiko, entdeckt zu werden, muss Stephan trotzdem eingehen.

Mit jedem Schritt in Richtung des Brummers steigt Stephans Blutdruck, in seiner Halsgegend fühlt er den heftig pochenden Puls.

Beim *Farmacia Internacional de Cataluña* handelt es sich um einen Sattelzuglastwagen mit langem Anhänger, starke Chassisholmen tragen den Anhängeraufbau.

Endlich erreicht Stephan den hinteren Teil des Lkws.

Das Prasseln des Regens hat sein Näherkommen verschluckt, es ihm aber ebenfalls verunmöglicht, für sein Vorhaben gefährliche Geräusche wahrzunehmen. In tief geduckter Haltung verharrt er deshalb eine gewisse Zeit hinter dem schweren Anhängerzug.

Alles bleibt still.

Zwischen den beiden hinteren Achsen, in eine Öffnung am Chassisholmen, legt er das auf Standby geschaltete Handy von Olivia. Im fahlen Licht der Platzscheinwerfer reflektiert das edle Designerhandy ein letztes Mal in seiner Hand.

Beruhigt und mit der Gewissheit, das Handy sicher und vor Regen geschützt untergebracht zu haben, entfernt sich Stephan vorsichtig vom Platz.

In schneller Fahrt, die Gischt der Räder spritzt bis zu den Knien, schmilzt die Distanz zum Versteck von Olivia.

Ein Fahrzeug nähert sich von hinten. Bereits erfasst ihn der Lichtkegel seiner Scheinwerfer, Stephans Schatten fährt vor ihm her.

*Nur jetzt keine Polizei!*, sind Stephans gestresste Gedanken. *Welche Antwort hätte er parat, kurz vor Mitternacht, bei strömendem Regen auf einem schlecht beleuchteten Bike und ohne Gepäck auf der Ausfallstrasse von Ronda.*

Stephan ist noch am gedanklichen Konstruieren einer Geschichte, als ihn der Wagen überholt. Seine Beine schlottern, er zittert am ganzen Körper und betet, das Auto möge doch vorbeifahren, und tatsächlich: Das Auto fährt vorbei.

*Keine Polizei!*

Eine Zentnerlast fällt von ihm ab, nur noch wenige Meter trennen ihn von Olivias Versteck. Noch ist das Fahrzeug am Horizont in Sichtweite.

Erst als die Rückleuchten im Regendunst entschwinden, signalisieren Stephans kreisende Bewegungen mit der Taschenlampe Olivia seine Rückkehr.

Sie springt Stephan aus dem nassen Gebüsch entgegen.

Hat er einen ähnlichen Sprung vor sein Bike, nur wenige hundert Meter von hier entfernt, nicht schon einmal erlebt?

«Nun kann niemand mehr feststellen, wo du dich aufhältst, Olivia! Man wird den Weg deines Handys verfolgen und nicht den unseren.»

Die Erleichterung ist Olivia auch im schwachen Licht der Taschenlampe anzusehen. Nebeneinander laufen sie den Kiesweg empor. Noch immer zittert Stephan heftig am ganzen Körper. Ohne ihn darauf anzusprechen, nimmt Olivia seinen Stress zur Kenntnis. Bestimmt weiss sie, wie riskant das Verstecken des Handys für Stephan war.

Seine Unterstützung beim Laufen braucht Olivia inzwischen nicht mehr. Das Essen und die Wärme im Daunenschlafsack haben ihre physischen Kräfte zurückgebracht.

Unten auf der asphaltierten Strasse nähert sich ein Auto in Fahrtrichtung Ronda.

Weder den Wagen selbst noch sonst ein Detail können sie erkennen, nur das Licht der Scheinwerfer, welches – von den Bäumen und Gebüschen teilweise verdeckt – gespenstisch im Dunstschleier des heftigen Regens Richtung Ronda wandert.

*Täuscht er sich, oder fährt das Fahrzeug nicht besonders schnell?*

Es fährt wirklich sehr langsam.

Suchen die Insassen etwa nach Stephan und ist es vielleicht dasselbe Fahrzeug, welches ihn noch vor wenigen Minuten überholt hat?

Wenn dem so sein sollte, müsste den Insassen auffallen, dass der Biker plötzlich wie vom Erdboden verschluckt wurde.

Sehen können sie Olivia und Stephan auf dem Kiesweg auf keinen Fall; der regennasse Wald ist zu dicht, die Distanz zu gross und sie bewegen sich ja ohne Licht.

Jetzt dürfte das Fahrzeug die Stelle passieren, wo der Kiesweg nach oben führt.

Beide halten den Atem an, bereit, sich schnellstmöglich im Wald zu verstecken.

Nichts passiert, der Wagen fährt weiter in Richtung Stadt.

Mit dem wenigen Licht der Sterne am Firmament stossen sie bald auf die Stelle mit dem zertrampelten Gras. Tatsächlich sind die Bikespuren noch schwach sichtbar. Ein-, zweimal muss Stephan die Beleuchtung seines Handys zu Hilfe nehmen.

Wenig später erreichen sie völlig durchnässt ihr Zelt.

Ruhig verharren Olivia und Stephan einige Momente vor dem Iglu und lauschen in die dunkle Nacht. Kein Laut, nicht einmal das Geräusch eines Tieres, nur das Prasseln der Regentropfen auf dem Zeltdach ist zu hören.

Sie begeben sich in die Geborgenheit des Zeltes, entledigen sich der nassen Kleider, das Frotteetuch wandert erneut von Hand zu Hand und die Unterwäsche ist wieder angezogen. Gemeinsam schlüpfen sie in die wärmende Umgebung des Daunenschlafsackes.

Tiefe und ruhige Atemzüge signalisieren Stephan kurze Zeit später den erlösenden Schlaf von Olivia. Inzwischen ist es kurz nach Mitternacht.

Eigentlich müsste Stephan jetzt todmüde in einen Tiefschlaf fallen, doch die heutigen Ereignisse und vor allem die riskante letzte halbe Stunde lassen ihm noch keine Ruhe.

Anfang März war er von seinem Wohnort Zürich zu einer Radtour nach Spanien gestartet. Geplant hatte er diese Reise schon lange, aber die tatsächliche Entscheidung zum Start fiel erst zwei Wochen vorher. Sein Geschäft, ein Stahlbauunternehmen im Bereich Hochbau, bewegt sich sehr erfolgreich am Markt und die Stellvertretung ist schon seit einem Jahr geregelt; einzig das richtige Zeitfenster zur Abenteuerfahrt wollte sich nicht öffnen, immer wieder gab es Gründe, den Start hinauszuzögern.

Mindestens drei Monate hat Stephan für sein Abenteuer eingeplant. Ziel war es, im frühen Frühling zu starten, um Anfang Sommer wieder zurück in der Schweiz zu sein. Die Reise verlief bis auf einige kleine Pannen ohne Probleme.

Nach Valencia brach am Bike die Gepäckaufhängung hinten rechts, die dann aber postwendend von einem spanischen Landschmied geschweisst wurde. Pneuplatten hatte er bisher ebenfalls nur eine – nicht weiter erstaunlich, war sein Bike doch mit Strassenpneus und nicht mit Rennreifen ausgerüstet.

Für die bisher nach Andalusien zurückgelegten 2 200 km benötigte er 25 Tage.

Überrascht haben ihn eigentlich das eher kühle Wetter hier im südlichsten Teil Spaniens und die doch zahlreichen Regenfälle um diese Jahreszeit.

Auf einen gewissen Minimalkomfort wollte er nicht verzichten und er entschloss sich deshalb für den Kauf eines etwas grösseren Zeltes. Es würde sogar Platz für drei Personen bieten und auch bei der Wahl des Schlafsackes wählte er die Ausführung für zwei Personen. Stephan musste für diese Extras runde fünf Kilogramm Mehrgewicht auf dem Anhänger mittransportieren, doch das war ihm dieser Luxus wert.

Dass er seinerzeit so entschieden hat, und damit dieser jungen Frau die heutige Übernachtungsmöglichkeit bieten konnte, mutet fast wie eine Fügung des Schicksals an.

Der heutige 3. April hat sein Leben schlagartig verändert. Die letzten sechs Stunden werfen sein in bisher perfekten Strukturen verlaufendes Leben in eine völlig neue Bahn.

Plötzlich wird Stephan Bestandteil einer Geschichte, die er mit beeinflussen kann. Er ist in etwas hineingeschlittert, was sogar sein eigenes Leben gefährden könnte. Diese Entscheidung, auf das Anliegen der jungen Olivia einzugehen, entwickelt sich zu einer Überlebensübung mit völlig offenem Ausgang. Eine Art Pfadfinder-Sehnsucht mit Indianerabenteuer à la Karl May wird in Stephan wach.

Über allem schwebt noch das Damoklesschwert der Ungewissheit, ob die von Olivia erzählte Geschichte überhaupt stimmt.

Irgendwann fühlt Stephan eine Hand auf seiner Schulter. Es ist Olivia, die ihn mit sanften Rüttelbewegungen weckt. Die Uhr zeigt Viertel nach drei.

Sie müsse kurz austreten und fürchte sich, allein das Zelt zu verlassen. Ob er sie nicht nach draussen begleiten würde?

Noch regnet es ununterbrochen aus dichten Wolken, welche jeglichen Blick auf den Himmel oder die weitere Umgebung verhindern. Nasskalt empfängt sie die unwirkliche Umgebung, die schweren Regentropfen prasseln auf die dürftig, nur mit Unterwäsche bekleideten Körper.

Fröstelnd ziehen sie sich in die wohlige Wärme des Schlafsacks zurück und wenig später schlafen beide entspannt mit dem lieblichen Geräusch der fallenden Regentropfen unter dem geborgenen Igludach ein.

# Samstag, 4. April

Wie jeden Tag beim Erwachen fällt Stephans Blick zuerst auf die gewölbten Rundungen seines «Hauses». Der Regen fällt noch immer, mit dem einzigen Unterschied, dass es jetzt bereits Samstag ist.

Wie gewohnt bleibt er noch etwas liegen. Stress am Morgen verträgt Stephan schlecht.

Oft, vor allem im Geschäftsleben, wenn er am Morgen gestört wurde, brauchte er jeweils fast einen halben Tag, bis er seinen Rhythmus wieder finden konnte.

Olivia liegt abgewandt zur Seite. Sie ist ruhig, aber sie schläft nicht. Fast unhörbar, für Stephan aber doch vernehmlich, fühlt er ihre sanften Schluckgeräusche. Es sind Tränen der Trauer für ihren Alejandro.

Stephan will sie nicht stören und lässt ihr diese Zeit für sich selbst.

Auf seinem kleinen Kocher blubbert der Morgenkaffee.

«Ich habe nur eine Tasse für uns beide zur Verfügung.»

Dankbar nimmt Olivia die Tasse in ihre Hand. Während sie behutsam schlürft, nehmen ihre grossen dunklen und traurigen Augen Stephan in Beschlag.

*Was denkt sie wohl von diesem 52-jährigen Mann?*, überlegt Stephan. *Der Mann, der vom Alter her eigentlich ihr Vater sein könnte?*

Es ist das erste Mal, dass sie Stephan richtig wahrnimmt. Dank spricht aus ihren Augen und fast gleichzeitig folgt ein: «*Muchísimas gracias, Stephan!*»

Er fühlt, dass sie es aufrichtig meint, und freut sich über das kleine Lächeln, welches sofort wieder verschwindet.

Auch ihre Trauer ändert nichts daran, dass Olivia eine ausgesprochen hübsche Frau ist. Die dunkelbraunen Haare trägt sie schulterlang und in Stufen geschnitten. Schöne weisse Zähne schmeicheln ihrem breiten Munde und die ebene Nase, die markanten Wangenknochen und ihr ausgeprägtes Kinn lassen sie edel und selbstbewusst erscheinen.

Wortlos im Schlafsack sitzend geniessen sie das noch knusperige Brot und die feine *Mermelada*.

Es will ihr nicht so recht gelingen, ihre vollen Brüste, welche gar nicht so recht zu ihrem sonst so schlanken Körper passen, unter seinem Unterhemd zu verbergen. Natürlich schaut ein anständiger Mann nicht hin, aber trotzdem bleibt Stephan dieses reizvolle Bild nicht verborgen.

«Wie soll's nun weitergehen, was schlägst du vor, Olivia?», möchte Stephan wissen. «Kann ich dich jetzt, einen Tag nach dem Ereignis, irgendwohin begleiten? Oder vielleicht kannst du mir inzwischen eine Lösung vorschlagen?»

Sie weiss nur, dass ihr geliebter Alejandro auf hinterhältige Weise sein Leben lassen musste. Den einen Täter hat sie sich genau eingeprägt, als er ihr auf der anderen Strassenseite gegenüberstand, und das weiss auch der Mörder ihres Mannes. Ob die Täter wirklich Polizisten oder nur angeheuerte Killer waren, darüber kann sie nur mutmassen. Am weissen Seat ist ihr lediglich der blaue, horizontal verlaufende Aufkleber am hinteren Kotflügel aufgefallen, den Text darauf konnte sie jedoch nicht lesen. Auf jeden Fall wagt sie es nach wie vor nicht, sich bei der Polizei zu melden. Wenn wirklich hohe Politiker und Polizeibeamte hinter diesem Todesauftrag stehen, sei sie wahrscheinlich in diesem Land nirgends mehr sicher, nicht einmal zu Hause bei ihren Eltern, meint sie. Nun müsse sie zudem damit rechnen, als mögliche Täterin von der Polizei gesucht zu werden.

Stephan kann ihre Schilderungen durchaus nachvollziehen.

Sie fühle sich im Moment sicher bei ihm, sagt sie, andererseits verstehe sie aber auch, dass Stephan seine Reise nur wegen ihr nicht abbrechen könne.

«Wir können trotzdem nicht länger hierbleiben, Olivia, irgendwann würden wir auch auf dieser einsamen Wiese entdeckt werden.»

Am grössten sehe sie ihre Chancen, wenn sie ihn weiter begleiten dürfte, erwidert Olivia. «Niemand würde auch nur im Geringsten vermuten, dass sie mit einem Bike-Touristen auf der Flucht sei.»

Diese letzten Worte von ihr fallen weich und bittend und Gleiches liest Stephan aus ihren schönen braunen Augen.

«Nehmen wir an, wir reisen zusammen weiter … Kannst du dir vorstellen, das mit eigener Kraft mit einem Bike durchzustehen?»

Ohne gross überlegen zu müssen, nickt sie Stephan zu.

Die Situation kommt ihm vor wie gestern, als sie Stephan auf der Strasse aufhielt und sofort einwilligte, als er ihr den Vorschlag mit der Übernachtung im Zelt machte.

Noch immer plätschert der Regen auf ihr Zelt. Dennoch fühlen beide den bevorstehenden Wetterwechsel, steigende Temperaturen und sich lichtende Wolken sind Indizien für eine meteorologische Veränderung.

«Ich werde heute einige Dinge in Ronda für uns erledigen müssen. Ich schätze, dass das etwa vier Stunden beanspruchen wird, und ich sollte spätestens gegen drei Uhr nachmittags wieder zurück sein. In dieser Abgeschiedenheit kommt kaum jemand vorbei, und wenn doch, dann sind das höchstens Wanderer, die von dem Vorfall in Marbella sowieso noch nichts mitbekommen haben. Du kannst dich also absolut sicher fühlen. Den Anhänger und das Bike lasse ich hier. Ich werde zu Fuss nach Ronda marschieren.»

Aus seiner Tasche holt Stephan einen Schreibblock mit Schreibgerät. «Olivia, darf ich dich bitten, während meiner Abwesenheit den Tathergang ausführlich, wenn möglich mehrmals, niederzuschreiben? Wir werden die Schriftstücke dann morgen per Post versenden. Überlege, an welche Freunde und Bekannte du sie schicken möchtest. Auf keinen Fall darfst du meine Person oder die Absicht unserer Reise mit dem Bike erwähnen. Teile deinen Lieben mit, dass du dich an einem momentan sicheren Ort aufhältst. Und das Wichtigste: Deine Bekannten sollten Kopien deines Schreibens an Zeitungsredaktionen senden – so viele wie nur möglich. Bei der Brisanz deiner Geschichte, an welcher vermutlich ranghohe Politiker beteiligt sind, die auch vor einem Mord nicht zurückschrecken, müssen wir damit rechnen, dass deine Briefe teilweise abgefangen werden.»

«Ich werde mein schreckliches Erlebnis aufschreiben», willigt Olivia ein. «Stephan, bitte komm bald zurück, lass mich hier oben nicht allein. Ich fühle mich dermassen elend und verlassen!»

Stephan möchte sie berühren, doch er lässt es sein.

Ängstlich, traurig und verunsicherte Blicke begleiten Stephan, als er sein Zelt in Richtung Ronda verlässt. Mit leichten Halbschuhen, welche schon bald von der feuchten Wiese durchnässt sind, gelbem Regenschutz, T-Shirt, dunkelblauem Pullover und in dünnen schwarzer Jeans macht sich Stephan zu Fuss auf den Weg zum Einkauf nach Ronda.

Im Rucksack trägt Stephan die Bike-Schuhe, die er zu einem bestimmten Zeitpunkt gegen die Halbschuhe tauschen wird.

Noch regnet es in Strömen aus dem wolkenverhangenen Himmel; wenigstens ist die Temperatur angenehmer als gestern und sie sollte im Laufe des Tages sogar noch etwas steigen.

Der Trucker-Parkplatz ist an diesem Samstagmorgen beinahe leer. Das Handy von Olivia ist mit dem *Farmacia Internacional de Cataluña* unterwegs auf grosser Fahrt.

Eine leise Schadenfreude überkommt Stephan beim Gedanken, wie sich die Behörden mit dem «fliehenden Handy» beschäftigen und es ihm hoffentlich gelingt, sie auf eine falsche Fährte zu locken.

Das erste Fachgeschäft, welches Stephan in Ronda ansteuert, ist die kleine Velohandlung *Bicicleta Garcia* auf der Calle Parauta.

Der junge, begeisterte Verkäufer – wahrscheinlich der Sohn des Inhabers – setzt sich sehr für ihn ein. Um jeden Zweifel auszuschliessen, dass das Bike für eine Dame bestimmt sein könnte, entschliesst sich Stephan zum Kauf eines Herrenfahrrades.

Bei der Diskussion um die Rahmengrösse sind die beiden unterschiedlicher Meinung. Natürlich hat der junge Mann recht, wenn er Stephan einen grösseren Rahmen empfiehlt. Erst Stephans Argument, das Bike in einem relativ kleinen Personenwagen transportieren zu müssen, kann den Verkäufer vom kleineren überzeugen. Vier Sacochen – je zwei für vorne und hinten – bestellt er ebenfalls gleich mit. Die Radschuhe mit Klick-Pedalen und Schuhgrösse 41, inklusive der dazugehörigen Socken, welche er natürlich nicht anprobiert, sie würden ihm sowieso nicht passen, nimmt er nach kurzem Räuspern des Verkäufers auch in die Bestellung auf. Den für ihn zu kleinem Helm legt er ebenfalls, ohne ihn anzuprobieren, auf die Theke. Als absoluter Genussfahrer entscheidet sich Stephan für einen weichen, breiten und kurzen Sattel.

Diese Modelle würden eher von der Damenwelt bevorzugt, meint der junge Mann, er könne sich aber durchaus vorstellen, dass der von ihm gewählte seinem Komfortbedürfnis sehr entgegenkäme.

Eine passende Sonnenbrille mit dickem Hornrahmen und dunklen Gläsern passt in Stephans Konzept und ergänzt seine bisherige Bestellung. Schlussendlich muss er sich noch für einen Velodress entscheiden.

Seine Wahl fällt auf das Scheusslichste in diesem Laden: kariert wie eine Zielflagge, unterbrochen mit orangefarbenen Querstreifen und zu weit geschnitten für eine schlanke Frau.

Der junge Mann ist dieses Mal voll des Lobes und meint, dass Stephan sehr gut gewählt habe.

«Um 14 Uhr werde ich das Bike bei Ihnen abholen und selbstverständlich in bar bezahlen.»

Zwei der grossen Seitentaschen nimmt Stephan für seine weitere Einkaufstour bereits mit.

Als nächste Station folgt ein mittelgrosses Warenhaus mit Papeterie- und Drogerie-Abteilung in der Calle El Burgo.

Bevor Stephan den Laden betritt, rückt er seine Adidas-Schirmmütze tiefer ins Gesicht und auch die Sportbrille setzt er nun auf. Der Grund hierfür sind die im Eingangsbereich und an der Kasse sichtbaren Videoüberwachungskameras. Sollten diese Aufnahmen später einmal zu Aufklärungszwecken verwendet werden, darf auf keinen Fall seine Identität feststellbar sein.

In der Damenabteilung tätigt Stephan Einkäufe: Ein Paar leichte Schuhe der Grösse 41, einen Regenschutz, dünne Socken, schwarze Stumpfhosen, ein Unterhemd, einen leichten Pullover, drei Slips und ein Pyjama wandern in den Einkaufswagen.

Olivias nasse Kleider werden bei diesem regnerischen Wetter kaum trocknen, deshalb legt er noch einen gelben Jupe, eine farbige Bluse und einen Büstenhalter, dessen Grösse er schätzt, zu den bereits betätigten Einkäufen.

Nach dem anschliessenden Besuch der Drogerie- und Papeterie-Abteilung wendet sich Stephan dem Kassenbereich zu. Es kommt ihm sehr gelegen, dass die Kassiererin an diesem Samstagvormittag alle Hände voll zu tun hat.

Als anständig erzogener Schweizer Bürger braucht es eine gewisse Überwindung, ihre Worte «*buenos días!*» und «*muchas gracias!*» nicht zu erwidern. Er will auf jeden Fall verhindern, dass die Dame an der Kasse einen Hinweis auf seine Nationalität erhalten könnte. Nur einmal schaut sie kurz auf, als sie die Tampons und die Slipeinlagen über den Scanner zieht.

Wortlos bezahlt Stephan den Betrag in bar und verlässt das Warenhaus.

Weitere Einkäufe tätigt er im Einkaufscenter nebenan: Verpflegung für die nächsten zwei Tage wandern nun in den Einkaufskorb. Allein schon die vier Anderthalb-Liter-PET-Flaschen Mineralwasser schlagen mit sechs Kilo Gewicht zu Buche. Die noch fehlenden Couverts und Briefmarken für Olivias Briefe kauft Stephan bei der Poststelle vis-à-vis.

Das strahlende Paar zieht Stephans Blick in seinen Bann. Die bildschöne Olivia trägt eine dunkelrote Ballgarderobe und ihr grosser, mit dunkelrotem Lippenstift bemalter Mund strahlt Wohlwollen und Lebensfreude aus. Ihr ungefähr zehn Jahre älterer Mann, in dunklem Smoking mit roter Fliege, ist mindestens einen Kopf grösser als Olivia. Seine gewellten, kurz geschnittenen dunklen Haare und die modische, feingliedrige Brille zeigen einen Mann von Welt, welcher Erfolg und Glück gepachtet zu haben scheint.

Übergross hängt dieses Bild am Kiosk und nicht weniger gross prangt darüber die Headline: *Alejandro Sanchez Occiso.*

Erschüttert nimmt Stephan dieses Bild in sich auf.

Auch wenn sich die Geschichte aus Olivias Mund schon sehr dramatisch anhörte, erscheint ihm diese bestätigte Tatsache nun viel schlimmer. Welch tiefen Schmerz muss diese Frau erleiden!

Stephan kauft zwei Zeitungen, beide mit der gleichen Titelstory – eine überregionale aus Marbella und eine andere lokale, hier von Ronda.

Der regnerische Tag erscheint Stephan noch trüber und unfreundlicher, als er eigentlich ist.

Schwer beladen mit seinen Einkäufen begibt sich Stephan auf den Weg zum *Bicicleta Garcia*. Es ist noch nicht ganz 14 Uhr, als er im Velogeschäft eintrifft.

Voller Stolz präsentiert der junge Verkäufer Stephans Investition: sein neu erstandenes blaues Spezial-Bike. Alle vier Taschen-Halter sind montiert.

Um sich eine gewisse finanzielle Autonomie zu ermöglichen, reist Stephan mit höheren Barbeträgen als für einen Radfahrer sonst üblich. Es kommt ihm jetzt zugute, gestern Freitag in Marbella 2 500 Euro von seinem Bankkonto abgehoben zu haben. Stolze 1 900 Euro wechseln den Besitzer. Über seine Kreditkarte könnte er identifiziert werden, deshalb bezahlt er, wie schon vorhin im Warenhaus und Einkaufscenter in bar.

«Bei diesem Regenwetter macht es keinen Spass, mit dem Bike zu fahren und die wenigen Meter bis zum Autoparkplatz, wo mein Fahrzeug auf mich wartet, schaffe ich auch noch zu Fuss», meint Stephan zum jungen Verkäufer.

Er erzählt ihm von seiner geplanten Radtour durch das schöne Andalusien. Der Verkäufer seinerseits werde morgen Sonntag, mit Radsportfreunden ebenfalls auf eine einwöchige Radtour durch Andalusien starten.

«Hoffentlich spielt uns das Wetter keinen Streich!», witzelt er noch.

Sie verabschieden sich herzlich und wünschen gegenseitig viel Vergnügen und unfallfreie Fahrt bei ihrem Abenteuer.

Immer noch im möglichen Blickwinkel des jungen Verkäufers, schiebt Stephan das neu erstandene Bike in Richtung des vorher erwähnten Parkplatzes. Vom Laden aus nicht mehr einsehbar, hinter einem nahen Wohnblock, tauscht Stephan seine nassen Strassenschuhe gegen seine im Rucksack mitgenommenen Bike-Klick-Schuhe der Grösse 43. Kurz muss er noch die für ihn richtige Sattelhöhe einstellen, und ab geht's mit dem neuen, für Olivia bestimmten Bike in Richtung der Ausfallstrasse von Ronda.

Plötzlich beschleichen Stephan neue, ängstliche Gefühle und Fragen, an welche er noch vor wenigen Minuten nicht gedacht hat.

*Wie hat sie wohl den Morgen erlebt? Wurde sie entdeckt und wenn ja, wie konnte sie sich aus der Affäre ziehen?*

Die alles entscheidende Frage, die ihn beschäftigt: *Hält sich Olivia noch im Zelt auf oder hat sie eine andere Lösung gesucht?*

Noch keine vierundzwanzig Stunden kennt er Olivia, doch schon in dieser kurzen Zeit hat er eine enorme Gefühlsintensität zu dieser jungen Frau aufgebaut. Es würde ihn traurig stimmen, wenn er sie nicht mehr wiedersehen würde.

Die Steigung der Naturstrasse zur hoch gelegenen Wiese treibt Stephans Puls in die Höhe.

*Ist es wegen des Anstiegs oder wegen der Ungewissheit seiner soeben gestellten Fragen?* Vermutlich trifft beides zu.

Nun erreicht er die Stelle, wo die Strasse verlassen werden muss und der Pfad weiter durch die nasse Wiese verläuft. Das Iglu kann er von hier aus noch nicht sehen. Je näher er sich auf das Zelt zu bewegt, desto mehr rast auch sein Puls. Das Igludach wird im Regendunst sichtbar und er erkennt eine Hand, die ihm zaghaft zuwinkt. Ein wohliges Gefühl von Wärme breitet sich in ihm aus.

Olivias gerötete, tief in den Höhlen liegende Augen lassen auf viele geflossene Tränen während seiner Abwesenheit schliessen. Gleichwohl fühlt Stephan ihre Erleichterung, als er ins Zelt tritt.

«Immer wieder habe ich die Gegend mit dem Fernglas nach dir abgesucht, Stephan», begrüsst sie ihn. «Nicht einmal ein Tier verirrt sich in dieser einsamen Landschaft. Jetzt fühle ich mich wieder viel sicherer. Danke, dass du wieder zurück bist.»

Das Zelt macht einen aufgeräumten Eindruck und wohnliches Behagen stellt sich ein. Der Daunenschlafsack liegt zurechtgerückt auf der Unterlage und ihre noch immer nicht trockene Wäsche baumelt an einer Wäscheleine, die sie behelfsmässig aus ein paar Schnüren zusammengebastelt hat. Den Anhänger hat Olivia umgedreht und als Schreibunterlage eingerichtet. Der kleine Klappstuhl davor rundet das wohnliche Bild des kleinen Zuhauses ab.

Anerkennend nimmt Stephan diesen Umstand zur Kenntnis und sein freundlicher Gesichtsausdruck vermittelt Olivia sein Wohlgefallen.

Die Sacoche mit den für Olivia bestimmten Utensilien darf sie nun in Besitz nehmen.

Erkennt Stephan etwa ein kleines Lächeln um ihre Mundwinkel, als sie den schwarzen BH in ihren Händen hält?

Wenig später, beinahe ein wenig gehemmt, gesellt sich Olivia zu ihm. Sie trägt ihr neues Outfit mit gelbem Jupe und farbiger Bluse.

«Weisst du, wenn ich nicht in Trauer wäre, ich würde mich unglaublich freuen», beginnt sie. «Es ist sehr lieb von dir, und ich bin dir unendlich dankbar für deine Unterstützung. An alles hast du anscheinend gedacht, ich fühle mich wieder wie eine richtige Frau. Für die getätigten Anschaffungen werde ich natürlich so bald wie möglich aufkommen.»

Leicht verlegen nimmt Stephan ihre Worte zur Kenntnis. Es freut ihn gleichzeitig, dass es ihm gelungen ist, sie ein wenig von ihrem schweren Leid abzulenken.

Fünf ausführliche Berichte des dramatischen Ereignisses hat sie zu Papier gebracht. Sie will sie an Freundinnen und ihre Eltern senden.

Wie von Stephan empfohlen, werden weder Ort ihres Aufenthaltes noch ihre zukünftige Absicht in den Schreiben erwähnt. Ihre Schrift wirkt trotz der holprigen Unterlage des Anhängers schwungvoll und harmonisch.

Die beiden Zeitungen in seinen Sacochen, mit Berichten über den mysteriösen Mord an ihrem Ehemann behält Stephan vorerst noch bei sich.

Gemeinsam wenden sie sich der Zubereitung des verspäteten Mittagessens zu.

Es bereitet Olivia offensichtlich Genugtuung, den von Stephan mitgebrachten Blattsalat nach eigenem Gutdünken zu würzen und es stört sie auch nicht, als sie gemeinsam, nun aber jeder mit einer eigenen Gabel, aus der gleichen Schüssel den würzigen Salat geniessen.

Auch die Spaghetti sind bald al dente gekocht und mit feinem Gemüse aufbereitet. Unter sparsamstem Umgang mit ihrem Mineralwasser erledigen sie den Abwasch.

Niemand darf erkennen, wer die Dame ist, welche ihn zukünftig auf dem Bike begleitet. «Wir werden alles daransetzen, dich optisch so zu verändern, dass dich selbst Freunde nicht mehr erkennen würden. Dein schönes Haar müssen wir der Situation entsprechend kurz schneiden und auch deine Haarfarbe darf nicht mehr sein wie vorher.»

Wieder willigt sie ein.

Bald schon fallen ihre braunen Haare Stephans Schere zum Opfer und eine halbe Stunde später sitzt eine völlig veränderte Frau mit kurzen und grau gefärbten Haaren neben ihm im Zelt.

«Es tut mir selbst leid, dich auf so triviale Weise verunstalten zu müssen», entschuldigt sich Stephan. «Deine edle Nase werden wir ebenfalls einer kosmetischen Veränderung unterziehen.»

Sie sitzt ihm sehr nah gegenüber und lässt die Prozedur mit der Knetmasse auf ihrem Gesicht ohne Einwände geschehen. Ein Härter bringt Festigkeit in die fürchterliche Nase und macht sie somit abnehmbar. Sie kann selbst entscheiden, in welcher Situation sie diese tragen will.

Die wenig schmeichelhafte, mit massivem Hornrahmen und dunklen Gläsern versehene Sonnenbrille verdeckt wirkungsvoll einen Grossteil ihres schönen Gesichtes mit ihren ausdrucksstarken dunklen Augen.

Ihren Wunsch nach einem Spiegel kann Stephan leider nicht erfüllen, er sitzt zuunterst in einer seiner Sacochen und das verschweigt er ihr.

Eine schlanke Frau zieht die Männerblicke auf sich – ein schöner Zustand für die betroffene Dame, in ihrem Falle wäre er aber lebensgefährlich.

Den mitgebrachten Schaumstoff aus dem Warenhaus vernähen sie nun fachmännisch in den gekauften hässlichen Dress. Mehrmals muss Olivia es anprobieren, bis der von Stephan gewünschte Effekt erreicht ist.

Das Resultat der Verwandlung ist verblüffend und enorm gut gelungen. Die schöne Olivia erscheint nun als ältere, korpulente Dame und mit unvorteilhaften Gesichtszügen. Diese Dame wird auf der Bike-Flucht sicher niemand wiedererkennen.

Mit dem schwächer werdenden Regen und dem langsam verschwindenden Dunst wird der Horizont allmählich sichtbar und die Farben am Himmel gewinnen an Kraft.

Es ist schon verwunderlich, welchen Einfluss atmosphärische Veränderungen auf das Empfinden haben und wie schnell eine vorher trostlose Gegend sich wandeln kann.

Es ist der Moment, in welchem Stephan seiner trauernden Begleiterin die beiden Zeitungen übergibt.

Tiefes Schluchzen und die zusammengekauerte Haltung zeugen von ihrem grossen Leid, als sie die Titelseite wahrnimmt.

«Alejandro!» Wieder und wieder bricht laut weinend der Name ihres Mannes aus ihr heraus. In Stephans Armen darf sie ihren Schmerz ausweinen.

Irgendwann liest sie den detaillierten Artikel im Zeitungsinnern. Wortlos gleiten ihre Augen über die Zeilen. Unter ersticktem Schluchzen wiederholt sie mehrmals: «Das darf doch nicht wahr sein, nein, das glaube ich nicht. Ich werde verdächtigt, Alejandro getötet zu haben!»

Noch nie hat Stephan einen Menschen dermassen fassungslos und verzweifelt erlebt wie Olivia in diesem Moment.

Viertelstunden verstreichen, während sie mit sich ringt und versucht, den Schmerz zu bewältigen. Allmählich kehrt ihre alte Verfassung wieder zurück.

«Ich möchte dir diesen unglaublichen Bericht vorlesen», sagt sie nun entschlossen.

Mit dem den beiden inzwischen angeeigneten Dialog zwischen Französisch und Englisch übersetzt sie mit zittriger Stimme den Zeitungsartikel, bei dessen Foto auf der Titelseite es sich um dieselbe Aufnahme handelt, welche Stephan schon vorher am Kiosk in Grossformat gesehen hat.

«Mysteriöser Mord in Marbella. – Das Ehepaar Olivia und Alejandro Sanchez anlässlich einer Benefiz-Gala zugunsten bedürftiger spanischer Kinder in Madrid. Alejandro Sanchez war Präsident dieser Vereinigung. – Am Freitagmorgen stiessen Passanten in der Avenida de Ricardo Soriano auf den Mercedes Benz SL 500 von Alejandro Sanchez. Der Wagen stand auf einer Bus-Ausweichstelle mit auf der Fahrerseite geöffnetem Seitenfenster. Alejandro Sanchez lag, von tödlichen Schüssen getroffen, im Wagen. Über den oder die Täter, das Tatmotiv und die Tatwaffe herrscht noch völlige Unklarheit. Man vermutet, dass Frau Sanchez ihren Mann auf der Fahrt bis zum Tatort begleitet hat. Diese Aussage erhielt die Polizei von einem befreundeten Arzt des Ehepaares. Die beiden hatten beabsichtigt, auf der Rückreise nach Madrid ein Medikament bei ihm abzuholen. Die

Arztpraxis ihres Freundes liegt in der Nähe des Tatortes. Alejandro Sanchez war Rechtsanwalt in Madrid und bekleidete eine höhere Funktion beim spanischen Wirtschaftsministerium im Bereich Internationale Handelsbeziehungen. Alejandro Sanchez ist verheiratet mit Ehefrau Olivia. Das Ehepaar Sanchez verbringt einige Male im Jahr Ferien in ihrem Haus in Marbella. Frau Sanchez ist seit dem Mord an ihrem Manne nicht mehr auffindbar. Die Polizei ermittelt in alle Richtungen, schliesst aber auch ein Beziehungsdelikt nicht aus. Erhärtet wird diese Vermutung: In der Nähe des Tatortes fanden die Ermittler den Mantel von Frau Sanchez und ihren Regenschirm. Ein Buschauffeur der Linie Marbella–Marbella Centro gab zudem zu Protokoll, an jenem Morgen einer jüngeren, auf den Bus zueilenden Frau, nochmals die Tür geöffnet zu haben. Wo sie den Bus wieder verliess, konnte er jedoch nicht sagen. Die Redaktion wird Sie weiterhin über diesen mysteriösen Mord auf dem Laufenden halten.»

Mehrmals unterbricht heftiges Schluchzen Olivias Vorlesen. Der sichtbare Schmerz und das bisher von ihr geschilderte und nun von den Zeitungen bestätigte Geschehen lassen bei Stephan die Überzeugung reifen, dass die von Olivia erzählte Geschichte der Wahrheit entsprechen muss und er ihr sein Vertrauen schenken kann.

«Olivia, ich stehe zu dir, und ich werde dir helfen, aus diesem hinterhältigen und abgekarteten Spiel herauszukommen», spricht ihr Stephan Mut zu. «Es ist nun sehr wichtig für uns, schnellstmöglich aus dieser riskanten Gegend abzureisen.»

Wortlos hängt ihr Blick an seinem Mund, und Dankbarkeit und Vertrauen leuchten aus den geröteten, dunklen, spanischen Augen.

Die Strassenkarte der Costa del Sol liegt ausgebreitet auf dem Daunenschlafsack. Für die morgige Fahrt entscheidet sich Stephan für eine vermutlich wenig befahrene Strasse nach Osten, in Richtung Antequera. Er kennt Olivias Konditionszustand nicht. Auch bei Olivias eventuellen Schwächephasen, erachtet es Stephan als zumutbar, die erste vorsichtig kalkulierte Etappe in das 60 km entfernte Campillos zu schaffen.

In seinem Navigationsgerät programmiert er die Fahrstrecke unter Einbezug aller sich anbietenden Nebenstrassen ein.

*Niemals Spuren hinterlassen!*, hiess damals eines der obersten Gebote in seiner militärischen Ausbildung zum Leutnant.

Dieser Empfehlung folgend hat Stephan alle seine bisherigen Biwak-Standorte entsprechend verlassen. Auch dieses Mal hält sich Stephan daran – nur, dass er sich ab heute tatsächlich wie ein Soldat im Krieg fühlt. Jeder Fehler könnte ihre Mission zum Scheitern verdammen und die Folgen wären fatal für sie und ihn.

Mit dem Spaten hebt er jeweils Grasziegel aus dem Erdreich. Die zu beseitigenden Abfälle und Gegenstände lässt er in der Erdmulde verschwinden und verschliesst die Öffnung anschliessend wieder mit den Grasziegeln. Nichts bleibt für das Auge sichtbar.

Im nassen Wiesenboden fällt es ihm leicht, die vorgesehenen Grasziegel auszuheben.

Mit Einverständnis von Olivia müssen ihre edle Etienne-Aigner-Tasche und die Stiefeletten den Weg in das nasse Erdreich ebenso nehmen wie ihr vorher geschnittenes Haar und diverse Kleber- und Schaumstoffreste. Accessoires, die ihr Freude bereiten, wie ihre teure Uhr und den edlen Versace-Gürtel, welche sie an schönere Zeiten erinnern, darf sie behalten.

Sie weiss, dass Stephan ihr dieses Zugeständnis mit dem schweren Gurt nur ihr zuliebe macht.

Ein kurzes Aufleuchten im tiefen Dunkelbraun und es folgt ein herzliches «*muchas gracias, Stephan!*»

«Morgen vor der Abfahrt werden wir die noch verbleibenden Abfälle entsorgen. Die Grasziegel belasse ich vorerst am gleichen Ort.»

Das Display zeigt 18 Uhr. Gerade einmal vierundzwanzig Stunden lang kennt er nun diese junge Frau – es kommt ihm vor, als wären es schon mehrere Tage.

Keinen Moment fand Stephan Ruhe – die Ereignisse des letzten Tages überrollten ihn mit einer enormen Intensität. Er ist hellwach und bereit, seine volle Energie für dieses Abenteuer und zur Rettung dieser jungen Frau einzusetzen.

Das Nachtessen besteht aus vakuumverpacktem Fleisch, Käse, Obst und Brot. Gedankenversunken, den Blick in den sich weiter aufhellenden Himmel gerichtet, nehmen sie sitzend die Nahrung zu sich.

Morgen wird ein harter Tag, sechzig Kilometer auf dem Bike warten auf die beiden und hoffentlich die Bestätigung, die richtigen Entscheidungen getroffen zu haben.

Olivia beobachtet Stephan schon seit geraumer Zeit. Sie rückt näher, ohne den Blick von ihm zu wenden. Er fühlt ihre warme, feingliedrige Hand, welche sich sanft in die seine legt.

«Stephan», sagt sie leise. Bis jetzt hat sie ihn kaum mit seinem Vornamen angesprochen.

«Ich bin dir zu grossem Dank verpflichtet. Du hast mich gerettet und du gibst mir Geborgenheit und Sicherheit. Ich fühle mich bei dir wohl und glaube fest daran, dass mit deiner Hilfe die Flucht gelingt. Ich möchte dich bitten, meine Gefühlsausbrüche zu verstehen, das Geschehene mit Alejandro hat mich in eine tiefe Verzweiflung gestürzt und unendlich traurig gemacht.»

Mit innerer Erfüllung und Freude streicheln ihn ihre Worte, jawohl, sie werden dieses Abenteuer gemeinsam durchstehen.

Erste helle Sterne zeugen erneut vom Wetterwechsel und dem Übergang zur bevorstehenden Nacht.

Olivia trägt, Stephan glaubt, sogar ein bisschen mit Freude, den für sie in Ronda erstandenen Pyjama. Wenig später, mit kreisenden Bewegungen ihrer neuen Zahnbürste im Munde, huscht sogar ein kleines Lächeln durch ihr junges Gesicht.

Mit einem gegenseitigen kurzen Händedruck verabschieden sie sich in die Nachtruhe, abseits im Zelt auf der grünen Wiese unweit von Ronda.

Motorengeräusch lässt Stephan aus dem Schlaf hochschrecken. Olivia ist ebenfalls aufgewacht, im Schlafsack sitzend verfolgen sie das näherkommende Geräusch.

Vorsichtig öffnet Stephan das Zelt und späht in die Richtung des beunruhigenden Motorenlärmes.

Ein stark gebündelter Lichtstrahl frisst sich durch die nun sternenklare Nacht.

Beruhigt nimmt er das quer zu ihrem Standort verlaufende Licht zur Kenntnis, das Fahrzeug bewegt sich nicht auf sie zu, sondern es fährt auf der von ihnen am Tag zuvor benutzten Naturstrasse an ihnen vorbei und dürfte im Moment auf Höhe der Stelle sein, wo Stephan das Gras niedergetreten hat. Gemeinsam verfolgen sie den sich entfernenden Lichtkegel des von ihrem Standort aus nicht erkennbarem Fahrzeug.

Die Himmelswölbung mit den vielen Millionen Sternen zeigt sich nun in atemberaubender Schönheit. Kein Fremdlicht einer grösseren Stadt beeinflusst dieses beeindruckende Erlebnis und auch die Höhe von circa 1000 Metern, auf der sie sich befinden, tragen zum tollen Eindruck dieses unverfälschten Naturspektakels bei. Dafür ist es empfindlich kalt ausserhalb des Zeltes. Bald ziehen sich die beiden in die wohlige Wärme ihres Zuhauses zurück.

Noch während sie eindösen, werden sie erneut aus dem Schlaf gerissen. Dieses Mal ist es sichtbares Licht, das am Zeltdach grösser wird, begleitet von einem nun auch stärker werdenden Motorgeräusch.

Schneller als vorhin sind sie am Zeltausgang. Das Licht stammt erneut von einem Fahrzeug, welches sich allerdings noch in beträchtlicher Entfernung, auf sie zubewegt. Es fährt auf der Naturstrasse nun in umgekehrter Richtung zu vorher. Der Lichtkegel streift an ihnen vorbei, und wird von Sekunde zu Sekunde langsamer, schlussendlich bleibt das Auto stehen.

Stammt das Licht vom selben Fahrzeug wie vorhin? Wenn ja, wird es nur wenige Kilometer von hier gewendet haben.

Sollte die niedergetretene Grasstelle am Strassenrand auch noch sichtbar sein, würde dies bestimmt nicht mehr für die Rad- und ihre Fussspuren, die zum Zelt führten, zutreffen.

Stephan ist sehr verunsichert und nervös.

«Olivia, mir ist nicht wohl bei der Sache, wir müssen uns vergewissern, weshalb das Fahrzeug nicht weiterfährt.»

Barfuss, nur mit dem Regenschutz über dem Pyjama und seinem Fernglas in der Hand, eilen sie in geduckter Haltung aus der Senke, dem stillstehenden Fahrzeug entgegen.

Die unheimliche Stille, das Nichtwissen, was als Nächstes geschieht, macht ihre Situation beinahe unerträglich.

Trotz der unwirschen Gegebenheit fühlen sie diese Kälte dennoch nicht.

Den kritischen Punkt mit direktem Blickkontakt zum Fahrzeug haben sie erreicht; flach im kalten, noch immer feuchten Grase liegend, ihre Köpfe wenig aus der Deckung hervorschauend, verfolgen sie das Geschehen.

Zwei Männer untersuchen im Licht starker Taschenlampen das umliegende Gelände, einer bewegt sich geradewegs auf sie zu. Mehrmals streift der Lichtkegel seiner Taschenlampe in Richtung der beiden, noch ist er über hundert Meter von ihnen entfernt. Das Zelt in der Senke und sie beide kann er von seinem Standort aus noch nicht sehen.

Stephans Herz schlägt dermassen heftig, er meint es kilometerweit hören zu können. Olivia ist ebenfalls ausser Atem, klammert sich schutzsuchend an Stephan.

«Olivia, bleib ruhig, die können unmöglich wissen, dass wir hier sind – vielleicht sind sie überhaupt nicht auf der Suche nach dir.»

Der Mann kehrt zu seinem Auto zurück, ein Riesendruck fällt von den beiden, nur ihr heftiger Atem zeugt vom soeben überstandenen Stress.

Erst jetzt wagt Stephan einen Blick durch das Fernglas. Er erkennt noch, wie die beiden Männer ins Fahrzeug steigen und sich die vorderen Türen schliessen. Marke des Automobils und auch die Farbe, wahrscheinlich ist es eher hell, kann er nicht erkennen. Zügig setzt sich der Wagen in Bewegung und wenig später stellt sich die vorherige Ruhe wieder ein.

Durchnässt vom Bodenkontakt im feuchten Gras, entledigen sich die zwei im Zelt ihren Pyjamas und schlüpfen, nur noch mit Unterwäsche bekleidet, in den behaglichen Schlafsack.

Olivia schläft sofort ein, während Stephan unbequeme Gedanken plagen.

*Wer sass in diesem Fahrzeug und was haben die Insassen in diesen frühen Morgenstunden gesucht?*

*Weshalb verirrt sich ein Auto in diese menschenleere Gegend?*

*War es dasselbe Fahrzeug, welches ihn letzte Nacht auf dem Rückweg vom Trucker-Parkplatz überholt hat?*

*Wenn die Polizei auf der Suche nach Olivia ist, dann sind es auch die Killer.*

Unruhig verbringt er den Rest der Nacht und kann die Morgendämmerung kaum erwarten.

# Sonntag, 5. April

Die Sonne blinzelt durch die kleine Öffnung im Dach und gleichzeitig werden ihre wärmenden Strahlen im Zelt fühlbar. Ein Prachtsonntag wie aus dem Bilderbuch, begleitet von fröhlichem Vogelgezwitscher! Das Frühlingserwachen kündigt sich an. Wäre da nicht diese tiefe innere Beunruhigung, die Stephan seit einigen Stunden belastet, müsste er vor Freude jubilieren.

Inzwischen ist auch Olivia erwacht. Sie scheint gut geschlafen zu haben und begrüsst ihn, mit noch immer sehr trauriger Stimme: «*Buenos días, Stephan!*»

Ihr Spanisch, mit dem unverwechselbaren «ch, ch», tönt wie Sand im Getriebe, klingt aus ihrem Munde gesprochen, aber ungemein lieblich.

«Bevor wir von hier losfahren, möchte ich deine Briefe in Ronda zur Post bringen und noch etwas zu essen besorgen – vorausgesetzt, ich finde heute einen geöffneten Lebensmittelladen.»

Kurz darauf, sie haben sich mit Kaffee, Früchten und Müsli gestärkt, ist Stephan bereits mit seinem Bike unterwegs nach Ronda. Zum ersten Mal kann er mit dem Rad über die nun schon fast getrocknete Wiese fahren. Am Trucker-Treff vorbei, nähert er sich Ronda, der Stadt mit historischer Vergangenheit und der imposanten Schlucht, die sie in zwei Hälften teilt.

Wie sich doch unter dem Einfluss von Sonnenlicht eine bedrückende Atmosphäre zum Schönen wenden kann! Schwache Nebelschwaden bilden sich auf dem in der Sonne trocknenden, vom Morgentau noch leicht glänzenden Asphalt.

Eine Polizeikontrolle am Eingang von Ronda erregt Stephans Aufmerksamkeit. Eine solche Kontrolle am heutigen Sonntag hier durchzuführen, erscheint ihm ungewöhnlich und unweigerlich stellt sich die Frage, ob diese Kontrolle mit dem Fall von Olivia zu tun hat. Fahrzeuge, welche die Stadt verlassen, werden von der Polizei überprüft. Die Wageninsassen müssen sich ausweisen und die Kofferräume ihrer Autos öffnen.

Vom Herrn mittleren Alters, auf dem Bike, der sich in Richtung Innenstadt bewegt, nimmt niemand Notiz.

Auffallend hohe Polizeipräsenz auch in der Stadt selbst nährt Stephans Befürchtung, dies könnte tatsächlich im Zusammenhang mit Olivia stehen.

Mit Erleichterung trifft Stephan auf einen ersten Briefkasten und er wirft die brisante Post von Olivia in die schmale Öffnung. Sollte er jetzt von der Polizei kontrolliert werden, gäbe es keine Hinweise mehr, die auf eine Verbindung zwischen ihm und der Gesuchten schliessen liessen.

Einige Hausecken weiter weisen die in allen Farben prächtig leuchtenden Früchte auf ein geöffnetes Lebensmittelgeschäft hin.

Ein Beleuchtungsmast in der Nähe dient als Sicherungsanker und alsbald sind sein Bike-Rahmen und das Hinterrad mit dünnem Drahtseil und einem Schloss daran angeschlossen.

Selten hat Stephan seine Einkäufe so schnell erledigt wie heute. Er ist nicht abergläubisch und auch nicht empfänglich für nicht erklärbare Phänomene, aber auf sein Bauchgefühl konnte er sich bisher immer verlassen und dieses sendet ihm unmissverständlich beunruhigende Signale.

Nur noch kurz beim Kiosk die Zeitung holen und dann schnellstmöglich retour zu Olivia.

Erneut lächelt ihm das strahlende Ehepaar Sanchez auf dem grossen Poster an der Kioskwand entgegen, doch der Titel ist neu: *Hält sich die gesuchte Olivia Sanchez in Ronda auf?*

So oder ähnlich übersetzt er mit seinen dürftigen Spanischkenntnissen den Titel auf dem Poster.

Heftig atmend und mit zittrigen Fingern übergibt er der Kioskfrau die 1.50 Euro und ergreift mit schalem Gefühl im Magen die Marbella-Sonntagsausgabe.

Lesen und übersetzen kann Olivia später, Stephan will schnellstmöglich die ihm nun plötzlich unheimlich erscheinende Stadt Ronda verlassen.

Noch immer an der gleichen Stelle von vorhin kontrollieren Polizisten die Ausfallstrasse in Richtung Osten. Vier von ihnen prüfen gerade einen Alfa Romeo mit einem jungen Pärchen und einen mit vier Personen besetzten Suzuki. Eine Kolonne von mindestens fünf weiteren Fahrzeugen steht in der Warteschlange.

Stephan hat keine Wahl: Er muss hier durch, denn nur diese Strasse führt aus Ronda hinaus und zu seinem Biwak-Platz.

Der Polizist, welcher die Einweisung vornimmt, mustert auch den heranrollenden Biker. Gesucht wird eine junge Frau und nicht ein Rad fahrender Mann. Ohne Weiteres lässt er Stephan passieren.

Stephan glaubt – nein, er fühlt die Blicke der Polizisten auf seinem Rücken und bildet sich ein, der Polizist könnte es sich anders überlegen und Stephan nach seiner Absicht und den zwei vollen Satteltaschen fragen.

Nichts dergleichen geschieht und in langsamer, unauffälliger Fahrt entfernt sich Stephan vom Kontrollpunkt.

Wilde Gedanken jagen durch seinen Kopf und lassen das erste Mal Angst in ihm hochkriechen.

*Was wäre, wenn die Suche nach Olivia mit einem Hubschrauber ausgeweitet würde?*

Diese Vorstellung zerschlägt er sofort mit der Überlegung, dass ja kaum jemand auch nur im Geringsten vermuten könnte, Olivia würde in der kalten und verregneten Gegend in einem Zelt übernachten. Eines ist Stephan dagegen sofort klar: Die von ihm im Navigationsgerät einprogrammierte Strecke in Richtung Antequera können sie auf keinen Fall einschlagen.

Obwohl sie zu grossen Teilen mit kaum befahrenen Nebenstrecken geplant ist, verläuft diese Route teilweise auch auf gut ausgebauten Hauptstrassen und diese dürften heute von der Polizei besonders aufmerksam überprüft werden.

Inzwischen hat er den Truck-Treff passiert, ohne ihn richtig wahrzunehmen und befindet sich bereits beim Aufstieg zu ihrem Lager. Kräftig in die Pedale tretend nähert er sich auf der nun völlig getrockneten Wiese ihrem Biwak.

Olivia hat ganze Arbeit geleistet, diese Frau kann richtig anpacken!

Daunenschlafsack und Bodenunterlage sind fachmännisch zusammengerollt, den Spaten hat sie gereinigt und alles ist bereit, wieder im Anhänger verstaut zu werden. Die Wäscheleinen und ihre Kleider hat sie ebenfalls bereits in den Sacochen untergebracht.

Noch immer ausser Atem berichte er Olivia von der hohen Polizeipräsenz und der Fahrzeugkontrolle in Ronda.

«Man geht davon aus, dass du dich in Ronda aufhältst!»

Er übergibt ihr die Marbella-Sonntagsausgabe, welche sie nun querlesend überfliegt.

«Im Bus nach Ronda wurde ich erkannt und man vermutet, dass ich mich nun in der Stadt aufhalte.»

Stephan braucht ihr nicht zu erklären, wie brenzlig die Situation für sie beide inzwischen ist und, dass sie sich in einem Wettlauf gegen die Zeit befinden. «Wir müssen sofort weg von hier.»

Durch das Öffnen der Ventile fällt das Zelt in sich zusammen. Gemeinsam tragen sie es zum Anhänger und befestigen es dort mit Gummizügen. Als Letztes werden die Grasziegel wieder eingesetzt und bis auf den Zeltabdruck auf der Wiese deutet nichts mehr auf ihr Lager hin.

Im Navigationsrechner gibt Stephan die neue Strecke zur Berechnung ein.

«Wir werden dem uns inzwischen bestens bekannten Naturweg folgen und stossen erst kurz vor Campillos auf die ursprünglich geplante Landstrasse.»

Immerhin vierzig Kilometer auf nicht asphaltierten, kaum befahrenen Nebenstrassen lassen nach seiner Beurteilung das Risiko entdeckt zu werden, massiv schrumpfen.

Sie sind zur Fahrt ins grosse Abenteuer bereit und leise Wehmut erfasst Stephan beim Verlassen des Biwak-Platzes. Mit dem Wissen und dem guten Gefühl, etwas Ehrenvolles geleistet zu haben, schreiten sie zügig, die Bikes über die Wiese schiebend, der Strasse entgegen.

Olivia trägt ihren optisch wenig vorteilhaften und aufgepolsterten Dress. Die schaurig aussehende Nase, die nun in ihrem sonst so jugendlichen Gesicht prangt, verleiht ihr ein – zusätzlich gewünschtes – unvorteilhaftes Äusseres. Nur der Helm und die Bike-Schuhe sitzen wie angegossen.

Die Pedale an Olivias Rad weisen zwei unterschiedliche Trittflächen auf: einmal mit kleinen Noppen, für den Gebrauch ohne Verwendung der Klicks, und auf der Rückseite mit einer Halterung zur Aufnahme der Klicks.

Vorerst den radfahrerischen Fähigkeiten von Olivia angepasst, wird sie ohne Klicks starten. Wenig später ist auch die Sattelhöhe für Olivia eingestellt und ihrem Abenteuer steht nichts mehr im Wege.

Wackelig und kurvig, unter Beanspruchung der vollen Strassenbreite, verlaufen die ersten Radfahrversuche von Olivia. Neben ihr hereilend begleitet sie Stephan die ersten Meter. Nach einigen Hin- und Herfahrten wagt sie den Alleingang.

Die Sonne nimmt ihre Bahn durch den Orbit und verzaubert mit ihrem glänzenden Licht die herrliche Landschaft um Ronda. Die Wiesen leuchten jetzt in saftigem Grün und fein schattierte Berghänge und Waldgebiete untermalen eindrücklich die Auferstehung der Natur.

Olivia fährt voraus, und mit zunehmender Distanz wird ihr Fahrstil sicherer. Kleine Kieselsteine prallen vom Schutzblech ab und hüpfen verspielt dem Strassenrand entgegen.

Bis auf einige kurze Aufstiege verläuft der Weg meistens flach. Alle paar hundert Meter wendet Stephan den Blick zurück – er hält Ausschau nach verdächtigen Fahrzeugen – immer die Gefahr im Nacken spürend, von einem solchen eingeholt und von den Insassen erkannt und kontrolliert zu werden. Permanent ist er auf der Suche nach einem schnell erreichbaren Versteck.

Bei einer Kontrolle durch die Polizei würde auch die Verkleidung von Olivia nicht helfen, man würde sie auf jeden Fall identifizieren.

Jeden Kilometer zählt Stephan auf dem Velocomputer und je weiter sie sich von Ronda fortbewegen, desto entspannter sitzt er auf seinem Rad.

Noch knackt die Bike-Schaltung heftig, wenn Olivia die Gänge wechselt, doch auch diese Technik wird sie sicherlich in Kürze beherrschen.

Radspuren von einem auf der Wiese gewendeten Fahrzeug erregen Stephans Aufmerksamkeit.

*Sind das die Spuren vom Fahrzeug, welches sie in aller Frühe aus dem Schlaf gerissen hat?*

In Anbetracht der bisher zurückgelegten Distanz vom Zelt bis hierher und der verstrichenen Zeit, bis das Fahrzeug in der Nacht zurückkehrte, könnte seine Vermutung zutreffen.

Und wieder taucht die beunruhigende Frage auf, wer in diesem Wagen sass.

*Wussten die Mörder von Olivias Mann mehr als die nach wie vor in Ronda anwesenden Guardia Civil?*

Sein Verstand sagt ihm, dass dies unmöglich der Fall sein kann; niemand ausser ihnen beiden weiss um ihren Standort und nur sie zwei kennen ihren Plan.

Menschenleer ist diese Gegend, glücklicherweise ist ihnen bisher kein Fahrzeug auf dieser Nebenstrasse begegnet.

Nach einer Stunde stillen sie ihren Durst mit kräftigen Schlucken aus den Flaschen und nach rund zwei Stunden machen sie Mittagshalt. Abseits des Weges, auf einer ziemlich kargen Wiese, breitet Stephan die weiche Unterlage aus. Das Zelt-Vordach ist zwischen einem knorrigen Stamm einer alten Korkeiche und Zeltheringen aufgespannt und spendet Schatten unter der nun kräftig scheinenden Sonne. Auch dieser Mittagsplatz ist für allenfalls vorbeifahrender Fahrzeuge nicht einsehbar.

Abgewendet, betet Olivia für ihren verstorbenen Alejandro. Stephan drängt nicht, sie soll diese Zeit für sich und ihren geliebten Mann ohne irgendwelchen Druck nutzen.

«Olivia, glaubst du, dass wir die heute vorgesehenen sechzig Kilometer schaffen können?»

Ein Leuchten ihrer Augen und mit ein wenig Stolz in ihrer Stimme spricht sie aus, was Stephan bereits aufgefallen ist. Sie habe bisher keine Schwächen gespürt und sei auch überzeugt, den Rest der heutigen Strecke ohne Probleme bewältigen zu können. Mit ihrer Freundin in Madrid gehe sie regelmässig joggen und zur inneren Stärkung betreibe sie zweimal pro Woche Yoga.

Der Mittagslunch besteht aus Sandwiches und Mineralwasser.

Stephan übergibt Olivia noch einmal die heute Morgen in Ronda gekaufte Sonntagsausgabe der Marbella-Nachrichten. Ihre Augen tasten nun langsam über die bedruckten Zeilen und Stephan fühlt und sieht, wie heftig das Geschriebene Olivia erschüttert. Sie kämpft mit sich, kann aber nicht verhindern, dass schwere Tränen über ihre Wangen kullern.

Auf der weichen Unterlage liegend, den Blick in den tiefblauen Himmel gerichtet, hört Stephan ihrer Übersetzung zu.

«Neue Erkenntnis im Falle des mysteriösen Mordes an Alejandro Sanchez: Die tatverdächtige und gesuchte Olivia Sanchez fuhr kurz nach der Ermordung ihres Mannes am Freitag mit dem Bus von Marbella nach Ronda. Einige Passagiere und der Bus-Chauffeur konnten ihre Identität eindeutig bestätigen. Nach mehrheitlichen Aussagen der Bus-Insassen sei die Flüchtige durch ihren erregten und aufgelösten Zustand aufgefallen. Den Bus hat sie kurz nach Ronda, vor der Ausfallstrasse nach Antequera, verlassen. Seither fehlt jede Spur von ihr. Bei den am Freitag vorherrschenden, misslichen und kalten Verhältnissen ist davon auszugehen, dass sie in Ronda Unterschlupf gefunden hat. – Die Polizei verfolgt jede sich bietende Spur und dankt der Bevölkerung für Hinweise zur Auffindung von Olivia Sanchez. Nach wie vor tappt die Behörde über das Motiv der Tat im Dunkeln und auch über eine allfällige Verdächtigung von Frau Sanchez liegen keine gesicherten Hinweise vor. – Olivia heiratete im August 2002 den erfolgreichen Anwalt Alejandro Sanchez. Dieser war, wie bereits in der gestrigen Ausgabe berichtet, in führender Funktion im Wirtschaftsministerium der spanischen Regierung tätig. Die äusserst attraktive Olivia und ihr erfolgreicher und gutaussehender Ehemann verkehrten in den gehobenen Kreisen der spanischen Metropole. Das kinderlose Paar galt als glücklich und führte eine harmonische Ehe. Olivia führt zusammen mit einer Partnerin eine Boutique in der noblen Calle Fuencarral in Madrid. – Wir werden Sie über weitere Erkenntnisse auf dem Laufenden halten. Die Redaktion.»

Gedankenversunken legt Olivia die Zeitung beiseite.

«Mir geht es schlecht und ich fühle mich endlos traurig, Stephan. Meinen Mann habe ich verloren, die Polizei sucht mich als mögliche Täterin und die Mörder von Alejandro. Sie werden auch mich bald aufgreifen!», schluchzt sie. «In den letzten Stunden gab es zwar Momente, wo ich ein bisschen vergessen konnte, aber jetzt bin ich an einem Punkt, wo mir der Boden unter den Füssen weggezogen wird. Ich habe keine Freunde, die ich anrufen kann, damit sie mir Vertrauen und Mut zusprechen und meine Familie muss nach den verheerenden Pressemeldungen das Schlimmste von mir vermuten.»

Olivia weint bitterlich.

Stephan nimmt sie in die Arme und lässt sie ihr Leid ausweinen. Er fühlt, wie sie seine Nähe akzeptiert und sie die Zuneigung annimmt.

Längere Zeit liegen sie nebeneinander an der wärmenden Sonne.

Noch wollen dreissig Kilometer ihres Tagespensums bewältigt werden und kurz darauf sitzen sie erneut im Sattel. Reger Verkehr herrscht an diesem frühen Sonntagabend, als sie auf die Hauptstrasse Ronda-Campillos einmünden.

Das «gesetzte Ehepaar» mit Bikes, Veloanhänger und lustigem Wimpel fällt nicht weiter auf. Spanien, das Land der Radsportlegende Indurain und Co., meinen es gut mit denen, die per Velo unterwegs sind. In weitem Bogen werden sie von den Automobilen respektvoll umfahren.

In Campillos müssen sie einige Male an Strassenkreuzungen anhalten. Es beruhigt Stephan, dass auch die jüngeren Automobilisten keinerlei Notiz von seiner gut getarnten Begleiterin nehmen.

Wenige Kilometer hinter Campillos biegen sie erneut in eine Nebenstrasse ab. Sein Navigationsgerät weist ihnen den Weg zu einem sicheren, an einem Waldrand gelegenen Biwak-Platz. Die Sonne steht noch recht hoch am Horizont und sendet ihre Strahlen auf das andalusische Hochland, welches Stephan nun mit seinem Fernglas nach möglichen «Störfaktoren» absucht.

Stephan würdigt: «Das hast du super gemacht», Olivias Leistung der über sechzig zurückgelegten Kilometer. Erleichterung und auch ein bisschen Stolz mischen sich in ihre Gesichtszüge, als sie sein Kompliment entgegennimmt. Immerhin sechzig wertvolle Kilometer liegen nun zwischen ihnen und ihren Häschern.

Mit Olivias tatkräftiger Unterstützung stellen sie das Zelt auf und wenig später laden die weiche Unterlage und der behagliche Schlafsack zur Nachtruhe ein.

Radfahren bedeutet Stephan seit Jahren sehr viel. Er erlebt Gegenden und Orte, welche auch mit dem Automobil zugänglich sind, die aber aufgrund der höheren Geschwindigkeit mit dem Fahrzeug häufig nicht wahrgenommen werden. Immer wieder, dies sogar in seiner nächsten Umgebung in der Schweiz, entdeckt er interessante Stellen, an denen er mit dem Auto schon achtlos vorbeigefahren ist.

Nicht nur die Schönheit dieser Landschaften und Orte erlebt er intensiver mit dem Bike – es ist das Timbre der Natur, das hautnahe Fühlen des Windes und die Befriedigung, persönliche körperliche Leistung erbracht zu haben.

Körperhygiene ist in diesem Zusammenhang ebenfalls ein wichtiges Thema. Die tägliche Dusche nach der Fahrt ist deshalb ein absolutes Muss.

Seine Technik erlaubt es ihm, mit nur einem Liter des mitgeführten Mineralwassers das Hygienebedürfnis nach einem anstrengenden Bike-Tag zu decken. Nur wenig Wasser aus der Flasche zum Netzen, flüssige Seife zum Einreiben des Körpers und dann vom Kopf her das restliche Wasser über den Körper fliessen lassen.

Als gepflegte Frau wird auch Olivia auf die persönliche Hygiene grossen Wert legen.

Sein Vorschlag, ihr in dieser aussergewöhnlichen Umgebung zu einer Duschmöglichkeit zu verhelfen, nimmt sie gerne an. Schamgefühle hin oder her, Olivia entkleidet sich rasch und steht Stephan mit zugewandtem Rücken gegenüber.

Er lässt ein wenig Wasser aus der PET-Flasche über ihre Schultern fliessen und mit seiner flüssigen Seife wäscht sie ihren eleganten Körper. Nach einer Zwischenspülung wiederholt sie den Vorgang.

Nicht einmal ein Liter Wasser war nötig, um sich von all dem Strassenstaub und Schweiss zu befreien. Bevor sie im Zelt verschwindet, hüllt sie sich das Frotteetuch über ihre weiblichen Rundungen.

Wenig später steht Olivia in gelbem Jupe und bunter Bluse vor ihm. Das diskrete Lächeln und das kleine Leuchten ihrer Augen zeugen von einem gewissen Wohlbefinden.

Jetzt ist Stephan an der Reihe, und dieses Mal lässt Olivia das kostbare, mit dem Bike transportierte, kohlensäurefreie Mineralwasser über seinen Körper rinnen.

Mit Jeans und T-Shirt bekleidet tritt auch er kurz darauf aus dem Zelt.

Nun folgen im kleinen Waschbecken, mit wenig Wasser und Waschmittel die Reinigung ihrer Unterwäsche und Socken.

Verblüfftes Staunen auf Olivias Gesicht.

«Die Dressen werden wir höchstens zweimal pro Woche waschen, es sei denn, ein alter spanischer Diesellastwagen würde uns vorher mit seinen Russgrüssen die Aufwartung machen», grinst Stephan.

Die entspannende Ruhe am Waldrand, die sich im leichten Abendwind wiegenden Blätter und die in tiefroten Farben versinkende Umgebung erzeugen ein einzigartig entspanntes Wohlbefinden.

Olivia ist mit dem Anrichten des Salates beschäftigt, während Stephan das Gemüse putzt. Genüsslich verzehren sie ihr gemeinsam aufbereitetes Nachtessen.

Über die Strassenkarte gebeugt, bestimmen Olivia und Stephan die Route für den morgigen Tag. Antequera werden sie nördlich umfahren und anschliessend in östlicher Richtung Jaén ansteuern.

Olivia fühlt sich körperlich fit und traut sich zu, bis Íllora, das sind immerhin einhundert Kilometer, aus eigener Kraft zu schaffen.

Mit der nun schnell in die Nacht übergleitenden Dämmerung ziehen sich Olivia und Stephan in die Geborgenheit des Zeltes zurück und wenig später übermannt sie der ruhige und wohlverdiente Schlaf.

# Montag, 6. April

Feiner Kaffeeduft holt Stephan sanft in den neuen Tag.

Zum ersten Mal seit dem Zusammentreffen mit Olivia war ihm durchgängiger Schlaf vergönnt.

Genüsslich rekelt er sich im Daunenschlafsack und beobachtet mit Wohlwollen die am kleinen Kocher hantierende Olivia.

«Ich möchte mich auch ein bisschen nützlich machen, Stephan. Diese kleine Beschäftigung macht mir Freude und ich finde es überhaupt nicht ungewöhnlich, dir diesen Kaffee zu servieren.»

Mit sichtbarem Stolz gleiten die Worte über ihre Lippen. «Für deinen heutigen Einkauf habe bereits einen Zettel mit Vorschlägen geschrieben. Früchte, Gemüse, Käse und Fleischwaren werden uns Kraft und Ausdauer für die vor uns liegende Strecke geben. Ernährung hat mich schon immer interessiert und ich fühle mich ja nun auch ein bisschen verantwortlich dafür, dass wir körperlich gesund unsere weite Reise hinter uns bringen können.»

Es ist kurz vor acht, als sich Stephan mit dem Bike auf den Weg zurück nach Campillos macht. Der Duft des Frühlings und das herrliche Wetter lassen ihn vergessen, in welch schwieriger Mission sie sich befinden.

Seine Konzentration gilt dem Auffinden einer Bank und eines Lebensmittelgeschäftes. Seit Ronda kann sich Stephan erst recht nicht mehr erlauben Spuren zu hinterlassen und verzichtet deshalb auch weiterhin auf den Gebrauch seiner Kreditkarte.

Die am Freitag, kurz vor dem Zusammentreffen mit Olivia, in Ronda getätigten Einkäufe hatte er glücklicherweise ebenfalls ohne Karte getätigt. In jeder grösseren spanischen Ortschaft findet sich eine Bank, in welcher er Bargeld abheben könnte. Jeder Geldbezug auf einer Bank würde registriert und ungewollt hinterliesse er eine Spur durch ganz Spanien. Stephan beabsichtigt deshalb nur einen einzigen, dafür aber grösseren Bargeldbetrag auf der Bank hier in Campillos abzuheben; die Summe sollte reichen, ihre laufenden Kosten bis in die Schweiz zu decken.

Der freundliche Mann am Bankschalter staunt nicht schlecht, als Stephan die von ihm gewünschte Summe von 10 000 Euro zur Kenntnis nimmt.

Erst nach einem klärenden Telefongespräch mit Stephans Freund in der Schweiz, einem für das Kundengeschäft seiner Hausbank verantwortlichen Banker, und der kurz darauf schriftlich eintreffenden Bestätigung ist die Bank bereit, Stephan die gewünschte Summe auszubezahlen.

Er musste einige Überzeugungskraft aufwenden, um die Bedenken seines Freundes auf der Schweizer Bank zu zerstreuen, nicht mit so viel Bargeld durch die Gegend zu radeln.

«Du kannst in jeder grösseren Ortschaft jeweils einen kleineren Betrag auf der dortigen Bank abheben, dazu benötigst du nicht einmal eine Bestätigung von mir», schlug er erst vor. «Nun, du musst es selber wissen, ich stehe dir auf jeden Fall gerne zur Verfügung und wünsche dir weiterhin gute Fahrt auf deiner Abenteuerreise.»

Der freundliche Bankbeamte zählt die von Stephan gewünschten Zweihunderter- und die Einhundert-Euro-Scheine in seine Hand ab.

Im Bewusstsein, eine riesige Menge Bargeld ungesichert in einer Radtasche mitzuführen, packt Stephan das üppige Paket Geldschein ein.

Die Titel-Story im Kiosk beim Einkaufscenter behandelt heute eine Ölverschmutzung im Golf von Biskaya. Kein strahlendes Paar lächelt ihm entgegen und auch in den Marbella-News wird die erste Seite von neueren Ereignissen beansprucht.

Stephan kauft die Zeitung, ohne darin zu blättern. Die Einkaufsliste von Olivia führt ihn wenig später zielstrebig durch die Regale und nach dem Bar-Bezahlen an der Kasse verschwinden die Lebensmittel in den Satteltaschen.

Um halb zehn ist Stephan zurück bei Olivia. Sie empfängt ihn mit einem erleichterten «Hola, Stephan!».

Auch dieses Mal hat sie ganze Arbeit geleistet. Sie trägt jetzt ihren gepolsterten Velodress und auch ihre unvorteilhafte Nase ist aufgeklebt.

Wie bereits gestern sind ihre Reiseutensilien in den Sacochen untergebracht und das Zelt wurde von Olivia abfahrbereit auf dem Anhänger festgezurrt.

Olivia blättert durch die Zeitung.

Bei einem flüchtigen Blick über Olivias Schulter fällt Stephan die grosse Aufnahme der schönen Frau ins Blickfeld. Das Bild zeigt Olivia in einem atemberaubenden Outfit, ganz in Schwarz gekleidet, der eng anliegende Pullover bringt ihre weiblichen Rundungen besonders vorteilhaft zum Ausdruck.

Das Foto stammt von einem Mode-Apéro in ihrer Madrider Boutique.

Tränen laufen über ihr Gesicht, während sie Stephan den Artikel übersetzt.

«Mord an Alejandro Sanchez – Olivia Sanchez noch immer auf der Flucht! Pistolenmagazin der Todeswaffe mit Restmunition gefunden. – Unweit des Tatortes auf der Avenida de Ricardo Soriano in Marbella fand die Polizei auf dem begrünten Mittelstreifen ein Magazin mit 9-Millimeter-Munition, drei Kugeln fehlten darin. Die ballistischen Untersuchungen ergaben, dass die Geschosse aus diesem Magazin Alejandro Sanchez getötet haben. – Diese Munition wird in Pistolen der spanischen Armee verwendet, der ehemalige Offizier Alejandro Sanchez war im Besitz einer solchen Waffe. – Aussergewöhnlich bei dieser Tat: Niemand hat Schüsse wahrgenommen. Dies lässt die Vermutung aufkommen, dass der Mord mit aufgesetztem Schalldämpfer ausgeübt wurde. Die Polizei geht von einem geplanten und vorbereiteten Mord aus. – Im Moment lässt sich nicht ausschliessen, dass Frau Sanchez am Tod ihres Mannes mindestens mitbeteiligt sein könnte.»

Diese letzten Worte kommen unter ersticktem Schluchzen über ihre Lippen. Mit zittriger Stimme fährt sie fort: «Die Polizei bittet die Bevölkerung um Mithilfe: Wer hat Olivia Sanchez zuletzt gesehen? Kennt jemand Bekannte oder Freunde der Frau, die in Ronda leben? Ist sie auf besondere Medikamente angewiesen? Ist in den letzten Tagen am Verhalten von Frau Sanchez etwas Aussergewöhnliches aufgefallen? Alle Meldungen, welche absolut vertraulich behandelt werden, richten Sie bitte an den nächsten Polizeiposten. Die sterblichen Überreste von Alejandro Sanchez werden heute nach Madrid überführt. Die Abdankungsfeier findet am Freitag, den 10. April in der Almudena-Kathedrale mit anschliessender Beisetzung im Cementerio de La Almudena in Madrid statt. Es werden zahlreiche

Persönlichkeiten der spanischen Regierung und des öffentlichen Lebens für die Beisetzung erwartet.»

Olivia legt die Zeitung beiseite und blickt mit geröteten, traurigen Augen in Stephans Gesicht.

«Stephan, nach all den für mich dermassen negativen Berichten … kannst du mir noch glauben?»

Angst spricht aus ihrer Stimme und beinahe flehend erfassen ihn ihre braunen Augen.

«Olivia, ich habe dir schon am ersten Tag deine Geschichte geglaubt und dir mein Vertrauen ausgesprochen. In vielen Momenten – ohne, dass du es bemerkt hast – habe ich deine echte Trauer miterlebt und mitbekommen, welch tiefen Schmerz du erleidest. Ich weiss, dass du die Wahrheit sagst, und ich sichere dir meine volle Unterstützung zu.»

Sie tritt an ihn heran und lehnt sich an seinen Körper.

Einen kurzen Moment lang meint er sogar, einen sanften Kuss auf seinem Hals zu fühlen. Sie weint, es ist ein erlösendes Weinen, sie schmiegt sich noch fester an ihn. Sehr deutlich spürt er Olivias weibliche Rundungen, weich und einladend schmiegen sich ihre vollen Brüste an seinem Körper.

Er muss sich aus dieser Umarmung lösen; heftige Gefühle werden in ihm ausgelöst, Gefühle die nicht mit eigenem Willen gesteuert werden können.

Nach einigen tiefen Atemzügen sind die beiden bereit zum Aufbruch. Bald erreichen sie die Strasse nach Osten, die in Richtung Íllora führt.

Olivia hat ihr Bike nun voll im Griff und auch die Schaltungsvorgänge klappen, als wäre sie ein gestandener Radprofi. Inzwischen fährt sie mit den eingerasteten Klicks und steigert somit bei jeder Pedalumdrehung die Effizienz ihrer Tretbewegung.

Trotz schweren Sacochen erreichen sie eine erstaunliche Durchschnittsgeschwindigkeit von achtzehn Kilometern pro Stunde und nach kurzer Mittagspause nehmen sie die restlichen fünfzig Kilometer bis Íllora in Angriff. Die gepflegten und asphaltierten Nebenstrassen lassen ihre Fahrt, unter frühlingshaftem, blauem Himmel, zum Erlebnis werden. Kurzen Steigungen wechseln in lockere Abfahrten und fast unmerklich gewinnen sie, in Richtung Íllora an Höhe.

Es ist 17 Uhr, als sie Granada passieren und wenig später ist auch einen Biwak-Platz bei Illora gefunden.

Ganze einhundert Kilometer haben sie an diesem Tag geschafft. Stephans erneutes Kompliment bringt ihre nach wie vor traurigen Augen für einen Moment zum Leuchten.

Feine Köstlichkeiten entstehen unter Olivias Regie und beinahe unbeschwert, wie reisende Zelttouristen, geniessen sie das Essen in dieser idyllischen, friedlichen Abenddämmerung.

Olivia spricht aus ihrem Herzen: Ihr bisheriges Leben verlief harmonisch und glücklich. Geborgen in einer intakten Familie wuchs sie in einem Vorort von Madrid auf. Sie ist die Tochter eines Kleinunternehmers und einer Musiklehrerin; ihre Eltern haben sich einen bescheidenen Wohlstand erarbeitet und zusammen mit der älteren Schwester und ihrem jüngeren Bruder wohnten sie damals im eigenen Haus am Stadtrand. Auf Drängen ihrer Mutter nahm sie Geigen- und Klavierunterricht. Sie sollte eine Laufbahn als Musiklehrerin einschlagen. Schon früh entwickelte Olivia eine Affinität für Kleider und fühlte sich sehr zur Mode hingezogen. Heimlich zeichnete sie eigene Kreationen und mit 15 Jahren durfte sie eigene Modelle auf einer Modenschau vorführen.

Jetzt wird Stephan bewusst, weshalb Olivia beim Vernähen der Schaumstoffeinlagen in ihren Velodress so geschickt mit Nadel und Faden umgehen konnte.

Nach Abschluss der Oberstufe entschied sie sich, auch gegen den heftigen Widerstand ihrer Mutter, für ein Studium an der gestalterischen Akademie in Madrid. In ihrem jungen Leben waren dies ihre schönsten Jahre. Viele Freunde, Unbeschwertheit, Erfolg und Unternehmenslust prägten diese herrliche Zeit. Nach ihrem Abschluss mit Diplom arbeitete sie als Designerin in einem bekannten Couture-Unternehmen ein wenig ausserhalb von Madrid.

Auf einer Frühjahrsmodegala lernte sie auch Alejandro, ihren zukünftigen Ehemann, kennen und geheiratet wurde bereits im August 2002 mit einem grossartigen Fest in Marbella. Sie war damals 26 Jahre alt und erlebte in den vergangenen sieben Jahren mit Alejandro eine sehr intensive, liebevolle Beziehung.

«Alejandro hat es mir ermöglicht, eine eigene, gut gehende Boutique in Madrid zu betreiben», erinnert sie sich.

Ihr Kinderwunsch blieb ihnen leider versagt, aber in ihrem gesellschaftlich engagierten Leben blieb sowieso wenig Zeit, um sich darüber belastende Gedanken zu machen.

Ihre Ausführungen sind voller Leidenschaft und mehrmals – meist, wenn der Name ihres Mannes fällt – muss sie unter Tränen einen Moment innehalten.

Sie liegen auf der weichen Unterlage, ihre Blicke dem tiefblauen Himmel zugewandt.

Stephan erzählt ihr ebenfalls seine Lebensgeschichte. Er berichtet von seiner Tätigkeit als Geschäftsleiter der Metallbaufirma, gibt aber nicht preis, dass er der Besitzer dieses Unternehmens ist. Sein Alter nimmt Olivia ohne eine Bemerkung zur Kenntnis.

Zwei Söhne: Michael, 21, und Peter, 24, sowie die 26-jährige Tochter Melanie stammen aus seiner geschiedenen Ehe. Michael und Peter haben nach der Matura die höhere Fachhochschule mit dem Bachelor abgeschlossen. Peter, der Ältere, arbeitet als Abteilungsleiter im gleichen Unternehmen wie Stephan und Michael ist in einer Entwicklungsabteilung einer Forschungsanstalt tätig. Beide wohnen noch immer bei ihm zu Hause in Zürich. Sie bringen Leben und gleichzeitig Hektik ins Haus, vor allem, wenn sie von ihren Freundinnen besucht werden.

Dieser letzte Satz entlockt ihm ein kleines Schmunzeln.

Melanie arbeitet als Marketingassistentin eines Lebensmittel-grosshändlers und ist viel im In- und Ausland unterwegs. Die wenige Zeit in der Schweiz lebt und verbringt sie mit ihrem Freund in einem Vorort von Zürich.

«Es waren Kleinigkeiten, tägliche Dispute um teilweise wenige Dinge in meiner Ehe, an denen wir uns aufzureiben begannen. Verhaltensweisen, die wir vorher nicht einmal wahrgenommen hatten, wurden plötzlich zum Problem. Wahrscheinlich war auch mein extremes Engagement im Beruf für das Scheitern der Ehe mitverantwortlich. Meine Ex-Frau und ich haben uns vor fünf Jahren im Frieden getrennt. Ab und zu treffe ich sie sogar zu einem Mittagessen. Sie ist eine neue Partnerschaft eingegangen, aber ohne wieder geheiratet zu haben. Ich selbst habe mich seitdem noch intensiver in der Firma engagiert und es blieb mir auch kaum Gelegenheit, eine ernsthafte Beziehung einzugehen. Diese Radtour durch Spanien ist der erste Ausbruch aus meinem bis dahin völlig vom Beruf beherrschten Leben.»

Olivia verfolgt Stephans Ausführungen mit Interesse und fragt: «Hast du Fotos von deinen Kindern?»

Die Aufnahme, welche Stephan in seinem Portemonnaie mitträgt, stammt vom letzten Weihnachtsfest bei ihm zu Hause.

Lange wandern Olivias Blicke über das Foto. «Herrliche Kinder hast du, Stephan. Deine Söhne machen dir sicherlich viel Freude und deine Tochter ist ausserordentlich hübsch. Du kannst stolz sein auf so viel Vaterglück mit deinem Nachwuchs!»

Diese letzten Worte von Olivia haben etwas Melancholisches und lassen ihm die Trauer über den ihr versagten Kinderwunsch fühlen.

Sie sind bei der Streckenplanung für den nächsten Tag und mutmassen über den Erfolg ihrer Briefe an Freunde und ihrer Familie. Am Sonntag hat Stephan die Briefe in Ronda in den Briefkasten geworfen. Die spanische Post, nicht eben bekannt für besonders schnelle Zustellung, wird kaum in der Lage sein, ihre wichtigen Botschaften vor Freitag an die Adressanten zu liefern. Weitere fünf bis zehn Tage werden verstreichen, bis die für Presse und diverse Ämter gedachten Informationen auch dort eintreffen und zur Kenntnis genommen werden. Sie können also nicht vor Ende April mit einer Olivia entlastenden Reaktion vonseiten der Behörden rechnen.

Vorausgesetzt, ihre Briefpost wird nicht vorher von diesen auch vor einem Mord nicht zurückschreckenden, kriminellen Beamten abgefangen.

Die Route für morgen, Dienstag, führt von Íllora in nördlicher Richtung bis Jaén. Es ist ein ehrgeiziges Unterfangen die wiederum circa hundert Kilometer, aber dieses Mal mit beträchtlichen Steigungen an einem Tag bewältigen zu wollen.

Im gleissenden Licht und in faszinierenden Farben der untergehenden Sonne präsentiert sich die Sierra Nevada und mit ihr der markante Dreieinhalbtausender, der noch immer schneebedeckte Pico del Veleta.

Die schmale Sichel des aufgehenden Mondes ist nur kurz sichtbar und verschwindet wenig später im regenbogenfarbenen Licht der

Abenddämmerung im Westen. Mit dem endgültigen Einbruch der Dunkelheit ziehen sie sich in die Geborgenheit des Zeltes zurück.

Olivia schläft in dieser Nacht sehr unruhig und mehrmals wird auch Stephans Schlaf gestört. Eine innere Unruhe lässt sie hin und her wälzen, anscheinend Unbewältigtes wühlt sie auf und raubt ihr die für Ihre Reise so wichtige Erholung.

# Dienstag, 7. April

Während Stephan in der friedlichen Morgenstimmung langsam im neuen Tag ankommt, fühlt er ihre aufmerksamen Blicke auf ihm ruhen. Auf dem kleinen Campingstuhl sitzend, ihr Gesicht Stephan zugewandt, bereitet sie das kleine Frühstück vor. Der bekannte Kaffee, Konfitüre und Brot, Datteln sowie Bananen begleiten sie in den neuen Tag.

Die Einkaufsliste ist von Olivia vorbereitet und um acht Uhr steht Stephan bereits im El Comercio von Íllora. Er staunt nicht schlecht, als auf ihrer Wunschliste auch Zutaten wie Paprika, aromatische Kräuter, Olivenöl und Allioli aufgeführt sind.

Sehr gerne erfülle er ihre Wünsche, freut er sich doch bereits jetzt auf den kulinarischen Höhenflug, der ihn heute Abend erwarten dürfte.

Unauffällig, in einem Automobiljournal blätternd und den Blick über den Heftrand gerichtet, studiert Stephan das grosse Poster an der Kasse des Comercio. Der Mann im Grossformat trägt einen gelben Regenschutz, schwarze Jeans, eine Adidas-Schirmmütze und eine Sonnenbrille. Die Aufnahme muss schräg von der Decke aus erfolgt sein und lässt keine aussagekräftigen Schlüsse über die Identität dieser Person zu.

Es gelingt Stephan nur unvollständig, die Schlagzeile auf dem Poster zu entschlüsseln: *Mordfall Sanchez, wer kennt diesen Mann?* So oder ähnlich lautet sie.

Er weiss, wer dieser Mann ist, und weiss auch, woher diese Aufnahme stammt und wann sie gemacht wurde. Es war am Samstagmorgen, den 4. April im Warenhaus in der Calle El Burgo in Ronda. Viele Kilometer seit Ronda sind sie gefahren, die Ortschaft Íllora liegt achtzig Kilometer nördlich von Granada und als überregionale Zeitung wird hier die Granada-Morgenpost verkauft. Sie ist es auch, die das Poster mit den Schlagzeilen liefert und die Stephan nun zu seinen Einkäufen legt.

Sein damaliger Instinkt liess ihn damit rechnen, dass sein Foto früher oder später in den Medien auftauchen würde. Mit Erleichterung nimmt er zur Kenntnis, dass seine Vorsichtsmassnahmen nicht umsonst waren und aufgrund der undeutlichen Aufnahme eine Verbindung zu ihm kaum hergestellt werden könnte.

Nach dem Bezahlen an der Kasse verabschiedet er sich mit einem freundlichen «Gracias!» von der Kassiererin und begibt sich mit den Einkäufen auf den Weg zurück zu Olivia.

Sie erwartet ihn fast schon ungeduldig und empfängt Stephan mit einem erleichterten und wohlwollenden Lächeln.

Gespannt lauscht Stephan ihren Übersetzungen und es bereitet ihm Freude, wie die sprachliche Verständigung mit Englisch und Französisch inzwischen beinahe perfekt funktioniert. Bei Unklarheiten helfen sie einander mit Mimik und Gesten weiter.

Olivia übersetzt: «Mordfall Alejandro Sanchez: Die Suche nach der noch immer flüchtigen Olivia Sanchez blieb bis heute ohne Erfolg. Auch Hinweise aus der Bevölkerung brachten keine brauchbaren Resultate. Die Vermutung, dass sich die Gesuchte in Ronda aufhält, wird durch diesen unbekannten Mann auf dem Foto gestärkt. Auffallend bei dieser Person sind seine Einkäufe in einem Kaufhaus am Samstag in Ronda, welche vorwiegend aus Gegenständen der Damenabteilung bestanden. Die Kassiererin des Kaufhauses erinnert sich an Frauenkleidung und Hygieneartikel, besonders auffallend sei ein Haarfärbemittel gewesen, an dessen Farbe sie sich jedoch nicht mehr erinnern möge. Sie habe diesen Herrn noch nie zuvor in ihrem Warenhaus an der Kasse bedient. Die Angestellte schätzt den unbekannten Mann auf über ein Meter achtzig, schlank und ungefähr 50 Jahre alt. Er trug eine dunkle Jeans und einen gelben Regenschutz. Die Polizei bittet diesen Herrn, sich bei der Polizei zu melden und dankt der Bevölkerung für Hinweise zu dieser unbekannten Person.»

Olivia und Stephan betrachten eingehend das undeutliche Foto und gelangen übereinstimmend zu dem Schluss, dass von dieser Seite keine Gefahr droht identifiziert zu werden. Besonders Mut macht ihnen die Tatsache, dass durch das Tragen von normalen Strassenkleidern nirgends eine Verbindung zu ihm und einer Radtour hergestellt werden könnte.

Wieder trifft ihr Blick Stephan, den sie sofort abwendet, um Sekundenbruchteile später – jetzt etwas länger – in seine Augen zu schauen.

Ihre Fahrt auf Nebenstrassen geniessen Olivia und Stephan. Sie lassen zwischenzeitlich vergessen auf welch gefährlichem Pfad sie sich nach wie vor befinden.

Die schöne Frau zeigt Grösse und akzeptiert auch weiterhin tapfer ohne Murren und den geringsten Einwand ihre unvorteilhafte Verkleidung; kein Mann nimmt Olivia zur Kenntnis oder schaut ihr begehrend hinterher.

Kilometer um Kilometer tragen sie die Räder weg vom dramatischen Geschehen in Marbella. Menschenleer ist diese wunderschöne Gegend im Hinterland von Andalusien und manchmal vergehen Viertelstunden, bis sie ein Fahrzeug kreuzt oder überholt.

Stephan fährt voraus, geleitet von seinem zuverlässigen Navigationsgerät und der immer konditionsstärkeren Olivia im Windschatten.

Abseits der Strasse machen sie Mittagspause. Eine halbe Stunde gönnen sie sich auf der weichen Unterlage, um ausgeruht die anspruchsvollen restlichen Kilometer bis Jaén in Angriff zu nehmen.

Ein wunderschöner Rastplatz am Waldrand empfängt die Radtouristen am Abend nach dieser doch sehr anstrengenden Tagesetappe. Gemeinsam entsteht ihr Zuhause; eingespielte Handgriffe ordnen das Gepäck und nach wenigen Minuten ist ihre kleine Wohnung bezugsbereit.

Langsam und dosiert lässt Stephan das kostbare Nass über Olivias schönen Körper fliessen. Sanft verteilen ihre feingliedrigen Hände die flüssige Seife auf ihrem Körper und wenig später, nach nochmaligem Nachspülen, lässt sie das Frotteetuch mit sinnlichen Bewegungen bis zu ihren äussersten Zehenspitzen gleiten. Bisher war sie immer darauf bedacht, Stephan ihren schlanken Rücken zuzukehren, dieses Mal nicht.

Völlig unbeabsichtigt, er vermutet aber voll bewusst – dies signalisiert ihm auch ihr zärtliches Lächeln – zeigt sie Stephan ihr aufregendes Profil.

Er ist verwirrt und seine Gefühlswelt gerät langsam in Wallung.

Eine völlig verwandelte Olivia blüht auf in der tiefblauen, wunderschönen Abendstimmung vor ihrem Zelt.

*Hat dieses veränderte Verhalten eventuell auch etwas mit ihrer Unruhe von letzter Nacht zu tun?*

Das Nachtessen hat Olivia mit viel Geschick zubereitet und es macht ihr sichtlich Freude, sein Wohlbefinden beim genüsslichen Verzehr ihrer Gaumenköstlichkeiten zu beobachten.

Sie widmen sich erneut der Planung für den nächsten Tag und diskutieren über der ausgebreiteten Strassenkarte, unter Abwägung von Höhenentwicklung und möglichen Nebenstrassen, die für sie beste Routenwahl.

Sanft, kaum wahrnehmbar, fühlt Stephan die leichten Berührungen von Olivia. Er skizziert ihr mit dem Finger den Weg auf der Karte, den sie mit ihren eigenen Fingern ebenfalls nachverfolgt und dabei seine Hand öfter berührt. Nur einen kurzen Augenblick, doch lange genug, um Stephan eindeutige Signale ihrer Zuneigung zu senden.

Olivia holt zwei Äpfel aus der «Vorratskammer» und streift dabei wieder ungewollt sanft seinen Körper, einer Tigerin ähnlich, die ihr Männchen auf ihre Bedürfnisse aufmerksam machen möchte.

Menschen reden oft Unmengen, um ihr Ziel zu erreichen. Was sich hier zwischen den beiden abspielt, ist subtiler, es geht unter die Haut und knisternd vor erotischer Spannung.

Solch kurze, intensive Gefühlserlebnisse brennen sich in die Seele ein und bleiben ein Leben lang gespeichert.

Es war ein anstrengender Tag und Olivia will sich früher als gewohnt, obwohl der Himmel noch nicht vollständig dunkel ist, zur Nachtruhe begeben.

Während Stephan vor ihrem Zuhause die Zahnbürste im Munde kreisen lässt, ist Olivia bereits in der Daunenwelt entschwunden.

Unbeabsichtigt haben sie einander häufig im Schlafsack berührt und Stephan ist schon mit der schlafenden Olivia im Arm aufgewacht. Beim Einschlafen liegt sie jedes Mal von ihm abgewandt auf der Seite.

Heute ist alles anders. Sie dreht ihm ihr junges Gesicht zu und zärtlich streichelnd gleitet ihre Hand über seine Brust.

Stephan fühlt ihren vibrierenden, heftigen Atem und ihre lustvolle Erregung in seiner unmittelbaren Nähe. Zwei Münder treffen auf lustvolle Lippen und ihre erregenden Brüste und ihr einladendes

Becken strecken sich fest und fordernd Stephans Körper entgegen. Erst jetzt wird ihm bewusst: Olivia ist nackt!

«Olivia … ich habe nichts, womit ich …»

Ihr heisser Mund lässt ihn nicht ausreden, er verschlingt wollüstig seine Worte und sie rückt noch näher, noch weicher und leidenschaftlicher an Stephan heran.

Stephans Pyjama wirbelt beiseite und eng umschlungen vereinigen sich ihre glühenden Körper auf eine selbstverständliche und natürliche Weise, als ob sie dies schon immer miteinander getan hätten.

Tief krallen und schrammen ihre Fingernägel in seinen Rücken.

Sanft, aber bestimmt fasst Stephan ihre Arme und führt sie hinter ihr verklärtes Gesicht. Wieder hinterlassen ihre Nägel Spuren und erneut bändigt er die immer heftiger in Wonne versinkende und sich windende Olivia.

Ein lustvoller Kampf um Macht und Unterwerfung spielt sich zwischen ihnen ab und Stephan fühlt ihren Wunsch, vollkommen unterworfen zu werden.

Kräftig umfasst er ihre schlanken Handgelenke und völlig wehrlos und ausgestreckt liegt sie ausgeliefert unter seinem bestimmenden Körper. Sie ist besiegt, lässt sich besiegen, und fast zeitgleich bricht die riesige Brandung über sie herein. Die Wogen der Lust sind derart heftig, dass es Stephan nur mit Mühe gelingt, ihre Lustlaute sanft mit seiner Hand auf ihrem Munde zu unterdrücken.

Stephans Erregung ist dem Höhepunkt nahe, er kann sich nicht mehr kontrollieren und versinkt mit ihr im unendlichen Lustrausch.

Die eine Hand hält die ihrigen noch immer nieder und die andere verbleibt bestimmend und geduldig auf ihrem sinnlichen Munde – bis sich ihre Wogen glätten und im endlos tiefen Meer abebben.

Tiefes Seufzen entweicht ihrer Brust: «Oh, Stephan …», gleitet über ihre sanften Lippen.

Den zerknüllten Schlafsack rückt Stephan zurecht und kurz darauf liegt Olivia mit entspannten Gesichtszügen schlafend im wohligen Daunenschlafsack.

Stephan tritt vors Zelt und lauscht in die nun dunkle Nacht. Was sie in der letzten halben Stunde im Zelt «ausgetragen» haben, war sehr heftig und sicherlich drangen eindeutige Geräusche aus dem Zelt.

Glücklicherweise campieren sie weit abseits jeglicher Zivilisation und niemand ist in der Nähe, der ihr lustvolles Treiben zur Kenntnis genommen haben könnte. Entspannt setzt er sich in der idyllischen Nachtruhe auf den kleinen Campingstuhl vor dem Zelt.

Die Sterne funkeln millionenfach am Firmament. Eine wundervolle, die Sinne beflügelnde Ruhe und Frieden legen sich über die Landschaft. Er fühlt sich frei und glücklich.

Erst vier Tage kennt er diese aussergewöhnliche Frau. Sie verstehen sich auf wundervolle Weise, noch nie fiel ein böses oder gehässiges Wort zwischen ihnen. Nun ergänzen sie einander auch noch im Sex aufs Erfüllendste.

Es muss Jahre her sein, lange genug, dass er sich nicht mehr erinnern kann, das letzte Mal solch leidenschaftlichen Sex wie mit Olivia erlebt zu haben. Er mag sie und wenn er ehrlich mit sich selbst ist, hat sie ihm bereits beim ersten Zusammentreffen im strömenden Regen in Ronda gefallen.

Friedlich schlafend, begleitet von tiefen Atemzügen, liegt Olivia in der Traumwelt des entspannenden Seins, während Stephan behutsam den warmen Platz neben ihr einnimmt.

# Mittwoch, 8. April

Sanfter, nur wenige Meter über dem Gelände liegender Morgendunst und schräg einfallende Sonnenstrahlen zaubern ein einzigartiges Licht in den jungen Tag.

Wie damals bei ihrer ersten Begegnung trägt Olivia ihre schwarzen Strümpfe, den dunkelbraunen, inzwischen etwas zerknitterten Jupe, die pastellfarbene Bluse und den teuren Versace-Gürtel.

Sie sieht hinreissend aus und schenkt Stephan ein zaghaftes Lächeln in seine noch schlaftrunkenen und vom Sonnenlicht geblendeten Augen.

«Stephan … das, was ich mit dir gestern Nacht erleben durfte, war sehr erfüllend und einfach wunderschön! Du … warst … einfach berauschend!» Ihre nächsten Worte kommen nun sehr überlegt über ihre sinnlichen Lippen.

Stephans Überraschung ist gross; sieht er da wirklich richtig? Eben hörte er ihre warmen, sinnlichen Worte und nun kullern schwere Tränen über Olivias Wangen.

«Stephan, ich muss nach wie vor damit rechnen, dass wir auf unserer Flucht gefasst, und ich wegen Mordes an Alejandro angeklagt und eventuell sogar verurteilt werde. Es war schon immer mein sehnlichster Wunsch, ein eigenes Kind zu haben und zu erleben, wie dieses Kind … mein Kind in mir wächst. Durch die Gefahr einer Verurteilung, die mir droht, spüre ich diesen Drang auf ein eigenes Kind mittlerweile noch viel stärker. Ein Kind würde mir Kraft und Sinn für mein weiteres Leben geben und mir helfen, mein schweres Schicksal zu ertragen.»

Stephan unterbricht sie nicht.

Olivia fährt fort. «Wie du weisst, war es mir und meinem über alles geliebten Alejandro nicht vergönnt, ein eigenes Kind zu zeugen. Ich bin mir bewusst, dass ich dich mit meiner Sehnsucht nun völlig überrumple und du wahrscheinlich an meinem Verstand zweifelst, aber … ich wünsche mir dieses Kind von dir! Ich habe dich in unserer kurzen Zeit, die wir jetzt hier zusammen verbracht haben, intensiv und wahnsinnig gut kennengelernt. Deine edle und gutmütige Art gefällt mir und gleichzeitig bist du so lieb und fürsorglich. Du bist ein attraktiver Mann, du hast wunderbare Kinder und du stehst mit beiden Beinen fest im Leben. Der Zeitpunkt für mich, ein Kind zu zeugen, ist in diesen Tagen günstig, eine zweite Chance in diesem Monat haben wir vielleicht nicht mehr. Du bist der Einzige, von dem ich mir noch vorstellen kann, ein Kind zu bekommen, und ich wünsche es mir wirklich ... nur von dir!» Mit grossen Augen blickt sie Stephan so sehnsüchtig, wie ein Mensch nur schauen kann, an.

In seinem bisherigen Leben wurde Stephan nur selten von einem nicht bereits vermuteten Ereignis oder einer unvorhergesehenen Entwicklung völlig überrascht. Was ihm Olivia nun eröffnet, straft seine Erfahrung Lügen und löst einen heftigen Fluss an Emotionen in ihm aus.

Wortlos schliesst er Olivia in seine Arme und streichelt ihr sanft übers Haar. Fast gleichzeitig plagen ihn Gedanken, die sein sensibles Selbstbewusstsein und sein Ego trüben.

Hat Olivia ihr gestriges intimes Erlebnis so sehr gefallen oder war ihr für ihn nach wie vor sehr erfüllendes, intensives Zusammensein hier nur Mittel zum Zweck gewesen?

Als ob sie seine Gedanken lesen könnte, schlingt sie ihre Arme fest um seinen Hals, nimmt ihn mit ihren schönen braunen Augen in Besitz und presst ihren sinnlichen Körper leidenschaftlich und innig an ihn.

«Stephan, du hast mich letzte Nacht bis zum Äussersten gebracht, ich bin unter deiner Willenskraft völlig dahingeschmolzen! Es war unglaublich lustvoll und erfüllend für mich, du hast mich glücklich gemacht ... vielleicht tust du das wieder mit mir?», flüstert Olivia.

Diese Frau macht Stephan sprachlos, ihre Worte und Blicke berühren Stephan, und ihre Zuneigung droht ihn langsam aus dem Gleichgewicht zu werfen. Seine Gefühle für Olivia erreichen ein Ausmass, welches einem Manne seines Alters eigentlich nicht mehr zustehen.

Ohne ihren sensiblen Dialog fortzuführen, liegen sie sich einige Momente eng umschlungen in den Armen.

Schönste Gefühle hin und her, sie lösen sich aus der Umarmung, die Pflicht ruft.

Noch sind sie grösster Gefahr ausgesetzt und Hunderte Kilometer auf dem Weg in die Freiheit liegen noch vor ihnen. Stephan macht sich auf den Weg zu seinen Tageseinkäufen.

Seit dem Zusammentreffen mit Olivia gehört auch der Besuch des Kiosks mit den neusten Zeitungsinformationen zu seinen morgendlichen Pflichten.

Dieses Mal zeigt die Aufnahme auf dem Poster ein gediegenes, zweistöckiges spanisches Haus mit Ecktürmen und schmiedeeisernen Toren und Geländern.

Wäre nicht ein Foto mit dem Ehepaar Sanchez abgelichtet, käme Stephan nie auf die Idee, eine Verbindung zwischen Olivia und diesem Hause herzustellen.

*El robo* steht dort als Schlagzeile, was wahrscheinlich übersetzt «Der Einbruch» oder «Der Diebstahl» heisst, den Rest kann er nicht entschlüsseln. Olivia wird ihm nachher den Zeitungsbericht übersetzen.

Wenig später sitzen sie abreisebereit im Gras, während Olivia den Zeitungsartikel übersetzt.

«Der Einbruch: Der Mordfall Alejandro Sanchez wird immer mysteriöser. In das Haus des Ermordeten wurde gestern ein Einbruch verübt. Das Haus (siehe Bild) liegt im noblen Villenviertel von Madrid. Informationen, welche von der Polizei unter Verschluss gehalten werden und nur spärlich an die Öffentlichkeit gelangen, lassen viele Fragen offen: Weshalb konnte dieser Einbruch trotz Polizeiüberwachung stattfinden? Welche Interessen hat die Täterschaft hierbei verfolgt? Als hochrangiger Anwalt hatte Alejandro Sanchez Kontakte bis in die höchsten Regierungskreise Spaniens und Einsicht in wichtigste Dossiers des Aussenministeriums. Wusste Alejandro Sanchez zu viel? Nach wie vor ist seine Ehefrau Olivia wie vom Erdboden verschluckt und auch die Polizei tappt über ihren Verbleib völlig im Dunkeln. Wir recherchieren in diesem mit immer neuen Überraschungen gespickten ‹Kriminalfall Sanchez› weiter und halten Sie auf dem Laufenden. Die Redaktion.»

Olivia legt die Zeitung zur Seite, ein Seufzer der Erleichterung gleitet ihr über die Lippen.

Endlich einmal ein Bericht, welcher sie nicht nur belastet, sondern sogar ein bisschen aus der Schusslinie zieht.

Noch immer im Grase sitzend analysieren sie die aktuelle Situation.

«Olivia, siehst du nun auch ein kleines Licht am Ende des Tunnels?», möchte Stephan wissen. «Diese Meldung muss dir doch Mut machen. Es ist das erste Mal seit dem Mord an deinem Alejandro, dass neue Aspekte als Tatmotiv in Betracht gezogen werden! Dass der Einbruch trotz Polizeiüberwachung stattfinden konnte, macht die Möglichkeit einer Komplizenschaft der Mörder mit der Polizei noch wahrscheinlicher. Noch bist du in grosser Gefahr und solange diese Mörder nicht gefasst sind, müssen wir uns weiter extrem vorsichtig auf unserem eingeschlagenen Pfad aus der Gefahrenzone bewegen. Wenigstens können wir nach wie vor davon ausgehen, dass niemand weiss, wo du dich aufhältst, und niemand auch nur die geringste Ahnung hat, wie unsere Absichten aussehen.»

Bestärkt und motiviert ob dieser neuen Erkenntnis sitzen Olivia und Stephan wenig später auf ihren Bikes.

Ihr heutiges Fahrziel heisst Úbeda, die von der UNESCO zum Weltkulturerbe ernannte Renaissance-Stadt. Wieder wollen über einhundert Kilometer mit ihren Bikes bewältigt werden.

Faszinierende Landschaftseindrücke begeistern Stephan und die Tatsache, all diese Naturschönheiten mit dem Bike zu durchfahren, lassen das Erlebte noch viel nachhaltiger auf ihn wirken.

Noch vor einer halben Stunde sah Stephan alles durch eine rosarote Brille in schönsten Roséfarben und er hätte die ganze Welt freudig und übermütig umarmen können.

Nun beschleichen ihn plötzlich neue, melancholische Gefühle und belastende Fragen bedrücken ihn.

*Was geschieht, wenn der Mord an Alejandro aufgeklärt und die Unschuld von Olivia bewiesen ist?*

Ein riesiger Ballast würde von ihr fallen und die aktuelle Situation schlagartig ändern. Sie würde Stephan um den Hals fallen und ihn für seine selbstlose Hilfsbereitschaft innig an sich drücken.

Endlich dürfte sie ihre Familie und Freunde kontaktieren und gleichzeitig auch ihre Rückkehr nach Madrid organisieren. Vielleicht würden sie in einem nahen gelegenen Hotel nochmals übernachten, gemeinsam frühstücken und auf das Eintreffen ihrer Freunde oder Eltern warten.

Was bliebe Stephan anderes übrig als den glücklichen Reisebegleiter und Retter zu mimen, und ihr alles Gute und viel Kraft für die Bewältigung ihres Schicksals und ihrer Zukunft zu wünschen? Er würde Olivia im Glauben lassen, wie ursprünglich geplant seine Reise zurück in die Schweiz mit Bike und Anhänger fortzusetzen.

Eines weiss Stephan mit Sicherheit bereits jetzt: Zukünftige Nächte ohne Olivia im Zelt würden ihm sehr schwerfallen. Bei der nächstbesten Gelegenheit würde er seine Radtour abbrechen und die Rückreise in die Schweiz mit dem Zug oder dem Flugzeug antreten.

Wie gewohnt fährt Olivia in seinem Windschatten hinter ihm her. Sie sieht weder sein sorgenvolles Gesicht, noch fühlt sie seine innere Unruhe und die schleichenden, schweren Gefühle in Stephans Seele.

Viele Hürden hat er in seinem Leben gemeistert und sich auch durch Tiefschläge nie demoralisieren lassen. Auch dieser schmerzliche Abschied würde verheilen und die Erinnerung an diese wundervollen Tage mit Olivia ihm eines Tages Glücksgefühle bereiten.

Das leise Summen der Räder holt Stephan aus seiner Träumerei zurück. Die frohen Farben des Frühlings, der herrliche Duft der Natur und die Gewissheit, mit Olivia sehr gut in der geplanten Zeit zu liegen, lassen seine positiven Gedanken wieder aufleben und die vorherigen sentimentalen Gefühle verschwinden.

Olivia bewegt sich inzwischen mit solch überzeugender Sicherheit auf dem Bike, als ob sie seit Jahren diesem Sport frönen würde. Nahezu dreihundert Kilometer haben sie inzwischen aus eigener Kraft zurückgelegt und jeder weitere Kilometer beflügelt ihre Freude am Radfahren.

Häufig nebeneinander fahrend tauschen sie sich in angeregten Gesprächen über die Welt und ihr Leben aus.

Alejandro war ein wunderbarer Ehemann, Partner und Freund zugleich. Trotz seines intensiven beruflichen Engagements fand er auch immer Zeit für sie und ihre Bedürfnisse. Frauen haben oft um ihn gebuhlt, was sie, obwohl es doch sehr schmerzhaft war, ohne Eifersuchtsszenen akzeptieren konnte. Auch sie wusste um ihre Anziehung bei Männern, ohne diese je ausgenutzt zu haben. Sie stand stets hinter ihrem Alejandro und hielt ihm jederzeit den Rücken frei.

Besonders glücklich war sie, wenn Alejandro sie um ihre Meinung bat oder er von ihr einen Ratschlag bekam. Er sah sie zu keiner Zeit nur als schöne Frau und eigenes Aushängeschild, sondern habe sie stets auch als Beraterin und Partnerin geliebt und geschätzt.

Unendlich weit erscheint einem Rad fahrenden Besucher dieses schöne spanische Land.

Waldpartien, kurze leichte Gebirgszüge und plätschernde Flüsse wechseln in bunter Reihenfolge und lassen fortlaufend neue Hochgefühle in ihnen aufkommen.

Wie im Flug vergeht die Zeit und ohne sich dessen bewusst zu werden, erreichen sie im einsetzenden Abendlicht Úbeda. Olivia, inzwischen ebenfalls zur strategischen Planerin mutiert, suchen sie gemeinsam nach einem idealen Biwak-Platz, welchen sie alsbald auch finden und beziehen.

Freudig, fast lustvoll, hilft Olivia beim Aufbau und Einrichten des Zeltes. Das abendliche Waschritual erfährt eine kleine, aber atemberaubende Veränderung: Während Stephan den Inhalt der Wasserflasche über ihren Körper fliessen lässt, wendet sie ihm ihr hübsches Gesicht zu und schenkt ihm ein tiefgründiges, sinnliches Lächeln. Ihre braunen Augen versinken in seinen und Olivia geniesst die Macht der Situation, während ihre schlanken Hände sanft über seinen elektrisierten Körper, die Brust und die Hüften gleiten.

Es bereitet ihr sichtlich Freude, das Resultat ihrer weiblichen Verführung an seiner männlichen Reaktion festzustellen.

Auf der weichen Unterlage geniessen sie anschliessend ihr einmal mehr von Olivia mit viel Geschick zubereiteten Köstlichkeiten.

Genussvoll schlürfen die beiden am neu in den Menu-Plan aufgenommenen Ribera del Duero, welcher ihnen trotz der nicht idealen Plastikbecher ausgezeichnet mundet und ihrem Essen beinahe einen festlichen Anstrich verleiht. Olivia liebt den spanischen Rotwein, sie gönnt sich trotzdem nur einen halben Becher.

*Spielt da etwa der von ihr gehegte Kinderwunsch bereits eine Rolle?*

Nachdem die frisch gewaschenen Dressen an der Leine baumeln, möchte sich Olivia wiederum frühzeitig zur «Ruhe» begeben. Erregende Erinnerungen an gestern Abend flackern in Stephans Kopf auf.

Sie trägt aufreizend den von ihm gekauften, etwas zu engen schwarzen BH und hilft Stephan bei der Suche nach einer vermissten Socke. Ihre wallenden Brüste quellen über das zu kleine Schwarze und sinnlich lächelnd nimmt sie zur Kenntnis, dass ihm diese Tatsache die Wärme in die Lenden treibt.

Diese Frau liebt das erotische Spiel, sie entwickelt ideenreich ihre atemberaubenden Fantasien, um ihr lustvolles Ziel zu erreichen.

Stephans Socken hat sie vorher in ihrem BH versteckt, nur ein winzig kleiner Teil schaut neckisch über den Rand des Büstenhalters hervor.

Sie weiss um die Konsequenzen dieses «schweren Vergehens» und begehrlich wollüstig lächelnd und voller Erwartung legt sie sich heftig atmend und mit bebendem Körper auf die weiche Daunendecke ...

Später, unter der nun grösser werdenden Mondsichel, erledigt Stephan den Abwasch an diesem Abend alleine. Olivia liegt entspannt und friedlich schlafend in der Geborgenheit ihres Zeltes.

# Donnerstag, 9. bis Freitagmittag, 10. April

Erneut versüsst ein traumhaft schöner Sonnenaufgang den Start in den neuen Tag.

Im Aushang des Zeitungsshops im Einkaufscenter Úbeda bleiben die für die beiden wichtigen Schlagzeilen mit aktuellen Informationen dieses Mal aus. Trotzdem nimmt Stephan, wie bisher jeden Tag, die heutige Tagesausgabe im Einkaufswagen mit.

Bereits um neun ist er von den Einkäufen zurück.

Olivia erlebte eine schöne Nacht und ausgeruht und zielstrebig nehmen sie die angestrebte Tagesetappe bis Reolid in Angriff.

Die kleine Ortschaft am Río Guadalmedina liegt einhundertzehn Kilometer westlich ihres letzten Biwak-Platzes, bereits in der Provinz Albacete.

Gut ausgebaute Nebenstrassen entlang des Parque Natural de las Sierras de Cazorla beflügeln sie bei der Fahrt auf ihren zuverlässigen, bisher von Pannen verschonten Bikes.

Bei der Mittagsrast blättert Olivia in der von Stephan mitgebrachten Zeitung. Es ist das erste Mal seit dem schlimmen Verbrechen an Alejandro, dass keine Meldung über den Mord an ihrem Mann in der Zeitung erwähnt ist.

Etwas oberhalb des Flusslaufs des Río Guadalmedina, unmittelbar vor Reolid, in einer geschützten Mulde beziehen sie ihr Nachtquartier. Sie befinden sich nur 2 km von ihrer Zielortschaft Reolid entfernt. Stephan wird morgen wenig Zeit brauchen, um die Tageseinkäufe dort zu besorgen. Sanft und beruhigend wirkt das friedliche Plätschern des im Frühjahr noch Wasser führenden Guadalmedina.

Diese einzigartige Abendstimmung am Fluss und das inzwischen von Olivia zubereitete Nachtessen lassen sie die Gefährlichkeit ihrer Reise vollkommen vergessen.

Olivia liebt den roten «Conde de San Cristóbal» ebenso und genüsslich, ohne jeglichen Zeitdruck, aber mit ihrer bereits gewohnten Zurückhaltung geniessen sie den edlen Roten und lassen die Köstlichkeiten im Munde zergehen.

«Wir haben heute einhundertzehn Kilometer bewältigt – eine gewaltige Leistung mit unseren schwer beladenen Bikes», meint Stephan stolz.

Eng nebeneinander auf der weichen Unterlage liegend, den Blick auf die in der Abenddämmerung gelb-orangefarbene leuchtende und immer breiter werdende Mondsichel gerichtet, verstreicht die Zeit.

Die Müdigkeit und der in geringen Mengen genossene Alkohol lassen sie relaxen und bald schon befinden sie sich in einem trance-ähnlichen, fast schon schwebenden Zustand.

In sinnlicher Natürlichkeit berühren sich ihre Hände.

«Olivia, das war mein Finger», meint Stephan scherzhaft drohend.

«Was meinst du damit?»

«Ich finde es nicht sehr lieb von dir, wenn du mich in den Finger kneifst.»

«Stephan, da musst du dich irren; wenn ich dich kneifen würde, dann würdest du das aber bestimmt viel intensiver fühlen!»

Tatsächlich kneift ihn Olivia nun sehr heftig in seinen kleinen Finger.

Inzwischen sind beide auf die Seite gerollt, ihr heisser, erregter Atem lässt beider Hormonspiegel in die Höhe schnellen. Ihre Lippen lassen nur noch so viel Zwischenraum, dass ein sinnliches Zwiegespräch weitergeführt werden kann.

«Olivia, ich mache dir einen Vorschlag, wie es dir leichtfallen wird, mich nicht mehr kneifen zu müssen.»

«Da bin ich aber gespannt.»

«Leg deinen oberen Arm auf deinen Rücken und öffne leicht deine eleganten Beine», fordert Stephan.

Begierig glänzen ihre Augen. Nur zu gerne erwartet Oliva Stephans spezielle Vorschläge zur Ausräumung des Problems, spontan folgt sie seinen Anweisungen und hebt sanft ihr wohlgeformtes Bein.

Behutsam gleitet Stephans Hand zwischen ihren erregten Schenkeln hindurch und ergreift mit festem Griff ihr schmales Handgelenk auf ihrem Rücken.

«Nun darfst du die Beine wieder schliessen.»

Sein Arm liegt eingebettet zwischen ihren Schenkeln in wohlig-feuchtwarmer Umgebung.

«Jetzt kannst du mich nicht mehr kneifen, Olivia!»

Ihre Reaktion folgt postwendend, indem sie mit der noch freien Hand Stephans Brustwarzen wenig zimperlich bearbeitet.

Natürlich hat er eine «Antwort» von ihr erwartet, nun liegt es an ihm, zu beweisen, wer der «Herr im Hause» ist. Ihr Handgelenk noch immer fest in seinem Griff, legt sich Stephans Arm fest an ihre intimste Weiblichkeit, je intensiver sie seine Brustwarzen «liebkost» umso kräftiger spannt Stephan seinen Arm zwischen ihren Schenkeln.

«Stephan», seufzt Olivia, «du bist so gemein, das ist nicht fair von dir.»

Sie sucht die totale Nähe, ihr Mund bedeckt den seinen und eng umschlungen bricht ein gewaltiger Orkan über Olivia herein. Diesem Sturm kann auch er sich nicht entziehen, gemeinsam tauchen sie ein in die kaum enden wollende Sinneslust.

Später, viel später, breitet Stephan den Schlafsack auf der weichen Unterlage unter freiem Himmel aus und hilft der sichtlich erschöpften Olivia in die weiche Umgebung. Er schlüpft zu ihr in die Wärme des Daunenschlafsackes und friedlich küsst sie das glitzernde Sternenmeer sanft in den Schlaf.

Der plätschernde Fluss, das fröhliche Gezwitscher der Vogelwelt und das, den Tag begrüssende Sonnenlicht eröffnet den Freitag.

Kein duftender Kaffeegeruch streichelt seine Sinne; Olivia, sonst äusserst aufmerksam, sitzt mit leerem Blick aufrecht im Daunen-schlafsack. Ihre Augen sind gerötet und ihr leises Schluchzen passt überhaupt nicht zu seinem eben noch so frühlingshaften Empfinden und dem gestern Abend Erlebten.

Emotional, einem Bergbach ähnlich, sprudeln niedergeschlagene Worte aus ihrer Seele: «Stephan, ich fühle mich unglaublich schlecht, mich plagen tiefe Schuldgefühle! Vor genau einer Woche wurde mein geliebter Alejandro ermordet und heute wird er in Madrid beigesetzt; ich bin nicht bei ihm und kann ihn nicht einmal mehr in meine Arme schliessen. Anstelle tiefer Trauer erlebe ich heftigen Sex mit dir und geniesse es auch noch. Ich werde mir erst jetzt richtig bewusst, was für ein schlechter Mensch ich eigentlich bin. Ich fühle mich wie eine billige Schlampe. Alejandro wird im Himmel erfahren, wie tief ich gesunken bin und wie hinterhältig ich ihn betrogen habe.»

Olivia heult bitterlich. «Ich bin es nicht wert, gerettet zu werden. Hätte mich dieser Mann in Marbella doch nur auch erschossen – ich habe nichts anderes verdient!»

Sie beugt sich nach vorn und bricht erneut heftig in Tränen aus.

Stephan hat sie in ihren verzweifelten Ausführungen nicht unterbrochen, sondern einfach nur zugehört.

«Olivia, komm, setz dich bitte zu mir!», sagt er sanft.

Sie setzt sich darauf zwischen seine Beine, den Rücken ihm zugewandt, wie das kleine Töchterlein, welches bei seinem Vater Schutz, Geborgenheit und Verständnis sucht.

«Olivia, was du mit dem Tod von Alejandro erleben musstest, ist für eine nicht direkt betroffene Person kaum vorstellbar. Dein Schmerz ist unermesslich und die Leere in dir erfasst dich so sehr, dass du sogar deinen Lebenswillen infrage stellst. Die Evolution baut ein Schutzsystem im menschlichen Wesen auf, damit auch solche dramatischen Ereignisse verarbeitet werden können und der Lebenswille nicht stirbt. Die Natur will, dass das Leben weitergeht und längerfristig die Seele wieder Freude erlebt. Die Natur will, dass du nicht zerbrichst!»

Stephan erzählt ihr von einem Ereignis, welches er selbst einst im Militärdienst erlebt hat: Durch ein tragisches Versehen starb ein Soldat bei einer Schiessübung.

«Mein Freund war verantwortlicher Leiter der Schiessübung, und obwohl er später rehabilitiert wurde, war er am Tag des Unfalles völlig am Boden zerstört. Er fühlte sich dafür verantwortlich. In der gleichen Nacht hatte er Sex mit einer ihm völlig unbekannten Frau. Unser Militärpsychologe, er war auch ein Freund von uns beiden, wusste von dem Geschehen und in vielen folgenden Gesprächen war dieses Verhalten meines Freundes ein Thema. Die Medizin weiss um das Phänomen und ist sich bewusst, wie wichtig solche Reparaturmechanismen für das Überleben der betroffenen Menschen sind. Trauer und Lust gehen eine intensive Verbindung ein und niemals darf sich ein betroffener Mensch in dieser Situation über sein Verhalten selbstzerstörerische Vorwürfe machen. Olivia, das Gleiche trifft auch für dich zu: Du hast deinen Mann geliebt, du bist eine sehr liebenswerte Frau und ein sehr wertvoller Mensch; du sollst leben – ich will, dass du lebst!»

Sie sagt kein Wort, nickt aber zaghaft und lehnt sich weiter Schutz suchend an Stephans Körper. Er glaubt, dass sie seine Worte versteht und er sie ein wenig von ihrem inneren Zerwürfnis und den tiefen Schuldgefühlen befreien konnte. Es tut ihr gut, jemanden in der Nähe zu wissen, der zu ihr steht und ihr bei der Verarbeitung ihres schweren Schicksals hilft.

Längere Zeit, ohne Worte zu wechseln, verweilen sie sitzend im Schlafsack.

Der Kaffee, dieses Mal von Stephan aufbereitet, blubbert später in der Pfanne und mit dem Frühstück kehrt auch ihr Lebensmut allmählich wieder zurück.

Kurz darauf ist Stephan mit dem Bike und leeren Sacochen auf dem Weg zu den Freitagmorgen-Einkäufen nach Reolid.

Im kleinen Laden *La tienda de alimentación* findet er alles für ihren heutigen Tagesbedarf.

Das Brautpaar Sanchez schmückt das Poster am Kiosk. Die Aufnahme stammt von ihrer luxuriösen Hochzeit im August 2002 in Marbella. Olivia im weissen, trägerlosen, diagonal und sehr taillenbetont geschnittenen Brautkleid, welches ihrem edlen Wesen schmeichelt und ihren weiblichen Formen sehr vorteilhaft betont. Ihr Haar trägt sie hochgesteckt und ein edles Collier schmückt ihren schlanken Hals. Der Bräutigam trägt einen dunkelblauen Smoking mit körperbetonter Passform und eine feingliedrige Brille.

Dieses Bild lässt niemanden kalt, der Betrachter fühlt die Harmonie und Zusammengehörigkeit dieses schönen Paares.

Stephan kauft die Freitagsausgabe und legt sie zuunterst in die Sacoche.

Er kann Olivia diese Zeitung heute nicht zumuten, der Bericht würde ihr das Herz brechen.

Bald darauf ist Stephan zurück bei Olivia. Sie schaut ihn fragend an, und ohne es auszusprechen, weiss er, was sie wissen möchte.

Er ist ein schlechter Lügner und erkennt in ihren Augen, dass sie ihm nicht glaubt, keine Zeitung gekauft zu haben.

Sie fühlt sein tiefes Bedürfnis, ihr helfen zu wollen und reagiert verständnisvoll und ohne zu insistieren.

# Freitagnachmittag, 10. April

Das schöne Andalusien liegt bereits viele Kilometer hinter ihnen.

Die sanft summenden Räder bringen sie näher an Albacete, der Hauptstadt der gleichnamigen Provinz, sie liegt nur zweihundert Kilometer südlich von Madrid. So nah wie heute werden die beiden auf ihrer Reise der Heimatstadt von Olivia nie mehr kommen. Der erste Teil ihrer Tagesroute verläuft durch ausgedehnte Wälder, um später, kurz vor Albacete in trockene, wüstenähnliche Gegenden zu wechseln.

Diese Provinz ist noch dünner besiedelt als Andalusien; die kleinen Ortschaften liegen häufig zehn und mehr Kilometer weit auseinander und noch seltener als in den Vortagen treffen sie auf automobilen Verkehr.

Niedergeschlagen und traurig fährt Olivia mit monotonem Tritt hinter Stephan her. Sie reden kaum und auch beim Mittagshalt lässt Olivia ihre tiefe Trauer um Alejandro fühlen. Sie nimmt auf ihre eigene Weise Abschied von ihrem geliebten Mann.

Im Moment befahren sie eines dieser menschenleeren und nicht enden wollenden Waldgebiete. Die Bäume spenden in der nun hoch am Himmel stehenden Sonne willkommenen Schatten und machen ihre Fahrt nach Albacete angenehm.

Bereits seit einigen Sekunden folgt ihnen ein Fahrzeug in langsamer Fahrt. Die Strasse ist nicht sehr breit, für einen Personenwagen aber absolut kein Problem, an ihnen vorbeizufahren.

Es ist ein älterer, roter VW Golf und wie Stephan es aus seiner Warte beobachtet, wahrscheinlich mit vier Personen besetzt.

Der Zufall – wie sich bald zeigen sollte, sogar ein Glücksfall – will, dass ein weiteres Fahrzeug aufschliesst. Ein Überholen zwischen den beiden Autos ist jedoch hier wegen der fehlenden Strassenbreite nicht möglich. Um den hinteren Wagen nicht länger zu blockieren, muss der Fahrer des roten VW Golf wohl oder übel auch an ihnen vorbeifahren.

Wie von Stephan vermutet, sitzen vier Insassen im Golf, welche die Radfahrer genau beobachten. Die vier jungen Burschen, mit

Schirmmützen mit nach hinten gedrehtem Visier, hinterlassen bei Stephan einen fragwürdigen, ja sogar üblen Eindruck.

*Bahnt sich hier eine unheilvolle Entwicklung an?*

Die beiden Fahrzeuge entschwinden ihren Blicken und fast gleichzeitig unterbrechen Olivia und Stephan ihre Fahrt.

«Olivia, diese vier dubiosen Typen im Golf gefallen mir nicht, die wollen etwas von uns – etwas, das uns gar nicht gefallen dürfte. Bestimmt werden sie bald wieder hier auftauchen. Hier allein auf weiter Flur sind wir ein ideales Ziel für Verbrecher. Ich vermute sogar, dass es sich um Wegelagerer handeln könnte, welche es nicht auf dich, sondern auf uns, das Rad fahrende Paar, abgesehen haben.»

Stephan braucht Olivia nicht zu erzählen, welch schlimme Ereignisse auf Spaniens Strassen in letzter Zeit geschehen sind. Die vielen Presseberichte überfallener Touristen deuten auf eine dramatische Zunahme einer verbrecherischen Entwicklung in dem sonst so wunderbaren Sonnenland Spanien.

Es ist eine Angewohnheit von Stephan, das Display seines Navigationsgerätes permanent zu beobachten und deshalb ist ihm auch nicht entgangen, dass rechts von ihnen, in circa hundert Meter Entfernung, eine Waldstrasse parallel zu der ihrigen verläuft. Stephan vermutet ein Waldweg für die Forstpflege.

Diesen sollten sie so schnell wie möglich erreichen, und Sekunden später stapfen Olivia und Stephan mühsam die schweren Bikes schiebend, durch den von festem Dickicht durchsetzten Wald in Richtung dieses Weges. Keine vierzig Meter haben sie geschafft, als der rote Golf aus entgegengesetzter Richtung erneut auftaucht und mit quietschenden Reifen unweit ihres vorherigen Standortes stoppt.

«Jetzt wird's brenzlig, Olivia, die suchen wirklich nach uns!»

Eine Fluchtchance besteht in diesem Moment nicht, also bleibt als einziger Ausweg, sich augenblicklich unsichtbar zu machen.

Die beiden lassen sich mitsamt den Bikes ins Dickicht fallen und harren heftig atmend der Dinge, die da kommen.

Ein kurzes, heftiges «Oh!» entweicht Olivia, wahrscheinlich hat sie sich irgendwo wehgetan.

Der Baum direkt vor ihm verdeckt Stephan die Sicht. «Olivia, kannst du mir beschreiben, was die Typen unternehmen?»

«Der Fahrer sitzt im Wagen, zwei laufen in unserer Richtung und der vierte sucht auf der gegenüberliegenden Strassenseite anscheinend nach uns.»

Nach kurzer Pause orientiert Olivia weiter: «Inzwischen stehen die beiden Männer ungefähr zehn Meter von der Strasse entfernt auf unserer Waldseite und diskutieren über irgendwas. Sie schauen in unsere Richtung, aber ich denke, noch haben sie uns nicht entdeckt.»

Olivia beschreibt Stephan die eigenartigen Gegenstände, welche die merkwürdigen Burschen in ihren Händen halten. Es müsste sich um Schlagruten handeln, vermutet Stephan. Er verzichtet darauf, ihr zu erklären, was man alles mit diesen mörderischen Dingern anrichten könnte.

«Stephan.» Ihre Stimme klingt erleichterter als noch vor wenigen Augenblicken. «Ich glaube, sie geben die Suche nach uns auf, sie sind zurück beim Auto.»

«Olivia, sie werden vermuten, wir hätten die gefährliche Situation erkannt und die Flucht mit unseren Bikes in entgegengesetzter Richtung angetreten.»

Das Aufheulen des Golf-Motors und das Quietschen der Räder bestätigen Stephans Vermutung.

«Die werden, wenn sie den Irrtum bemerken, in ein, zwei Minuten wieder zurückkommen und dann intensiv hier nach uns suchen, Olivia.»

Mühsam stossen und zerren sie ihre Bikes weiter durch das Dickicht dem rettenden Waldweg entgegen. Noch fehlen ungefähr zehn Meter, als der Golf mit quietschenden Bremsen an derselben Stelle wie kurz zuvor anhält.

Die Männer springen aus dem Wagen und suchen erneut nach ihnen. Sie dringen tiefer als vorhin in den Wald und wie nicht anders zu erwarten, werden Olivia und Stephan entdeckt.

«Wir haben sie!», hören sie die Männer rufen und die erbarmungslose Jagd nach Olivia und Stephan beginnt erneut.

Noch fehlen fünf Meter bis zum rettenden Waldweg und diese kurze Strecke scheint endlos. Jetzt eine Schlauchpanne beim Durchzwängen der Bikes durch das mit spitzen Ästen versetzte Dickicht, wäre das Schlimmste, was ihnen passieren könnte!

Endlich haben sie den Weg erreicht und können sich auf die Räder schwingen.

Glücklicherweise bleiben sie auch auf den letzten Metern im Dickicht von Reifenschäden verschont und der Waldweg verläuft, soweit Stephan es einsehen kann, flach und ohne eine Steigung.

Nur langsam gewinnen sie mit den schwer beladenen Bikes an Fahrt.

Das Knacken der Äste hinter ihnen signalisiert das Näherkommen der durch den Wald auf Olivia und Stephan zu rennenden Verbrecher.

Neun, zehn, elf, zwölf, dreizehn Stundenkilometer zeigt Stephans Velocomputer, die heftig keuchende Olivia folgt wie ein Schatten dicht hinter ihm.

Ein junger Mann kann eine gewisse Zeit mit einer Geschwindigkeit von zwanzig Stundenkilometern oder mehr rennen, entsprechend sind Olivia und Stephan für diese gefährlichen Männer nach wie vor erreichbar.

Mit Höchstleistung wuchten sie Ihre durchtrainierten Muskeln in die Pedale und kontinuierlich beschleunigen ihre Räder weiter.

Inzwischen zeigt das Display sechzehn Stundenkilometer. Die Verfolger versuchen ihnen den Weg abzuschneiden … siebzehn, achtzehn, neunzehn Stundenkilometer und noch immer, nun aber wesentlich verlangsamt, verkürzt sich die Distanz zwischen ihnen und den Verfolgern.

Heftiges Fluchen lässt darauf schliessen, dass einer der Verfolger im Dickicht gestürzt ist, und für die Hatz nach ihnen nicht mehr infrage kommt.

Zwanzig, einundzwanzig, zweiundzwanzig Stundenkilometer Geschwindigkeit zeigt der Radcomputer. Stephan wagt einen ersten Blick rückwärts, an dem durch die Höchstleistung gezeichneten Gesicht von Olivia vorbei auf ihre Verfolger. Es sind noch zwei von ihnen übrig, die eben den Waldweg kaum sechzig Meter hinter ihnen erreicht haben. Sie müssen einsehen, sie zu Fuss nicht mehr einholen zu können und ihr Auto steht für die Verfolgung auf der falschen Strasse und demzufolge im Moment auch nicht zur Verfügung.

Trotz Überzeugung, die gefährlichen Verfolger abgeschüttelt zu haben, ist Stephan skeptisch: Der Waldweg beginnt nun sanft, aber für ein Bike mit beladenem Anhänger sofort fühlbar zu steigen.

«Jetzt wird's brenzlig, Olivia», keucht Stephan. «Noch besteht kein Grund, uns in Sicherheit zu fühlen.»

Die Geschwindigkeitsanzeige fällt unter zwanzig Stundenkilometer und sinkt weiter.

Den Verfolgern ist diese Entwicklung ebenfalls nicht entgangen, sie wittern ihre Chance, und die Jagd auf Olivia und Stephan beginnt aufs Neue. Inzwischen wieder zu dritt hechten die Häscher hinter ihnen her und von Sekunde zu Sekunde verkleinert sich die Distanz zwischen ihnen und Olivia und Stephan.

Das Gewicht des Anhängers zerrt wie ein schwerer Bleiklotz an Oberschenkeln und Waden. Auch unter Aktivierung ihrer letzten Reserven schaffen sie nicht mehr als siebzehn Stundenkilometer. Stephan spürt Olivias heftigen Atem fest in seinem Nacken.

Gedanken wirbeln in seinem Kopf und die innere Stimme spricht ihm Mut und Durchhalteparolen zu:

*Das sind keine durchtrainierten Sportler, vielleicht sogar Drogenabhängige oder dem Alkohol verfallene Jugendliche – irgendwann muss auch denen die Luft ausgehen!*

Noch ungefähr zwanzig Meter trennen sie von den Verfolgern. Die Zeit scheint stillzustehen, Stephan erwartet eine Hand, die ihn vom Sattel reisst oder einen stechenden Schmerz eines Messers oder einer Schlagrute.

Der Kiesweg entschwindet ihren Blicken, einzig Bäume der vor ihnen liegenden Waldschneise sind noch sichtbar, ein klares Indiz, dass die Strasse kaum mehr steigt oder sogar noch abfällt.

Stephans Lunge brennt.

«Halte durch, Olivia, wir schaffen es!», keucht er.

Olivia hat sich inzwischen auf seine Höhe vorgearbeitet.

Stephan schaut nicht mehr zurück, ungebändigter Wille holt die letzten Reserven aus ihren Körpern. Die Schritte der Verfolger hämmern in ihren Ohren, sie sind nun dicht hinter ihnen. Durch den nun tatsächlich flacher werdenden Waldweg gewinnen die Räder wieder an Fahrt.

Zwanzig, zweiundzwanzig, dreiundzwanzig Stundenkilometer … plötzlich ist alles ruhig.

Die Verfolger haben kapituliert, die Gangster sind plötzlich verschwunden.

Ungefähr zweihundert Meter weiter, noch immer unter Höchstleistung, verlangsamen Olivia und Stephan die Fahrt und steigen von den Bikes.

«Vorerst haben wir das Schlimmste überwunden, Olivia», presst Stephan noch immer ausser Atem aus seinem Innern, «noch sind wir nicht in Sicherheit.»

Schweiss rinnt über ihre Gesichter und den Ellenbogen entlang, die Augen brennen höllisch.

Völlig ausgepumpt, arbeitet Stephans Hirn auf Hochtouren. Der eingeschlagene Waldweg verläuft weiter nach rechts, entfernt sich also von ihrer ehemaligen Radstrecke, und dürfte gemäss seinen Navigationsinformationen in einigen Kilometern im Wald auslaufen.

Sicherlich kennen diese miesen Typen die Gegend ebenfalls und auch die Einfahrt zu diesem Waldweg. Diese liegt drei Kilometer zurück, ungefähr sechs Autominuten für die Hin- und Rückfahrt, und bestimmt werden die Verbrecher bald auf diesem Waldweg mit dem Golf erscheinen und ihre Jagd nach ihnen fortsetzen.

Was die Verbrecher nicht wissen, ist, dass Stephan den Strassenverlauf ebenfalls kennt und diesen Umstand nun zu ihren Gunsten nutzen wird.

Noch immer heftig atmend erklärt er Olivia seinen Plan, um aus ihrer prekären, aber nicht ausweglosen Situation zu entkommen.

«Olivia, diese Gangster werden sicherlich bald auf diesem Waldweg aufkreuzen, und sollten wir diesen weiter benutzen, uns in die Falle tappen lassen.»

Angespannt horchen die beiden nach Motorengeräuschen, welche sich nun auch schwach bemerkbar machen. Das Motorengeräusch entfernt sich in der von Stephan vermuteten Richtung.

«Die sind auf dem Weg zur Einfahrt in die Waldstrasse.»

Muss das sein?

Erst jetzt fällt Stephan die Blutspur auf ihrem linken Oberschenkel, knapp unterhalb Olivias Dress auf. Offensichtlich hat sie sich beim Fallenlassen in ihre Deckung doch eine Verletzung zugezogen. Sollte sich diese Verletzung als schwerwiegend erweisen, wäre ein Arztbesuch unausweichlich und das wäre ihrer Sache absolut nicht dienlich. Überhaupt, wo wollte er in dieser menschenleeren Gegend einen Arzt oder eine Sanitätsstelle finden?

«Stephan, ich glaube nicht, dass diese Verletzung besonders schlimm ist», meint Olivia, als könne sie seine Gedanken lesen. «Mein Bein lässt sich ohne Einschränkung bewegen und der Schnitt ist nicht sehr tief.»

«Schaffst du es noch eine halbe Stunde, bis ich dich verarzten kann?»

Olivia nickt, Stephan erklärt ihr seinen Plan: «Er ist risikoreich, aber eine andere Möglichkeit sehe ich im Moment nicht. Wir werden unsere Bikes wieder zurück zur ursprünglichen Strasse schieben, sie überqueren und uns auf der anderen Seite durch den Wald aus der Gefahrenzone entfernen.»

Gesagt, getan.

Erneut erschwert das Gestrüpp ihr Vorwärtskommen und nur mit grossem Kraftaufwand erreichen sie erneut die asphaltierte Strasse, kaum fünfhundert Meter von der Stelle entfernt, wo noch vor wenigen Minuten die Insassen des Golfs ihre Jagd nach ihnen eröffneten.

«Niemand darf uns beim Überqueren der Strasse beobachten, besonders diese Verbrecher nicht.»

Geduckt am Strassenrand halten beide Ausschau nach dem verräterischen VW Golf.

Stephan beobachtet mit seinem Fernglas die Strasse nach links und rechts. Er kann kein Auto und auch keine Menschenseele erkennen.

Die unerträgliche Anspannung ist ihnen ins Gesicht geschrieben.

Jetzt, für zwanzig Sekunden bei der Überquerung der asphaltierten Strasse wären sie den Blicken möglicher Strassenbenützern schutzlos ausgesetzt.

Das Glück steh auf ihrer Seite, kein Automobil oder Mensch weit und breit, die Erleichterung ist riesig!

Auf der anderen Seite der Strasse erwartet sie erneut eine sehr kräftezehrende Aufgabe. Die beladenen Bikes auf dem ansteigenden

Gelände schiebend, kämpfen sie sich durch das Dickicht. Bis zum rund einen Kilometer entfernten Waldrand werden sie noch einiges an Kraft und Zeit benötigen. Weder im Wald noch am Waldrand kann Stephan auf dieser Strassenseite auf seiner Garmin einen Weg ausmachen.

Schwaches Motorengeräusch dringt durch das Gehölz, es kommt nicht von der soeben überquerten asphaltierten Strasse, sondern von weiter hinten.

«Olivia, die sind auf dem falschen Pfad!», sagt Stephan erleichtert. «Der Teufel soll sie holen, hoffentlich geht ihnen der Treibstoff aus, oder noch besser, sie landen in einem Baum! Jetzt haben wir eine Pause verdient.»

Das Blut nimmt unaufhaltsam seine Bahn ihren Unterschenkel entlang, fliesst über die Socken und verschwindet schlussendlich in ihren Bike-Schuhen.

Stephan kümmert sich um Olivias verletzten Beins. Die Wunde befindet sich auf der äusseren Seite des linken Oberschenkels, sie ist ungefähr drei Zentimeter lang, leider tiefer als von Olivia beschrieben, und müsste eigentlich genäht werden.

Ohne entsprechende Instrumente und ohne die Möglichkeit, die Wunde unempfindlich zu machen, ist ein Nähen undenkbar.

Stephan beschränkt sich auf das Desinfizieren der Wunde und das Stillen des glücklicherweise nun nur noch schwach fliessenden Blutes.

Ein leises Seufzen gleitet über ihre Lippen, während Stephan das Desinfektionsmittel in die Wunde träufeln lässt.

«Du bist tapfer, Olivia!», seine aufmunternden Worte.

Müde, aber entspannt und vom ersten Druck befreit legen sie sich kurzzeitig auf den weichen Waldboden.

Der gewonnene Krieg in dieser letzten halben Stunde und Stephans zuversichtliche Ausstrahlung bleiben nicht ohne Wirkung auf Olivias Gemüt. Er fühlt ihre Bereitschaft, wieder zu kämpfen und ihren erneut aufkeimenden Lebenswillen.

«Olivia, noch sind wir nicht völlig in Sicherheit, die Verbrecher werden ihre Beute nicht so schnell laufen lassen – sie kennen unsere Fahrtrichtung und vermutlich erwarten sie uns irgendwo auf der Strecke nach Albacete. Unser Programm werden wir anpassen müssen, es spielt auch keine Rolle, ob wir Albacete heute oder erst morgen erreichen. Mein Plan sieht vor, uns bis zum Waldrand durchzukämpfen, dort zu verpflegen und anschliessend bei Dunkelheit dem Wald entlang, ohne eine Strasse zu benutzen, weiter in Richtung Albacete zu marschieren.»

Beinahe eine Stunde mühsames Vorwärtsdringen, bis sie nach einem weiteren leichten Anstieg den Waldrand erreichen. Es ist bereits 17 Uhr. Die Bäume werfen ihre immer länger werdenden Schatten auf die nun steppenartige Wiese und noch in der Deckung des Waldes richten sie sich auf der weichen Unterlage ein.

Gezeichnet von den vollbrachten Höchstleistungen, völlig verschwitzt, vollführen sie ihr tägliches Waschritual. Eine aufgeschnittene Plastiktüte, über ihrem Oberschenkel mit Klebeband abgedichtet, schützt Olivias Wunde vor dem herunterfliessenden Wasser. Blut fliesst weiter der Schwerkraft folgend ihren Beinen entlang nach unten.

«Leider verlierst du weiterhin Blut und es sieht nicht danach aus, als ob sich die Wunde von selbst schliessen würde», meint Stephan besorgt. «Es bleibt uns keine andere Wahl, wir müssen diese Blutung stoppen. Wenn wir zuwarten, können wir eine Infektion nicht ausschliessen und auch der Blutverlust dürfte zum Problem werden – unsere Flucht würde dann so in ein bis zwei Tagen auf tragische Weise ein Ende nehmen. Ich traue mir zu, diese Wunde zu nähen, aber es wird schmerzhaft sein für dich. Hilfst du mir dabei? Es ist die einzige wirkliche Chance, die uns bleibt.»

Ohne zu zögern, willigt Olivia ein. «Ich bin bereit, Stephan, ich vertraue dir, wir haben gemeinsam schon so viel erreicht und ich glaube, dass dein Eingriff gelingen wird.»

Stephan macht sich ans Werk. Er öffnet die Flasche Rotwein und drücke sie Olivia in die Hand.

Sie führt die Flasche, dieses Mal freudlos und ohne Glas, zu ihrem Mund und nimmt einen einzigen kräftigen Schluck, immer im Bewusstsein, vielleicht ein Kind in ihrem Körper zu tragen. Auf leeren Magen wird sich die beruhigende Wirkung des Alkohols bemerkbar machen und dürfte ihr helfen, die Spitze der bald folgenden Schmerzen besser zu ertragen. Nähnadel, ein gewöhnlicher Nähfaden und Desinfektionsflüssigkeit liegen ausgebreitet auf einem weissen Taschentuch auf ihrer Unterlage. Stephan hilft Olivia in Seitenlage und übergibt ihr seinen Pyjama.

«Wenn der Schmerz unerträglich werden sollte, drücke und knete den Pyjama so fest du kannst, und zähle gleichzeitig bis zehn», muntert er sie auf.

Seine Hände und die Werkzeuge sind desinfiziert und wie schon zuvor säubert er die Wunde noch einmal mit dem Desinfektionsmittel.

Tiefes Seufzen dringt aus Olivias Munde.

«Olivia, in zehn Minuten ist alles überstanden, dann werden auch die Schmerzen sofort nachlassen», appelliert Stephan an ihren Durchhaltewillen.

Die Hautlappen links und rechts der Wunde führt er vorsichtig zusammen und zieht sie leicht vom Oberschenkel weg.

Zischend zieht Olivia Luft zwischen ihren Zähnen hindurch.

«Jetzt musst du zählen!»

«*Uno, dos, tres, cuatro, cinco …*», presst sie hervor. Tränen kullern über ihre Wangen und die Hände verkrampfen sich in seinen Pyjama; ihre gesunde Hautfarbe wechselt von Rosé zu fahlem Weiss.

Der erste Stich durch die beiden Hautenden mit Faden ist vollzogen.

«Zähl noch mal», fordert er sie auf.

Der Nähfaden folgt erneut der Nadel. «Und noch mal zählen … noch mal auf zehn zählen …»

Nach weniger als zwei Minuten ist die Wunde vernäht.

Kalter Schweiss steht Olivia auf der Stirn und ihre fliessenden Tränen signalisieren Loslassen und Erleichterung zugleich.

«Wir haben es geschafft, du warst unglaublich tapfer!», lobt Stephan. «Das war fantastisch von dir!»

Er streichelt ihr Haar, drückt sanft ihre kalten Hände, Olivias Tränen werden nun von einem, erlösenden Schluchzen begleitet.

Die Blutung ist gestoppt und mit einem desinfizierten Papiertaschentuch säubert Stephan nochmals die vernähte Wunde. Das Pflaster liegt wenig später schützend über der genähten Stelle, ohne sie aber zu berühren. Nur Luft erlaubt Stephan Zutritt zu seinem Werk. Einzig eine böse Infektion könnte ihnen einen Strich durch die Rechnung machen, Stephan glaubt jedoch fest an Olivias Stärke und Abwehrkraft.

Noch immer lastet der Druck des heutigen Tagesverlaufs auf den beiden. Ein Tag, welcher ihnen beinahe zum Verhängnis hätte werden können. Dennoch fühlen sich Olivia und Stephan nach dem gelungenen Eingriff wohler. Stephan empfindet, wie ein Chirurg nach einer erfolgreichen Operation, und zum ersten Mal gönnt er sich eine Nassrasur bereits am Abend und nicht wie sonst üblich erst vor dem Frühstück.

Die Strassenkarte liegt ausgebreitet auf der Unterlage; entgegen ihrer bisherigen Taktik sucht Stephan für morgen nach einer stark befahrenen Hauptstrasse. Noch sind sie im Einzugsgebiet dieser Verbrecher, einen Überfall auf einer frequentierten Strasse würden sie jedoch kaum riskieren und Stephan ist deshalb auch gerne bereit, auf einer Hauptstrasse einen wesentlichen Umweg in Kauf zu nehmen.

Mit nachlassenden Schmerzen liegt Olivia dösend auf der weichen Matte.

Dieses Mal liegt es an Stephan, das Nachtmahl zuzubereiten; kein kulinarischer Höhepunkt erwartet sie, dafür eine kräftige Gemüsespeise mit gehacktem Rindfleisch.

Den Rest des Rotweines schüttet Stephan in den Waldboden und zusammen mit den nicht mehr gebrauchten Verbandsutensilien verschwindet auch die Flasche im vorbereiteten Erdmülleimer.

Die Zeit bis zum völligen Einbruch der Dunkelheit verbringen sie weitab jeglicher Zivilisation, entspannt auf ihrer weichen Unterlage im friedlichen, von Vogelgezwitscher erfüllten und leicht säuselnden Winden am Waldrand. Die Ereignisse des heutigen Tages lassen Stephan nicht zur Ruhe kommen, noch nie seit ihrer gemeinsamen Flucht haben sie eine ähnlich kritische Situation erlebt.

Für die Wegelagerer wird es eine Suche nach der sprichwörtlichen Stecknadel im Heuhaufen, sie werden diese für sie jedoch unauffindbar machen.

Genau eine Woche sind Olivia und Stephan zusammen, eine endlos lange, von Ereignissen und Gefühlen überflutete Zeit, und trotzdem erscheint sie Stephan kaum länger als einen Tag.

Am heutigen Freitagabend, im Liegen auf der Unterlage, bei sanft wiegenden Baumkronen, reift sein Entschluss, seine Geschichte eines Tages zu Papier zu bringen.

Inzwischen ist es 21 Uhr. Die Umgebung versinkt im schwindenden Licht des Tages, es ist Zeit zum Aufbruch. Das Fernglas schwenkt nochmals den kaum mehr sichtbaren Horizont entlang, befriedigt steckt es Stephan in die Tasche, nichts Beunruhigendes stellt er fest.

Zehn Kilometer wollen sie heute Nacht über die Steppenlandschaft in Richtung Albacete zu Fuss zurücklegen. Zuerst fünf Kilometer dem Wald entlang bis zu dessen Ende und dann den Rest im leicht kupierten Gelände, wobei er bei der Planung besonders darauf achtete, dass sie nie auch nur in die Nähe einer Strasse oder eines Weges gelangen würden.

Olivias Wunde macht bisher keine Probleme und auch die Schmerzen sind so weit erträglich, sodass Olivia sich zutraut, diesen Nachtmarsch durchzustehen.

Ausser dem sanften Rattern des Freilaufes der Bikes und dem leichten Scheppern seines Anhängers ist von ihnen beiden im Mondenschein wandernden Bikern nichts zu hören und nichts zu sehen.

Das Ende des Waldes ist erreicht, eine unglaubliche Weite zeigt sich im sanftgelben, vom Mond beleuchteten Licht. Unter dem gleissenden Sternenmeer bremst kein Dunst den Wärmeabfluss ins All und sie sind froh, auf ihre wärmenden Jacken zurückgreifen zu können.

Kleinen rote Leuchten, dann wieder Lichtkegel von Fahrzeugen deuten auf die Präsenz der von ihnen erst vor Kurzem befahrenen Strasse. Irgendwo dort unten, hinterhältig wie eine Spinne im Netz sitzend, vermuten sie die gefährlichen Banditen.

Noch können sie das laufend stärker werdende Geräusch nicht zuordnen. Als sehr unangenehm, fast schon unheimlich empfinden Olivia und Stephan diese ungewisse Lärmquelle.

Olivia greift nach seinem Arm und eng nebeneinander schreiten sie nun noch vorsichtiger über die Wiese in Richtung Albacete. Auf der Suche nach einer Antwort für diesen aussergewöhnlichen Lärm konsultiert Stephan sein Navigationsgerät. Ausser einem nahen Gebäude zeigt das Display nichts Auffälliges.

In der Dunkelheit kann man nun ihr entlastendes Lächeln wohl nur erahnen.

Die Nasenschleimhäute, die empfindlich auf Reizdüfte reagieren, senden mit einem Mal entwarnende Signale an ihre Hirnzellen. Es riecht sehr stark nach Schweinemist und Schweinestall.

Vor ihnen liegt eine Schweinemast; die Tiere haben die Menschen wahrgenommen und je näher sie sich dem auf dem Display angezeigten Gebäude nähern, desto infernalischer und lauter – sicher meilenweit hörbar – wird der Lärm. Es sind diese bedauernswerten Lieferanten von Serrano-Schinken, die sie in ihrer Nachtruhe gestört haben.

Weit nach Mitternacht erreichen Olivia und Stephan die Gegend der um diese Zeit noch immer rege befahrenen Hauptstrasse. Sie beschliessen, ihr Nachtlager hier oben ohne Zeltaufbau aufzuschlagen.

Keine Laute ausser dem leisen Wummern der Reifen weit entfernter Fahrzeuge ist hier noch zu hören. Die weiche Zeltunterlage und der einladende Schlafsack sind ebenso schnell eingerichtet, wie sie sich anschliessend in der wohligen Daunenwelt verkriechen. Der Himmel legt seinen schützenden Mantel über die vom anstrengenden Tag erschöpften Bike-Flüchtlinge.

# Samstag, 11. April

Nur wenige Stunden Schlaf waren ihnen vergönnt; bereits um halb acht erinnern wärmende Sonnenstrahlen daran, die geplante Mission fortzuführen.

Infolge ihrer noch immer schmerzenden Wunde konnte Olivia erst gegen Morgen einige Stunden Schlaf finden. Immerhin sind die Schmerzen weniger präsent und treten eher als Ziehen und Spannen in Erscheinung.

Behutsam entfernt Stephan das Pflaster auf ihrem Oberschenkel. Glücklicherweise ist ihr Immunsystem in bester Verfassung und entsprechend trocken zeigt sich jetzt die Wunde.

Er hilft Olivia beim Anziehen des Velodresses. Erneut ruht ein leichtes Pflaster, welches die Wunde nicht berührt, auf ihrem Oberschenkel. Viel Luft wird helfen, den Heilungsprozess weiter zu beschleunigen.

Eine eindrückliche, wegen fehlender Kontraste fast farblose Weite öffnet sich vor ihnen, die selbst im Fernglas im endlosen Nichts endet. Die in der Nacht noch mit ihren Blinklichtern sichtbaren Flugzeuge sind im Tageslicht nicht mehr erkennbar. Der einzige Hinweis auf Zivilisation sind die in einigen Kilometern Entfernung auf der Überlandstrasse fahrenden Automobile.

Jetzt bei Tageslicht wird den beiden bewusst, auf offener, wüstenartiger Steppe geschlafen zu haben und weit und breit keine Deckungsmöglichkeit besteht. Trotzdem beurteilt Stephan ihre momentane Situation in dieser menschleeren Gegend als nicht besonders kritisch.

Die ursprüngliche Strasse, in welcher sie durch die Nacht zu Fuss parallel liefen, liegt mindestens zwei Kilometer von ihnen entfernt und auch die angestrebte, quer verlaufende und stark befahrene Hauptstrasse ist zu weit weg, um von dort aus erkannt zu werden.

Über zehn Kilometer bis zur nächsten Ortschaft lassen Stephans Entschluss reifen, heute keine Morgeneinkäufe zu tätigen. Besonders gelegen erscheint Stephan dieser Umstand, weil er somit auch keine Möglichkeit hat, die Samstagszeitung zu kaufen, in welcher er einen ausführlichen Bericht über die Abdankungsfeier von Alejandro Sanchez von gestern Freitag in Madrid vermutet.

Diese endlosen, belastenden und traurigen Nachrichten möchte Stephan der leidgeprüften Olivia ersparen.

Seit Beginn ihrer gemeinsamen Reise führen sie Proviant für zwei Tage in ihren Satteltaschen mit und somit ist auch ihr heutiges Frühstück gesichert.

Bevor sie den Weg zur Überlandstrasse in Angriff nehmen, möchte Olivia Stephans Meinung über ihre Chancen bezüglich der kriminellen Wegelagerer hören. Über die Strassenkarte gebeugt beurteilen die beiden den für heute avisierten Streckenverlauf und die damit verbundenen Risiken.

«Wir marschieren weiter bis zur Hauptstrasse, die wir in etwa einer halben Stunde erreichen werden. Dann folgen wir ihr zwanzig Kilometer in westlicher Richtung und schwenken erst dann gegen Osten in unsere ursprüngliche Fahrtrichtung ein. In dieser Umgebung sind die Strassen dünn gesät. Wenn die Verbrecher uns weiterhin suchen, ist die Wahrscheinlichkeit gross, von ihnen entdeckt zu werden. Vermutlich werden sie uns noch immer auf der gestrigen Strasse erwarten und einsehen, dass ihnen ihre Beute entwischt ist.»

Beunruhigte und verunsicherte braune Augen weilen auf Stephan, und ohne es auszusprechen, sieht er in Olivias Gesicht auch Vertrauen und Glauben an das Gelingen ihres heutigen Planes.

Der Anhänger und die Sacochen sind fertig beladen und nach wenigen Kilometern zu Fuss über karge, versandete Wiesen erreichen sie die Hauptstrasse. Lange Momente verstreichen, bis sich eine Lücke im dichten Verkehr öffnet, die es ihnen erlaubt, die gegenüberliegende Fahrspur zu erreichen.

Unsicher verlaufen die ersten Meter im Sattel; Stephan meint seit Tagen nicht mehr auf dem Bike gesessen zu sein. Auch Olivia, wie immer im Windschatten folgend, meldet ähnliche Empfindungen.

Hektik herrscht auf dieser belebten Strasse. Die oft bedenklich nahe an ihnen vorbeiflitzenden Fahrzeuge verlangen ihre volle Konzentration – vorbei die Zeiten des Geniessens einsamer Wegstrecken. Normalerweise würde Stephan unverzüglich eine Ausweichroute suchen, heute aber schätzt er, ja, er liebt diesen intensiven Verkehr sogar. Hier hält kein roter Golf und keine Typen mit nach hinten gedrehten Schirmmützen werden das Rad fahrende Paar überfallen.

«Repsol» in zehn Kilometern meldet das Hinweisschild.

Sicherlich hat diese Tankstelle auch einen Shop für ihre Tageseinkäufe.

Eine halbe Stunde später fahren sie auf das neu erschlossene, grosszügige Areal der Repsol-Anlage. Vorn befinden sich Parkplätze für die Personenwagen, dann folgen Tankbereich, Waschanlage, ein Restaurant mit Einkaufsshop und auf der Rückseite Park- und Tankmöglichkeiten für Lastwagen.

In der dazwischenliegenden Grünzone mit einladenden Gebüschen lassen sie sich nieder.

Reges Treiben herrscht an diesem Morgen auf dem grosszügigen Areal. Unbeschwert herumhüpfende Kinder toben sich in der kurzen zur Verfügung stehenden Zeit in der Spielzone aus, während ihre Eltern die Fahrzeuge tanken und die Einkäufe tätigen.

Eine Woche lang lebten Olivia und Stephan als Einsiedler und plötzlich befinden sie sich mitten im pulsierenden Leben.

Stephan fühlt, wie Olivia die Situation geniesst und einen Moment lang ihr Schicksal und die Gefahr um ihre Person vergisst. Niemand nimmt von der im Grünbereich sitzenden älteren, unförmigen Dame und dem gesetzten Herrn Notiz.

Der rote Golf, der plötzlich auf der entgegengesetzten Fahrbahn vorbeifährt, weckt ihre Aufmerksamkeit. Kein Zweifel, es ist dieser Golf, dessen Insassen Jagd auf sie machten und anscheinend noch nicht aufgegeben haben.

In der grossen Menschenansammlung auf dem Tankstellen-Areal und in der Deckung des Gebüschs ist es den Männern im Golf jedoch nicht möglich, sie beide zu erkennen.

«Olivia, wir müssen damit rechnen, dass die Verbrecher auf einer eventuellen Rückfahrt auch hier einen Halt einlegen, Ich werde rasch möglichst unsere Tageseinkäufe tätigen.»

Den Radhelm legt Stephan ins Gras und schlüpft in den gelben Regenschutz, in der Absicht, nicht sofort als Radfahrer erkannt zu werden.

Im Shop fällt sein Blick auf das dominierende Bild auf der Titelseite der Tageszeitung und den mit unzähligen weissen Lilien und weissen Callas geschmückten Sarg. Der Zeitungsbericht ist der Abdankungsfeier von Alejandro Sanchez gewidmet.

Entgegen seiner ersten Absicht entschliesst sich Stephan trotzdem zum Kauf der Tageszeitung. In weniger als fünf Minuten sind auch Mineralwasser, Gemüse, Früchte, Hartkäse und Fleischwaren an der Kasse bezahlt und in den beiden Sacochen verstaut. Schwer bepackt verlässt Stephan den Shop in Richtung Grünzone.

Zwei junge Polizisten der Guardia Civil begegnen ihm mit selbstbewussten Schritten auf dem Weg zur Cafeteria. Freundlich grinsend, mit Seitenblick auf die vollen Sacochen, erwidern sie sein *«Buenos días!»*

Ihren Seat-Streifenwagen haben sie nicht auf dem Parkfeld, sondern längs zur Fahrtrichtung geparkt. Er ist, und das sollte sich bald als Vorteil herausstellen, von der Cafeteria aus nicht einsehbar.

Olivia hilft Stephan beim Anbringen der beiden Sacochen an der Bike-Halterung. Sie sind bereit zur Weiterfahrt.

Ihnen stockt der Atem, als der rote VW Golf auf das Areal fährt und auf einem der ersten Parkplätze anhält. Aufgeschreckt wie bedrohte Murmeltiere suchen Olivia und Stephan Deckung hinter einem der Gebüsche.

Zum ersten Mal haben sie das «Vergnügen», die gefährlichen Kerle aus nächster Nähe «kennenzulernen»: Die vier unrasierten und finster aussehenden jungen Männer mit nach hinten gedrehten Schirmmützen schlendern gleichgültigen Schrittes ebenfalls in Richtung Cafeteria, nachdem sie beim Aussteigen eine Türe heftig an ein Nachbarfahrzeug geknallt haben. Die Präsenz des Polizeiautos scheint sie ebenso wenig zu beeindrucken wie die Menschen und das Geschehen um sie herum, und offensichtlich rechnen sie auch nicht damit, die beiden hier anzutreffen.

Im Gebüsch geduckt, verfolgen Stephan und Olivias Blicke diese üblen Gesellen, bis sie durch die Drehtür in der Cafeteria verschwinden.

«Olivia, jetzt schlägt unsere Stunde, wir werden die Jäger zu den Gejagten machen. Ich habe einen Plan, den ich dir später erklären werde. Kannst du mir buchstabieren, wie sich ‹kontrollieren› und ‹rote Farbe› auf Spanisch schreibt?»

Erstaunt und völlig verunsichert ob Stephans Anwandlungen gleiten ihre spanischen Worte über ihre Lippen:

«*Verificar*»und «*color rojo*», flüstert sie.

Ein Schreibblock mit Schreibzeug liegt immer griffbereit in seiner Sacoche und einen Wimpernschlag später hat Stephan folgende Zeilen zu Papier gebracht:

«*Verificar VW Golf, color rojo, AL 529 756!*»

Ihr Erstaunen und ihre Verunsicherung werden noch grösser, als Stephan sein Schweizer Armeemesser zur Hand nimmt und Olivia dringlich bittet, hier in Deckung zu bleiben und auf ihn zu warten.

Mit dem zusammengefalteten Blatt Papier und dem nun geöffneten Militärmesser, die Klinge in der Hand versteckt, macht er sich auf den Weg zum geparkten VW Golf, der ebenfalls von der Cafeteria aus nicht zu sehen ist. Stephans Puls schlägt noch höher als damals in Ronda, als er Olivias Handy auf dem Sattelschlepper versteckte.

Niemand beachtet sein riskantes Unterfangen, während er leicht geduckt an der Fahrerseite des Golfes vorbeischleicht. Zweimal, kurz und heftig, sticht die Klinge in die weichen Seitenflanken des hinteren und vorderen Reifens des Golfs. Das leichte Zischen der ausströmenden Luft vermeldet den Erfolg seiner Mission und schon hält er das nächste Ziel, den Streifenwagen der Guardia Civil, im Visier.

Stephan ist nicht lebensmüde und beabsichtigt nicht, die Reifen des Polizeifahrzeuges zu zerstechen. Diese Aktion verläuft anders, aber noch schneller als soeben beim VW Golf und besteht lediglich darin, das zusammengefaltete Stück Papier unter den Scheibenwischer des Polizeifahrzeuges zu klemmen. Unbeobachtet und unauffällig, aber noch immer mit heftigem Herzklopfen, kehrt Stephan zurück zu Olivia.

Ein sofortiges Wegfahren des Golfs ist nun nicht mehr möglich und wahrscheinlich wird er die nächsten Stunden wohl auf dem Parkplatz verbringen müssen.

Die schneidigen Polizisten haben ihre Kaffeepause inzwischen beendet und machen sich auf den Weg zu ihrem Streifenwagen. Sie finden das von Stephan unter dem Scheibenwischer eingeklemmte Stück Papier.

Offensichtlich überrascht von der Dreistigkeit, einen Zettel unter den Scheibenwischer eines Polizeifahrzeuges zu platzieren, lesen die beiden Polizisten die Botschaft. Unverzüglich begeben sie sich zum roten VW mit den auf der linken Seite platten Reifen. Sie inspizieren das Fahrzeug eingehend und nach einigen Diskussionen meldet der eine Polizist über sein Funk-Handy, so vermutet es Stephan, das Autokennzeichen an ihre Zentrale.

«Olivia, nun wird es brenzlig für uns, wenn die Verbrecher zu ihrem Fahrzeug zurückkehren, ist die Konfrontation mit der Polizei unausweichlich. Sie werden, so vermute ich, die Flucht zu Fuss antreten, und es ist durchaus möglich, dass sie dabei hier vorbeirennen. Wir müssen auf jeden Fall verhindern, dass sie nach ihrer Verhaftung Hinweise auf uns geben können.»

Olivia versteht Stephans Überlegungen und kurz darauf sitzen sie im Sattel. Über die Lastwagenfahrspur hinter der Repsol- Anlage hindurch, fahren sie zurück auf die Hauptstrasse.

Keine Viertelstunde ist verstrichen, als ihnen zwei Polizeifahrzeuge, mit hoher Geschwindigkeit, blinkendem Blaulicht und Sirenengeheul begegnen.

Sie beiden wissen, wo das Ziel ihrer schnellen Fahrt liegen dürfte und mit tiefer Genugtuung nehmen sie zur Kenntnis, dass ihr Plan wohl aufgegangen ist.

Mit grosser Erleichterung macht Stephan seiner Freude mit einem Jauchzer in die herrliche Natur Luft: «Olivia, diese Gangster sind wir los!»


Sein Navigationsgerät zeigt in acht Kilometern Entfernung eine Nebenstrasse. Es ist die erste Möglichkeit für sie, von der hektischen und stark befahrenen Strasse wegzukommen. Sie erreichen diesen Nebenweg und unterbrechen nach einigen hundert Metern ihre Fahrt. Erleichtert und noch immer heftig atmend fallen sie einander lachend in die Arme.

«Stephan, ich bewundere deine Taktik, du bist einfach genial!». Beflügelt vom Erfolgserlebnis «fliegen» sie wenig später beinahe schwerelos über den Asphalt in Richtung Osten.

Über fünfhundert Kilometer haben sie seit Ronda mit ihren Bikes zurückgelegt und immer eindrücklicher zeigt sich Olivias konditionelle Stärke. Auf dem nun immer flacher werdenden Gelände werden sie zukünftige Tagesetappen mit mehr als einhundert Kilometer in Angriff nehmen können.

Albacete umfahren Olivia und Stephan nördlich und beim idyllischen Fluss Río Júcar finden sie ein geeignetes Nachtquartier.

Unbeschreiblich ist Olivias und Sandros Glücksgefühl beim Entfernen des Pflasters: kein Brandwasser und auch keine Infektion – dafür eine dicke, schützende Kruste auf der verheilenden Wunde.

Wiederum beeindrucken Stephan die Kochkünste von Olivia und auf der wohligen Unterlage geniessen sie die friedliche und geborgene Stille in der untergehenden Abendsonne.

«Stephan, darf ich nun die Zeitungen lesen, die du für uns gekauft hast?», bittet Olivia. «Ich weiss, dass du sie mir aus ehrenhaften Überlegungen vorenthalten möchtest. Aber du verstehst sicherlich meinen Wunsch, alles – und sei es auch noch so traurig – über meinen geliebten Alejandro zu erfahren.»

Wortlos drückt er Olivia die Freitags- und Samstagsausgabe in ihre zittrigen Hände, welche sie nun zurückgezogen und für sich allein in ihrem Iglu lesen möchte.

Ihr Weinen berührt Stephan und die Ohnmacht, ihr nicht helfen zu können, macht ihm zu schaffen. Eine halbe Stunde verstreicht, bis sich Olivia mit verweinten Augen wieder aus dem Zelt herausbewegt. Die Zeitungen hält sie fein zusammengefaltet und verkrampft in ihren blassen Händen – gerade so, als ob sie Angst hätte, jemand könne sie ihr wegnehmen. Sie setzt sich neben Stephan und übersetzt die ihr für sie wichtig scheinenden Zeilen:

«Olivia und Alejandro Sanchez galten als sehr harmonisches Paar und schienen in einer intakten Beziehung zu leben. Aus ihrem Freundes- und Bekanntenkreis sind nur herzliche und wohlwollende Kommentare zu hören und niemand aus diesen Kreisen könnte sich auch nicht im Geringsten eine Beteiligung Olivias am Mord ihres Ehemannes vorstellen. Weshalb sich Olivia Sanchez nicht an die Polizei wendet, ist jedoch nach wie vor nicht nachvollziehbar. Ebenfalls noch nicht geklärt ist der Einbruch in die Villa Sanchez und das Motiv hierfür. Bereits gibt es Stimmen, die befürchten, dass Olivia Sanchez ebenfalls einem Verbrechen zum Opfer gefallen sei, oder dass sie sich selbst ein Leid angetan haben könnte. Die ausserordentlich hübsche Frau des Ermordeten geniesst nach wie vor grossen Rückhalt und enorme Sympathie in weiten Kreisen der Bevölkerung.»

Olivia zeigt Stephan die Aufnahmen des edlen, mit Dutzenden weissen Lilien und Callas geschmückten Sarges.

Zusammengekauert, die Zeitungen wieder fein zusammengefaltet auf ihren Knien haltend, weint Olivia herzergreifend.

Stephan schliesst sie in seine Arme und spricht ihr Mut und Trost zu, wobei seine Hände sanft über ihr graues, an den Scheitelstellen bereits wieder braunes, Haar streicheln.

«Stephan, ich möchte diese beiden Zeitungen immer bei mir haben – darf ich sie dir anvertrauen?»

«Ich werde sie an einem sicheren Platz in meiner Sacoche verstauen, Olivia.»

Zu traurig ist die momentane Situation und beiden fehlt die Kraft und der Wille, weitere Gespräche miteinander zu führen. Beinahe wortlos waschen sie gemeinsam das Geschirr sowie die Kochpfanne und wenig später begeben sie sich zur Nachtruhe in den einladenden Daunenschlafsack.

# Sonntag, 12. bis Mittwoch, 15. April

Sanftes Glockengeläut einer entfernten Kirche verkündet den jungen Sonntag. Erneut empfängt sie ein strahlender Frühlingsmorgen mit nunmehr bald sommerlichen 19 Grad Celsius.

Ohne Unterbrechung hat Olivia eine ruhige ungestörte Nacht verbracht. Sie fühlt sich nach eigenen Aussagen befreiter und besser als gestern, eine innere Ruhe legt sich besänftigend auf sie und schenkt ihr Zuversicht, ihr schweres Schicksal zu ertragen.

Wortlos nebeneinanderliegend lauschen sie den Klängen des fernen Kirchengeläutes und dem sanften Rauschen des Río Júcar. Diese Idylle beflügelt ihr Wohlbefinden, sie lässt die Hektik und die schweren Momente des gestrigen Tages vollkommen in den Hintergrund treten.

Die Wunde am Oberschenkel verheilt prächtig. Kein Anzeichen einer Infektion ist feststellbar und weiterhin schützt Stephan die Stelle mit einem weit geschnittenen Pflaster vor allem gegen Schmutz und Sonnenlicht.

Olivia hantiert am Kocher und bereitet ein kleines Morgenessen vor, welches sie genüsslich verzehren. Sie lässt es sich nicht nehmen, Stephan dieses Mal den Kaffee im Schlafsack zu servieren.

«Vielleicht finde ich auch am heutigen Sonntag in der nahen gelegenen Ortschaft einen offenen Lebensmittelladen?», überlegt Stephan hörbar.

Olivia wünscht ihm viel Glück bei der Suche und verabschiedet sich wie gewohnt mit ihrem sanften Lächeln.

Nur wenige Minuten dauert seine Fahrt ins Dorfzentrum. Wie bereits am vergangenen Sonntag in Ronda findet er auch dieses Mal einen offenen Nahrungsmittelladen.

Der «Fall Sanchez» beschäftigt nach wie vor die spanische Öffentlichkeit und beherrscht auch heute die Schlagzeilen im kleinen Zeitungsshop des Lädchens.

Nicht unerheblich scheint die Tatsache zu sein, dass es sich bei diesem Mordfall um ein besonders attraktives Paar handelt. Schöne Menschen und deren schwere Schicksalsschläge lassen die Auflagen der Printmedien äusserst gewinnbringend steigern.

Erste Illustrierte mit Aufnahmen des Ehepaar Sanchez liegen bereits im kleinen Kiosk und das Titelbild der Sonntagsausgabe zeigt erneut ein bezauberndes Foto der schönen Olivia.

Der Titel lautet: *Encontrado celular de Olivia Sanchez!*

Nebst Esswaren legt Stephan die heutige Sonntagsausgabe mit den neusten Erkenntnissen des Falles Sanchez zu seinen Einkäufen. Die im Vier-Farbendruck glänzenden Illustrierten überlässt er gerne den medienhungrigen Einwohnern der kleinen Ortschaft.

Zurück auf dem Biwak-Platz gönnen sie sich die Zeit zum Studium des Zeitungsberichtes.

Der Artikel über den Fall Alejandro Sanchez beinhaltet auch zwei Fotos: Das eine zeigt Olivia und ist identisch mit dem Poster beim Kiosk im Lebensmittelladen und auf dem anderen erkennt man Stephan an der Kasse im Warenhaus in Ronda – es ist dieselbe Aufnahme, welche schon einige Tage vorher veröffentlicht wurde.

Gebannt verfolgt Stephan Olivias Übersetzung: «Neue Erkenntnis im Mordfall Alejandro Sanchez. Handy der vermissten Olivia Sanchez gefunden. – Der Fall wird immer mysteriöser: Die Polizeibehörden von Barcelona melden das Auffinden des Handys der vermissten Olivia Sanchez gestern Samstag in einem Vorort von Barcelona. Das Mobiltelefon war im Chassisholm eines Anhängers eines katalanischen Grossunternehmens versteckt. Der Lastwagen wird vor allem im Warentransport mit Südspanien eingesetzt und befand sich am 3. April, zum Zeitpunkt des Mordes an Alejandro Sanchez, in Ronda. Der Chauffeur hat die Nacht vom Freitag, den 3. auf Samstag, den 4. April auf dem Trucker-Parkplatz von Ronda verbracht. In diesem Zeitraum muss das Handy im Chassisholm des Lastwagens versteckt worden sein. Der Parkplatz liegt in unmittelbarer Nähe der Haltestelle, wo Olivia Sanchez am Freitag den Bus von Marbella nach Ronda verliess. Obwohl modernste Ortungsgeräte eingesetzt wurden, gelang es der Polizei erst am gestrigen Samstag, das Handy aufzuspüren. Aufgrund des geschickt positionierten Handyverstecks und noch weiterer von der Polizei nicht genannten Hinweisen geht die Polizei von einer Komplizenschaft aus. Anscheinend wurde mit dem Mobiltelefon von Olivia Sanchez bewusst eine falsche Fährte gelegt, um die Polizei aus der Region Ronda wegzulocken. In diesem Zusammenhang sucht man nach wie vor nach dem unbekannten Mann, welcher am besagten Tag Einkäufe in der Damenabteilung eines Warenhauses in Ronda tätigte und eventuell in Verbindung zu der Gesuchten stehen könnte. Der unbekannte Mann mit schlanker Statur dürfte um die 50 Jahre alt sein und ist über 1,80 m gross. – Noch immer tappt die Polizei über den Verbleib von Olivia Sanchez im Dunkeln und die Spekulationen über den Mordanschlag an Alejandro Sanchez schlagen inzwischen höchste Wellen. Wir werden Sie weiter über den Fall Sanchez auf dem Laufenden halten. Die Redaktion.»

Olivia ist im Begriff, die Zeitung zur Seite zu legen, als ein weiterer Artikel ihre Aufmerksamkeit auf sich zieht. Sie liest vor:

«Verbrecherbande aufgeflogen. – Gestern Samstag gelang der Distriktpolizei Albacete ein grosser Fang. Vier seit Langem gesuchte Verbrecher, bekannt unter dem Namen ‹Schreckensbande›, gingen der Polizei auf einer Raststätte, in der Nähe Albacete ins Netz. Sie werden für mehrere Überfälle auf Touristen verantwortlich gemacht. Weitere noch ungeklärte Delikte werden ebenfalls dem Quartett angelastet, entsprechende Untersuchungen wurden von der Polizei eingeleitet. – Seit über drei Jahren treiben diese Verbrecher ihr Unwesen in der Provinz Albacete, sie haben mit ihrem brutalen Vorgehen viel Schrecken und Leid in dieser Gegend hinterlassen. Nachdem sie nun hinter Schloss und Riegel sitzen, kann die hiesige Bevölkerung aufatmen. Die Verhaftung erfolgte gemäss Polizeiangaben aufgrund eines anonymen Hinweises. Die Polizei bittet den/die Informanten, sich zu melden, da weitere Informationen oder Erkenntnisse zur Täterschaft vermutet werden.»

Olivia und Stephan blicken einander längere Zeit wortlos in die Augen.

Die unglaublichen Ereignisse rauben ihnen die Worte!

«Diese Geschichte ist wirklich verrückt!», grinst Stephan. «Einerseits macht die Polizei Jagd auf dich, Mörder trachten nach deinem Leben – und wir helfen der Polizei, die dich als mögliche Mörderin sucht, beim Aufspüren von wirklichen Verbrechern. Olivia, wir haben schon dermassen viel durchgemacht, nun kann es nur noch besser werden!»

«Was würde ich ohne dich machen, Stephan!», seufzt sie. «Ich fühle mich sicher und geborgen bei dir! Ohne dich hätte ich diese schwere Zeit nicht durchstehen können und wer weiss, vielleicht wäre ich heute nicht einmal mehr am Leben.»

Wie Honig fliessen ihre Worte durch Stephans Seele. Er geniesst diese Streicheleinheiten, und freudvoll wendet er sich erneut dem Programmieren des Navigationsgerätes zu.

Die nächsten beiden Tagesetappen in östlicher Richtung verlaufen ruhig und ohne die geringsten Zwischenfälle. Selbst die Tageszeitungen vermelden keine News über den Fall Alejandro Sanchez.

Das erste Nachtquartier schlagen sie in der nun sehr bewaldeten Gegend um Requena auf, und die Folgenacht verbringen sie auf fast tausend Metern Höhe am wunderschönen Fluss Guadalaviar bei Teruel.

Bereits siebenhundertfünfzig Kilometer sind ihre Räder seit Ronda gerollt und Frankreich liegt erstmals näher als der Ausgangspunkt ihrer Flucht.

In der nun einsetzenden Abendkälte ziehen sich Olivia und Stephan früh in die wärmende Umgebung ihres Zeltes zur Nachtruhe zurück.

Auch die Fahrt am Mittwoch, den 15. April, verläuft ereignislos. Über Montalban fahren die beiden östlich weiter Richtung Alcaniz.

Ungefähr einhundert Kilometer von der Mittelmeerküste entfernt umfahren sie die Grossstädte Cartagena, Alicante und Valencia.

Die herrlichen und kaum befahrenen Nebenstrassen lassen sie wiederholt vergessen, auf einer gefährlichen Radreise durch Spanien unterwegs zu sein.

Täglich fühlt sich Olivia besser und ihre heftigen Gemütsschwankungen treten kaum mehr oder nur noch in abgeschwächter Form in Erscheinung. Ihre vielen anstrengenden Radkilometer helfen Olivia offensichtlich sehr bei der Verarbeitung ihres Schicksals.

Der Heilungsprozess ihrer Wunde macht weitere Fortschritte und schon zeigen sich erste Nahtspuren unter der abbröckelnden Kruste.

Das Resultat seiner «Operation», dies bestätigt auch Olivia anerkennend, erfüllt Stephan ein wenig mit Stolz, ein Mediziner hätte diese Naht kaum schöner ausführen können, Stephan fühlt sich fast schon wie ein kleiner Allroundchirurg.

An einem kleinen Flüsschen schlagen sie das Nachtquartier auf.

Ihr Iglu ist bezugsbereit und ihrem täglichen Waschritual entsprechend das kostbare Wasser über Olivias Körper fliessen zu lassen, hält Stephan inne. Ein kurzes Aufblitzen in der Ferne irritiert Stephan. Noch eben hatte er die Gegend mit dem Fernglas abgesucht und nichts Auffälliges entdeckt.

«Olivia, ich vermute, dass uns jemand beobachtet, bitte verhalte dich unauffällig und hilf mir wie gewohnt bei meiner täglichen Dusche», fordert Stephan sie auf.

Sie lassen sich Zeit für das Duschprozedere, und nachdem das Frotteetuch auch Stephans Körper getrocknet hat, begeben sie sich in ihr Zelt.

Von der kleinen Luke im Zelt, die von aussen nicht erkennbar ist, nimmt Stephan die verdächtige Region mit dem Fernglas ins Visier. Versteckt hinter einem Erdwall werden sie von drei Männern beobachtet. Stephan schätzt die Entfernung zu den Männern auf rund fünfhundert Meter.

Das vorher beobachtete, kurze Aufleuchten muss von der Spiegelung der Optik ihres Fernglases in der untergehenden Sonne herrühren.

«Olivia, hier können wir nicht länger bleiben. Ich gehe davon aus, dass diese Begegnung rein zufällig ist, aber wir müssen trotzdem damit rechnen, in der Nacht unliebsamen Besuch zu erhalten. Sobald uns die Dunkelheit Schutz bietet, werden wir unseren Standort verlassen.»

Während Olivia wie gewohnt das Nachtmahl zubereitet, sucht Stephan auf der Karte einen neuen Übernachtungsort in der näheren Umgebung, den er auch kurzfristig findet und unverzüglich im Navi einprogrammiert.

Vermehrt sucht er mit seinem Fernglas nun den nahen und fernen Horizont ab, ohne jedoch weitere Erkenntnisse über den Verbleib der drei Männer zu erhalten.

Angespannt und um die Gegend besser im Auge behalten zu können, erledigen sie das sonst so genussvolle Nachtmahl heute gegenübersitzend und ohne Freude und Emotionen. Der Inhalt des edlen roten «El Regajal Selección 2007» bleibt in der Flasche und sie verzichten ebenfalls darauf, das Kalbsfilet auf dem Minigrill zu brutzeln.

Das Eindunkeln hier im Süden verläuft wesentlich schneller als in den gemässigten Breitengraden der Schweiz. An diesem Tag scheint dieser Prozess unendlich lange zu dauern. Endlich senkt sich die Nacht auf die Landschaft; der Mond, so Stephans Berechnung, würde erst in eineinhalb Stunden am Horizont aufgehen. Es sollte ihnen also möglich sein, bei bald herrschender Dunkelheit aufzubrechen.

In weniger als fünf Minuten haben sie ihr gesamtes Gepäck und das Zelt verladen, ohne das Kochgeschirr abgewaschen zu haben, und im Schutze der Dunkelheit verlassen sie das Biwak. Vorerst im Schritttempo und ohne Licht verläuft ihre Fahrt zurück auf ihre ursprüngliche Strasse.

Die Anspannung ist enorm und ein beklemmendes Gefühl drückt auf ihre Mägen. Stephan fühlt auch Olivias Nervosität in dieser heiklen Phase auf den ersten Kilometern ihrer langsamen Fahrt. Sollten diese Männer nun plötzlich aus dem Nichts auftauchen, hätten sie keine Chance, ihnen zu entkommen.

Die Spannung legt sich erst, als sie den Nebenweg verlassen und unbehelligt auf die asphaltierte Strasse einschwenken. Geführt von seinem Navigationsgerät und dem kleinen LED-Licht finden sie nach einer halben Stunde den neu einprogrammierten Biwak-Platz.

Kein Fahrzeug ist ihnen auf dieser Strecke begegnet und beruhigt ob dieser Feststellung bereiten sie unverzüglich am neuen Standort ihr Nachtlager vor.

Das Zelt bleibt auf dem Anhänger, nur die weiche Auflage und der Daunenschlafsack benötigen sie für ihre Nachtruhe.

Ein sanfter Kuss und ihr zärtliches «*Buenas noches Stephan!*» begleiten sie in die sternenklare Nacht.

# Donnerstag, 16. April

Wie schon die letzten Tage beginnt auch der heutige Donnerstag friedlich und bei schönstem Wetter, nichts deutet im Geringsten darauf hin, dass sich in den nächsten Stunden noch dramatische Geschehnisse ereignen werden.

Die Morgeneinkäufe hat Stephan routinemässig getätigt und auch die Übersetzungen der Tageszeitung durch Olivia erfolgen im gleichen Ablauf wie bisher. Die heutigen News gelten einem Anschlag der aufmüpfigen Basken in Bilbao und auch im Inneren der Tageszeitung finden sich keine Berichte über den Mordanschlag auf Alejandro.

Es scheint, dass mit zunehmender Distanz zum Ort des Geschehens auch das Interesse der Medien an diesem Fall abnehmen.

Weiter begleiten sie die zuverlässigen Bikes in Richtung Frankreich. Für die heutige Etappe sind erneut über einhundert Kilometer eingeplant und bereits tauchen erste Strassenschilder mit Kilometerhinweisen nach Barcelona auf. Noch fehlen an die dreihundert Kilometer bis zur katalanischen Hauptstadt, aber immerhin liegt diese beeindruckende Stadt der Künste und Architekten schon in ihrer Reichweite.

Waren die letzten vier Tage von wüstenähnlichen Steppen und kilometerlangen Orangenplantagen und recht kargen Olivenhainen geprägt, wechselt die Vegetation nun langsam zurück ins Grüne. Eichen und Buchenbestände deuten von veränderten Klimaverhältnissen und sind Zeichen vermehrt tropischer Einflüsse des nahen Mittelmeerraumes.

Ihre Mittagsrast halten sie im Schatten, am Rande einer dieser zahlreichen Eichen- und Buchenwälder. Die asphaltierten ebenen Strassen und der noch immer bescheidene Verkehr beflügeln weiter ihr Fahrtempo. Locker schaffen sie inzwischen eine Durchschnittsgeschwindigkeit von einundzwanzig Kilometern pro Stunde.

Ungefähr eine halbe Stunde nach Mittagsrast, auf einem schnurgeraden Strassenstück, zieht ein vorerst schwaches, dann immer lauter und schnell näherkommendes Motorengeräusch ihre Aufmerksamkeit auf sich. In halsbrecherischer Fahrt werden sie von zwei Fahrzeugen überholt. Ein offensichtlich stark motorisierter schwarzer Alfa Romeo wird von einem silbernen Audi gejagt. Die beiden Fahrer scheinen sich ein heisses Rennen zu liefern, wobei der Audi-Lenker mehrmals vergeblich versucht, am Alfa Romeo vorbeizukommen.

Auf ihren Bikes beobachten sie dieses Spektakel, bis die Kontrahenten in der Ferne entschwinden.

Olivia fährt links neben Stephan: «Nicht auszudenken, Stephan, was passiert wäre, wenn wir auch nur einen kleinen Schlenker gemacht hätten. Ich bin unglaublich wütend auf solche rücksichtslosen Raser, die sich menschenverachtend und ohne jegliche Verantwortung solche Rennen auf öffentlichen Autostrassen liefern! Weisst du, eigentlich sollten diese Typen in einer Kontrolle stecken bleiben und als Strafe müsste man ihnen die Fahrzeuge und den Führerausweis für lange Zeit entziehen.»

Mit jedem weiteren Kilometer beruhigen sich ihre Gemüter und die Freude am bisherigen schönen Tag gewinnt wieder Oberhand.

Zwei intensive, langgezogene und offensichtlich noch sehr frische schwarze Reifenspuren führen auf einmal links von der Strasse ab und verlieren sich auf der trockenen Wiese hinter einem Hügel. Stephans Kopfdrehung entlang der Spur bleibt Olivia nicht verborgen.

«Stephan, offenbar beschäftigt dich diese Reifenabdrücke auch. Ich habe ein ungutes Gefühl. Die Vorstellung, was wir hinter diesem Hügel vorfinden könnten, macht mir grosse Angst. Trotzdem sind wir verpflichtet, nachzuschauen; wenn wirklich ein verunfalltes Fahrzeug mit verletzten Menschen hinter der Kuppe steckt, müssen wir sofort Hilfe leisten! Stell dir vor, wir würden später erfahren, dass Menschen hier an dieser Stelle bei einem Unfall ihr Leben verloren haben, nur weil niemand rettend eingegriffen hat … ich könnte mit dieser Schuld nurmehr schwer leben.»

Stephan denkt und fühlt ebenso wie Olivia. Kurzfristig deponieren sie ihre Bikes am Strassenrand und begeben sich unverzüglich zu Fuss in die besagte Richtung hinter den Hügel.

Von schlimmen Vorahnungen geplagt, geht Stephan heftig atmend voran; heftig pochend möchte sein Herz aus dem Körper springen.

Das Bild, das sich ihnen bietet, ist erschreckend: Ein völlig zerstörter, auf dem Dach liegender, silberner Audi steckt in einer Mulde.

Das Fahrzeug hat sich wahrscheinlich mehrmals überschlagen und ist dann frontal in der Senke aufgeprallt. Aus dem Motorraum des Autos dringt schwarzer Rauch und erst beim Näherkommen erkennen Olivia und Stephan die beiden kopfüber in den Gurten hängenden Insassen. Der Fahrer scheint tot oder zumindest bewusstlos zu sein, während die Beifahrerin schwache, stöhnende Lebenszeichen von sich gibt.

Vom schwarzen Alfa ist weit und breit keine Spur zu sehen. Der Fahrer, der für diesen Unfall mitverantwortlich ist, hat menschenverachtend und feige die Verunfallten ihrem Schicksal überlassen.

Diese Feststellung hinterlässt bei den beiden Betroffenen ein unbeschreiblich schlechtes Gefühl. Sie müssen handeln; es bleibt keine Zeit weitere Gedanken zu verlieren, die sowieso nichts an der Tatsache ändern, hier sofort helfen zu müssen. Rauch dringt in die Fahrerkabine des Audis und die kleinen Flammen aus dem Motorraum machen klar, dass ein Brand des Fahrzeuges nicht mehr aufzuhalten ist.

Die Zentralverriegelung hat das Fahrzeug verschlossen und ausser Wiesenland findet sich kein Stein oder irgendein harter Gegenstand, mit welchem Stephan eine Seitenscheibe hätte einschlagen können. Wegen des stark eingedrückten Wagendaches und der heftig gestauchten Wagenfront ist ein Eindringen durch die zersplitterten Vorderscheiben ebenfalls nicht möglich.

Verzweifelte Gedanken jagen durch Stephans Kopf: *Gibt es denn keine Lösung, wie er die Beifahrertüre öffnen könnte, die Fahrertür ist durch die starke Deformation sowieso blockiert.*

Stephan rennt zum Bike-Anhänger am Strassenrand und kehrt ausser Atem mit der Velopumpe zum Unfallfahrzeug zurück. Auf der Fahrerseite zertrümmert er damit die Seitenscheibe.

Er greift, Gott sei Dank noch immer die Bike-Handschuhe an seinen Händen, ins scherbenüberhäufte Wageninnere und betätigt den Türgriff und damit auch die Zentralverriegelung des Fahrzeuges.

Dass sich die Fahrertür nicht öffnen lässt, war ihm schon vorher klar; auf der Beifahrerseite sollte dies jedoch, wegen der weniger starken Beschädigung des Wagenkörpers möglich sein.

Gemeinsam und unter äusserster Kraftanstrengung wuchten sie die deformierte Beifahrertür so weit auf, dass es ihnen gelingt, an die beiden Personen zu gelangen. Überall klebt und fliesst Blut, die Airbags hängen schlaff im Wageninneren und beissender Rauch breitet sich in der Kabine aus.

Ein Wettlauf gegen die Zeit beginnt.

Der Gurt lässt sich infolge des Eigengewichts der Beifahrerin nicht öffnen. Abhilfe schafft sein Armeemesser, mit welchem er den Sicherheitsriemen durchtrennt. Gemeinsam zerren sie die verletzte junge Frau aus dem Wagen und bringen sie auf der Wiese mehrere Meter neben dem Audi in Sicherheit. Auch den jungen, regungslosen Fahrer, gelingt es Olivia und Stephan auf die gleiche Weise aus dem Wagen zu bergen und ihn in sichere Distanz zum nun bereits heftig brennenden, einst schnellen Audi, zu zerren.

Stephan rennt zum Fahrzeug und bringt die Damentasche der Beifahrerin noch rechtzeitig in Sicherheit. Sicherlich ist ihre Bergung nicht nach optimalen medizinischen Richtlinien erfolgt, aber sie haben immerhin die beiden jungen Leute vor dem sicheren Tod bewahrt.

Der Fahrer blutet aus Mund und Ohren, Gott sei Dank atmet er noch. Er ist bewusstlos und an möglichem Erbrochenen nicht zu ersticken, drehen sie ihn in stabile Seitenlage, wie es Stephan seinerzeit im Militärdienst gelernt wurde.

Die verletzte junge Frau reagiert völlig apathisch, aber glücklicherweise ist sie ansprechbar. Sie steht stark unter Schock.

Mit ihren bescheidenen Möglichkeiten aus Stephans Reiseapotheke verarzten sie die blutenden Wunden des verletzten jungen Paares. Die Frau leidet unter heftigen Schmerzen und bittet stöhnend um Wasser, welches Stephan ihr aus seiner Trinkflasche zum Munde führt. Mit einem nassen Tuch kühlen sie Nacken und Stirn der beiden Verletzten, somit, sind aber ihre helfenden Möglichkeiten bereits erschöpft.

«Olivia, durchsuche die Handtasche der Dame!», fordert Stephan sie auf, «sicherlich findest du ihr Handy, rufe dann den spanischen Rettungsdienst an.»

Kurz darauf hält Olivia ein roséfarbenes Nokia-Handy in ihrer Hand und wählt die spanische Rettungsnummer.

Eine Damenstimme am anderen Ende möchte Angaben zum Ort des Unfalls, der Anzahl der Verletzten und zur Verwundungsart und fragt nach dem Namen der Person, mit der sie verbunden ist. Trotz der Dramatik der Situation spricht Olivia gefasst, ruhig und deutlich.

Ausführlich beschreibt sie die erkennbaren Verletzungen der beiden, ohne aber ihren eigenen Namen preiszugeben: «Der Unfallort befindet sich zwischen Caspe und Mequinenza, ungefähr zwanzig Kilometer östlich von Caspe.»

Weiter gibt sie der Dame die geografischen Koordinaten aus dem Display von Stephans Navigationsgerätes durch.

Die Dame vom Rettungsdienst bedankt sich für die wertvollen Beschreibungen und verspricht Hilfe in der nächsten halben Stunde.

Der brennende Audi verursacht gespenstische Geräusche und die bedrohliche schwarze Rauchwolke dürfte, im sonst so wunderbar blauen Himmel, kilometerweit zu sehen sein.

Ein bizarres Bild würde sich einem potenziellen Betrachter bieten: Zwei schwer verletzte Menschen liegen auf der Wiese, wenige Meter daneben ein lichterloh brennender Audi – und dies in einer traumhaft schönen, mit Wäldern und grünen Wiesen gesegneten Natur.

Ohne zu zögern haben sie selbstlos Hilfe geleistet. Dass Olivia und Stephan dabei auch das Risiko eingehen, von der jungen Beifahrerin oder vielleicht von Schaulustigen später identifiziert zu werden, spielte in dieser dramatischen Situation für die beiden keine Rolle.

Sie wollten diese jungen Menschen nur retten.

Der von Olivia alarmierte Rettungsdienst wird auch die Polizei und Feuerwehr informieren und inzwischen ist auch ein erster schaulustiger Autofahrer am Unfallort erschienen.

Es wird höchste Zeit, diesen Unfallplatz zu verlassen!

Abgelenkt durch die Unfallszene und dank ihrer optischen Veränderung, beachtet der Mann Olivia jedoch nicht.

«In etwa fünfhundert Metern Entfernung liegt ein grösseres Waldgebiet», flüstert Stephan, «fahre in unsere ursprüngliche Fahrtrichtung weiter! Sobald du für unsere Blicke nicht mehr erreichbar bist, verlässt du die Strasse und begibst dich zu Fuss in diesen Wald; ich werde bald nachkommen.»

Unbemerkt entfernt sich Olivia vom Unfallort.

Heftige kurze Atemzüge und stöhnende, nicht verständliche Worte entrinnen dem Mund der jungen Frau. In französischer Sprache spricht ihr Stephan sanft Mut zu. Sie versteht wahrscheinlich kein Wort, aber immerhin gelingt es Stephan, sie ein wenig zu beruhigen.

Ihr männlicher Begleiter liegt nach wie vor regungslos und schwach atmend in Seitenlage auf der Wiese.

Mit dem kühlen Nass, das Stephan auf ihrem Nacken und der Stirn verteilt, scheint ihm eine bescheidene Linderung der Schmerzen ihrer befürchteten inneren Verletzungen zu gelingen.

Während Stephan sich weiter um die beiden verletzten Unfallopfer kümmert, gesellt sich ein anderer Schaulustiger hinzu.

Ein Hubschrauber zieht die Aufmerksamkeit aller Anwesenden auf sich. Es ist ein Helikopter des spanischen Rettungsdienstes, der sich anschickt, in sicherer Distanz zum brennenden Audi einen Landeplatz zu finden. In einer riesigen Staubwolke finden die Kufen Kontakt auf der trockenen Wiese.

Bald dürften auch die Feuerwehr und die Polizei mit ihren Fahrzeugen hier eintreffen.

Sie werden sich nach Zeugen erkundigen und der Herr mit dem Bike, der zudem noch der Erste am Unfallort war, wäre ihr idealer Interviewpartner. Diese von Stephan befürchtete Befragung passt nicht in sein Konzept, er muss ihr unbedingt aus dem Weg gehen!

Die beiden Automobilisten sind durch das Landemanöver des Hubschraubers so sehr abgelenkt, dass es Stephan gelingt, unbemerkt mit seinem Bike den Unfallort zu verlassen.

Nach einem halben Kilometer Fahrt verlässt er die Strasse und nimmt zu Fuss, das Rad schiebend, den Weg zum nahen Wald.

Olivia tritt aus dem Dickicht und weist ihm, mit einem Frotteetuch winkend, den Weg zu ihrem Standort.

Ihre Deckung entspricht fast schon militärischem Tarnwissen: Weder von der Strasse her noch aus der Luft kann dieser Ort eingesehen werden.

Sie rollen die weiche Unterlage auf dem Waldboden aus und setzen sich nebeneinander, mit Blickrichtung zum Unfallort.

Das Fernglas wandert zwischen Olivia und Stephan hin und her, und während die schwarze Rauchsäule weiter schnurgerade in den windstillen Himmel aufsteigt, erwarten sie gebannt auf das Abheben des Hubschraubers.

Minuten verstreichen, endlich ist es so weit: Die Himmelshelfer sind mit ihren Verletzten unterwegs in ein rettendes Spital.

Erst später, in dieser menschenleeren und kaum besiedelten Gegend, treffen Polizei, Abschleppfahrzeug und Feuerwehr mit Blaulicht und Sirene am Unfallort ein.

Durch das nicht mehr Auffinden der Unfallzeugen bleiben der Besatzung des Hubschraubers und der Polizei sicherlich viele Fragen nicht beantwortet – bestimmt werden sie eine Suche nach diesen Zeugen einleiten.

Ob sich die verletzte und unter Schock stehende junge Frau an ihre Retter erinnern kann, ist eher fraglich; sie wird somit kaum brauchbare Hinweise über Stephan und Olivia geben können.

Auf jeden Fall ist es für Olivia und Stephan zu riskant, ihre Reise heute noch fortzusetzen. Der Biwak-Platz liegt ideal und geschützt im Schatten spendenden Buchenwald abseits der Strasse.

Die schwarze Rauchwolke des noch immer brennenden Audis wechselt die Farbe und ist nun weiss – ein Zeichen des Löscherfolges der Feuerwehr, und kurz darauf ist auch diese Dampfwolke am Horizont verschwunden.

Stephan und Olivia verfolgen mit dem Fernglas die Bergungs- und Räumungsarbeiten aus ihrem Waldversteck aus. Ungefähr zwei Stunden später setzt sich der Tross, bestehend aus zwei Streifenwagen, dem Feuerwehrauto und einem Abschleppfahrzeug mit dem Wrack an Bord in Richtung Caspe in Bewegung.

Erst jetzt wird ihnen die enorme Anspannung bewusst, der sie in den letzten Stunden ausgesetzt waren. Tief durchatmend sitzen Olivia und Stephan auf der weichen Decke und schauen gelöst in die Augen.

Stephan fühlt, wie auch Olivia stolz auf ihre selbstlose, grossartige Rettungsaktion ist.

Es ist früh am Abend, kein Reiseziel muss erreicht werden und folglich bleibt ihnen viel Zeit beim Einrichten ihres Nachtlagers.

Das fröhliche Gezwitscher der Vogelwelt und der Duft des Frühlings erobern ihre Sinne zurück und Lebensfreude nimmt Besitz der beiden.

Olivia fühlt sich sehr wohl, ihr Lächeln und die sinnlichen Bewegungen beim täglichen Duschritual signalisieren ihr Wohlbefinden und die wiedererlangte Freude.

Genüsslich bereiten sie gemeinsam ihr Nachtessen.

Die «Köchin» rüstet das Gemüse und brät es mit Teigwaren, während Stephan das Kalbsfilet auf den Punkt gegart vom kleinen Grill hebt und mit dem Gemüse auf und den Teller vereint. Zur Krönung ihres feinen Essens dürfen sie das erste Mal den Rotwein aus grossbauchigen Glaskelchen geniessen. Stephan hat sie heute Morgen zusammen im Lebensmittelladen gekauft. Sie laben am köstlichen Wein und dem fein schmeckenden Gericht.

Bei untergehender Sonne geniessen sie die wunderbare Abendstimmung.

«Stephan, erinnerst du dich noch an unser erstes Zusammentreffen in Ronda?»

«Und ob ich mich erinnere!»

«Völlig verzweifelt stieg ich damals in Ronda aus dem Bus. Ich versuchte zuerst meine Familie mit meinem Handy zu erreichen, was mir wegen fehlender Verbindung in Ronda nicht gelang. Nach dem Erlebten mit dem versteckten Polizeifahrzeug wagte ich nicht, in ein Hotel zu gehen und ebenfalls nicht mit der Polizei Kontakt aufzunehmen, ich musste davon ausgehen, dass die Polizei oder gewisse Kreise davon in den Mord verwickelt waren. Ein vorbeifahrendes Automobil anzuhalten, kam auch nicht infrage. Stell dir vor, der oder die Fahrer hätten nicht angehalten und Meldung bei der Polizei erstattet, oder jemand hätte mich mitgenommen und die völlig aufgelöste Frau bei der Polizei abgeliefert. Ich war durchgefroren, bis auf die Haut nass und völlig am Ende meiner Kräfte, als du im nassen Nichts auftauchtest. Mir war klar, oder zumindest habe ich mir das in meiner Verzweiflung eingebildet: Wenn jemand bei solchen Witterungsverhältnissen mit Bike und Anhänger unterwegs ist, muss er einen starken Charakter und auch sonst gute menschliche Züge haben. Aufgrund deines schwer beladenen Anhängers durfte ich auch annehmen, dass du in einem Zelt übernachten würdest.

Du warst damals meine einzige und letzte Chance. Ich weiss nicht
– und ich wage auch nicht, daran zu denken –, was mit mir passiert wäre, wenn ich dich damals nicht getroffen hätte. – Ich erlebe
noch immer, wie wir zu Fuss der Strasse entlang marschierten und
wie du mich liebevoll auf dem Weg zum Biwak-Platz stütztest. Als
ich deine trockene Unterwäsche anziehen durfte und mich in den
weichen Schlafsack einmummelte, erlebte ich beinahe so etwas wie
Glücksgefühle. Unbeschreiblich war der Moment, als du mich auf
deinen kräftigen Oberkörper zogst. Ich fühle noch jetzt die herrliche
Wärme, die dein Körper ausstrahlte und die mich von dem Erfrieren
rettete. Dann die kraftspendende Suppe – die köstlichste meines
Lebens – einfach unbeschreiblich!»

Stephan unterbricht sie nicht.

«Als ich später im nassen Gebüsch auf deine Rückkehr vom
Truck-Parkplatz warten musste, schien die Zeit endlos und ein Gefühl von Dankbarkeit und Geborgenheit machte sich in mir breit,
als du endlich wieder vor mir standest. Ach Stephan, ich bin so
glücklich, dass du damals in Ronda derjenige warst, auf den ich
gewartet habe und der mich gerettet hat! Ich habe einfach das Bedürfnis, dir meine Gefühle zu zeigen und ich danke dir unendlich,
dass du damals nicht weitergefahren bist.»

Längere Zeit liegen sie wortlos auf ihrer weichen Unterlage.

Die Freude und Genugtuung über den heutigen Rettungseinsatz und den aus Olivias Seele gesprudelten Gefühle kuscheln sie
aneinander. Olivia rückt näher; ihre schönen braunen und fragenden Augen, die in der zunehmenden Dunkelheit noch gerade so
erkennbar sind, nehmen Stephan in Beschlag und Olivia lässt ihr
Herz sprechen:

«Stephan, wirst du heute Abend all das Lustvolle wiederholen?
Ich brauche das heute einfach und sehne mich so sehr danach!»

Stephans lächelnder Mund antwortet. «Olivia, ich werde dir
deinen Wunsch mit viel Freude und Fantasie erfüllen!»

# Freitag, 17. April

«Guten Morgen, Stephan!» Ihre warme Stimme dringt in seine Welt und macht ihm den neuen Tag auf wunderbare Weise bewusst. Olivia hat ein kleines Frühstück bereits vorbereitet. Sie trägt den braunen Jupe und die bekannte Bluse; den wenig schmeichelhaften Bikedress werde sie erst kurz vor der Weiterfahrt anziehen. Genüsslich verzehren sie Brote, Konfitüre und Trockenfleisch.

«Ich habe wunderbar geschlafen und ich fühle mich sehr wohl!», strahlt Olivia. «Die letzte Nacht war wieder unglaublich erfüllend und schön für mich. Deine Art, mich zu liebkosen, ist einfach berauschend und macht mich schon fast süchtig.»

Ihre liebevollen Worte und die erregenden Gedanken will Stephan nicht zu sehr auf sich einwirken lassen, sie müssen ihre Kraft für die erfolgreiche Bewältigung der anspruchsvollen Tagesstrecke bereithalten.

Kurze Zeit später sind sie abfahrbereit.

Verflixt, ein Plattfuss am Vorderrad seines Bikes macht Stephan stutzig. Im Begriff das Flickzeug hervorzuholen, hält ihn Olivia im Dress zurück.

«Stephan, in den frühen Morgenstunden habe ich ein eigenartiges Geräusch vor unserem Zelt gehört. Durch das kleine Guckloch sah ich das Tier – es war ein Ozelot, der auf einmal fluchtartig das Weite suchte.»

Um Himmels willen – wie kommt Olivia auf eine südamerikanische Wildkatze, die in Europa niemand kennt und die auch bisher niemals in Europa in Erscheinung trat?

Um ihre Mundwinkel formen sich schelmische Lachfalten und sie fährt mit gespielter Ernsthaftigkeit fort: «Weisst du, Ozelots haben geschmeidige Pfoten mit fünf Krallen, und sie können sehr geschickt damit umgehen. Sie spielen gerne mit Reifen und am liebsten mit deren Ventilen. Es ist durchaus möglich, dass dieser Ozelot letzte Nacht das Ventil an deinem Bike aufgeschraubt hat.»

Ein breites Grinsen erfasst Stephan, er dreht das geöffnete Ventil wieder zu. Auch Olivia kann ihr Lachen nicht mehr zurückhalten. Kräftige Pumpschübe bringen den Reifen in seine ursprüngliche Form zurück.

«Olivia, um einen erneuten Übergriff eines Ozelots abwehren zu können, werde ich für die kommende Nacht Vorsichtsmassnahmen treffen müssen. Ich mache mir da schon mal Gedanken.»

Schmunzelnd nimmt Olivia seine Absicht zur Kenntnis, es bereitet ihr Freude, mit dem Ozelot Stephans Phantasie geweckt zu haben und es scheint, als ob sie sich schon jetzt den heutigen Abend herbeiwünscht.

Nach diesem kleinen tierischen Intermezzo und der dadurch erfolgten Verzögerung machen sie sich auf den Weg weiter in Richtung Frankreich.

Keine Ortschaft für Stephans Tageseinkäufe findet sich in der Nähe und deshalb wird er diese Besorgungen erst in der grossen, immerhin hunderttausend Einwohner zählenden, Stadt Lleida machen.

*Ein Ozelot* – mehrere Male erfasst Stephan unterwegs heftiges Grinsen.

Nach einer guten Stunde Fahrt erreichen sie das Stadtzentrum von Lleida.

Sollte er wieder einmal Spanien besuchen, würde er diesen wunderschönen Ort in seine Reiseroute aufnehmen.

Die Kathedrale Seu Vella überragt auf einer Anhöhe die malerische Altstadt und der Fluss Segre zieht sich gemächlich durch die von vielen Strassencafés gesäumte, katalonische Stadt.

Gegenüber eines grossen, von Zypressen eingerahmten Parks liegt das Kaufhaus Corte Torrés.

Der Park ist um diese Vormittagszeit kaum besucht und nichts spricht dagegen, hier während seinen Einkäufe Halt einzulegen.

Auf einer Parkbank vor dem Warenhaus wird Olivia auf Stephan warten. Stephan kontrolliert kurz den korrekten Sitz ihrer aufgesetzten Nase und den unförmigen Bikedress. Niemand wird unter dieser unvorteilhaften Verkleidung die schöne Olivia Sanchez vermuten.

Im Warenhaus besucht er nebst dem Lebensmittelbereich auch die Mercerie-Abteilung.

Die aktuellen Tagesnews an der Kioskwand befassen sich mit dem Baskenanschlag in Bilbao. Die Tageszeitung wandert ebenfalls in seinen Einkaufskorb.

Als Stephan an der Kasse unverhofft zu lachen beginnt, reagiert die Kassiererin verunsichert – der Ozelot hält sich hartnäckig in seinem Kopf.

Mit Gesten gelingt es Stephan der Kassiererin klarzumachen, dass sein Lachanfall nichts mit ihr zu tun hat – beruhigt erkennt er ihr erleichtertes Nicken.

Zurück im Park hilft ihm Olivia beim Anbringen der beiden beladenen Sacochen.

Während Stephans Einkauf haben sich vier ältere Herren an der Nachbarbank zum Boccia-Spiel niedergelassen.

Einen Moment lang verfolgen Olivia und Stephan ihr genüssliches, von Motivierungsrufen unterstützte, leidenschaftliche Spiel. Gespenstische Ruhe herrscht immer dann, wenn die schwere Kugel mit leichtem Knirschen durch den Sand rollt und schlussendlich mit einem lauten «Klack!» eine gegnerische Kugel abschiesst.

Es ist schön und beruhigend, diesen alten Männern bei ihrem Spiel zuzuschauen.

Erst später erzählt ihm Olivia, dass die Herren mit ihr ein Gespräch suchten und sie zum Boccia-Spiel einluden. Ihre Gebärden, der spanischen Sprache nicht mächtig zu sein, liessen sie alsbald von ihren Bemühungen ab diese fremdsprachige Touristin für ihr Spiel zu gewinnen.

Ungefähr zwanzig Kilometer nach Lleida machen sie Mittagshalt im Schatten unter Zypressen.

Wie schon alle Tage zuvor widmet Olivia auch heute ihrem geliebten Alejandro ein kurzes Gebet und durchstöbert die Tageszeitung nach Hinweisen über dem Mord an ihrem Mann. Nichts dergleichen lässt sich finden, dafür sticht das grosse Foto eines brennenden Audi in ihr Blickfeld. Olivia übersetzt:

«Schwerer Unfall auf der N 211 zwischen Caspe und Mequinenza – ein Schwerverletzter. Am frühen gestrigen Nachmittag ereignete sich auf der langen Gerade zwischen Caspe und Mequinenza ein schwerer Automobilunfall. Der verunfallte Audi RS 6 (siehe Bild) muss mit massiv überschrittener Geschwindigkeit von der Strasse abgekommen sein und ist nach mehreren Überschlägen frontal in einer Senke aufgeprallt. Das Fahrzeug war mit zwei jungen Personen besetzt und erlitt Totalschaden. Der Fahrer, Sohn eines bekannten

Bauunternehmers aus der Region Caspe, ist schwer, aber nicht lebensgefährlich verletzt und seine junge Begleiterin erlitt intensive Prellungen und einen schweren Schock. Beide Personen sind im Moment nicht vernehmungsfähig. – Die Spurensicherung der Polizei förderte zu Tage, dass ein weiteres Fahrzeug in diesen Unfall verwickelt war und von einem Rennen der beiden Autos ausgegangen werden muss. Der Fahrer des anderen betroffenen Fahrzeuges ist nach wie vor flüchtig. Die Polizei geht davon aus, dass der oder die Personen des zweiten Fahrzeuges, bevor sie den Unfallort verliessen, die verletzten Insassen aus dem Audi geborgen haben, bevor dieser später vollständig ausbrannte. Durch ihre mutige Handlung haben sie die beiden Verunglückten vor dem sicheren Tod bewahrt, was strafmildernde Folgen bei einer etwaigen späteren Verurteilung haben dürfte. Die Alarmierung des Rettungsdienstes erfolgte mit dem Handy der verunfallten Beifahrerin. Dieser Umstand lässt darauf schliessen, dass die Fahrer des zweiten Fahrzeuges ihre Identität nicht preisgeben wollten. Die Polizei bittet, den oder die Fahrerin des beteiligten Wagens, sowie mögliche Zeugen, sich bei der Polizei zu melden. Zum Zeitpunkt des Unglücks scheint auch ein Rad fahrendes Ehepaar die Unfallstelle passiert zu haben. Vielleicht könnten auch sie wichtige Informationen zur Klärung des Falles liefern. Hinweise richten Sie bitte an die Guardia Civil von Lleida. Die Redaktion.»

Längere Zeit sitzen Olivia und Stephan sprachlos auf der Decke im Schatten der Zypressen.

Olivia reagiert empört. «Wow, was für eine Geschichte! Sollte der rücksichtslose Fahrer des Alfa Romeo ausfindig gemacht werden, wird er, als Dank für unseren Rettungseinsatz, noch mit Lorbeeren geschmückt!»

Es wird Zeit, wieder aufzubrechen.

Die Gegend im Grossraume Barcelona rückt näher, sicht- und fühlbar durch die dichtere Besiedelung der Gegend. Zweimal müssen sie wegen der Nähe zu Häusern, ihren vermeintlich sicheren Übernachtungsort wieder verlassen. Als sie ihr Zelt endlich aufschlagen, steht die Sonne bereits tief am Horizont.

Am Waldrand unter Eichen und Buchen finden sie schlussendlich doch noch einen gemütlichen Übernachtungsplatz.

Aus ihrem Standort erkennen sie ländliche Ortschaften, befahrene Strassen und mit dem Fernglas auch Menschen – wahrscheinlich Bauern, die von ihrer Feldarbeit heimkehren.

Wiederum legt sich eine entspannende Ruhe über die im Abendlicht rötlich schimmernde Wiesen- und Waldlandschaft. Solch schöne Momente bereichern ihre Radreise ausserordentlich, sie werden den beiden, nicht zuletzt auch aufgrund ihrer erbrachten körperlichen Leistung besonders bewusst. Die Medizin spricht in diesem Zusammenhang von Hochgefühlen, die durch Endorphine verursacht werden.

In seinem Reisebericht will Stephan diese erfüllenden und eindrücklichen Momente bestimmt zu würdigen wissen.

Genussvoll verzehren sie das von Olivia mit viel Geschick zubereitete Nachtessen. Der edle Rotwein aus den Schwenkern fehlt ebenso wenig wie Datteln und Feigen zum Nachtisch.

Die Dunkelheit legt sich sanft über die Landschaft und die fast sommerlichen Temperaturen bei immer noch über zwanzig Grad Celsius beflügeln ihre Sinne.

Gemeinsam waschen sie das Geschirr und wiederum berühren sie einander nicht mehr nur zufällig. Olivia fühlt sich warm und weich an, jede gegenseitige Berührung erzeugt einen erregenden Schauer und weckt Lust einander noch intensiver zu spüren.

Fragenden Augen und schlanke Hände, die sanft über seine Schultern gleiten, lassen Stephan wissen, ihr noch eine Antwort wegen des Ozelots schuldig zu sein. Natürlich kennt Stephan Olivias Bedürfnis, es macht ihm jedoch unendlich Spass, ihr lustvolles, kleines Katz- und Maus-Spiel ein bisschen in die Länge zu ziehen.

«Stephan, bitte, sag mir, was gedenkst du gegen den bösen Ozelot zu unternehmen?»

Sie schmiegt sich fester an Stephan, er fühlt ihr Zittern und ihr heftiges Verlangen nach noch mehr körperlicher Nähe.

«Olivia, ich habe mir intensiv den Kopf zerbrochen, wie ich dem Ozelot beikommen könnte. Ich muss ihn einfangen und dann bändigen. Wenn ich das geschickt mache, wird er nachher sehr zahm und unendlich lieb sein und auch keine Ventile mehr aufschrauben.»

Lustvoll und weich legen sich Olivias weiblichen Rundungen noch intensiver an Stephan.

«Hier, Olivia, ich habe dir etwas mitgebracht.»

Stephan drückt ihr eine Tüte mit Inhalt, die er in der Mercerie-Abteilung des Corte Torrés gekauft hat, in ihre leicht zitternden Hände.

In der fortschreitenden Dunkelheit lässt sich der von ihm auf der Hülle notierte Text nurmehr schwer entziffern. Olivia versucht – und schafft – es trotzdem: «*Against dangerous attacks of Ozelots.*»

Sie greift in die Hülle und zieht lange, weiche und geschmeidige Seile aus der Tasche.

«Stephan, du machst mich verrückt!»

Mit heftig bebendem Körper drückt sie ihm die Seile in die Hand, schmiegt sich fest an ihn und legt erwartungsvoll ihre Arme auf den Rücken …

# Samstag, 18. April

Bereits zwei Wochen sind sie nun gemeinsam unterwegs.

Die Fülle der Erlebnisse machen glauben, dass sie einander schon sehr lange kennen – viel länger auf jeden Fall als die tatsächlichen vierzehn Tage.

Olivias leicht geröteten Augen sind dieses Mal nicht ihrer Tränen wegen. Sie lächelt verlegen, schmunzelnd lässt sie das Erlebnis der gestrigen Nacht über ihre Lippen gleiten.

«Es war dermassen lustvoll, Stephan – ich liebe diesen Ozelot, er ist so einfühlsam und er beschert mir solch herrliche Glücksgefühle.»

Beim Losfahren zu seinen Morgeneinkäufen beflügeln ihn Olivias Worte.

Die kleine Ortschaft Tàrrega liegt ungefähr einhundert Kilometer westlich von Barcelona.

Die Zeitungsschlagzeile gilt einem tödlichen Autounfall an der Costa Brava. Ein in den steilen Felsen liegendes, vollkommen zertrümmertes Auto ist auf dem Bild abgelichtet.

Es ist eigentlich nichts, womit sich Stephan beschäftigen müsste, aber Ausdrücke wie «*misterioso*» oder «*gobierno español*» in der Headline erregen trotzdem seine Aufmerksamkeit.

Dieser Autounfall, mit Hinweis auf die spanische Regierung – da reagiert Stephans Bauchgefühl sehr sensibel und augenblicklich wird ihm der Mord an Alejandro in seinem Mercedes in Marbella wieder präsent.

Zurück beim Biwak übergibt er Olivia die Tageszeitung.

Einen grossen Textbericht im Inneren der Zeitung widmet die Redaktion dem Foto auf der Titelseite. Olivias Erstaunen wird noch grösser, als auf der Folgeseite, anscheinend im Zusammenhang mit dem zerstörten Fahrzeug auch ein Foto mit Alejandro und Olivia erscheint.

«Der ermordete Alejandro Sanchez mit seiner Gemahlin Olivia anlässlich eines Besuches des marokkanischen Königs vor einem Jahr in Madrid.»

Nervös macht sich Olivia an die Übersetzung dieses Berichtes:

«Mysteriöser Automobilunfall auf der Küstenstrasse zwischen Cap de Begur und Palamós (Costa Brava). – Bereits vor einer Woche berichteten wir über den schweren Automobilunfall auf der Küstenstrasse zwischen Cap de Begur und Palamos, bei welchem der allein im Fahrzeug sitzende Fahrer ums Leben kam. Dieser Küstenstreifen gilt als sehr gefährlich und forderte in den letzten Jahren schon mehrere Todesopfer. Die spanische Polizei spricht von einem Schleuderunfall infolge überzogener Geschwindigkeit. Brisant an der Geschichte ist, dass es sich bei dem Verunfallten um einen Sekretär im Aussenministerium der spanischen Regierung handelt und diese Tatsache der Öffentlichkeit verschwiegen wurde. Der tödlich verunglückte Marcos Villa arbeitete im gleichen Departement wie der vor zwei Wochen ermordete Anwalt Alejandro Sanchez.»

Olivia ringt nach Luft.

«Nein, das darf doch nicht wahr sein!», bricht es aus ihr!

«Das ist der Mann, mit welchem Alejandro kurz vor seinem Tod noch telefonischen Kontakt hatte. Sein Wissen um das dubiose Ölgeschäft hat nun auch ihn offensichtlich das Leben gekostet.»

Einen Moment lang herrscht betretenes Schweigen, bevor Olivia mit ihren Ausführungen fortfährt: «Ich habe diesen Herrn nicht persönlich gekannt, er war Alejandros Vertrauensmann im Departement und galt als besonders loyal und zuverlässig. Er durfte für Alejandro wichtige Dossiers selbstständig erledigen.»

Olivia übersetzt anschliessend mit angespannter und zittriger Stimme weiter:

«Unabhängige Recherchen, finanziert durch eine Mediengruppe, an welcher auch wir uns beteiligen, deckten nun Ungereimtheiten auf, welche von der Polizei nicht erkannt oder bewusst unterschlagen wurden. Die Spurensicherung der Polizei hat ergeben, dass der BMW von Marcos Villa mit der Wagenfront das Geländer durchschlug und dann die Felsen hinuntergestürzt ist. Obwohl die Fahrbahn nach dem Unfall vom Rettungsdienst gereinigt wurde, fanden sich durch unsere Recherchen am Wegrand Glassplitter der Rücklichter des verunfallten BMW 320 von Marcos Villa. – Folgende Fragen drängen sich auf: Weshalb finden sich Reste der Rücklichter des Wagens auf der Fahrbahn? Wurde der BMW etwa von einem grösseren, schwereren Fahrzeug bewusst gerammt und über die Klippen befördert? – Diese Vermutungen, vorerst reine Spekulation, erhärten sich durch eine Kumulation von dramatischen Ereignissen der letzten zwei Wochen: 3. April: Alejandro Sanchez, Anwalt des Aussenministeriums, wird auf offener Strasse in Marbella erschossen. 7. April: Obwohl von der Polizei überwacht, wird in das Haus von Alejandro Sanchez in Madrid eingebrochen. 11. April: Marcos Villa, Sekretär im Aussenministerium und Mitarbeiter von Alejandro Sanchez, stirbt bei einem Autounfall an der Costa Brava. Olivia Sanchez wird seit dem Mord an ihrem Manne am 3. April vermisst. Sie ist spurlos verschwunden, lebt sie noch? Weitere Fragen, die sich die Redaktion in diesem Zusammenhang stellt, sind die folgenden: Sind all diese Ereignisse Zufall? (Wir glauben es nicht.) Ist die spanische Polizei oder sind Teile davon in dubiose Machenschaften involviert? Bahnt sich im Aussenministerium ein Skandal an? Wir recherchieren weiter und halten Sie auf dem Laufenden. Die Redaktion.»

Sprachlos ob dieser neusten Erkenntnisse legt Olivia die Zeitung beiseite.

«Stephan, ich kann all diese Geschehnisse kaum nachvollziehen. Diese verbrecherische Organisation hat offenbar ganz Spanien im Griff. Von Marbella bis an die Costa Brava treiben sie ihr Unwesen und niemand weiss, wo sie als Nächstes zuschlagen. Meine Briefe, die du in Ronda zur Post gebracht hast, müssten längst bei meinen Freunden und der Familie angekommen sein. Nirgends in der Presse findet sich auch nur der leiseste Hinweis auf diese Informationen. Wahrscheinlich wurden meine Informationen von dieser Organisation abgefangen. Ich muss dir gestehen, dass ich in meinen Briefen erwähnt habe, den Mörder von Alejandro genau beschreiben zu können und dass ich in der Lage bin, ihn jederzeit zu identifizieren. Wenn meine Briefe abgefangen wurden, wissen diese Verbrecher, dass eine Belastungszeugin irgendwo in Spanien eine für sie verhängnisvolle Aussage machen könnte. Stell dir vor, wie schlimm es für mich werden würde, wenn wir heute von der Polizei gefasst würden. Du hast immer für alles eine Erklärung, mein Kopf will nicht mehr klarkommen … Stephan, bitte hilf mir, ich glaube, ich werde langsam verrückt.»

«Olivia, wir müssen heute wieder einhundert Kilometer zurücklegen. Wir sollten unbedingt aufbrechen, unterwegs werden wir genügend Gelegenheit haben, diese neusten Enthüllungen zu diskutieren.»

Nebeneinander fahrend mit dem Ziel Vic, vergessen sie auf den ersten Kilometern die Schönheiten der Natur und nehmen auch nicht zur Kenntnis, dass die heutige Fahrstrecke auf wunderbar asphaltierten und kaum befahrenen Nebenstrassen verläuft.

«Ich mache mir ebenfalls Sorgen, Olivia, dass diese Organisation nach wie vor handlungsfähig ist und keine Gelegenheit auslässt, alle Hindernisse zu beseitigen, die sich ihnen in den Weg stellen. Das ist die eine Seite. Andererseits, und da bin ich mit den Redakteuren der Zeitung einer Meinung, setzt sich nun ein Puzzle zusammen, in dem mehr und mehr Teile der spanischen Regierung und der Polizei in den Fokus des Verbrechens rücken. Die Presse hat Lunte gerochen – und sind die einmal hungrig, dann bleibt kein Stein mehr auf dem andern. Der Kreis um diese verbrecherische Organisation schliesst sich. Du bist noch immer in Gefahr, aber die Zeit arbeitet für uns. Nach wie kennt niemand deinen Aufenthaltsort oder das Ziel unserer Reise, und solange das so bleibt, und dafür werden wir sorgen, ist diese Gefahr berechenbar. Glaub mir, Olivia, alles wird gut werden!»

«Natürlich bin ich erleichtert, anderseits wird mir durch diese Enthüllungen immer wieder mein Schicksal in Erinnerung gerufen. All diese Nachrichten und Mutmassungen machen mich unendlich traurig.»

«Auf unseren Fahrrädern sind wir unbemerkt durch halb Spanien gefahren», erinnert Stephan ihr bisher Erreichtes. «Bis zur französischen Grenze sind es höchstens noch drei Tagesetappen und die werden wir auch noch unbehelligt überstehen.»

Durch wunderschöne Wälder und Landschaften, nördlich an Barcelona vorbei, verläuft ihre Fahrt weiter in Richtung Osten.

Am Riera d'Oló machen sie Mittagshalt.

Friedlich zieht sich das kleine Flüsschen mit den markanten im Flussbett verstreuten Steinen durch die Waldlandschaft.

Die Tapas mit Oliven und den feinen Fleischklösschen schmecken herrlich.

Nach dem kleinen Mahl tauchen sie ihre Füsse in das noch sehr kalte Flusswasser und waten so weit hinein, bis der Wasserspiegel ihre Dresshosen erreicht. Die Wunde an Olivias Oberschenkel ist nun vollkommen geschlossen und es besteht keine Gefahr mehr einer Infektion.

Aufkeimende Lebensfreude und Zuversicht gewinnen bei Olivia wieder Oberhand, unbeschwert und übermütig hüpfen sie von Stein zu Stein und vergessen dabei beinahe die fortschreitende Zeit.

Nach einem kurzen Nickerchen im Schatten des Waldes geht die Fahrt weiter in Richtung Vic. Die malerische Kleinstadt zählt 40'000 Einwohner und liegt vierhundert Meter über dem Meeresspiegel. Auf einer Anhöhe ungefähr fünf Kilometer nach Vic beziehen sie ihr Nachtquartier. Das Zelt ist aufgebaut und Olivia möchte heute für Stephan eine katalanische Spezialität zubereiten.

Um den hohen Ansprüchen ihrer Kochkünste gerecht zu werden, umfasst ihre Paella viele erlesene Zutaten. Leuchtend gelber Safranreis mit Huhn und Kaninchen, geriebenen Tomaten sowie roten Paprikaschoten wird mit Salz und ein wenig Safran abgeschmeckt und auf kleinem Feuer gegart.

Allein schon der Duft der Paella belebt ihre Sinne und der köstliche rote «Tempranillo» steigert die Vorfreude auf ihr Festmahl. Nach genussvollem Verzehr ihres katalanischen Gerichtes liegen sie, im Gesang der Vogelwelt, entspannt auf der weichen Unterlage in der noch immer dreiundzwanzig Grad warmen Abenddämmerung.

Sie kuschelt sich an Stephan und mit verführerischer Stimme möchte sie wissen, ob noch immer Gefahr besteht, vom Ozelot Besuch zu erhalten und was für Möglichkeiten er dann sehe, diesen zu verhindern.

«Olivia, die Gefahr besteht noch immer. Das Problem liegt am Menschen, welcher Zuneigung zum Ozelot entwickelt und ihn deshalb unbeabsichtigt anlockt. Du hast diese Eigenschaft in dir. Es gibt ein mentales Training, um das sogenannte Ozelot-Syndrom zu unterdrücken. Wenn du möchtest, werde ich es sehr gerne mit dir durchführen.»

Olivia möchte dieses mentale Training und freudig erregt sagt sie: «Stephan ich bin sehr gespannt auf dieses mentale Training.»

«Zum erfolgreichen Gelingen benötigen wir einige Utensilien und dann solltest du dich auch entsprechend anziehen. Der schwarze BH und das zarte, schwarze Höschen sind wichtig, nur auf diese

Weise bietet sich eine Chance für die erfolgreiche Behandlung. Ich brauche dann noch die Ausrüstung von gestern Abend, du weisst schon, welche.»

Olivia tritt wenig später, aufreizend mit schwarzem BH und dem zarten schwarzen Höschen bekleidet, aus dem Zelt. Die vier, im Abstand von einigen Metern um die weiche Auflage verankerten, Zeltheringe nimmt sie mit erregtem Schaudern zur Kenntnis.

«Stephan, was sollen diese Zeltheringe im Boden?» Sie gibt die Antwort gleich selbst: «Ich vermute Bestandteil deiner fantasievollen Behandlung.» Devot lächelnd und heftig atmend übergibt sie Stephan die gewünschten geschmeidigen Seile.

Sanft dreht er Olivia zur Seite, bis sie ihm ihren Rücken zuwendet, und öffnet den raffinierten Verschluss ihres schwarzen BHs. «Du bist eine ausserordentlich hübsche und sehr erregende Frau, Olivia!», haucht Stephan. «Wende dich nun wieder mir zu!»

Stephan nimmt ihre dunklen, lasziv leuchtenden, schönen Augen in Beschlag und lässt sie nicht mehr los. Die Fingerkuppen seines Zeigfingers gleiten über ihren vollen Busen und umkreisen ebenso sanft ihre sich aufrichtenden und verhärtenden Brustwarzen.

Ihre heftig bebenden Brüste, überlagert vom noch heftigeren Herzklopfen, sowie ihre lusterfüllten Laute bestätigen Stephan die sehr guten Erfolgsaussichten seiner Behandlung.

«Olivia, nun darfst du dich mit dem Rücken auf die weiche Unterlage legen. Ich bin sicher, meine Therapie wird dir sehr guttun, wir werden diese Nacht kaum mehr von einem Ozelot Besuch erhalten …»

# Sonntag, 19. April

Der heutige Sonntag beginnt erneut sehr friedlich mit fröhlichem Vogelgezwitscher und lautem Balzgesang der männlichen Vogelwelt. Olivia sagt: «Je schöner und fantasievoller die Männchen singen, desto grösser sind ihre Chancen bei den begehrten Vogelweibchen. Das habe ich kürzlich in einer ornithologischen Zeitschrift gelesen.» Mit Schmunzeln stellt Stephan gewisse Parallelen mit dem Imponiergehabe von männlichen Erdenbürgern auf der Suche nach ihrer Auserwählten fest.

Olivia weiter im Hochgefühl: «Stephan, deine strenge Ozelot-Behandlung gestern Nacht liess mich schweben, sie eröffnete mir herrliche, bisher nicht bekannte Horizonte. Ich liebe dieses Tierchen so sehr, es ist mir ans Herz gewachsen und ich möchte, dass du es mir immer wieder in Erinnerung rufst.»

Seit über einer Stunde sitzen sie nun wieder im Sattel, die kontinuierliche Steigung von bis zu zehn Prozent fordert nicht nur ihre Lungen-, sondern auch ihre Beinmuskulatur aufs Äusserste. Nur einmal, als sie von den Ganoven verfolgt wurden, mussten sie ähnliche Kräfte mobilisieren.

Dafür werden sie mit herrlichen, sich laufend verändernden Landschaftseindrücken verwöhnt. Auf über neunhundert Meter haben sie sich inzwischen emporgearbeitet und mit jedem weiteren Höhenmeter vermittelt die immer freier werdende Sicht imposante Einblicke auf die umliegenden Berghänge und ins hinter ihnen liegende Tal.

Die Passhöhe des Coll de La Salut dürften in circa einer halben Stunde erreicht werden; immerhin eintausend Meter über dem Meeresspiegel liegt dieses Zwischenziel, in welchem sie um die Mittagszeit eintreffen sollten.

Aus lauter Freude über ihre bisherigen Raderlebnisse haben sie sich zur anspruchsvollen Fahrt über den Pass Salut entschieden, obwohl eine wesentlich einfachere Strecke, dafür mehrheitlich auf stark befahrenen Hauptstrassen mit kaum nennenswerten Höhenunterschieden und ein paar Mehrkilometern, ebenfalls zur Verfügung gestanden hätte.

Inzwischen nähern sie sich der Passhöhe vom La Salut und in der Ferne eröffnet sich das imposante Panorama der teilweise noch schneebedeckten Gipfel der Pyrenäen; Frankreich wird nun auch optisch für sie greifbar.

Einige Biker und Rennradfahrer haben die Strapazen des Aufstieges auch gemeistert und geniessen auf den saftigen grünen Wiesen unter Schatten spendenden Bäumen ihre Mittagsverpflegung oder gönnen sich ein erholsames Nickerchen.

Anerkennend, manchmal auch kopfschüttelnd ob Olivias und Stephans, sich mit schwer beladenen Bikes den Pass hoch mühenden, – aber doch vorwiegend mit aufmunternden Bemerkungen – haben sich viele der überholenden Radfahrer bemerkbar gemacht.

Fast schon ein bisschen fahrlässig, kaum dreissig Meter von einer Gruppe Ciclistas Fundador entfernt, lassen sich Olivia und Stephan ebenfalls auf der grünen Wiese unter schattigem Eichenlaub nieder.

Die Sandwiches mit Schinken und Tomaten munden nach ihrer sportlichen Leistung noch besser als sonst und relaxt lassen sie ihre Blicke über das im tiefblauen Himmel besonders eindrückliche Panorama schweifen.

Im Osten, keine fünfzig Kilometer entfernt, liegt die Costa Brava mit ihren vielen bekannten Badeorten und schon weiter zurück die katalanische Hauptstadt Barcelona.

Im Kiosk La Salut, mit der imposanten Ausschrift, «die schönste Aussicht Spaniens» – in grossen Holzlettern prangt die wohlfeile Ansage am mit Disteln geschmückten Giebel – kauft Stephan die heutige katalanische Sonntagsausgabe.

In heftige Wallungen versetzt die beiden der seit Langem erwartete und nun veröffentliche Brief Olivias an ihre Freundin.

Offensichtlich wurde endlich einer dieser Briefe, in diesem Fall an ihre Freundin Francesca, erfolgreich an die Presse weitergeleitet.

«Stephan, ich könnte mir sogar vorstellen, dass ihn Francesca aufgrund seiner Brisanz persönlich einer Zeitungsagentur überbracht hat», ist Olivia überzeugt.

Die Aufnahme der lächelnden, eleganten und braun gebrannten Olivia im roten Bikini auf einer Segeljacht in Marbella anlässlich einer Regatta im letzten Sommer eröffnet den Zeitungsartikel.

Dazu übersetzt Olivia den Text:

«Die nach wie vor verschollenen Olivia Sanchez hat am Tage der Ermordung ihres Ehemannes folgenden Brief an eine ihr nahestehende Person gesandt, welchen wir Ihnen unzensuriert wiedergeben. Den Namen der adressierten Person haben wir aus Sicherheitsgründen unleserlich gemacht.

*Liebe xxxxxxx*

*Eine traurige und schreckliche Tat hat mein Leben zerstört. Ich musste heute mit ansehen, wie mein geliebter Alejandro auf offener Strasse ermordet wurde. Mein Mann und ich befanden uns auf der Rückfahrt nach Madrid und machten wegen eines Medikamentes für Alejandro kurz Halt auf der Avenida de Ricardo Soriano in Marbella.*

*Sekunden später hielt ein verdecktes Seat-Polizeifahrzeug, nur durch blinkendes Blaulicht im Kühlergrill erkennbar, hinter dem Mercedes von Alejandro an. Ein nicht uniformierter, circa dreissigjähriger Mann begab sich zu Alejandros Wagen und erschoss ihn kaltblütig durch das offene Seitenfenster.*

*Zum Zeitpunkt der Tat befand ich mich bereits auf der anderen Strassenseite, nur wenige Meter vor dem Eingang zur Praxis unseres Freundes entfernt. Der Mörder nahm nach der Tat die Verfolgung nach mir auf und es gelang mir nur knapp, mich in einen stadteinwärts fahrenden Bus zu retten. Ich habe diesen schrecklichen Menschen genau gesehen und könnte ihn jederzeit beschreiben und identifizieren.*

*Alejandro war offensichtlich auf kriminelle Machenschaften im Aussenministerium gestossen, irgendein dubioses Ölgeschäft mit einem arabischen Staat, in welches hohe Politiker involviert sein sollen. In dieser Nacht auf Freitag erhielt Alejandro zweimal anonyme Anrufe, die ihn sehr beunruhigt hatten.*

*Bitte leite diese Information an bekannte Zeitungsredaktionen weiter. Ich fühle mich bedroht und bange auch um mein eigenes Leben. Ich muss annehmen, dass Teile der Polizei und der Politik in dieses Mordkomplott verstrickt sind und ich es nicht riskieren kann, mich bei der Polizei zu melden. Zurzeit befinde ich mich an einem sicheren Ort. Ich bin völlig am Boden zerstört und endlos traurig.*

*In Liebe, deine Olivia.*

Und weiter schrieb die Zeitung in Eigenregie:

*Liebe Olivia Sanchez*
*Wir hoffen, dass Sie diese Zeilen irgendwo in Spanien lesen kön-*
*nen. Eine Anzahl spanischer Verlagshäuser hat Ihren Brief in ihren*
*entsprechenden Medien veröffentlicht. Geben Sie nicht auf, kämpfen*
*Sie weiter und bleiben Sie an diesem in Ihrem Brief erwähnten*
*sicheren Ort!*
*Wir – die Redaktion und grosse Teile der Bevölkerung – stehen*
*hinter Ihnen. Melden Sie sich auf keinen Fall bei der Polizei, zu*
*viele fragwürdige Ereignisse, die weitere schreckliche Taten nicht aus-*
*schliessen, sind nach dem Mord an Ihrem Ehemann in den letzten*
*zwei Wochen geschehen.*
*Senden Sie uns weitere Informationen, bitte nur in schriftlicher*
*Form und auf keinen Fall übers Telefon.*
*Sie können auf uns zählen, wir drücken Ihnen die Daumen.*
*Die Redaktion.*

Sprachlos legt Olivia die Zeitung zur Seite.

«Stephan, du kannst dir kaum vorstellen, wie erleichtert ich bin, diese so sehnlich erwarteten Zeilen in der Zeitung lesen zu können. Das gibt mir eine tiefe innere Genugtuung. Ich möchte dieser Zeitung gerne meine Informationen über die berufliche Beziehung zwischen Alejandro und dem jetzt auch ermordeten Sekretär Marcos Villa schriftlich mitteilen. Vielleicht kann ich das bereits heute bei unserem nächtlichen Biwak tun?»

Die folgende Abfahrt vom Salut hinunter und die weitere Reise in Richtung französische Grenze wird auch für Olivia zum Erfolgserlebnis.

Mehrmals vernimmt Stephan ihr «Wow!», wenn sie mit teilweise mehr als vierzig Stundenkilometern auf dem Asphaltteppich ins Tal fliegen.

Bei Olot am sanft dahinfliessenden Fluss El Fluvià schlagen sie ihr nächstes Nachtlager auf.

Durch die zeitintensive Überquerung des Passes La Salut und entsprechend spätem Eintreffen auf ihrem Biwak-Platz, ist es Olivia bei der nun schon recht vorangeschrittenen Dämmerung nicht mehr möglich, die vorgesehenen Briefe an die Zeitungsredaktion und ihre Freundin zu schreiben.

«Morgen ist ja auch noch ein Tag», sagt sie mehr zu sich selbst. An und für sich wäre es möglich, schon morgen – am Montag, den 20. April – französisches Territorium zu erreichen. Aber angesichts der immerhin noch hinter ihnen zu legenden einhundertzwanzig Kilometer bis zur Grenze und der hohen Konzentration, die sie beim Grenzübertritt allenfalls brauchen können, wollen sie noch einen zusätzlichen Nachthalt in Spanien einlegen.

# Montag, 20. April

Stephan erwacht mit ungutem Gefühl im Magen.

Seine Unruhe und sorgenvolle Gedanken an den baldigen Grenz-übertritt haben ihn schlecht schlafen lassen und eine ungewöhnlich lange Nacht beschert. Er glaubt, dass es auch Olivia nicht besser erging, und ohne weiter mit ihr darüber zu diskutieren, begibt er sich nach dem schlichten Frühstück auch an diesem Montagmorgen auf seine Einkaufstour.

Wenig später radeln die beiden, den prächtigen von Wäldern und schöner Natur gesäumten Strasse folgend, weiter in Richtung Figueres. Beim Badeort Roses, kaum zwanzig Kilometer von der französischen Grenze entfernt, werden sie die letzte Nacht auf spanischem Boden verbringen.

In Gedanken vertieft, schmelzen die Kilometer unter den Rädern hinweg.

Wenn sie erst einmal französischen Boden unter den Rädern haben, wird sich die Welt in einem völlig neuen Lichte präsentieren.

Strassenkontrollen müssten sie dann nicht mehr fürchten und wenn doch, würden die radfahrenden Touristen von der Polizei kaum behelligt werden. Es wäre sogar möglich, mit einem Fahrzeug den Rückweg in die Schweiz zu planen. Das einzige Risiko sieht Stephan hierbei allenfalls beim Grenzübertritt in die Schweiz.

*Wie würde sich Olivia verhalten, wenn sie bereits in zwei Tagen bei Stephan in Zürich eintreffen würden?*

Solange der Mord an Alejandro nicht geklärt ist, müsste sie sich nach wie vor verstecken; bei ihm in seinem Haus in Zürich wäre das kein Problem.

*Aber wie würde Olivia mit dieser Situation fertigwerden?*

*Wie lange könnte diese lebendige junge Frau, sozusagen als Gefangene, diese unerträgliche Situation aushalten?*

Aufgrund der vielen, für Olivia entlastenden Erkenntnisse im Fall Sanchez geht Stephan davon aus, dass in ein bis zwei Wochen die kriminellen Machenschaften im Aussenministerium aufgeflogen sein werden – und man somit auch die Unschuld Olivias beim Mord von Alejandro bewiesen hätte.

Noch ist es nicht so weit und Stephan gelangt zur Überzeugung, wie es seiner ursprünglichen Absicht entspricht, mit ihren Bikes auch weiter durch Frankreich zu reisen.

Einerseits schaffen sie so zusätzliche wichtige Tage und andererseits helfen diese vielen für Olivia inzwischen zur wunderschönen Gewohnheit gewordenen Velotouren bei der Verarbeitung ihres Schicksals.

Olivia, die Landschaft geniessend und souverän hinter Stephan herfahrend, ahnt nichts von seinen Gedankengängen. Vielleicht fällt ihr seine momentane Wortkargheit auf, doch Olivia unterbricht Stephan nicht in seiner Gedankenwelt.

Noch sind sie nicht in Frankreich und wie sich herausstellen sollte, werden schon sehr bald neue Komplikationen ihre bisher so erfolgreich verlaufende Flucht gefährden.


Roses, die Stadt am Mittelmeer, die nur wenige Kilometer von der französischen Grenze entfernt liegt, rückt in greifbare Nähe und je mehr sich die beiden auf das Meer zubewegen, desto stärker verändern sich die klimatischen Verhältnisse.

Mediterrane Eindrücke, sicht- und spürbar durch herrlich duftenden Rosmarin, Thymian und Lavendel, die steigende Luftfeuchtigkeit und nun mehrheitlich von Pinien und Palmen beherrschte Waldstücke bewirken eine unbewusst erhöhte Fahrgeschwindigkeit durch ihre zunehmende Sehnsucht nach dem nahen Meer.

Dichte, als Windschutz gepflanzte Zypressen säumen die Einfahrt ins Stadtzentrum von Roses, sie reduzieren wünschenswert den Windfall, aber gleichzeitig auch den Einblick auf die vor ihnen liegende Strecke.

Kurz vor einer nun sichtbar werdenden Rechtskurve staut sich der Verkehr.

Unnatürlich heftige Bremsreaktionen des automobilen Verkehrs signalisieren eine aussergewöhnliche Situation hinter dieser Biegung. Selbst die mehrheitlich einheimischen und ortskundigen Strassenverkehrsteilnehmer sind offensichtlich hiervon überrascht.

Stephans Bauchgefühl lässt ihn sofort ihre Fahrt unterbrechen.

Ohne der verunsicherten Olivia die Gründe zu erklären, wechselt Stephan von der aktuellen auf eine Nebenstrasse. Olivia folgt ihm und sie nehmen zwei Abzweigungen später wieder die ursprüngliche Richtung ein.

Jetzt, zwei Strassenzüge weiter, und parallel zu der vorher befahrenen Strasse, erkennen sie den Grund dieser plötzlichen Stausituation. Eine Strassenkontrolle der Guardia Civil am Ortseingang von Roses lässt den Verkehr stocken.

Vielleicht war Stephan zu vorsichtig und sie hätten dort unbehelligt passieren können, aber in ihrer heiklen Fluchtsituation hasst Stephan Polizeiüberprüfungen wie der Teufel das Weihwasser und wer weiss, eine «dumme» Frage eines Polizisten oder die Kontrolle der Papiere hätte das Ende ihrer Mission bedeuten können und Olivia wäre dann erneut grösster Gefahr ausgesetzt.

Mit innerlicher Genugtuung ob seines Bauchgefühls fahren sie nun auf der dicht befahrenen Küstenstrasse dem wunderschönen Mittelmeer entgegen, am von Dutzenden weisser Segler geschmückten Hafen von Roses, vorbei.

Herrlich – das Gefühl, wieder am tiefblauen Mittelmeer zu sein!

Anfang April, am südlichsten Punkt seiner Reise, tief unten in Spanien bei Gibraltar, war Stephan das letzte Mal auf Tuchfühlung mit dem endlosen, weiten Meer. Wie er es liebt!

Am Ortsausgang von Roses entscheiden sie sich, auf nun steinigem Weg über einen mit dichten Büschen überzogenen Hügelzug die Bucht direkt hinter der Stadt anzusteuern.

Hier findet sich bestimmt ein idealer Platz für ihr Nachtlager.

Einfach wunderbar der Anblick des tiefblauen Meeres, der verzaubernde Ton der sanft aufprallenden und sich kräuselnden Wellen an der Küste und die einzigartige, fast unwirkliche Stimmung in der Abenddämmerung.

Hier könnte man lange verweilen, so empfinden es beide und kurz darauf sind sie für die kommende Übernachtung vorbereitet.

Auf dem umgedrehten Anhänger und dem kleinen Campingstuhl sitzend, macht sich Olivia mit Schreibblock und Kugelschreiber an das Verfassen des gestern Morgen angekündigten Berichtes an ihre Freundin Francesca sowie die Zeitungsredaktion, welche ihr Schreiben von Ronda veröffentlicht hat. Sie schreibt:

*20. April*

*Liebe Francesca*

*Riesig war die Erleichterung, als ich gestern Morgen meinen Brief in der Zeitung unzensuriert lesen konnte. Herzlichen Dank für deine erfolgreichen Bemühungen, du hast mir sehr geholfen!*

*Mir geht es den Umständen entsprechend gut und ich fühle mich an meinem momentanen Aufenthaltsort – du wirst verstehen, wenn ich ihn dir verschweigen muss – relativ sicher.*

*Ich bin inzwischen völlig überzeugt, dass der von Alejandro gehegte Verdacht auf dubiose Ölgeschäfte der spanischen Regierung Tatsache ist. Der vor wenigen Tagen an der Costa Brava tödlich verunfallte Marcos Villa war mit Sicherheit nicht das Opfer eines Unfalles, er wurde wie Alejandro kaltblütig ermordet.*

*Alejandro führte noch am Vortrag seiner Ermordung ein aufregendes Telefongespräch mit Marcos Villa und er war es auch, welcher die Enthüllungen in diesem Falle ins Rollen brachte.*

*Es muss um unglaublich viel Geld gehen, nur so kann ich mir dieses schreckliche und brutale Vorgehen dieser Verbrecher erklären.*

*Der lange Arm dieser Mörder erreicht, wie der Fall von Marcos Villa zeigt, offenbar ganz Spanien und ich befürchte, dass auch mein Leben noch mehr in Gefahr ist, als ich bisher vermutet habe.*

*Francesca, leite diesen Brief bitte an die gleichen Stellen weiter wie schon einmal.*

*Ich glaube an dich und bin dir unendlich dankbar.*

*In Liebe, deine Olivia*

Dasselbe Schreiben, in leicht abgeänderter Form, verfasst Olivia nun auch an die Redaktion der Sonntagsausgabe von gestern.

Stephan nickt anerkennend.

«Diese beiden Briefe hast du erneut klar und zielgerichtet formuliert. Sie tragen zu deiner Entlastung und Aufklärung des Falles bei. Ich werde sie morgen mit den Morgeneinkäufen zur Post bringen.»

Er möchte Olivia nicht unnötig belasten und verschweigt ihr, diese Briefe nicht in Roses, sondern in Figueres einem Bahnreisenden zu übergeben. Würde er sie in Roses zur Post bringen, tragen sie den Poststempel dieser Stadt und jedermann könnte nachvollziehen, wo sich Olivia am 20. April aufgehalten hat. Durch Figueres verläuft die Bahnlinie von der französischen Küste nach Madrid und sicherlich wird er dort einen Reisenden finden, dem er die beiden Briefe anvertrauen kann. Diese Person sollte sie dann in Madrid in einen Briefkasten werfen.

Auch nach dem Verfassen der Briefe von Olivia und dem Zubereiten des Nachtmahls lastet eine innere Spannung wie ein schwerer Bleimantel auf ihren Gemütern. Wieder und wieder stellen sie sich die Frage, ob am nächsten Tag das Überschreiten der Grenze nach Frankreich gelingen wird.

Nur noch winzige zwanzig Kilometer fehlen zu ihrer Rettung aus dem gefährlichen Spanien und je mehr sie sich damit befassen, desto nervöser reagieren ihre Körper.

Trotz der herrlichen Nachtstimmung am wunderschönen Mittelmeer finden sie beide keinen Schlaf

# Dienstag, 21. April

Akrobatisch, die Thermik gekonnt ausnützenden Flugeinlagen, kreisen die grossen Mittelmeermöwen den Klippen entlang und schiessen in teilweise respektloser Distanz an Olivia und Stephan vorbei.

Deutlich zu sehen ihre kräftigen, in der Morgensonne besonders gelb leuchtenden Schnäbel und die sie fixierenden, scharfblickenden Augen.

Ihr Gekreische lässt darauf schliessen, dass sie von Olivia und Stephan ebenfalls zum Frühstückstisch eingeladen werden möchten, oder wenigstens hie und da fliegend einen Krümel Brot zu erhalten. Bereits seit Anbruch der Morgendämmerung belauern diese eindrucksvollen Meistersegler die beiden und hätten sie nicht schlecht geschlafen, könnte man sich an den sonst so interessanten, aber mit der Zeit aufdringlichen Vögeln sogar erfreuen.

«Stephan, auf keinen Fall dürfen wir sie füttern, ein kleiner Happen genügt und ich versichere dir ein nicht mehr enden wollendes Bettelgehabe dieser aufdringlichen Möwen!»

«Deine beiden Briefe werde ich nicht hier in Roses zur Post bringen, Olivia.»

Erstaunen zeigt sich in den sonst so edlen Gesichtszügen Olivias.

«Weder deine Freundin noch Zeitungsverlage dürfen wissen, dass wir hier in Roses sind, oder waren. Ich werde versuchen die Briefe am Bahnhof in Figueres einem nach Madrid Reisenden mitzugeben – in der Hoffnung, dass er oder sie, ihn dann in Madrid in einen Briefkasten werfen wird. Leider hat Roses keinen Bahnanschluss, sonst könnte ich das ebenso gut hier mit den Einkäufen erledigen.»

Auf Stephans Handy gleitet der Fahrplan der nationalen spanischen Eisenbahngesellschaft RENFE über das Display.

Um 9:30 Uhr verlässt ein Zug den Bahnhof Figueres nach Madrid. Für die zwanzig Kilometer von hier bis zum Bahnhof Figueres rechnet Stephan mit einer guten Stunde.

«Wenn ich hier um acht wegfahre, erreiche ich den Zug nach Madrid rechtzeitig, und nach meiner Rückkehr und den anschliessenden Einkäufen hier in Roses sollte ich bereits um elf Uhr wieder bei dir sein, Olivia.»

Ein tiefes, nachdenkliches Nicken begleitet von einem Seufzen folgt.

«Ich habe grosse Angst völlig allein in dieser einsamen Bucht, dazu noch unter Möwengekreisch verbringen zu müssen, Stephan. Bitte komm schnell zurück, ich fühle mich so schutzlos ohne dich.»

Eine kurze, innige Umarmung zum Abschied und wenig später erreicht Stephan nach dem Überqueren des Hügelzuges, dieses Mal mit zwei leeren Sacochen am Rahmen, die Küstenstrasse in Roses. In zügiger Fahrt verlässt er diese schöne Ferienstadt am Meer in Richtung Figueres.

Zeitweise mit mehr als dreissig Stundenkilometern, und unterstützt durch das Navigationsgerät, erreicht er schneller als berechnet den Bahnhof Figueres.

Wie immer sichert Stephan das Bike mit einem Drahtseil, und es bleibt ihm noch genügend Zeit, sich im Bahnhof umzusehen.

Emsiges Treiben herrscht im Bahnhof an diesem Dienstagmorgen.

Gehetzte Reisende eilen von und zu den Zügen, dazwischen Rufe von Müttern nach ihren Kindern und immer wieder Durchsagen im Lautsprecher – auch für spanische Reisende zu schnell und kaum verständlich gesprochen, runden Stephans Eindruck von verworrener Hektik ab.

Plötzlich wird es still um Stephan, er sieht nur noch das übergrosse Poster am Kiosk. Olivia lächelt ins Bild und in ebenso grosser Aufmachung prangt ein Foto von ihm mit gelbem Regenschutz, Adidas-Schirmmütze und Sonnenbrille, aufgenommen bei seinen damaligen Einkäufen im Warenhaus in der Calle El Burgo in Ronda auf dem Poster.

Übergross springt ihm der Titel ins Auge. Obwohl der spanischen Sprache erst wenigen Sätze kundig, glaubt er den Titel entziffern zu können:

*Heisse Spur im Falle Olivia Sanchez: Ist Olivia Sanchez mit einem Bike auf der Flucht in Begleitung dieses Mannes?*

«Reisende nach Madrid bitte einsteigen, der Zug fährt in fünf Minuten auf Gleis zwei!», die Stimme aus dem Lautsprecher.

Diese wahrscheinlich schon wiederholte Durchsage nimmt er erst jetzt zur Kenntnis. Er muss sich auf seine Mission konzentrieren! Dieses Poster hat ihn völlig aus dem Konzept gebracht.

Ein Sammelsurium von Nationalitäten, älteren und jüngeren Menschen, schlendern oder rennen dem Bahnsteig entlang und verschwinden in grauen Waggons nach Madrid.

Laut kichernd nähert sich eine Gruppe von vier Teenagern. Die Mädchen, die sich auf Französisch unterhalten, könnten in sein Konzept passen, und schon sind sie in einen lustigen Dialog verwickelt:

«Ihr hübschen Damen, darf ich euch etwas anvertrauen?»

Heftiges Kichern der Mädchen folgt als Antwort.

«Ich habe zwei Briefe und diese dürfen nur in Madrid in den Briefkasten geworfen werden. Könnt ihr das für mich tun?»

Erneut folgt ungestümes Kichern und dann ein überschwängliches Bejahen seines Wunsches. Ihr Übermut ist offensichtlich.

«Wir werden diese Briefe, damit sie nicht vergessen und auch nicht verloren gehen, direkt an unseren Körpern tragen und wie gewünscht in Madrid in einen Briefkasten werfen!», bestätigen sie übermütig. «Wir sind hier in Figueres in einem Internat und bis Samstag auf Entdeckungsreise in Madrid.»

«Darf ich euch liebe Damen dafür denn auch etwas anbieten?»

Entrüsteter, verneinender Protest schwappt Stephan entgegen. «Auf keinen Fall, Monsieur, wir tun Ihnen diesen Gefallen auch ohne eine Bezahlung, das ist für uns Ehrensache, Sie können sich auf uns verlassen!»

Stephan kramt einen Zwanzig-Euro-Schein aus dem Portemonnaie und drückt ihn der grössten der jungen Frauen in die Hand.

«Einen kleinen Drink könnt ihr euch aber trotzdem erlauben.»

«Reisende nach Madrid einsteigen, letzter Aufruf, der Zug fährt in einer Minute!», ertönt es vom blechernen Lautsprecher.

Stephan verabschiedet sich von den fröhlichen Mädchen, mit dem guten Gefühl, dass die Briefe tatsächlich in Madrid den Weg in einen Briefkasten finden und auf dem Poststempel den Absender «Madrid» tragen werden.

Pünktlich um neun Uhr dreissig bewegt sich der langsam an Fahrt gewinnende Zug Fenster um Fenster aus dem Bahnhof, kurz noch erhascht Stephan einen Blick auf die vier übermütig lachend, sich mit einem Handkuss hinter einem der Fenster des entschwinden Zuges von ihm verabschiedenden Teenies.

Zielstrebig begibt sich Stephan zum Kiosk mit dem vermutlich verhängnisvollen Bericht eines Boulevardblattes aus Barcelona. Er zittert vor Anspannung, und noch bevor Stephan den Bahnhof von Figueres verlässt, blättert er durch die Seiten des Sensationsblattes.

Jetzt wird Stephan bewusst, weshalb die Theorie über die Flucht von Olivia mit dem Bike vermutet wird.

Es ist die Aussage des jungen Velohändlers im *Bicicleta Garcia* in Ronda, der ihm das Bike für Olivia verkauft hatte und dessen Foto in dieser Zeitung ebenfalls abgelichtet ist.

Auf einem Zeitungsbild mit Bericht über den Fall Alejandro Sanchez muss er seinen damaligen Kunden erkannt haben. Weshalb erst jetzt, vierzehn Tage nach dem Kauf des Bikes, Meldung an die Presse gemacht wurde, ist Stephan indes im Moment nicht klar. Olivia wird ihm die Antwort bald geben können.

Gedankenversunken verlässt er den Bahnhof, um sofort wieder in die Realität zurückgeholt zu werden.

*Mein Bike!*

Das Vorderrad und auch der Sattel fehlen. Nur noch Rahmen und Hinterrad finden sich am Geländer des Bahnhofes. Ein unglaublich dreister Mensch, dem er alles wünsche, nur nichts Gutes, hat alles am Rad, was nicht durch sein Drahtseil gesichert war, gestohlen!

Wenn etwas schiefläuft, dann meist alles auf einmal. Dieses Wissen in der Zeitung, deren Konsequenzen für ihn und Olivia im Moment nicht klar sind, und nun noch dieser Diebstahl.

Um elf Uhr spätestens wollte er bei Olivia zurück sein.

Bei der zu erwarteten schwierigen Suche nach einem Velohändler in der Nähe, muss er seine gut gemeinte Absicht bestimmt vergessen. Überhaupt müssen sie ihre Reiseplanung neu überdenken.

Der in der Zeitung veröffentlichten Bericht über ihre Flucht mit den Bikes und dem hohen Risiko erkannt zu werden, stellt auch die weitere Flucht mit den Fahrrädern in Frage. Ganz zu schweigen von einem Grenzübertritt nach Frankreich.

Ein mürrischer, älterer Taxichauffeur stellt sich nach einigem Zögern zur Verfügung, Stephan mitsamt seinem Bike zu einem Velohändler in der Nähe zu transportieren. Dass es sein teures Bike mit Carbon-Rahmen – oder besser gesagt, die Reste davon – selbst im Kofferraum unterbringen will, quittiert der Taxifahrer mit sichtbarem Missfallen.

Nach einem kleinen Intermezzo fühlt sich Stephan bereits glücklich, überhaupt einsteigen zu dürfen, und mit weiteren Beschimpfungen über die «blöden Velofahrer» dreht er endlich am Zündschlüssel seines Seat.

Kurz darauf und nur eine paar Strassen weiter steht Stephan in der örtlichen Velohandlung.

Ein passendes Rad findet sich schnell und auch ein neuer Sattel ist in Kürze wieder im Sattelrohr eingesteckt. Weiter erwirbt er ein neues, nun längeres Sicherungsseil, mit welchem er zukünftig auch noch das Vorderrad sichern kann.

Kaum zehn Minuten später sitzt Stephan, infolge des neuen Sattels mit noch ungewöhnlichem Gefühl im Hintern, wieder auf dem Bike und ist unterwegs nach Roses.

In Gedanken versunken, mit meist über dreissig Stundenkilometern über den Asphalt fliegend, nähert er sich seinem Ziel.

Über eintausendzweihundertsiebzig Kilometer haben sie in den vergangenen sechzehn Tagen mit ihren Bikes zurückgelegt und nun, zwanzig Kilometer vor der rettenden Grenze, soll alles vergebens gewesen sein?

Nein, das kann er nicht akzeptieren! Er wird kämpfen und eine Lösung finden, auch diese Herausforderung meistern zu können.

Auf der von Zypressen gesäumten Eingangsstrasse von Roses blickt Stephan das erste Mal auf seine Uhr.

Tatsächlich ist es erst Viertel vor elf Uhr, dieser Zwischenfall mit dem Diebstahl hat nicht so viel Zeit gekostet wie befürchtet; vielleicht war es auch seine schnelle Fahrt, die es ihm nun ermöglicht, den vorgesehenen Zeitplan beinahe einzuhalten.

Die Tageseinkäufe sind schnell getätigt und kurz nach elf erreicht er nach erneutem Überwinden des Hügelzuges ihren Biwak-Platz in der schönen Bucht hinter Roses.

Grosse Erleichterung empfindet Stephan, als Olivia gelöst und fröhlich auf ihn zuspringt. Obwohl der füllige Dress ihre weiblichen Vorzüge kaschiert, und trotz der aufgesetzten Knetnase wird ihm erneut bewusst, wie ausserordentlich hübsch diese Frau ist. Ihr Haaransatz hat in den vergangenen zwei Wochen schon nahezu einen Zentimeter ihrer natürlichen Haarfarbe zurückerobert. Beim Tragen des Helmes sind diese «verräterischen» Brauntöne auf der Reise nicht sichtbar und demzufolge stellen sie auch kein Sicherheitsrisiko dar.

Nicht nur Olivia, auch die aufdringlichen Möwen haben Stephans Ankunft wahrgenommen und vollführen, begleitet von ihrem Gekreische, erneut eine imposante Flugshow.

«Bisher ist hier alles ruhig verlaufen», sagt Olivia, «nur einmal hat sich ein kleines Fischerboot in die Bucht verirrt. Der ältere Herr hat mich in dem wild wachsenden Macchia-Gebüsch glücklicherweise nicht sehen können.»

Stephan übergibt Olivia die Boulevardzeitung vom Kiosk im Bahnhof Figueres.

Wortlos liest sie den Titel und die ersten Zeilen. Mit stockender Stimme übersetzt sie dann den für sie folgenschweren Bericht:

«Heisse Spur im Fall Olivia Sanchez: Ist Olivia Sanchez mit einem Bike auf der Flucht in Begleitung dieses Mannes? Barcelona/ Ronda, Dienstag, 21. April. Neue, sensationelle Erkenntnis im Mordfall Alejandro Sanchez: Der Verdacht erhärtet sich, dass Olivia Sanchez, die Frau des am 3. April in Marbella ermordeten Anwalts Alejandro Sanchez, in Begleitung eines circa 50-jährigen Mannes mit einem Bike auf der Flucht sein könnte. Diese Erkenntnis kann aus Aussagen eines Velohändlers in Ronda abgeleitet werden. Am Samstag, den 4. April, hat ein bisher nicht identifizierter Mann bei diesem Velohändler in Ronda ein Bike der Marke Specialized gekauft. Obwohl er sich für ein Herrenfahrrad entschied, lassen folgende Tatsachen darauf schliessen, dass dieses Fahrrad nicht für ihn, sondern für eine Dame bestimmt gewesen sein könnte: Die gewählte Rahmengrösse ist für diesen circa 1,80 m grossen Mann zu klein. Die Bike-Schuhe, Grösse 41, ebenfalls von der Marke Specialized wie das Bike, der gewählte Damensattel und der für diesen Herrn zu kleine Helm erhärten den Verdacht, das Fahrrad und die Ausrüstung für eine Frau gekauft zu haben. Dem Verkäufer ist weiter aufgefallen, dass der unbekannte Mann weder die Schuhe noch den Helm anprobiert und das Bike nach dem Kauf zu Fuss zu seinem angeblich geparkten Wagen geschoben hat. Vieles spricht dafür, dass dieses Rad für Olivia Sanchez gekauft wurde und sie sich, wahrscheinlich zusammen mit diesem unbekannten Mann, auf der Flucht an einem nach wie vor unbekannten Ort in Spanien befindet. – Der schlanke, ungefähr 50 Jahre alte Mann nicht spanischer Nationalität mit leicht braun-grau melierten, kurz geschnittenen Haaren und blauen Augen spricht Französisch und Englisch. Er machte auf den Velohändler in Ronda einen seriösen und sympathischen Eindruck. Der Betrag für Bike und Ausrüstung von über eintausendneunhundert Euro wurde nicht, wie sonst bei solch hohen Beträgen üblich, mit Kreditkarte, sondern in bar bezahlt. – Der Verkäufer des Velofachgeschäftes und dieser unbekannte Mann unterhielten sich über die geplante, vom Verkäufer ebenfalls vorgesehene, Biketour durch das schöne Andalusien. Dies erklärt auch der Grund der späten Meldung des Verkäufers bei den Behörden von Ronda. Erst nach seiner Rückkehr von der einwöchigen Radtour erhielt er Kenntnis von dem Verbrechen in Malaga, als er das Foto seines Kunden in einer Illustrierten vorfand. Die Polizei bitte die Bevölkerung um Mithilfe!

Wer kann Hinweise geben, wo sich dieses Paar aufhält? – Hat jemand in den letzten Tagen einen radfahrenden Mann und eine Frau, auf welche die Beschreibung zutreffen könnte, beobachtet? – Die beiden Bikes dürften mit Sacochen an Vorder- und Hinterrädern ausgestattet sein. – Der Rahmen des Fahrrades, welches in Ronda gekauft wurde, ist in dunkelblauer Farbe lackiert und trägt am Rahmen in grossen Lettern die Aufschrift «*Specialized*». Aufgrund dieser brandneuen Erkenntnisse im Fall Sanchez hat die Polizei ihre Strassenkontrollen verstärkt und auf ganz Spanien ausgedehnt. Hotels, die Grenzübergänge nach Portugal und Frankreich sowie die Fährhäfen in ganz Spanien unterliegen einer verschärften Polizeikontrolle. Ein besonderes Augenmerk richtet die Guardia Civil auf die Grenzübergänge nach Frankreich.»

Der Bericht schliesst mit einer Phantomzeichnung des radfahrenden Paares, einem Foto des blauen *Specialized*-Bikes und der Bitte, auch nur mögliche unbedeutende Beobachtungen der spanischen Polizei zu melden.

Schockiert ob dieses Berichtes und blass im Gesicht legt Olivia die Zeitung zur Seite. «Dann galt diese gestrige Polizeikontrolle uns beiden, Stephan!»

«Vermutlich ja, oder zumindest war die Guardia Civil gehalten, auch ein Augenmerk auf ein bikendes Paar zu halten. Nicht wenige Menschen haben uns mit unseren Bikes in Roses gesehen und wir müssen damit rechnen, dass einige von ihnen bestimmt Meldung an die Polizei erstatten werden. Wir dürften unsere Biketour eigentlich nicht mehr gemeinsam fortsetzen, Olivia.»

Erschüttert antwortet Olivia mit zittriger Stimme: «Allein schaffe ich diese Flucht nicht. Ich brauche dich jetzt mehr denn je. Bitte lass mich nicht im Stich. – Ich weiss, dass du niemals aufgibst, und ich in dieser schwierigen Situation auf dich zählen kann ... Du wirst bestimmt eine Lösung für uns finden. Ich weiss es einfach und glaube fest an dich!»

Olivia klammert sich an Stephan, sie hängt an seinen Lippen und wartet auf sein erlösendes Das-werden-wir-schon-Schaffen!

«Olivia, wie könnte ich dich jetzt alleinlassen? Du weisst, was ich für dich empfinde, ich würde sowieso nie einen Menschen in einer solchen Situation seinem Schicksal überlassen!»

Angefacht durch die neue Herausforderung und seine erneut aufkeimende Abenteuerlust, auch diese Schwierigkeit zu meistern, arbeiten seine grauen Zellen auf Hochtouren.

«Ich finde eine Lösung für uns beide, Olivia!», erklärt Stephan zuversichtlich. «Und ich habe eine Idee: Ich weiss, wie wir weiterkommen könnten. Ich werde versuchen, uns hier im Hafen in Roses ein Schiff zur Flucht zu besorgen.»

«Ein Schiff ...? Willst du etwa ein Schiff stehlen?», Olivias ungläubige Reaktion.

«Sagen wir mal so: Ich werde mir eins ausleihen.»

Überrascht ob seiner Äusserung und der Überzeugung, Unmögliches möglich zu machen, erhellen sich augenblicklich Olivias Gesichtszüge und entlocken ihr sogar ein kleines verblüfftes Lächeln. «Du bist einfach unglaublich!»

Unter dem Zeltvordach verzehren sie im schützenden Schatten mit neu gewonnener Zuversicht die herrlich schmeckenden Tapas und Sandwiches.

«Zuerst werde ich den Hafen von Roses auskundschaften, nach einem geeigneten Schiff Ausschau halten und anschliessend die notwendigen Einkäufe zur Durchführung meines Planes machen», sagt Stephan. «Wenn alle Vorbereitungen planmässig verlaufen, bin ich um 16 Uhr wieder zurück. Das Schiff würde ich dann später, bei Dunkelheit, im Hafen von Roses, übernehmen.»

Olivias sanfter Wangenkuss begleitet Stephan zur Fahrt in den Hafen. Nur zehn Minuten später, mit dem neuen, verlängerten Sicherungsseil gesichert, parkiert Stephan sein Bike in der Hafenmole.

Stephan trägt weder seinen Dress noch Bike-Schuhe, niemand soll sich später, wenn der Diebstahl auffliegt, an einen Radfahrer erinnern können.

Ein kräftiges, mit massivem Schloss versehenes Eingangstor zu den Steganlagen verhindert den Zutritt zu den teilweise sehr teuren Jachten vor Unbefugten. Noch ist keine Ferienzeit. An diesem Dienstagnachmittag im April sind nur ein paar Werftarbeiter mit Wartungsarbeiten an den Schiffen beschäftigt.

Das Eingangstor zur Hafenanlage ist angelehnt, aber nicht verschlossen und Stephan gelangt ohne Mühe in den inneren Bereich des Jachthafens. Aus den Augenwinkeln die Umgebung beobachtend, schreitet er zielstrebig den Jachthafen ab, auf der Suche nach einem geeigneten Segelschiff. Eine wunderschöne *Jeanneau Sun Odyssey 36* bietet sich förmlich an und lässt seinen Puls höherschlagen.

Bei dieser Jacht scheint alles zu stimmen!

An der Hebevorrichtung hinten am Spiegel hängt ein Yamaha-6-PS-Viertakt-Aussenbordmotor, ein freistehendes Steuerrad kann er ebenfalls erkennen und durch die breite Eingangstür zur Kabine würde mit Sicherheit das Durchreichen ihrer Bikes möglich sein.

Selbstbewusst, mit dem Auftreten eines Eigners, besteigt Stephan über das mit dem Heck am Steg vertäute Schiff den hinteren, offenen Bereich der *Sun Odyssey*. Die Kabinentüre ist wie vermutet mit einem Schliesszylinder gesichert. Mit geeignetem Werkzeug lässt sich diese auf jeden Fall öffnen. Mit einer ihm bisher selbst nicht zugetrauten Kaltblütigkeit senkt er den Aussenbordmotor mit der Hebevorrichtung hinunter ins Wasser und mit dem eingebauten Seilzug – ein einziger Zug genügt – erweckt er den kleinen, beinahe unhörbaren Aussenborder zum Leben. Ihm lacht heute das Glück, auch das Steuerrad ist nicht gesichert und frei bewegbar, und nachdem der Motor wieder an seinen ursprünglichen Platz zurückversetzt ist, verlässt Stephan das Schiff.

Diese *Sun Odyssey 36* ist von nun an sein Schiff, ihr Schiff.

Keine Menschenseele hat seine Manipulationen wahrgenommen, wie sollte man auch, es ist ja niemand in der Nähe, der ihn hätte beobachten können. Ohne weitere Zeit zu verlieren, verlässt er die Steganlage, lehnt das Eingangstor wie schon vorher leicht an der Türzarge an und begibt sich zu Fuss zum naheliegenden *Sailor Shop* am Pier.

Zwei Zehn-Liter-Benzinkanister, ein kleiner Trichter, eine Taschenlampe, eine Akkubohrmaschine mit Bohrersatz, zwei Schraubenzieher und ein Gummiboot mit Paddeln wandern über den Kassentisch. Das im Moment noch im Karton verpackte Gummiboot, eher ein Planschboot für Kinder und nicht sehr stabil, im aufgeblasenen Zustand immerhin 2,50 m lang, bietet Platz für vier Personen.

Der Verkäufer erklärt sich spontan bereit, dieses für Stephans Unterfangen sehr nützliche Gummiboot bis zu seiner Rückkehr in ungefähr einer halben Stunde im Shop aufzubewahren.

Die Hafentankanlage, auch von der Zufahrtsstrasse her erreichbar, ist mit der Capitaneria verbunden und nur wenige Meter vom Shop entfernt.

Mit den beiden leeren Kanistern macht sich Stephan zu Fuss auf den Weg zur Zapfanlage. Während der Tankwart die Plastik-Kanister mit bleifreiem Benzin befüllt, studiert Stephan die an der Capitaneria angeschlagenen Öffnungszeiten: Im April und Mai ist durchgehend von 8 bis 20 Uhr geöffnet, ausserhalb dieser Zeit werden nicht nur die Capitaneria, sondern auch die Eingangstüre zur Hafenanlage geschlossen sein.

Schwer mit zwanzig Litern Benzin, der Akkubohrmaschine und dem gekauften Werkzeug beladen, schleppt Stephan alles durch die noch immer offenstehende Hafeneingangstür zu seiner für die weitere Reise auserkorenen *Sun Odyssey 36*.

Ein kurzer Blick in die Runde zeigt ihm, dass die Luft rein ist, er springt an Bord und kurz darauf sind die beiden Kanister und die Akkubohrmaschine mit Bohrer, für möglicherweise vorbeigehende Benützer der Steganlage nicht mehr sichtbar, im Bugbereich versteckt.

Der kleine Yamaha-Aussenbordmotor dürfte bei wirtschaftlicher Fahrweise kaum mehr als einen Liter Benzin pro Stunde verbrauchen, was ihnen ungefähr zwanzig Stunden Fahrzeit ermöglichen würde.

Stephan schätzt die machbare Fahrgeschwindigkeit auf circa sechs Stundenkilometer und hält der momentane südliche Wind auch in der Nacht noch an, wird ihre Fahrt sogar um ein bis zwei Kilometer pro Stunde schneller und sie weit in französische Hoheitsgewässer vordringen lassen.

Eine Option, mit welcher Stephan sich aber nur am Rande beschäftigt und im Moment noch nicht ernsthaft auseinandersetzt ist der bordeigene Dieselmotor der Sun Odyssey. Sollte es ihm gelingen, diese Maschine zu starten, könnten sie die Fahrgeschwindigkeit auf circa zwölf Kilometer pro Stunde erhöhen und innert vierundzwanzig Stunden über zweihundertfünfzig Kilometer auf See zurücklegen – vorausgesetzt, der Diesel-Treibstoffbehälter weist genügend Reserven auf.

Der Eigner dieses tollen Schiffes wird wahrscheinlich nicht vor dem Wochenende seinem Hobby frönen und entsprechend gering schätzt er das Risiko ein, der Eigner oder jemand anders könnte das Fehlen seines Schiffes vorzeitig feststellen und Meldung an die Polizei erstatten.

Alle Vorbereitungen für die «Übernahme» sind wie geplant verlaufen und mit gutem Gefühl kehrt Stephan noch vor 16 Uhr mit dem Gummiboot im Gepäck zu Olivia zurück.

«Ich halte es kaum aus vor Spannung, Stephan!», ruft sie. «Wie ist es gelaufen, hast du dieses gesuchte Schiff entdeckt und wenn ja, glaubst du, dass du es unbemerkt entwenden und an der Capitaneria vorbeischleusen kannst?»

«Olivia, vertrau mir, ich habe ein Traumschiff für uns beide, alles wird klappen. Nun müssen wir nur noch für heute Nacht, wenn ich mit dem Segelschiff in unserer Bucht eintreffe, für das Verladen unserer Utensilien einen geeigneten Anlegeplatz suchen. Den Anker werde ich dann noch nicht einsetzen können, er wird elektrisch betätigt und der Hauptschalter für die Stromversorgung befindet sich in der abgeschlossenen Kabine.»

Sie machen sich auf die Suche einer Anlegestelle.

Olivia zeigt Stephan den von ihr bereits in Augenschein genommenen Ort. «Die Küste fällt an dieser Stelle sehr steil ab. Es dürfte möglich sein, mit dem Bug des Segelschiffes direkt an den Felsen heranzufahren, der Kiel wird hier sicherlich nicht auf Grund laufen.»

Nachdem sie alles Weitere abgeklärt haben, lassen sie sich erneut auf der weichen Unterlage in ihrem Biwak-Platz nieder.

Die grossen Seemöwen scheinen sich an die Eindringlinge gewöhnt zu haben und segeln, als ob ihr Dasein nur aus Segeln bestehen würde, noch immer akrobatisch, laut kreischend und offenbar vergnügt den Klippen entlang.

«Weisst du, wie sie Wasser zu sich nehmen?», fragt Olivia.

«Keine Ahnung», erwidert Stephan. «Ich nehme an, sie finden hier in den Klippen genügend Quellen oder Wasseraustritte, um sich mit Flüssigkeit zu versorgen.»

«Das habe ich bis vor Kurzem auch gemeint. Aber die Wahrheit ist: Sie trinken Meerwasser und scheiden das nicht erwünschte Salz über im Schnabel angelegte Salzdrüsen wieder aus. Ist das nicht genial? Unsere Welt überrascht uns doch immer wieder mit wundersamen Lösungen, um ein Überleben unterschiedlichster Lebensformen zu ermöglichen.»

Gedankenversunken, wegen der Ungewissheit, ob ihre bevorstehende Flucht mit dem Schiff gelingen wird, und ohne die herrliche Stimmung richtig geniessen zu können, beobachten sie die durch den Himmel wandernde Sonne, und erwarten auf die einbrechende Dunkelheit.

Ihr Nachtessen besteht heute weder aus feinen Köstlichkeiten aus Olivias Küche noch aus genüsslichem Schlucken feinen Rotweins, sondern aus Sandwiches, die dieses Mal fad schmecken und sie ohne Freude vertilgen.

Alles ist so weit bereit, das Navigationsgerät hat Stephan auf «See» umprogrammiert und die vorgesehene Route der Küste entlang bis auf die Höhe von Montpellier, immerhin über einhundertfünfzig Kilometer, einprogrammiert.

Sein Bike mit Anhänger wird Stephan zum Hafen begleiten. Auf dem kleinen Anhänger transportiert er das neue Gummiboot mit der Luftpumpe und ein paar Kleinigkeiten. Das restliche Material – das Zelt mit Unterlage, die Sacochen und das Bike von Olivia werden sie hier in der Bucht an Bord bringen.

Vollmond war vor drei Tagen und der nun bereits abnehmende Mond wird er erst nach Mitternacht die Gegend erhellen, dann sollten sie auf offener See sein. Das Warten auf die totale Dunkelheit ist fast unerträglich, endlich zeigt das Display 22 Uhr und Stephan wagt es, aufzubrechen.

«Olivia, es könnte sein, dass ich bei diesem riskanten Diebstahl erwischt werde. Wenn ich nicht bis spätestens zwei Uhr morgens zurück bin, entweder mit Schiff oder zu Fuss, musst du unverzüglich meinen Sohn in der Schweiz anrufen.»

«Er soll dich hier in Roses mit dem Auto abholen und auf der Rückfahrt in die Schweiz nicht die Grenze am Küstenzoll, sondern im Landesinnern bei Le Perthus wählen. Du darfst auf keinen Fall versuchen, allein die Grenze nach Frankreich mit dem Bike zu überqueren. Die Zollbehörde wartet nur darauf, dich in Empfang nehmen zu können, leider …»

Heftig fasst Olivia Stephans Arm, er fühlt ihr Zittern. «Stephan, ich habe unglaubliche Angst, ich habe nicht damit gerechnet, dass ein so grosses Risiko besteht. Du wirst es schaffen, dieses Schiff hierher zu überführen. Bitte, bitte, komm zurück, dir gelingt immer alles – ich weiss, dass du zurückkehren wirst. Du bist mein einziger Halt, den ich habe.»

«Ich werde es schaffen, Olivia! Für den schlimmsten Fall, mit dem ich nicht rechne, nimm diesen Zettel und bewahre ihn sicher auf.» Stephan drückt Olivia den Notizzettel in ihre Hand. «Du findest die Handynummer meiner beiden Söhne in der Schweiz und einen Codenamen, mit welchem du deine Glaubwürdigkeit bestätigen könntest. Der Codename für Peter ist ‹Pati› – das war sein erstes Wort für mich – und dasjenige von Michael heisst ‹Matu›, das war sein erstes Wort für ‹Motor›. Die Koordinaten deines Standortes habe ich ebenfalls notiert: Es ist die Stelle in Roses, wo der Weg über den Hügelzug nach hier abzweigt. Den Safe in meinem Haus in Zürich kannst Du mit dem Code 2-4-2-3-2-2 zu öffnen. Er befindet sich im Wohnzimmer, versteckt auf der Unterseite des Cheminées. Bediene dich darin, ich freue mich, wenn ich dir bis zur Klärung deines Falles ein würdiges Dasein ermöglichen könnte. Meine Söhne sprechen fliessend Französisch und Englisch, du könntest dich also gut mit ihnen verständigen. Wenn ich mit dem Segelschiff hier in der Bucht auftauche, bewege ich meine Taschenlampe horizontal hin und her. Als Bestätigung, dass du mich erkannt hast und damit du mir einen Hinweis zum Anlegeplatz geben kannst, wirst du mit deiner Taschenlampe einen Kreis beschreiben.»

Stephan drückt Olivia sein Handy und die Taschenlampe in die Hand, mit einer herzlichen Umarmung und einem innigen Kuss entlässt Olivia Stephan in die dunkle Nacht.

«Stephan, kehr zurück, ich komme fast um vor Angst und halte es kaum aus, allein in dieser abgeschiedenen Einsamkeit», bettelt Olivia.

«Das werde ich.»

Seine letzten Worte sollen sie trösten und Zuversicht vermitteln, Stephan überspielt seine eigene ungeheure Nervosität.

Langsam nähert er sich dem höchsten Punkt des Hügels.

# Dienstag, 21. April, 22 Uhr

Der Hügelzug ist überwunden, vor ihm liegt die im bunten Lichtermeer strahlende Stadt Roses. Gut erkennbar sind die um diese späte Nachtzeit wenig befahrene Küstenstrasse und im Hintergrund die sanft schaukelnden, weissen Rümpfe und Masten der im Hafen vertäuten Segeljachten. Es ist ein friedliches, Ruhe und Gelassenheit vermittelndes Bild und lädt zum Verweilen und Geniessen ein.

Leider stellt sich dieser schöne Gefühlszustand bei Stephan nicht ein. Seine Nerven sind aufs Äusserste gespannt. Alle bisherigen Aktionen auf ihrer Flucht, auch die riskantesten, waren in wenigen Minuten überstanden, dieses Mal wird die kritische Phase mindestens ein bis zwei Stunden dauern. Bis auf die Höhe des Jachthafens folgt Stephan der Küstenstrasse, verlässt dann dieselbe und bewegt sich, das Bike nun schiebend, durch den weichen, sehr feuchten Sand in Richtung Wasser. Eine Gruppe junger Leute tummelt sich in der Nähe um ein Lagerfeuer am Strand. Sicherlich fliesst viel Alkohol, auf jeden Fall scheinen sie Stephan nicht bemerkt zu haben – vielleicht auch deshalb, weil er sich im Schatten einer nur von der Küstenstrasse her beleuchteten Palmengruppe halten kann.

Das Gummiboot hebt er vom Anhänger und pumpe es vorsichtig mit sanften Hüben langsam auf. Vereinzelt vorbeispazierende Personen oder Paare auf der Uferpromenade lassen ihn jeweils in seinen Bewegungen innehalten, nur so lange, bis sich die Spaziergänger so weit entfernt haben, um von ihnen nicht mehr wahrgenommen zu werden.

Zehn Minuten verstreichen, bis sich das Gummiboot in seiner vollen Grösse entfaltet.

Im schützenden Lichtschatten der Palmen lässt er das dünnwandige, leicht zu verletzende Gummiboot zu Wasser. Nun beginnt ein besonders heikler Teil seiner Mission. Um das Gefährt nicht unnötig zu strapazieren, legt Stephan den Anhänger mit dem Rad nach oben, quer über die beiden Gummiwände und das Bike anschliessend ebenso behutsam obenauf. Potenzielle Scheuerstellen am dünnwandigen Gummiboot hatte er mit Frotteetüchern ausgepolstert. Schuhe und Socken sind ausgezogen, nichts steht seiner schicksalhaften Fahrt mehr im Wege.

Ein letzter Blick in die Runde, langsam gewinnt das fragile Gefährt mit Stephan an Bord Distanz zum Ufer. Der Schatten der Palme erreicht ihn nun nicht mehr, er fühlt sich im Lichterglanz der Hafenstrasse ausgestellt wie auf der Bühne eines Theaters. Niemand scheint den in Richtung Hafeneinfahrt rudernden Mann mit der komischen Fracht zu bemerken.

Vorsichtig, immer darauf bedacht, die subtile Ware mit seinen Ruderschlägen nicht aus dem Gleichgewicht zu bringen, nähert er sich dem von ihm anvisierten Ziel. Glücklicherweise ist das Wasser spiegelglatt, der leichte Südwind ist zu schwach, um auf dem circa 200 Meter langen Weg bis zur Hafeneinfahrt Wellen aufzubauen.

Zwischen den rot-grünen Back- und Steuerbordmarkierungen hindurch- und vorbei an der unbeleuchteten, gespenstisch wirkenden Capitaneria, erreicht er das Innere des Hafens. Ein unheimliches Gefühl der Unwissenheit lässt ihn erschauern.

*Hat ihn am Nachmittag doch jemand beobachtet, und vielleicht wird er bei der* Sun Odyssey *bereits erwartet?*

Er hat keine Wahl, mit lautlosen Ruderschlägen nähert er sich dem gesuchten Steg. Die Jacht liegt zwischen weiteren, ebenfalls mit dem Heck zur Steganlage vertäuten Booten am Steg. Der Bug dieser Schiffe, auch «seiner» *Sun Odyssey*, ragt in Richtung Hafenausfahrt.

Wegen der beträchtlichen Bordhöhe gelingt es Stephan nicht, das Schiff vom Wasser her zu erklimmen. Die Eingangstüre zum Hafen wird geschlossen sein, es herrscht vollkommene Ruhe. Nicht der leiseste Anhaltspunkt, dass sich jemand in der Nähe oder in einer der umliegenden Jachten – oder schlimmer: auf der *Sun Odyssey* – aufhalten würde.

Auf der Stirnseite des Schwimmsteges befestigt Stephan das Gummiboot und lauscht in die dunkle Nacht. Der Moment des Ausstiegs vom Gummiboot ist kritisch; die leiseste unkontrollierte Bewegung würde genügen, um die heikle Fracht im Hafenwasser zu verlieren. An den Steg geklammert, zieht sich Stephan vorsichtig auf dessen Metallgitter. Anhänger und Bike geraten auf der glitschigen Gummioberfläche ins Rutschen und nur mit einem schnellen und gezielten Handgriff kann er das Schlimmste verhindern. Ohne Atem zu holen, finden nun Bike, Anhänger und das Gummiboot ebenfalls ihren Weg auf den sicheren Steg.

Ein erstes Zwischenziel ist geschafft! Einen kurzen Moment gönnt sich Stephan eine Pause.

Als Nächstes, vorerst ohne das mitgeführte Material, nimmt Stephan die unmittelbare Umgebung der *Sun Odyssey* in Augenschein. Leicht schwingt der Schwimmsteg unter seinen Füssen, und mit jedem Meter, den er sich «seinem Schiff» nähert, steigt die Spannung ins Unerträgliche.

*Was war das?*

Heftig zuckt Stephan zusammen, er vernimmt ein intensives Klatschen irgendwo in der Nähe, dann ein sanftes Aufschlagen der Wellen an den Rümpfen.

Er verharrt in geduckter Stellung und wartet.

Wahrscheinlich war es doch nur ein Wasservogel – vielleicht eine Ente, die er in ihrer Nachtruhe aufgeschreckt hat. Wenn er jemandem eine Falle stellen würde, dann wahrscheinlich im vom Steg aus nicht sichtbaren Bugbereich der *Sun Odyssey* oder in einer der angrenzenden Jachten.

Lautlos, aus den Augenwinkeln beobachtend, schreitet er auf dem schwankenden Steg an der *Sun Odyssey* vorbei, ohne erkennbare Absicht, dieses Schiff betreten zu wollen. Im schwachen Hafenlicht ist einzig der ihm zugewandte Heckbereich sichtbar.

Minuten lässt er verstreichen, nichts rührt sich, es herrscht absolute Stille.

Sein Herz pocht heftiger denn je, kurzentschlossen nimmt er Anlauf und springt auf das Achterdeck der *Sun Odyssey* und ebenso schnell erreicht er den Bugbereich.

Niemand erwartet ihn, riesig seine Erleichterung!

Benzinkanister, Trichter, Akkuschrauber und Bohrer – alles befindet sich am selben Ort, wie er es am Nachmittag deponiert hatte. Stephan meint, die letzte Minute nicht mehr geatmet zu haben, die Spannung löst sich erst nach und nach. Von einer zentnerschweren Last befreit, steht er erneut am Steg. Sein mitgebrachtes Material muss schnellstmöglich an Bord. In wenigen Minuten sind Anhänger, Gummiboot und Bike an den vorgesehenen Stellen auf der *Sun Odyssey* untergebracht und gesichert.

Als Erstes findet das Bike im seitlichen Bugbereich an der Reling einen Platz, dann auf derselben Seite der Anhänger, ebenfalls zwischen Reling und Kabine, und anschliessend das voluminöse Gummiboot zuvorderst im Bugbereich.

Auf keinen Fall darf beim Manövrieren hier im Hafen der Treibstoff ausgehen, deshalb wird er den kleinen Aussenbordmotor gleich hier betanken. Bei den schlechten Lichtverhältnissen lässt sich schwer feststellen, wie viel Treibstoff sich im Tank befindet. Infolge des Risikos mit Licht erkannt zu werden, wagt es Stephan nicht die die Taschenlampe zu gebrauchen. Also steckt er den Trichter in die Tanköffnung, kippt mit beiden Händen den Kanister in Giessstellung und – verflixt! – mit dem ersten, vielleicht etwas zu starken Schwall purzelt der Trichter zwischen Rumpf und Steg ins Hafenwasser. Es gelingt ihm noch, den Trichter vor dem endgültigen Versinken zu retten, dafür ist der Trichter nun salznass und im Moment nicht mehr zu gebrauchen.

Zweiter Versuch: ohne Trichter, mit entsprechenden Folgen. Das Benzin läuft über den Motor und seine Hände – es stinkt fürchterlich nach Benzin. Es gelingt ihm trotzdem ungefähr zwei Liter einzufüllen – ein Zeichen, dass der kleine Tank fast leer war.

Jetzt schlägt die Stunde der Wahrheit, seine Stunde!

Schafft es Stephan, die *Sun Odyssey* unbemerkt aus dem Jachthafen zu lenken?

Mooring-Leine los, die am Spiegel des Hecks befestigten Halteseile und die Kabel der Bordstromversorgung ebenfalls abgelöst, den Yamaha-Aussenborder abgesenkt im Wasser und kräftig am Starterkabel ziehen … setzt sich das über alles geliebte kleine Triebwerk sofort in Gang.

Wenig über Leerlaufdrehzahl und fast nicht hörbar, mit eingelegtem Vorwärtsgang, schiebt der Yamaha die schwere 36-Fuss-Jacht sachte nach vorne. Die seitlichen Fender drehen sich einen kurzen Moment noch den Nachbarjachten entlang und baumeln nun freischwebend seitlich am Rumpf.

Herrlich, das Schiff reagiert spontan auf die Ruderbewegungen, und bereits befindet sich die *Sun Odyssey* in langsamer Fahrt, an kleinen und grossen Segeljachten vorbei, auf dem schmalen Fahrwasser in Richtung Hafenausfahrt.

Ein unglaubliches Glücksgefühl befällt Stephan in dem Moment, als er die im Dunkeln liegende Capitaneria und die Ausfahrt passiert

– der ganze Druck der letzten Stunde fällt von seinen Schultern. Er ist überzeugt, dass ihm und Oliva nie mehr etwas Schlimmes widerfahren wird.

Die wenigen Fischer, die nichts Aussergewöhnliches beim ohne Positionslichter auslaufenden Schiff aus dem Hafen vermuten, werden kaum Meldung erstatten und die jungen Leute am Lagerfeuer sind so sehr mit sich beschäftigt, dass von ihnen ebenfalls kaum Gefahr droht.

Erstmals nimmt Stephan das Navigationsgerät zur Hand, die momentane Geschwindigkeit beträgt drei Kilometer pro Stunde. Vorsichtig am Gashebel des Yamaha auf mehr Leistung drehen, erhöht sich auch die Geschwindigkeit der *Sun Odyssey* auf acht Stundenkilometer. Der Motor wirkt nun laut und angestrengt, was Stephan veranlasst, die Fahrgeschwindigkeit auf vernünftigere sechs Kilometer pro Stunde zu reduzieren.

Auf seinem vorprogrammierten Kurs gleitet die teure Jacht fast ohne Heckwelle aufs offene Meer.

Das Öffnen der Kabine und Einschalten der Stromversorgung will Stephan später, wenn Olivia an Bord ist, bewerkstelligen, bis dahin besteht durch seine Fahrt ohne Positionslichter ein gewisses Risiko für den übrigen Schiffsverkehr. An der Küste entlangfahrend nimmt er nach einer halben Stunde Kurs auf die Bucht hinter Roses und der Anlegestelle, wo Olivia auf ihn warten wird.

Da, ein kurzes Aufleuchten ihrer Taschenlampe.

*Aber warum am Eingang zur Bucht – an der völlig falschen Stelle! Das ist viel zu weit von dem vereinbarten Treffpunkt, dort dürfte sich Olivia eigentlich nicht aufhalten!*

Noch bevor Stephan mit seiner eigenen Taschenlampe antwortet, zeigt sich ein zweiter gebündelter Lichtstrahl, dieses Mal weist er in seine Richtung.

Da müssen zwei Personen vor Ort sein, glücklicherweise hat er noch nicht mit Lichtzeichen reagiert.

*Wer sind diese zwei Leute? Was führt sie um so eine späte Nachtzeit in diese abgelegene Bucht?*

Während seine Jacht tiefer in die Bucht einfährt, die beiden Personen befinden sich inzwischen hinter dem Hügelzug, und können die *Sun Odyssey* wahrscheinlich nicht mehr sehen, sendet er ein erstes Mal seine Lichtsignale. Noch reagiert Olivia nicht auf das horizontale Hin- und Herbewegen seiner Taschenlampe. Mit zunehmender Nervosität, die Taschenlampe wiederholt hin- und herschwenkend, gleitet das Schiff tiefer in die Bucht.

*Wo ist Olivia? Warum reagiert sie nicht? Haben die beiden Personen etwas mit dem Ausbleiben der vereinbarten Signale zu tun oder ist ihr sogar etwas zugestossen?*

*Vielleicht befinde ich mich noch zu weit weg von der vorgesehenen Anlegestelle?*

Mit gedrosselter Motorleistung und sehr nahe am Ufer vorbeifahrend sucht er nach Hinweisen über den Verbleib von Olivia. Im Licht der Taschenlampe erkennt er am Rande der Klippen die von seiner Begleiterin zum Verladen vorbereiteten Biwak-Utensilien und Olivias Bike, doch von ihr fehlt jede Spur.

In langsamer Fahrt, den Bug rechtwinklig an die Klippe heranmanövrierend, erreicht er den vorgelagerten Felsen. Mit ausgeschaltetem Motor gelingt es Stephan, das schwere Schiff ohne Klippenberührung zu stoppen.

Mit einem kräftigen Sprung über die Reling erreicht er festen Boden unter den Füssen. Ohne Anker und ohne Vertäuungsmöglichkeit der *Sun Odyssey* bleibt ihm im Moment nichts anderes übrig, als ihr Gepäck unverzüglich an Bord zu bringen. Zelt und Unterlage wirft er über die Bugreling, dann folgen Sacochen und am Schluss hievt er das Bike von Olivia vorsichtig auf die Jacht. Wegen der südlichen Winde muss Stephan das schwere Schiff zweimal neu an die Anlegestelle manövrieren, es drohte mit der Steuerbordseite auf die Klippe aufzulaufen.

Eine endlos lange Viertelstunde ging durch die beiden Anlegemanöver verloren. Die Ungewissheit, wo Olivia sich aufhalten könnte, bedrückt Stephan, er wird nach ihr suchen müssen, zuerst aber muss die *Sun Odyssey* aus dem nahen Klippenbereich entfernt und an Anker gelegt werden. Dieser ist nur elektrisch bedienbar, der wichtige Hauptschalter für die Stromversorgung befindet sich in der Kabine und die zum Aufbohren des Kabinenschlosses benötigte Bohrmaschine liegt griffbereit.

Ein sehr kurzes, mitten in der Kreisbewegung abbrechendes Licht zuoberst auf dem Hügelgrat lässt Stephan aufatmen und das Ablege-Manöver unterbrechen. Schnell und in kurzen Intervallen aufleuchtend, bewegt sich das Licht auf Stephan zu.

Das ist Olivia! Sie geht nicht, sondern rennt überstürzt dem Anlegeplatz entgegen!

Ein Riesenstein fällt Stephan vom Herzen.

Völlig ausser Atem steht Olivia kurz darauf keuchend vor ihm.

«Stephan, wir sind in grosser Gefahr! Es befinden sich zwei Männer auf diesem Landstreifen, vor weniger als einer Viertelstunde waren sie noch hier, inzwischen halten sie sich auf der anderen Seite des Hügels auf! Sie könnten in Kürze wieder hier sein, wir müssen uns sehr beeilen!»

Stephan hält Olivia die Hand beim Sprung über die Reling. Noch immer am Ufer, stösst Stephan das Schiff kraftvoll von der Klippe weg und gelangt mit einem Satz ebenfalls an Bord.

Die *Sun Odyssey* ist inzwischen mindestens drei Meter vom Ufer weggedriftet; sollten diese Männer wieder aufkreuzen und versuchen, das Schiff zu entern, würde ihnen dank des anwachsenden Uferabstandes auch ein grosser Sprung nicht mehr helfen.

Ebenso schnell wie beim Abstossen von der Klippe ist Stephan beim Yamaha und nun im Rückwärtsgang, zerrt das kleine Triebwerk ihr Schiff rückwärts, weiter vom Ufer weg.

«Olivia, ich weiss nicht, ob die beiden Männer auf der Suche nach uns sind! Irgendwie unheimlich ist das auf jeden Fall. Verstecke dich sicherheitshalber in der dunklen Mulde vor der Kabinentüre!», fordert Stephan.

Endlich sind fünfzig Meter rückwärts geschafft und mit dem eingelegten Vorwärtsgang steuern sie, mit den wenigen sechs PS am Heck, langsam aus der Bucht, dem offenen Meer entgegen.

Olivia zittert, und dies nicht nur vor Kälte. Sie klammert sich an Stephans Fuss, den sie von ihrem Versteck aus knapp berühren kann.

«Noch nie in meinem Leben habe ich solche Angst ausgestanden. Bitte lass mich nie mehr alleine!»

Und weiter fährt sie hastig fort: «Unser Gepäck hatte ich am Ablegeplatz vorbereitet und sass anschliessend, wartend, bei unserem Biwak-Platz. Dann, vor einer Viertelstunde ungefähr, tauchten diese Männer plötzlich auf. Mit ihren Taschenlampen haben sie das Gelände abgesucht. Ich hatte riesiges Glück, bereits wieder hinter dem Gebüsch an unserem vorherigen Standort zu sein und auch das ganz vorne am Wasser deponierte Bike und Gepäck haben sie nicht bemerkt. Weiter das Gelände mit den Taschenlampen ausleuchtend, sind sie in Richtung Ausgang der Bucht weitermarschiert. Um sie nicht aus den Augen zu verlieren, bin ich auf den obersten Punkt des Hügels gestiegen und es gelang mir mit dem Fernglas ihren Weg bis auf die Rückseite des Hügels zu verfolgen. Ich konnte sehen, wie sie mit einem Fernglas dein Schiff beobachteten, kurz bevor du mit der Jacht in die Bucht einfuhrst. Glücklicherweise erfolgte dein vereinbartes Lichtsignal erst etwas später. Da befanden sie sich bereits auf der Roses zugewandten Seite der Bucht. Alle deine Zeichen mit der Lampe habe ich wahrgenommen, dort auf dem Hügel wagte ich jedoch nicht, mich mit meinem Signal zu erkennen zu geben. Ich konnte verfolgen, wie du unser Gepäck an Bord brachtest und wie du zweimal das Schiff neu ans Ufer manövrieren musstest. Erst als alles auf dem Schiff verstaut war und ich die Männer noch immer auf der rückwärtigen Seite des Hügels erkannte, machte ich mich bei dir mit Lichtzeichen bemerkbar und rannte dann zu unserem Anlegeplatz. Ich wurde von den Männern nicht entdeckt, wenn sie aber wieder auf diese Seite des Hügels wechseln, müssten sie in wenigen Minuten hier aufkreuzen.»

Sanft schnurrend geht der Yamaha zu Werk und lässt die *Sun Odyssey* mit sechs Stundenkilometern durch die noch immer spiegelglatte See gleiten. Die Landzunge sinkt sanft zum Meer, und allmählich wird der aufsteigende Mond am Horizont sichtbar. Er zaubert ein fantastisches Orange-Gelb auf das in den schwachen Wellen eindrücklich flimmernde Lichtband, ins schlafende Mittelmeer. Selbst mit dem Fernglas könnte man von der Bucht aus keine Details mehr auf ihrem Boot erkennen, was Stephan dazu veranlasst, Olivia aus der Deckung zu bitten. Nebeneinander am Ruder sitzend, mit der noch immer zitternden Olivia im Arm, drehen sie ab in Richtung Norden.

Erst jetzt erzählt ihr Stephan von seinen Beobachtungen der Männer und von seinem Glück, nicht gleich mit der Taschenlampe reagiert zu haben.

Ein leichtes, kurzes Vibrieren mit nochmaligem kurzem Schütteln verkündet das plötzliche Aus des Yamaha-Motors. In der Hitze des Gefechts hatte Stephan vergessen, den Motor wieder nachzutanken.

Zu zweit – Olivia hält den nun trockenen Trichter in der Tanköffnung, während Stephan das kostbare Benzin, dieses Mal ohne Verschüttung, vom Kanister in den Tank fliessen lässt, verläuft das Tankmanöver sehr schnell und ohne Komplikationen.

Mit der wieder aufgenommenen ruhigen Fahrt, inzwischen sind sie mit Pullovern und Windschutz vor der sich schnell abkühlenden Seeluft geschützt, erleben sie das durch keine Landerhebung gestörte, sich über ihnen ausbreitende Himmelsgewölbe im endlos scheinenden Meer.

Von den Ereignissen der letzten Stunden gezeichnet und noch immer ein bisschen unter Schock, hat Olivia das edle Schiff noch nicht wahrgenommen. Es ist einfach da, bietet Sicherheit und fährt – in welche Richtung auch immer, einfach weg von der beinahe verhängnisvollen Begegnung.

Olivia kuschelt sich an Stephan, ausser ihren Stimmen ist nur das leise Summen des kleinen Yamaha zu hören.

«Olivia, die Meldung unserer Flucht mit dem Bike wurde in ganz Spanien verbreitet. Viele Menschen haben uns zuletzt auf der Strasse in Roses zu zweit gesehen. Man wird davon ausgehen, dass wir uns weiterhin in der Region aufhalten. Dieses Wissen hat einerseits die Polizei, aber auch diejenigen, welche den Mord an Alejandro begangen haben. Ich kann mir vorstellen, dass die beiden Männer von vorhin, entweder Polizei oder Verbrecher, tatsächlich auf der Suche nach uns waren. Aber nun bist du in Sicherheit, du kannst dich beruhigen, schon bald werden wir die französische Grenze erreichen.»

Die weniger erfreulichen Überlegungen behält Stephan für sich. In Gedanken versunken analysiert er die aktuelle Situation. Neue Erkenntnisse im Falle Sanchez und die sich enger zuziehende Schlinge um die Verbrecherbande lassen immer weniger Spielraum für eine gefährliche Belastungszeugin. Die Verbrecher werden keine Gelegenheit auslassen, Olivia und Stephan bei erstbester Gelegenheit zu beseitigen.

Längst ist Mitternacht überschritten, neue im Osten aufgehende Sternenbilder verdeutlichen die fortgeschrittene Zeit und der Blick auf die Uhr bestätigt: Es ist bereits ein Uhr morgens. Der nächste Schritt wird fällig: das Öffnen der verschlossenen Kabinentüre. Sollte sie mit einer Alarmanlage gesichert sein, würde Stephan sie mit dem Aufbrechen der Türe auslösen.

Ungefähr zwei Kilometer beträgt die Distanz zwischen ihnen und der Küste; geht der Alarm tatsächlich los, würde man dies an Land kaum hören können.

Effizient arbeitet der Akku-Bohrer und kurze Zeit darauf ist auch die letzte Senkschraube am Türschloss beseitigt. Heftig herzklopfend und grossem Respekt vor dem nun Folgenden, hoffentlich nicht eintretenden Ereignis, öffnet Stephan die Kabinentüre.

Noch geschieht nichts, vielleicht löst sich der Alarm erst, wenn die Türe vollends offen steht?

Auch jetzt bleibt alles stumm.

Stephan betritt die Kabine und mithilfe seiner Taschenlampe findet er den Hauptschalter für die Stromversorgung. Durch Umdrehen des Schalters auf «On» wird der Innenraum augenblicklich in schmeichelhaft gedämpftes Licht getaucht.

Dieses Schiff ist eine Wucht! Was sich aussen schon andeutete, wird im Innenraum sogar noch übertroffen: Edle Hölzer, Lederbezüge auf den Polstern und eine grosszügige Bordküche lassen das Herz eines jeden Skippers höherschlagen! Alles sehr sauber verarbeitet und die Ordnung an Bord lässt auf einen begeisterten Eigner schliessen.

Einen weiteren Schalter mit der Beschriftung «Position Light» dreht Stephan auf «On»; ab sofort ist ihre *Sun Odyssey* für die Schifffahrt erkennbar und das Risiko eines Zusammenstosses nicht mehr existent.

Gebannt blickt Stephan auf den bis dahin sehnlichst gesuchten Schalter mit der Aufschrift «Engine». Mit dem Drehen auf «On» bewegt sich aber lediglich der Tankanzeiger in Richtung «halb voll», sonst geschieht nichts. Wenn es ihm gelingt, den bordeigenen Diesel in Betrieb zu nehmen, werden sie aus der verträumt dahingleitenden *Sun Odyssey* eine kleine Rennmaschine zaubern und wesentlich schneller unterwegs sein können als bisher.

Der Starterknopf für die Dieselmaschine befindet sich im Cockpit beim Steuerstand und nach Betätigen desselben erschüttert ein sanftes Vibrieren den Rumpf der Jacht.

Das Glück ist ihnen erneut hold, die Maschine setzt sich in Gang – noch stotternd zwar, aber sie läuft. Leider nur für kurze Zeit. Olivias beim erfolgreichen Startvorgang erleichterten Gesichtsausdruck prägen nun Sorgenfalten. Mit fragendem Blick reagiert sie auf das nur kurz andauernde Gastspiel des Motors. «War das schon alles, Stephan? Versuchs doch noch mal, bestimmt gelingt es dir, die Maschine wieder in Gang zu bringen!»

«Ich vermute die Ursache für das Absterben des Motors bei einem geschlossenen Haupthahn für die Treibstoffzufuhr. Wenn ich den ausfindig machen kann, sollte die Maschine wieder in Gang zu setzen sein.»

Die Türe zum Maschinenraum ist von der Kabine aus sichtbar und leicht zu öffnen. Wiederum beeindrucken Stephan die perfekten Installationen der technischen Einrichtungen und den für einen Segler markante Motor im Bauch der Jacht.

Griffgünstig lacht der Hebel für die Treibstoffzufuhr in das Licht der Taschenlampe. Stephan dreht ihn auf «On» und nach wenigen Anlassversuchen setzt sich das Triebwerk, nun sehr ruhig und gleichmässig in Bewegung. Herrlich das Gefühl, als sich mit dem Einlegen des Vorwärtsganges ein zusätzlich spürbarer Schub die *Sun Odyssey* kraftvoll nach vorne schiebt. Den bisher sehr wertvollen kleinen Yamaha-Motor nimmt Stephan ausser Betrieb und hebt ihn in die ursprüngliche Hebeposition am Heck. Unter Ausnützung des optimalen Verhältnisses zwischen Kraftstoffverbrauch und Geschwindigkeit erreichen sie acht Knoten Fahrt, immerhin vierzehn Stundenkilometer, und sie sind somit doppelt so schnell wie zuvor.

«Olivia, ist dir bewusst, dass wir seit bald neun Stunden nichts mehr gegessen haben? Diese letzten Ereignisse haben uns sehr gefordert und liessen bei mir jedenfalls keine Gedanken an Essen aufkommen, aber jetzt knurrt mein Magen.»

Noch immer unter dem Eindruck ihres traumatischen Erlebnisses in der Bucht bleibt Olivia mit traurigem und müdem Blick am Steuerstand sitzen.

«Hier, Olivia, Sandwiches, Tapas und Obst – das wird unseren Hunger für die nächsten Stunden stillen.»

Stephan begleitet sie ins Innere ihres Schiffes. Wie alles an dieser Jacht ist auch diese neue Umgebung sehr luxuriös ausgestattet und das grosse Doppelbett in der Eigner-Kabine ziert ein edler weinroter Satin-Überzug.

Inzwischen beginnt sich Olivia zu installieren, während Stephan sich um die Bikes, Anhänger und Sacochen kümmert. Vorsichtig, ohne mit den Pneus schwarze Spuren auf dem Schiff zu hinterlassen – man sollte ja später nicht feststellen können, dass jemals Bikes an Bord waren – trägt er die so wertvollen Stahlpferde in die Kabine. Die Kabinentüre erlaubt ihm die sperrige Fracht durchzureichen und nach kurzer Zeit sind alle ihre Reiseutensilien gegenüber der Pantry, zwischen Tisch und Sitzgruppe verstaut.

Seit einiger Zeit schon hört Stephan keine Geräusche mehr aus der Eigner-Kabine. Halb auf der Seite liegend und noch immer angekleidet, liegt Olivia tief schlafend auf dem Oberleintuch des Bettes. Erschöpft wie sie war, wurde sie vom Schlaf überwältigt; es gelang ihr nicht einmal mehr die Schuhe ausziehen. Sanft dreht Stephan seine schlafende Begleiterin in Rückenlage. Sie trägt die farbige Bluse und den gelben Jupe, welche ihr damals Stephan in Ronda gekauft hatte. Ohne sie aufzuwecken, hilft er ihr aus ihrer Bluse, dem Rock und ihren Schuhen.

Olivias Anmut, die sie auch im Schlaf ausstrahlt, erfüllt Stephan mit Wärme. Es bereitet ihm Freude, zu erleben, wie geborgen und entspannt sie sich jetzt fühlen muss. Behutsam bedeckt er die schlafende Olivia mit dem Betttuch und Wolldecke, die Kabinentüre lässt er einen Spaltbreit offen.

Erinnerungen an seine Kindheit werden wach. Wie oft, wenn sie spät nach Hause kamen, ihre Mutter ihm das Pyjamas angezogen hatte und er sich wohlig in seinem Bett rekelte.

# Mittwoch, 22. April, 2 Uhr

Eigentlich müsste Stephan jetzt ebenfalls todmüde in die «Federn» fallen. Die Anspannungen der letzten Stunden haben ihn jedoch dermassen aufgewühlt, dass sein Körper noch kein erlösendes «Herunterfahren» erlaubt. Mit bequemen Sitzpolstern, einer um die Beine geschlungenen Wolldecke und dem Windschutz am Körper hat er sich am Steuerpult für die lange Nacht eingerichtet.

Die einmalige Stille, nur unterbrochen durch das regelmässige Aufprallen des Motorkühlwassers auf der Meeroberfläche, wirkt beruhigend und vertrauenerweckend. Stephan fühlt sich sicher und geborgen – beinahe wie bei ihm zu Hause in seinem gewohnten Bett.

Wiederholt, in immer kürzeren Abständen, wandert sein Auge über das Display des Navigationsgerätes. Noch fehlt ein Kilometer bis zur virtuellen Grenze nach Frankreich und mit jedem weiteren Meter, den sie in Richtung Norden fahren, steigt seine Nervosität.

In ungefähr fünf Minuten werden sie diese virtuelle Grenze erreichen!

Eine Flasche Champagner müsste jetzt im Kühlkübel auf die beiden warten, er wagt es jedoch nicht, danach zu suchen und, sollte er eine solche im Kühlschrank finden, würde er die friedlich schlafende Olivia auch nicht wecken wollen.

Viele schwierige Hürden mussten von ihnen in den vergangenen 19 Tagen überwunden werden, nun soll alles durchgestanden sein und in wenigen Minuten der Vergangenheit angehören?

Vergleiche mit Marathons, die er gelaufen hat, kommen ihm in den Sinn. Monatelange Vorbereitungen, irgendwann steht man am Start, man zählt die Sekunden, es erfolgt der Startschuss und von nun an interessiert nur noch, was vor einem liegt. Genauso empfindet er die momentane Situation: Zurückgelehnt im Steuerstuhl sinniert Stephan vor sich hin und lässt den endlosen Sternenhimmel über sich ergehen.

Vor fünfzehn Milliarden Jahren, mit einem gigantischen Knall, aus einem kleinen Ding – nicht grösser als eine Erbse – soll all dies entstanden sein. Unzählige Sterne leuchten am Firmament; Sonnen wie die ihrige, manchmal grösser, manchmal kleiner, erstrahlen am sichtbaren Himmel. Es sind die Sterne unserer Galaxie; man schätzt ihre Anzahl auf zweihundert Milliarden allein in unserer Milchstrasse und die Wissenschaft spricht von noch einmal so vielen Galaxien. Und das alles soll aus einer Erbse entstanden sein?

Stephan kann das nicht glauben, es übersteigt sein Vorstellungsvermögen.

Er schreckt auf, hat er geträumt?

Tatsächlich muss er eingeschlafen sein, das Navigationsgerät bestätigt seine Vermutung, es zeigt die Distanz von bereits zehn zurückgelegten Kilometern auf französischem Hoheitsgebiet. Ohne Kontrolle auf die Fahrt und das Geschehen, völlig im Blindflug hat das Schiff diese Kilometer zurückgelegt. Wäre dies im Auto passiert … er wagt nicht, daran zu denken …

Glücklicherweise sind sie weit von der Küste entfernt und zu dieser fortgeschrittenen Morgenstunde und der frühen Jahreszeit herrscht sowieso kaum Verkehr auf dem Meer. Die selten sichtbaren, grossen Schiffe ziehen glücklicherweise weit draussen ihre Bahnen. In einer Art Halbschlaf mit aktivierten Sinnen, verbringt Stephan die nächsten Stunden hinter dem grossen Steuerrad.

Ein fantastisches Naturschauspiel des nahenden Morgens erwartet den Mann hinter dem Steuer. Regenbogenfarben im sanften, mehrheitlich violett erstrahlenden Licht, verzaubern den in ihrer Fahrtrichtung liegenden Horizont. Minütlich wechselnden Lichteindrücken und stetig heller werdenden Dunstschleiern begleiten den Segler in den kommenden Tag. Farben weichen den drängenden Strahlen der Sonne, plötzlich und messerscharf erscheint der obere Rand unseres Zentralgestirns.

Wohlig durchflutet Stephan die fühlbare Wärme der aufgehenden Sonne. Noch rührt sich nichts in der Kabine, Olivia schläft den Schlaf ihres Lebens. Seine Gedanken kreisen um die Flucht aus dem Hafen von Roses, und die beiden Männer von letzter Nacht in ihrer Bucht, und die Frage, wie viel sicherer sie sich nun auf französischem Boden fühlen dürfen.

Mit jedem Kilometer, mit dem sie sich von der spanischen Grenze entfernen – inzwischen sind es schon deren siebzig – verbessern sich ihre Chancen, heil aus dieser gefährlichen Situation herauszukommen, so Stephans subjektive Beurteilung.

Wenig verbraucht ihr Diesel, der Zeiger der Tankanzeige steht nur unwesentlich unter dem Stand beim Start in Roses, wahrscheinlich könnten sie noch Tage mit der momentanen Geschwindigkeit ohne Tankstopp weiterfahren.

Gerötete braune, aber strahlende Augen erscheinen in der Kabinentüre und unterbrechen Stephan in seiner Gedankenwelt. Sie habe herrlich geschlafen und ist beeindruckt von seiner Luxus-Investition, sagt Olivia.

«Stephan, du bist wirklich unglaublich! Du spazierst in einen Hafen, holst dir ein Luxus-Segelschiff und fährst in der Gegend herum, als wäre dies die natürlichste Sache der Welt! Übrigens, wann hast du geschlafen? Ich habe dich nie in der Kabine bemerkt?»

Olivia kann seine Geschichte der letzten Nacht kaum fassen.

«Wie schaffst du das bloss, Stephan? Ich möchte mich kurz duschen und mache uns anschliessend Frühstück», meint Olivia.

Beschwingt, ein Lied vor sich her summend, entschwindet sie in der Kabine, es folgen Duschgeräusche und das noch lautere Summen eines fröhlichen, vermutlichen spanischen Volksliedes.

«Stephan, unglaublich, was ich hier alles im Tiefkühler vorfinde», freut sie sich wenig später. «Brot, Kalb- und Rindfleisch, Schinken, diverse Glacés und dazu einen Speiseschrank voller Konserven, dann Mineralwasser und Wein – wir könnten es lange hier auf dem Schiff aushalten!»

Herrlicher Duft von Kaffee und aufgebackenem Brot und ein kleines, mit Konfitüre gezeichnetes Herz auf dem Teller laden zum Frühstück.

«Olivia, deine Aufmerksamkeit macht mir grosse Freude und stimmt mich gleichzeitig nachdenklich. Ich liebe und geniesse diese Stunden und Tage in deiner Nähe, aber ich wage nicht, weiter in die Zukunft zu denken. Verstehst du ein bisschen, was ich meine?»

Ihr unwiderstehliches Lächeln lässt Stephan ihr Wohlgefallen an seinen Worten fühlen.

«Wenn wir mit der momentanen Geschwindigkeit von circa vierzehn Kilometern pro Stunde weiterfahren, erreichen wir den Golf de Fos – er liegt direkt vor Marseille – in ungefähr sechzehn Stunden, also kurz vor Mitternacht auf Donnerstag.»

Ein Motorschiff nähert sich von hinten ihrer *Sun Odyssey*.

*Verfolgt es ihr Schiff oder ist es nur zufällig auf gleichem Kurs unterwegs?*

Bald werden sie mehr wissen.

Wenn der Diebstahl der Jacht entdeckt wurde – woran Stephan aber nicht glaubt, das Wochenende steht ja erst noch bevor –, dann wäre die französische Küstenwache auf der Suche nach ihnen. Vorsorglich lässt er Olivia in der Kabine abtauchen, eine schöne Frau an Bord würde immer das Interesse von Männern wecken.

Die grosse Motorjacht setzt zum Überholen auf der Steuerbordseite an und infolge des grossen Geschwindigkeitsunterschiedes zeigt sie ihnen schnell ihr Heck. Seemännisch grüssen die Skipper einander, das nachfolgende eigenartige Handzeichen macht Stephan jedoch stutzig: Irgendetwas im Heckbereich ihrer Jacht scheint den Skipper zu irritieren. Olivia hat das Überholmanöver aus der Kabine mitverfolgt.

«Stephan, ich kann mir vorstellen, was der Skipper meinte. Jedes Schiff ab einer bestimmten Grösse fährt unter einer Landesflagge. Ich habe mich an Bord umgesehen. Wir haben deren drei: die spanische und diejenigen der Gastländer Frankreich und Italien. Wir setzen die französische und zeigen somit unsere Zugehörigkeit zu diesem Land.»

Perpignan liegt hinter ihnen, die Sonne steht nun schon ein ganzes Stück höher am Morgenhimmel; Zeit auch für Stephan, nach diesem anstrengenden Vierundzwanzig-Stunden-Marathon eine Ruhepause einzulegen.

Seemännisch führt nun Olivia die schwere Jacht durch die endlose See. Als Regatta-Seglerin würde es ihr mehr Spass bereiten, unter Segel zu reisen, die schwachen Windverhältnisse und ihre zielstrebige Ausrichtung nach Norden würden die Reise unter Segel jedoch unnötig verzögern. Sobald ein Schiff in ihrer Nähe auftauchen sollte – unabhängig davon, ob Stephan zu diesem Zeitpunkt schlafend in der Kabine liegt oder auch nicht, würden sie sofort einen Führungswechsel vornehmen.

Breit verteilt die Brause das warme Wasser, welches Stephan genussvoll über seinen Körper fliessen lässt. Herrlich, einmal nicht auf die Wassermenge achten zu müssen und das Wohlgefühl, auf einem breiten, einladenden Bett einschlafen zu dürfen!

Sanfte Hände und ein lächelndes Gesicht mit Fältchen um die Mundwinkel holen Stephan in den schönen Tag zurück. Ein bisschen schlaftrunken und von der hoch am Himmel stehenden Mittagssonne geblendet, es ist inzwischen 14 Uhr, geht Stephan nach draussen. Zwischen Kabinentüre und Steuerrad erwartet ihn der unter einem grossen Sonnensegel mit Liebe vorbereitete Mittagstisch.

Olivia hat ganze Arbeit geleistet: Blattsalat aus dem Kühlschrank, zubereitet mit fantasievollem Dressing und spanischem Bergkäse, Spaghetti mit Tomatensosse und fein geschnittenem Schinken, abgerundet von einem edlen «Roda Uno».

«Olivia …», er stottert ob des Kompliments, das er ihr machen möchte, irgendwie fehlen ihm die richtigen Worte.

«Lass gut sein, Stephan, ich fühle deine Freude, das ist auch schön für mich!», lacht sie.

Genussvoll und ohne Zeitdruck, der automatische Pilot führt nun ihr Luxus-Schiff durch das tiefblau schimmernde Mittelmeer, verzehren sie die feinen Köstlichkeiten und schlürfen den gediegenen Wein. Vermehrt treffen sich ihre Blicke.

Olivia tritt wenig später nur noch mit zartem Höschen bekleidet und einem kühlen Glacé in der Hand aus der Kabine. Ohne Umschweife setzt sie sich rittlings auf Stephans Schoss.

«Ich bin so ungeschickt, Stephan», seufzt sie.

Glacé läuft über ihre vollen Brüste und in den tiefen Graben zwischen den erregenden Hügeln.

«Olivia, das kann schon mal passieren!»

Mund und Zunge nehmen sich dem Problem an, besonders intensiv über ihren erigierten Brustwarzen saugend und lutschend, schlürft Stephan das feine Glacé lustvoll in seinen Mund.

«Es ist ungesund für Männer, solch enge Hosen zu tragen», meint sie. «Schau doch mal, wie angespannt sie sind – Druck auf innere Organe sollte, wenn möglich, immer verhindert werden.»

Sie helfen sich gegenseitig beim Ausziehen ihrer wenigen Kleidungsstücke und Augenblicke später stehen sich zwei nackte, erregte Körper gegenüber.

«Stephan, lass deine Hände am Steuerrad!», bittet sie.

Olivia steht wieder zwischen seinen Armen und schmiegt ihre Lenden fest an ihn. Behutsam gleitet sie seinen Körper entlang, sein Mund küsst ihren Bauch und verschwindet im tiefen Tal zwischen den erregenden Hügeln, gefühlvoll setzt sich Olivia auf Stephans Schoss.

Das Meer ist endlos tief und wird von Sekunde zu Sekunde noch tiefer. Sanft die Hüften bewegend, findet Olivia ihre gewünschte Stelle am Meeresgrund. Ihre Fältchen werden straffer und neue gesellen sich dazu. Ihr leicht nach hinten geneigter Kopf, ihr sinnlicher, geöffneter Mund, ihre angespannten Gesichtszüge, die dadurch noch lustvoller als vorhin wirken und dazu ihre flachen, heftigen Atemzüge bescheren auch Stephan heftige Lustgefühle.

Ihre Arme auf dem Rücken fest zusammengehalten, ihre Brüste flach an seinen Oberkörper gepresst, bestimmt er den Rhythmus ihres erregenden Spiels. Kurze, keuchende Atemzüge weisen auf Olivias bevorstehenden Orgasmus.

Die Anmut in ihren Gesichtszügen weicht einem lustvoll verzerrten, fast leidenden Ausdruck.

Noch strenger hält er ihre gebändigten Arme hinter ihrem Rücken fest und erlaubt auch ihrem Becken kaum mehr Bewegung.

«Stephan, bitte komm mit mir! Bitte … gib mir deine volle Kraft, lass mich in meiner Ekstase nicht allein!» Heftig stöhnend und tief aus ihrem Innern presst sie die erregenden Worte hervor.

Im Zeitlupentempo explodiert die schöne Olivia in einen Orgasmus-Rausch in seinen Armen.

Heftige Zuckungen, begleitet von lustvollsten Lauten und tiefem Stöhnen lassen auch Stephan langsam die Kontrolle entgleiten. Er denkt an alles, nur nicht an das, was sie im Moment tun.

Welle um Welle, begleitet von leidenschaftlichen Wonnelauten, lassen sie noch intensiver ineinander verschmelzen.

«Ich fühle, dass du …»

Olivia haucht nicht mehr weiter, ein nochmaliges, heftiges Zittern und Aufbäumen erfasst nun auch Stephan und gemeinsam versinken sie im endlosen Meer der Lust.

Längere Zeit bleiben sie eng umschlungen in dieser innigen Umarmung am Steuerstand sitzen, erschöpft schmiegt Olivia ihren eleganten Körper an den seinen und ihr schönes Haupt auf Stephans Schultern.

Viel später hört er Olivia in der Kabine hantieren.

«Sogar eine Waschmaschine ist an Bord, Stephan!», ruft sie. Ihre gesamte Wäsche mitsamt den Dressen drehen nun in dem modernen Gerät und bald darauf baumelt sie auf der Wäscheleine an Deck zum Trocknen.

Längere Zeit vernimmt Stephan keine Geräusche mehr, wahrscheinlich hat sich Olivia erneut zum Schlafen hingelegt.

Nicht schlafend, dafür aber voll konzentriert in der Kabine am Kajüten-Tisch, mit einem Bleistift und von vielen weissen Blättern umgeben, wandert ihre Hand schwungvoll über die unberührten Flächen und zaubert ideenreich schöne Frauenkleider, Schuhe und Accessoires aufs Papier.

Stephan ist beeindruckt, mit welcher Leichtigkeit sie den Bleistift übers Papier gleiten lässt: manchmal sehr flach, dann im spitzen Winkel, um die Konturen zu betonen. So entstehen plastische Kunstwerke mit viel Schatten und räumlicher Tiefe.

«Weisst du, manchmal überfällt mich die kreative Phase, dann muss ich meine Ideen zu Papier bringen. Ich will die Frau schön machen; schmeichelnde weibliche Kleider oder schönes Schuhwerk lösen fantasievolle Träume bei uns Frauen aus und lassen uns deshalb auch oft schweben und glücklich sein.»

«Ich bin beeindruckt, Olivia, du bist nicht nur eine begnadete Designerin, sondern auch eine wunderschöne und sehr begehrenswerte Frau!», lacht Stephan sie an.

Ohne aufzublicken, nimmt sie seine Worte zur Kenntnis. Ein sanftes Lächeln huscht über ihr Gesicht.

Es ist beinahe wie damals in Ronda, als sie den von ihm mitgebrachten BH das erste Mal in ihren Händen hielt, nur dauert das Lächeln dieses Mal länger; zudem zeigt ihr mehrmaliges, verlegenes Aufschlagen der Augenlider ihren Wohlgefallen an seinen Worten.

Wiederum am Steuerstand sitzend, widmet sich Stephan der weiteren Planung ihrer Flucht. Auf der Landkarte sucht er nach möglichen Strassenverbindungen für die Weiterfahrt, wenn sie vor Marseille ihre *Sun Odyssey* verlassen haben.

Vierzehn Stundenkilometer Geschwindigkeit sind nicht viel, wenn man sie aber ohne Unterbruch durchfährt, so wie sie das tun, bringt man doch überraschende Distanzen hinter sich.

Städte wie Perpignan, Narbonne, Béziers und Montpellier liegen bald zurück und schon sind sie auf der Höhe von Nîmes, immerhin zweihundert Kilometer seit ihrem Start in Roses haben sie zurückgelegt.

Seit dem letzten Zeitungsbericht vom Bahnhof Figueres vom Dienstag, dem 21. April, war es ihnen nicht mehr möglich, für sie so wichtige aktuelle Informationen zu erhalten.

Den spanischen Behörden wird nicht entgangen sein, dass sich seit Roses ihre Spur verliert und sicherlich gehen die Spekulationen über ihren Verbleib auch in die Richtung einer Flucht nach Frankreich mittels eines Schiffes.

Noch glaubt Stephan nicht daran, dass der Diebstahl der *Sun Odyssey* entdeckt wurde, dies dürfte jedoch nur eine Frage der Zeit sein. Sie können es sich also kaum erlauben, noch länger als einen Tag auf ihrem schwimmenden Hotel zu verbringen. Die Mörder von Alejandro, die wahrscheinlich über Kontakte zur Polizei verfügen, werden keine Kosten und Mühen scheuen, sie auch in Frankreich aufzuspüren.

Nach ihren Erfolgserlebnissen der letzten achtundvierzig Stunden empfindet er die in sein Bewusstsein schleichende Ungewissheit wieder als belastend und er fühlt sich ein bisschen wie ein Pilot, dem die Navigationseinrichtung in seinem Flugzeug ausgefallen ist.

Einen Hafen anzulaufen, steht ausser Diskussion, sie müssen in der Nacht den Golf de Fos, wenige Kilometer vor Marseille, unbedingt erreichen, am darauffolgenden Donnerstagmorgen noch bei Dunkelheit ihr Schiff verlassen und die Weiterreise mit ihren Bikes fortsetzen.

Langsam verabschiedet sich der mit leichten Zirruswolken verzierte, aber wiederum fast wolkenlose Tag. Die herrlichen Sonnenstrahlen wärmen nun wohltuend seinen Rücken und aus der Bordküche dringen vertraute Geräusche und einladende Düfte.

Als Erstes serviert Olivia ihre Gazpacho, raffiniert zubereitet mit Tomaten, Paprika, Zwiebeln sowie Olivenöl, die kräftig mit schwarzem Pfeffer gewürzt ist. Dann folgt ein Nudelgericht mit rotbraunen

Bohnen und Aioli-Sosse mit viel Olivenöl, Salz und Knoblauch. Aus den grossbauchigen Schwenkern lassen sie den erlesenen «Tempranillo» genussvoll durch den Gaumen fliessen und zur Krönung erwartet sie eine Crema Catalana.

Andrea Bocelli im Duett mit Sarah Brightman berieselt die Segler mit ihren sanften Klängen aus der Kabine und verleihen dem Dinner einen zusätzlichen Hauch von Sinnlichkeit.

«Olivia, deine Kochkünste sind ein Spiegelbild deiner selbst. Du bist schlicht und einfach spitze!»

Ohne zu antworten, legt ihm Olivia einen Briefumschlag neben den Schwenker mit dem edlen Roten, ihre schwungvolle Handschrift ist unverkennbar, auf dem Kuvert steht *«para ti, Stephan»*.

«Stephan, das ist für dich», sagt sie sanft.

Er öffnet den Brief und lässt den Inhalt auf sich einwirken.

Dann beugt er sich nach vorn über den Tisch, nur mit Glück kann er den Schwenker vor dem Ausschütten retten, und küsst Olivia auf ihren sinnlichen Mund. Er geniesst diesen Moment wie ein verliebter zwanzigjähriger Junge.

Das aufgefaltete Papier eröffnet Einblick in ihre Gefühlswelt und zeigt, von ihr kunst- und fantasievoll entworfen, ein in sich verschmelzendes Liebespaar am Steuer einer Segeljacht. Picasso hätte seine begabte Schülerin ebenfalls in die Arme geschlossen.

Unterhalb der Zeichnung steht mit grossen kunstvollen Lettern: «Stephan, du bist ein aussergewöhnlicher Mann und ein atemberaubender Liebhaber, ich fühle mich wohl bei dir und habe unendlich Vertrauen in dich, deine Olivia.»

Wortlos und sichtlich gerührt spiegeln sich Blicke im Gegenüber.

Diese wunderschöne Zeichnung, nun im feinen Glasrahmen eingerahmt, die Falzung im Couvert noch gut sichtbar, belegt heute einen auserwählten Platz in Stephans Schlafzimmer in Zürich.

Er hilft Olivia beim Hereintragen des Geschirrs in die Bordküche, der Diesel schnurrt seine sonore Melodie der Zuverlässigkeit im Bauch ihres Schiffes und weiter nimmt die *Sun Odyssey* Kurs auf die Bucht vor Marseille.

Die fortschreitende Dämmerung legt sich über das weite Meer und die Sonne, nun vollkommen durch Zirruswolken verdeckt, entschwindet im fernen Westen. Sie sind sehr gut unterwegs und dürften schneller als berechnet, bereits um circa 22 Uhr, den Golf de Fos erreichen.

Während sie nebeneinander am Steuerruder sitzen, erklärt er Olivia den weiteren geplanten Verlauf ihrer Flucht. Die Ankerkette rattert dem Meeresgrund entgegen. Dreihundertfünfzehn Kilometer, und dies in weniger als vierundzwanzig Stunden, hat sie die *Sun Odyssey* komfortabel und sicher auf der langen Fahrt begleitet. Sie sind am Zielort im Golf de Fos, vor Marseille, angekommen. Langsam gleitet der Küstenstreifen durch die Optik seines Fernglases.

Ein langer und ungefähr einhundert Meter breiter Sandstrand liegt vor ihnen, dahinter die um diese Nachtzeit kaum befahrene Küstenstrasse und weiter zurückliegend vereinzelte Häuser. Die in der Kartendarstellung angezeigte Landebucht findet hier ihre Betätigung.

Alles verläuft nach Plan, nur ein Phänomen bereitet Stephan zunehmend Sorgen: Zirruswolken verkünden einen Wetterwechsel, auf See natürlich begleitet von Wellen, und dies könnte sich für ihren Landgang ungünstig auswirken.

Noch ist es nicht so weit, Sterne sind zwar bereits durch Wolken verdeckt, aber Wind oder Regen scheinen vorerst noch kein Thema zu sein.

«Olivia, die Störung kommt aus Süden, wir können also davon ausgehen, dass sich das Wetter an der Costa Brava ebenfalls verschlechtert hat. Es ist eher unwahrscheinlich, dass der Eigner der *Sun Odyssey* das Wochenende auf seiner Jacht verbringen wird und ich bin überzeugt, dass er den Diebstahl des Schiffes deshalb noch nicht feststellt. Wenn wir morgen früh unser Schiff verlassen, ist es jedoch nur eine Frage der Zeit, bis jemand Meldung an die Behörden wegen des in dieser Bucht verwaisten, vor Anker liegenden Schiffes machen wird. Es liegt in unserem Interesse, die Identität der Jacht zu erschweren, je länger uns das gelingt, desto grösser wird unser Vorsprung für unsere Flucht in die Schweiz sein.»

«Stephan», meint Olivia besorgt, «das hört sich alles so einfach an. Ich weiss, dass für dich kein Hindernis zu gross ist, um es zu überwinden, aber wie willst du die Identifikation dieses markanten Schiffes und seines Heimathafens denn verzögern?»

«Olivia, hilf mir ins Gummiboot und halte es an der Reling fest, ich brauche nur noch den Akkubohrer, einen geeigneten Bohrer habe ich bereits und los geht's mit meinem Plan!»

Entgeistert und heftig ist ihre Reaktion: «Willst du das wunderschöne Schiff versenken, Stephan? Bitte, tu das nicht, es gibt bestimmt noch andere Lösungen. Auch wenn die *Sun Odyssey* entdeckt wird, bedeutet dies doch noch nicht das Ende aller Tage!»

Wie mag er doch diese Frau! Sanft schliesst Stephan Olivia in seine Arme, sein Lächeln verwirrt sie noch mehr.

«Natürlich werde ich unser edles Schiff nicht versenken, Olivia!», grinst er. «Ich werde nur die Nieten an den beiden Nummer-Plaketten herausbohren und die Kennzeichen entfernen.»

Im Motorraum befindet sich ebenfalls eine Kennzeichentafel mit Nummer des Rumpfes und technischen Daten des Schiffes. Auch dieses Schild mit wichtigen Hinweisen auf den Besitzer darf nicht mehr auffindbar sein.

«Den Eigner-Ausweis werden wir morgen zusammen mit diesen Kennzeichen und den restlichen Flaggen mit an Land nehmen und auf unsere bewährte Art im Erdreich entsorgen. Ohne diese Hinweise wird es für die Behörde schwer werden, die Herkunft des Schiffes zu ermitteln.»

Nun ist es Olivia, die Stephan heftig atmend und mit erleichtertem Lächeln in ihre Arme schliesst.

«Du bist eine unglaubliche Nummer, Stephan!»

# Donnerstag, 23. April, ab 3 Uhr

Die regelmässigen und entspannten Atemzüge der friedlich neben ihm schlafenden Olivia ändern nichts daran, dass Stephan selbst keinen Schlaf findet und sich im Bett unruhig hin und her wälzt. Mit wachen Sinnen verfolgt er das seit zwei Stunden zunehmende Geräusch der auf den Rumpf aufprallenden Wellen, das ebenfalls lauter werdende Rauschen der Brandung und das nun sanft einsetzende Schaukeln ihrer *Sun Odyssey*.

Wellen sind für ihr Schiff kein Grund zur Besorgnis, ihn beunruhigt lediglich die Tatsache, dass sie ihre Bikes und die Anhänger ohne Meerwasserkontakt an Land bringen müssen. Salzwasser bedeutet Gift für Radlager, Ketten und Wechsel würde innert kürzester Zeit irreparable Schäden und den Totalverlust ihrer Bikes verursachen. *Gelingt es ihnen, ihre wertvollen Transportmittel unbeschadet an Land zu bringen?*

Im Cockpit analysiert Stephan die Situation. Der Himmel ist nun vollkommen bedeckt, noch regnet es nicht, und der Wind aus Süden lässt die auf den Bug zurollenden Wellen stetig anwachsen. Behutsam weckt er die entspannt schlafende Olivia.

«Olivia, wir müssen dringend unsere Bikes und den Anhänger an Land bringen! Es könnte bei diesem Transport nass werden für uns zwei, zieh also vorerst nur Bluse und Windschutz an!»

Die Ankerkette ist eingezogen und mit Unterstützung des Diesels fährt Stephan rückwärts, näher zum Strand. Zehn Meter Tiefgang meldet das Echolot, als der Anker erneut Halt fasst.

Sie sind nun nur noch einhundert Meter vom Ufer entfernt. Bei völliger Dunkelheit überreicht er Stück um Stück der noch schlaftrunkenen, nun im Gummiboot sitzenden Olivia die vier Reifen der Räder, welche er vorsorglich abmontiert habt und welche sie nun senkrecht zwischen ihren Beinen sichert.

Je näher sie sich rudernd auf den Strand zubewegen, desto heftiger wird das Geräusch der sich brechenden Wellen. Wenn sie bis zum Strand durchrudern, könnte sie eine dieser Wogen erfassen und ihr verletzbares Gummiboot zum Kentern bringen. Noch vor dieser kritischen Stelle springt Stephan, ins kalte Wasser – Gott sei Dank gelingt es ihm an dieser Stelle bereits zu stehen! – und er trägt Rad um Rad nacheinander an den trockenen Strand.

Beim nächsten Transport folgen die Bikes. Sie transportieren jedes einzeln und, um das Gummiboot nicht zu verletzen, auf einer Sacoche abgestützt. Senkrecht auf der Hintergabel stehend werden sie ebenfalls von Olivia zwischen ihren Beinen gesichert.

Mit der vierten Fahrt, wiederum ohne Salzwasserkontakt, folgt schlussendlich ihr noch nicht beladener Transportanhänger, welchen er bei den zerlegten Bikes mit sicherem Abstand zum Wasser auf dem trockenen Sand abstellt.

Nun sind Sacochen und Gepäck an der Reihe, an Land gebracht zu werden. Nach drei weiteren Überfahrten steht auch diese Ausrüstung im Park neben den Bikes, auch dieses Mal musste er den Weg durchs kalte Nass wählen.

Erneut ist es dank Olivias tatkräftiger Unterstützung gelungen, diese letzten Gegenstände ohne Wasserberührung an Land zu transportieren.

Wieder an Bord ihrer *Sun Odyssey* geniesst Stephan das wohltuend warme Wasser der Dusche, welches nun reichlich über seinen durchgefrorenen Körper fliesst.

Die Zeit drängt nicht mehr so sehr – die empfindlichen Gegenstände am Strand sind im Trockenen, trotzdem gelingt es den beiden nicht recht, das von Olivia zubereitete Frühstück zu geniessen. Happen um Happen verschwindet in ihren Mündern und Olivia beschäftigt sich zwischenzeitlich bereits wieder mit dem Abwaschen des Geschirrs.

Anders als bisher, es ist inzwischen halb sechs am Morgen, entwickelt sich der junge Tag emotionslos in grauem Licht im wolkenverhangenen Himmel. Ein wenig ausgepowert und vor Anstrengung und Kälte schwer atmend, sitzen sie einander in der Pantry gegenüber.

«Jetzt sind wir beide an der Reihe!», drängt Stephan. «Ich führe unser Schiff dreihundert Meter vom Ufer entfernt in die ursprüngliche Ankerposition zurück, setze es auf sicherer Distanz zur Küste wieder an den Anker und von dort aus werden wir gemeinsam zum Strand rudern. Sicherheitshalber werden wir die Velodressen erst am Stand anziehen. Olivia, ich möchte dir für deine wichtige Hilfe sehr danken, allein hätte ich unser Material nicht trocken an Land gebracht!»

«Nicht der Rede wert, Stephan! Nur, wenn wir zwei zusammenhalten, sind wir stark und lösen gemeinsam alle Probleme!»

Die Eigner-Kabine hinterlassen sie, als ob nie jemand dort geschlafen hätte. Die Küche ist aufgeräumt, das Geschirr abgewaschen und versorgt, mit Haushaltspapier und Reinigungsmittel hat Olivia Radspuren, welche Hinweis auf Bikes geben könnten, ebenfalls beseitigt.

Den Hauptschalter der Bordversorgung dreht Stephan auf off, schliesst die Kabinentüre und schweren Herzens besteigen sie das in den Wellen heftig schaukelnde Gummiboot.

Stephan möchte Olivia trockenen Fusses an Land bringen und das verletzbare Gummiboot mit der Brandung aufs Ufer auflaufen lassen; es spielt keine Rolle mehr, ob es dabei zerrissen wird.

«Gaubst du wirklich, dass wir bei diesem hohen Wellengang unbeschadet an Land gelangen?», fragt Olivia verunsichert.

«Ich habe auch meine Zweifel, Olivia, aber wir müssen es auf jeden Fall versuchen, es bleibt uns keine andere Möglichkeit.»

Sie nähern sich bei immer heftigerem Wind und aufschäumenden Wogen dem flach auslaufenden Sandstrand. Die Antwort der Brandung erfolgt postwendend: Die letzte Welle erfasst ihr Gummiboot, stellt es quer und unter mächtigem Getöse werden die beiden kopfüber ans Ufer gespült. Benommen liegen sie einen kurzen Moment im Sand. Eine nächste, mächtige Woge erfass die beiden und dreht wie in einer Wäschetrommel Olivia und Stephan mitsamt dem Gummiboot durch den Sand und die schäumende Gischt.

«Olivia, es tut mir so leid!», keucht Stephan «Wir müssen uns vom Sand befreien und schnellstmöglich wieder Wärme tanken. Zieh dich bitte aus, den Sand kriegen wir nur im Wasser wirkungsvoll ab unseren Körpern!»

«Mir ist so kalt, Stephan, muss das wirklich sein?», wimmert sie.

Er hält ihre Hand und begleitet sie zurück ins tiefere kalte Wasser.

Immer darauf bedacht, nicht wieder durch den Sand gedreht zu werden, waschen sie sich gegenseitig die Sandkörner aus den Haaren und ihren auskühlenden Körpern.

Völlig nackt und heftig schlotternd, begleitet vom erbarmungslos kalten Wind, ziehen sie das noch immer intakte Gummiboot durch den Sand zu dem dreissig Meter entfernten Materialpark.

Olivia darf zuerst das Frotteetuch benutzen, bevor auch Stephan sich trocknet, und anschliessend den Innenteil des Gummibootes mit dem Frotteetuch vom Sand befreit. Ohne Verzögerung rollt Stephan den Daunenschlafsack im Gummiboot aus und ebenso schnell schlüpfen sie nackt in die schützende Umgebung.

Beinahe wie damals in Ronda schmiegt sich die heftig vor Kälte zitternde Olivia an Stephan mit dem Unterschied, dass er dieses Mal ebenfalls heftig friert.

Glücklicherweise liegen ihre Velodressen noch unversehrt und trocken im Plastiksack.

*Bis jetzt stand ihnen der Schutzengel immer Pate, macht er etwa heute Pause? Und wie sieht es für den weiteren Verlauf der Flucht aus?*

Schaukelnde *Odyssey* in der Bucht, Dunkelheit, bedrohlicher Himmel, kein Verkehr auf der Küstenstrasse … erst allmählich stellen sich ihre Sinne auf die neuen Gegebenheiten ein. Die letzte dramatische halbe Stunde hat ihr bisher Erreichtes beinahe zunichtegemacht.

Weit draussen mit heftig wankenden Masten, winkt schon fast zynisch die *Sun Odyssey: Kommt doch zurück, bei mir seid ihr in Sicherheit!*

Hochgefühl, Sicherheit und Lebensfreude noch vor wenigen Stunden und nun bleiben nur noch Frust und Niedergeschlagenheit der im Gummiboot eng zusammengekauerten, frierenden Menschen.

Noch nie seit Ronda waren sie dermassen an einem moralischen Tiefpunkt angelangt wie jetzt.

«Stephan, mir geht es nicht gut», zittert Olivia, «ich brauche jetzt stark deine Unterstützung … bitte hilf mir, gib mir die Kraft, um weiterzumachen!»

«Wir werden nicht aufgeben, Olivia!», spricht er ihr Mut zu.

«Überleg einmal, welch grosse Hindernisse wir überwunden haben! Es lohnt sich weiterzukämpfen, alles wird gut, glaube fest an mich!»

Unbequem im Gummiboot zusammengekauert, mit noch immer völlig nassem Haar, erleben sie diese schwierigen Minuten auf dem einsamen Strand in einer menschenleeren Gegend vor Marseille.

Morgenröte verdrängt die dunkle Nacht und mit ihr weicht langsam die Kälte aus ihren Körpern. Noch immer im Gummiboot schlüpft Olivia in ihren trockenen Bikedress, während Stephan sich dem Aufbau ihrer Fahrräder widmet. Kurz darauf sind die Papiere der *Sun Odyssey* sowie die Nummernschilder mit den Nationalitäten-Flaggen im weichen Sand eingebuddelt – nichts steht ihrer Weiterfahrt mehr im Wege.

*Was machen wir mit unserem Gummiboot?*

Ein verwaistes Gummiboot am Strand und ein Segelschiff ohne Besatzung vor Anker, da würde sogar ein Kind gewisse Rückschlüsse ziehen. Es bleibt ihnen keine andere Wahl, als auch das Gummiboot verschwinden zu lassen. Mit dem Spaten fällt es Stephan leicht, ein entsprechendes Loch auszuheben und wenig später ist das entlüftete und zusammengerollte Gummiboot mitsamt den Paddeln ebenfalls im Sandboden verschwunden.

In Richtung Arles, Tarascon, mit dem Ziel Avignon westlich zu umfahren, setzen sie ihre Reise mit den Bikes unter völlig veränderten meteorologischen Gegebenheiten fort. Bei wolkenverhangenem Himmel, ohne die physisch beflügelnden Sonnenstrahlen, ist ihr Tritt in die Pedale ebenso kraft- und farblos wie die fahle Witterung. Von Lust am Velo fahren ist bei ihnen beiden im Moment keine Rede.

Die Wetterentwicklung bereitet ihnen zusehends Sorgen. Eigentlich müsste längst Regen einsetzen, stattdessen verfärben sich die Wolken ins Gelblich-Schwarze und nehmen bedrohliche Formen an.

Ersten Halt für die Morgeneinkäufe machen sie in Arles beim kleinen Lebensmittelhändler, und weiter folgt der obligate Gang zu einem angrenzenden Kiosk – dieses Mal begleitet von Olivia, welche ihre Bikes vor dem Eingang bewacht.

Die spanische Grenze und ihr aktueller Standort liegen etwa gleichweit auseinander wie Zürich und Genf, entsprechend gering vermuten Olivia und Stephan das Interesse der hiesigen Bevölkerung am Geschehen in Spanien – genauso wenig, wie sich Zürcher für Belange der Genfer interessieren.

Die Iberische Halbinsel scheint wirklich weit weg zu liegen, keine einzige spanische Zeitschrift lässt sich am Kiosk auftreiben, dafür wählt Stephan zwei französische Tageszeitungen: eine aus der Region und «Le matin d'Avignon».

Mit keiner Zeile wird der Fall Sanchez erwähnt, selbst im Auslandteil glänzt Spanien durch Abwesenheit, mitunter ein Zeichen von Interesselosigkeit an der spanischen Nachbarschaft. Einerseits erfreuen sie sich an diesem Umstand, dürfen sie doch damit rechnen, in Frankreich unbehelligt reisen zu können, andererseits fehlen ihnen wichtige Informationen über den Wissensstand der sie verfolgenden Häscher.

Ereignis- und emotionslos verläuft ihre Weiterfahrt und bereits am frühen Nachmittag, nach nur fünfundneunzig Kilometern, erreichen sie einen geeigneten Übernachtungsplatz am Waldrand westlich von Avignon.

In der Geborgenheit ihres Igluzeltes und dem wiederum von Olivia mit Liebe zubereiteten Nachtessen kehrt ein bisschen der noch vor vierundzwanzig Stunden herrschenden Lebensfreude zurück.

Gewaltig zuckende Blitze, begleitet von lauten Donnerschlägen und orkanartigen Windböen und flutartigen Regenfällen reissen Olivia und Stephan aus dem Schlaf. Die ungewöhnliche Wetterentwicklung, welche Stephan den ganzen Tag beunruhigte, bricht nun mit einer unheimlichen Gewalt über ihnen herein.

Vielleicht haben sie zwei Stunden geschlafen – es spielt keine Rolle, sie müssen handeln.

Der Orkan ist dermassen stark, nur durch gegenseitiges Anschreien gelingt es ihnen, sich zu verständigen. Die Augen brennen vom herumwirbelnden Staub und Gehölz aus dem Wald.

«Nicht auszumalen, wenn ein umstürzender Baum oder ein grosser Ast uns trifft, Olivia, wir müssen sofort unser Zelt verlassen!»
Zum Umziehen bleibt ihnen keine Zeit.
«Bitte nimm unsere beiden Regenschütze aus den Sacochen!»

Das Bike mit Anhänger schiebt Stephan als Ballast ins Zelt. Ohne ihr Körpergewicht, und trotz der eingeschlagenen Heringe, könnte ihr Zelt sonst vom Sturm weggefegt werden. Noch nie hat Stephan ein solch heftiges Unwetter erlebt – und dies in einer völlig ungeschützten, den Naturgewalten ausgesetzten Umgebung! Um dem angriffigen Wind nicht schutzlos ausgeliefert zu sein, kämpfen sie sich geduckt aus der gefährlichen Waldrandzone.

In Kauerstellung, die Beine geschlossen, wie von Wetterexperten gegen Blitzschlag empfohlen, harren sie im Inferno.

Regenschutz hin oder her, in kurzer Zeit sind sie in ihren Pyjamas vollkommen durchnässt. Mehrmals bringt sie eine heftige Windböe aus dem Gleichgewicht und wirft beide ins nasse Gras. Offensichtlich hat ihr Schutzengel keine Nachsicht mehr mit ihnen.

*Wie lange hält Olivia diese Tortur wohl durch?*

Die zuckenden Blitze erlauben kurzfristig Blickkontakt zu seinem verzweifelt dreinblickenden Gegenüber. Eine endlos lange Viertelstunde dauert das unheimliche Spektakel.

Ebenso schnell, wie es begonnen hat, entfernt sich das Unwetter in östlicher Richtung, unverkennbar durch die länger werdenden Zeitintervalle zwischen Blitz und Donnerschlag.

Glücklicherweise steht ihr Zelt noch unversehrt am selben Ort, nur das eingeknöpfte Vordach hat sich losgerissen und in einem nahen Baum verfangen. Wie schon heute Morgen am Golf de Fos, aber nun wenigstens in der Geborgenheit des Zeltes, wischt Stephan, der vor Kälte schlotternden Olivia mit einem Frotteetuch die Nässe des Körpers. Ohne ihre durchnässten Pyjamas schlüpfen sie, nur mit leichter Unterwäsche bekleidet in die Welt des weichen Daunenschlafsacks.

Noch regnet es sehr intensiv und es sieht auch nicht danach aus, dass sich in nächster Zeit daran etwas ändern würde; wenigstens liegen die Temperaturen im angenehmen Bereich.

Das beruhigende Herumhüpfen der Regentropfen auf dem Zeltdach und die wiederkehrende Wärme im Daunenschlafsack, lässt sie den erlebten Stress allmählich vergessen und erneut tauchen sie in die Traumwelt des entspannenden Schlafes ein. Morgen werden sie weitersehen.

# Freitag, 24. April

Wohlig rekeln sich die beiden in der Wärme des Schlafsackes. Noch immer prasseln die Regentropfen Frieden vermittelnd über das Zeltdach und machen es ihnen schwer, sich aus der vertrauten, warmen Umgebung zu lösen.

«Wie ich unser Zuhause liebe!» Stephans erste Worte an diesem Morgen. «Ich geniesse es in dieser kleinen Welt, unter fast freiem Himmel, und doch geborgen den Regen hautnah zu erleben!»

In der Schweiz würde man von «Landregen» sprechen. Auch hier in Frankreich ist dieses Nass ein Segen für die Natur, aber wenig motivierend für ein radfahrendes Paar, welches am heutigen Tag wiederum einhundert Kilometer zurücklegen möchte.

Das gefährliche Naturereignis der letzten Nacht ist vergessen, einige herumliegende Äste und vereinzelt entwurzelte Bäume sind stumme Zeugen des heftigen Gewittersturmes.

Auch Olivia scheinen die Erlebnisse der letzten Nacht keine belastenden Spuren hinterlassen zu haben.

«Am Bahnhof von Avignon werde ich bestimmt eine spanische Tageszeitung auftreiben können!», mutmasst Stephan. «Ich hoffe auf Informationen, die uns Aufschlüsse für eine sichere Weiterfahrt geben werden.»

Beide fühlen sich nach diesem Sturm wie innerlich gereinigt, das Frühstück mit dem fein duftenden Kaffee schmeckt heute besonders gut.

Mit der Melodie «It never rains in Southern California» im Munde, ist Stephan alsbald unterwegs durch die spritzende Gischt zum Bahnhof von Avignon. Auf Rot wechselnde Verkehrsampeln, überlastete Strassen, hektischer Verkehr und gestresste Automobilisten, welche die Hupe mehr benutzen als die Fussbremse, empfangen Stephan in Avignon und holen ihn in die zivilisierte Welt zurück. Mit Wehmut denkt er an die herrlichen, fast menschenleeren Strassen im endlos weiten Spanien.

Die Verkäuferin im Bahnhofskiosk von Avignon kann ein Lächeln nicht unterdrücken, als sie Stephan die spanische Zeitung «Mi Mundo» und zwei französische Tagesblätter in die noch freie

Hand drückt. In der anderen Hand hält er den Sattel seines Bikes – dieses Mal klaut ihm niemand diesen unentbehrlichen Bestandteil!

Auf der Rückfahrt, in einer Ortschaft ausserhalb des pulsierenden Avignons, besorgt er die Tageseinkäufe und wenig später – inzwischen wieder vollkommen durchnässt, erreicht er ihr Biwak.

Olivia hat vorgesorgt: Sie hilft Stephan aus dem nassen Dress, die trockenen Kleider liegen auf der Daunendecke für ihn bereit.

Auf der Suche nach aktuellen Wetterprognosen durchforstet Stephan die beiden französischen Journals. Dauerregen für den heutigen Tag vermelden beide Berichte.

Noch bevor Stephan sich weiter im Inhalt vertiefen kann, ruft Olivia: «Unglaublich, Stephan, was hier geschrieben steht!»

Sie hält ihm eine Reportage mit Foto und Text aus der spanischen Zeitung entgegen.

Das Foto zeigt, wie schon öfter in der Vergangenheit, im Vierfarbendruck, eine erneut blendend aussehende Olivia. Den Titel kann Stephan nicht entschlüsseln. Sie übersetzt:

«Die lange gesuchte und untergetauchte Olivia Sanchez rettet zwei Menschen vor dem sicheren Tod! Wäre diese Geschichte nicht wahr, man müsste sie in der Märchenwelt suchen (Text der Redaktion). Ort des Geschehens: die Provinz Lleida, in der Gegend des bekannten Ebro-Riesenstausees mit einer Länge von über einhundert Kilometern, einem der grössten Stauseen Europas und Paradies der Sportfischer. – Am Donnerstag, den 16. April, lieferten sich längs des Sees, auf der langen Geraden zwischen Caspe und Mequinenza (N 211), zwei Fahrzeuge ein Rennen mit folgeschwerem Unfall. (Wir berichteten.) Eines der beiden Autos kam von der Strasse ab und blieb völlig zertrümmert auf dem Dach in einer Mulde liegen. Der Fahrer, Sohn eines bekannten Bauunternehmers aus dieser Region, wurde schwer verletzt, seine Beifahrerin erlitt Prellungen und einen heftigen Schock. Die beiden jungen Menschen waren nicht mehr in der Lage, sich selbst aus dem bereits brennenden Audi zu befreien. Die Polizei ging davon aus, dass die Insassen des zweiten am Rennen beteiligten Fahrzeuges, sie konnten bis heute nicht ermittelt werden, das junge Pärchen gerettet haben. Hartnäckig behauptete die damals unter Schock stehende junge Beifahrerin des verunfallten Audis – sie ist Journalistin einer Madrider Lokalzeitung –, ihre

Retter sei ein radfahrendes Paar gewesen und nicht die Personen des zweiten in den Unfall verwickelten Fahrzeuges. Das auf ‹alt› getrimmte Aussehen der Dame mit dem Fahrrad, sie trug zusätzlich eine grosse dunkle Sonnenbrille und einen Fahrradhelm, habe nicht zu ihrer jungen Stimme gepasst und die verletzte Insassin irritiert. Wiederholt behauptete die Beifahrerin des Audi, diese Stimme ganz sicher zu kennen, nur sei sie im Moment nicht in der Lage, diese zuordnen. Die Polizei liess sich nicht auf ihre Aussage ein, schliesslich stand die junge Frau unter heftigem Schock. Nun die Sensation: Die Journalistin meldete sich vor drei Tagen erneut bei der örtlichen Polizei. Sie wisse nun, wer die junge Dame war, welche sie vor dem sicheren Tod gerettet habe: Es sei die Boutiquebesitzerin, Modedesignerin und Ehefrau des ermordeten Alejandro Sanchez. Sie persönlich habe Olivia Sanchez vor einiger Zeit zu einem Modeanlass in Madrid interviewt. Daraufhin wurde der Stimmrekorder mit der Unfallmeldung zu Untersuchungszwecken Eltern und Freunden von Olivia Sanchez vorgespielt, mit dem verblüffenden und einstimmigen Ergebnis: Es ist die Stimme von Olivia Sanchez! – Seit dem 3. April, dem Mordanschlag auf Alejandro Sanchez, wird Olivia gesucht. Recherchen haben ergeben, dass sie zusammen mit einem unbekannten Mann per Fahrrad bisher über eintausend Kilometer quer durch Spanien gefahren sind. Roses an der Costa Brava war ihr letzter festgestellter Aufenthaltsort, seither fehlt jede Spur von Olivia Sanchez. Wie gross muss die Angst dieser jungen, attraktiven Frau sein, um sie über die gesamte Iberische Halbinsel zu treiben? Vielleicht liegt der Schlüssel zur Antwort in unserem Bericht der gestrigen Ausgabe, in welchem wir vom mysteriösen Tod eines Wachmannes im Aussenministerium in Madrid berichtet haben. Ein Mord und zwei ungeklärte Todesfälle im Aussenministerium, das ist zu viel, hier brodelt es gewaltig!»

Erleichtert ob des wunderbaren Berichtes ihrer Rettungsaktion und wiederum betrübt über den erneuten Vorfall im Aussenministerium, legt Olivia «Mi Mundo» zur Seite.

«Stephan, ich war so glücklich über diesen Bericht, leider haben die letzten Zeilen aber wieder alles verdorben. Können wir uns nirgends sicher fühlen? Diese Mörder laufen frei herum, noch immer hängt das Damoklesschwert dieser Verbrecher über uns.»

Niedergeschlagen sitzt ihm Olivia gegenüber.

«Unsere Chance ist besser denn je, kaum jemand in Frankreich hat Kenntnis von dem Fall und zudem weiss niemand, wo wir uns befinden», muntert sie Stephan auf. «Trotzdem habe ich den gestrigen Zeitungsbericht mit Genugtuung zur Kenntnis genommen, wir werden für unsere Verfolger immer weniger greifbar.»

Während Olivia kurze Zeit später mit der Vorbereitung ihres Mittagessens beschäftigt ist, widmet sich Stephan erneut den beiden französischen Tageszeitungen. Der gestrige Sturm beherrscht die Zeilen, die entsprechenden Aufnahmen dokumentieren eindrücklich die schweren Folgen dieses Unwetters. Umgeknickte Bäume, Erdrutsche in der Gegend von Grasse, unzählige überflutete Keller und abgedeckte Häuserdächer zeigen die ganze Wucht des Orkans. Besonders tragisch ist der Tod von zwei jungen Menschen östlich von Avignon, welche Schutz unter einem Baum suchten und dabei vom Blitz erschlagen wurden.

Für heute sind weitere intensive Regenfälle vorausgesagt, ab morgen, Samstag, wird das Hoch über der Biskaya wetterwirksam, es soll erneut Sonnenschein und schon bald wesentlich wärmere Temperaturen zurückbringen.

Wie hat ihre *Sun Odyssey* diesen Angriff der Natur wohl überstanden?

Die Ankerkette ist massiv und der Meeresgrund griffig, der Schwojekreis bot genügend Raum, um das edle Schiff nirgends auf Grund laufen zu lassen. Die Kabinentüre war geschlossen, Stephan musste seinerzeit nur das Schloss aufbohren, ohne die Türarretierung dabei zu beschädigen.

Stephan ist überzeugt: Ihr Schiff liegt unbeschadet und wieder friedlich dümpelnd am gewählten Ankerplatz.

«Eine Weiterreise bei diesen Witterungsbedingungen macht wenig Sinn, Olivia!», seufzt Stephan. «Wir wären innert Kürze vollkommen durchnässt; die Zeit drängt nicht und morgen erwartet uns bereits wieder ein Sonnentag.»

Genussvoll wandern Olivias Essenszubereitungen durch ihre Gaumen, die sanft aufs Zeltdach fallenden Regentropfen und der rote «Gigondas» aus der hiesigen Region tragen mit zur geborgenen Stimmung in ihrer kleinen Welt bei.

Halb im Zelt und unter dem Vordach auf der weichen Unterlage liegend, lassen sie die Blicke durch die regenverhangene Landschaft schweifen und geniessen die Ruhe und den Frieden.

«Es war an einem Tag wie diesem», beginnt Stephan seine Erzählung. «Unaufhaltsamer Regen ergoss sich an diesem schulfreien Mittwochnachmittag in die trübe Frühlingslandschaft. Die Lust nach Action trieb uns Buben auf unseren Abenteuerspielplatz ins Gebiet ‚Boller‘. Damals mit von der Partie waren mein Freund Willy und einige gleichaltrige Kollegen aus der Primarschulklasse. ‹Winnetou und Old Shatterhand› hiess eines unserer Lieblingsspiele. Die zerklüfteten Sandsteinformationen mit einer schaurig-dunklen Höhle waren ideale Versteckmöglichkeiten für packende Verfolgungsjagden zwischen Bleichgesichtern und Rothäuten. Weshalb dieses Gebiet ‚Boller‘ hiess, war uns damals nicht wichtig, und dennoch sollte sich dieser ‚Boller‘ von Zeit zu Zeit traumatisch wiederkehrend in meiner Seele festfressen. An jenem Tag war die Höhle unser Versteck. Nicht aufgrund der Strategie, sondern vielmehr wegen des Regens. Willy und ich waren die Rothäute und auf der Flucht vor den bösen Siedlern. Nach dem schmalen, ungefähr drei Meter langen Eingangstunnel öffnete sich eine Höhle von schätzungsweise fünf auf fünf Metern Durchmesser, in welcher wir jungen Burschen sogar stehen konnten. Einmal im Tunnelkanal gab es kein Zurück mehr, ein Umdrehen im Tunnel war nicht möglich, man musste sich, auf allen vieren vorwärtskriechend, die drei Meter mühsam durch den Sandfelsen bis zur inneren Höhle durchzwängen. Erst im Innern konnte man sich drehen, um den Rückweg nach draussen in Angriff zu nehmen. Nur wenige trauten sich durch den engen Eingangstunnel und ganz bestimmt keines der Bleichgesichter, vor denen wir uns versteckten. Fahles Licht, das durch die Eingangsöffnung fiel, erhellte das Tunnelgewölbe gerade so viel, dass wir uns noch knapp erkennen konnten. Schmunzelnd sassen wir in unserem trockenen Gewölbe und verfolgten grinsend und wohlwollend die vergebliche Suche unserer Freunde nach den Indianern. Wir hörten ihre Rufe und manchmal tauchten sich schnell bewegende und nur kurz sichtbare Gestalten vor dem Höhleneingang auf. Einer blickte längere Zeit in die Dunkelheit, jedoch ohne die geringste Chance, uns sehen zu können. Vom Hellen ins Dunkle konnte auch das Adlerauge eines Zehnjährigen nichts am Gesetz der Physik ausrichten. Dann, und das vergesse ich nie mehr, hörten wir ein dumpfes, schwaches, dann immer heftigeres Grollen, begleitet von einem schlagartigen Eindunkeln bis zur totalen Finsternis in unserem Versteck. Es herrschte Totenstille, kein Geräusch ausser dem stockenden Atmen von Willy und mir war zu hören. Dramatisches musste sich am Höhleneingang ereignet haben – war es ein Erdrutsch infolge des schon langen andauernden Regens, oder war der äussere Teil des Eingangs, aus welchen Gründen auch immer, eingestürzt? Für uns war es in diesem Moment nicht eine Frage des Weshalb und Warum, sondern die schreckliche Tatsache, in einem Erdloch gefangen zu sein. Wie lange reichte unser Luftvorrat und würde es überhaupt jemandem gelingen, uns aus dem dunklen und engen Gefängnis zur retten? Eine göttliche Fügung hielt schützend die Hand über uns, anstatt panisch zu werden, blieben wir sachlich, analysierten erst mal die Lage und liess unsere Seelenwaage nicht in Hysterie oder Panik ausbrechen. Autozählen hiess unsere Eingebung; ich entschied mich für Opel, Willy für VW Käfer. Damals verkehrten auf unseren Strassen vor allem VW Käfer, Opel Rekord, Ford Taunus und einige wenige englische Fahrzeuge. Das Spiel ging so: Wer von seiner gewählten Automarke zuerst einhundert Fahrzeuge aufzählen konnte, hatte gewonnen. Unser virtueller Standort befand sich bei der Bäckerei Frischknecht in unserem Dorf. Drei Opel hatte ich schon aufgezählt, Willy war bereits bei fünf VW Käfern.

,Nr. 6: Das ist der Knarf', sagte Willy.

,Spinnst du, Willy; der Knarf fährt Velo, der hat keinen VW Käfer!', widersprach ich. ,Warum willst du überhaupt wissen, dass es der Knarf ist?'

,So, wie der im Zickzackkurs herumfährt, muss es der Knarf sein!'

Knarf hiess unser damaliger Primarschullehrer: Er war gross, dünn und schlaksig, hatte nie ein Lächeln auf den Lippen – eine Reizfigur eben, an welcher wir Lausebengel immer wieder unsere Grenzen ausloteten. Er hiess auch nicht Knarf, den Namen haben wir verdreht, sondern Frank, Othmar Frank. Nun hatten wir in unserem kalten Gefängnis eine Ablenkung, über die wir uns ergiebig auslassen konnten.»

Olivia hat sich auf die Seite gedreht, ihr Gesicht ist Stephan zugewandt.

«Langweile ich dich mit meinen Erzählungen?» möchte Stephan wissen.

«Deine Geschichte interessiert mich sehr, Stephan, bitte, erzähl weiter, ich höre dir wirklich sehr gern zu!»

Stephan fährt fort:

«Knarf war auch Dirigent des ortsansässigen Frauengesangsvereins. Sein grosser Stolz, beim Gesangsunterricht mit uns Kindern, mussten wir seine aussergewöhnlichen Leistungen jeweils würdigen und über uns ergehen lassen. Einmal war er derart heftig mit dem Taktstock am Dirigieren, dass er den Notenständer traf und ihn in die Ecke schmetterte. Wir Kinder konnten uns nicht mehr halten vor Gelächter und Schadenfreude, an eine Fortsetzung des Musikunterrichtes war an diesem Tag nicht mehr zu denken. Dann die Geschichte mit Knarfs zu langen Hosenbeinen: Stets schlabberten sie um seine dünnen Beine und oft stand er mit den Absätzen darauf. Da musste unbedingt etwas unternommen werden. Wir Jungs waren sehr kreativ in unseren Fantasien und gelangten zur glorreichen Idee, man könnte Knarfs Hosen kürzen. Besonders empfehlenswert empfanden wir die Variante, ein Hosenbein kurz über dem Fussgelenk und das andere wenig unterhalb des Knies abzuschneiden. Allein die Vorstellung, wie Knarf mit seinem exklusiven Hosenschnitt aussehen würde, bescherte uns viele heitere Stunden.»

Olivia amüsiert sich an Stephans Ausführungen ebenfalls, mehrmals erfüllt ihr herzhaftes Lachen ihr Zelt.

«Nun galt es, die Planung in die Tat umzusetzen und zur Durchführung würde ich mich sehr gut eignen, befanden meine Schulkollegen. Gelegenheit bot sich am besten beim Turnunterricht. Die Schere hatte ich aus dem Nähkörbchen bei meiner Mutter ‚entlehnt‘ und nun stand ich mit schlotternden Knien in der Turnhalle vor dem Garderobenschrank von Knarf. Die endlos langen Hosen baumelten, fein säuberlich in Bügelfalten aufgehängt, am Kleiderbügel. Die Schere in meiner rechten Hand bewegte sich aber nicht, meine Hand zeigte Lähmungserscheinungen – ich schaffte es nicht, dem

Knarf seine Hosen abzuschneiden. Eine Woche lang liessen mich meine Kollegen den Verrat spüren, Knarf mit kurzen Hosen war von nun an nie mehr ein Thema.»

Schmunzelnd verfolgt Olivia Stephans Geschichte.

«Ihr seid ja eine richtige Saubande gewesen, ihr Buben, der Knarf tut mir im Nachhinein richtig leid. Euer Erlebnis in dieser Höhle muss schrecklich gewesen sein, ich brenne darauf, zu wissen, wie ihr schlussendlich wieder freigekommen seid. Ich bin total gespannt, bitte, erzähl weiter, Stephan!»

«Wir durchlebten furchtbare Momente der Ungewissheit. Uns beschäftigte die Frage, ob wir je lebend aus dieser Höhle kommen würden. Zwischenzeitlich gab es kurze, beruhigende Phasen, wenn wir uns gegenseitig Mut zusprachen, oder wenn wir die Opels und VWs zählten und weitere Anekdoten um den Lehrer Knarf aufwärmten. Wir hatten jegliches Zeitgefühl verloren, die Zeit schien ohnehin stillzustehen, nur Dunkelheit und absolute Stille waren um uns herum. Dann ertönte dieses erlösende Geräusch, ein kaum wahrnehmbares Kratzen, als ob eine Katze ihre Krallen schärfen würde. Wir hielten den Atem an, es herrschte Totenstille in unserer Höhle. Ob das die Rettung war? Schreckliche Momente zwischen Bangen und Hoffen durchlebten wir. Ein mehrmaliges Klopfen folgte, ich zog daraufhin die Schuhe aus und klopfte ebenfalls an die Höhlenwand. Erneut folgte ein Klopfen, wir zählten mit, dieses Mal waren es genau fünf Schläge. Wir antworteten ebenfalls mit fünf Schlägen. Man hatte uns entdeckt! Unsere Erleichterung kann ich nicht beschreiben, vielleicht ist, unermesslich' das richtige Wort. Bis an mein Lebensende werde ich diese fünf Klopfzeichen nie mehr vergessen.»

Sichtlich gerührt von seiner Geschichte lässt Olivia ihre Hand zärtlich über Stephans Haar gleiten.

«Es war dann nur noch eine Frage der Zeit, bis der Eingang zur Höhle freigeschaufelt war. Hintereinander krochen wir in die erlösende Freiheit ans helle Licht. Mehrere mir unbekannte Männer, mit Schaufeln und Pickeln bewaffnet, strahlten vor Freude am Höhleneingang und eine mir unbekannte Frau schloss mich in ihre Arme. Sie war kräftig gebaut mit grossen Brüsten, ihre Umarmung war so heftig, dass ich kaum mehr atmen konnte. Ich genoss ihre

Geborgenheit unendlich und ein erlösendes, heftiges Weinen brach aus mir heraus. Auch Willy lag laut weinend in den Armen einer fremden Frau.»

Die Hand von Olivia gleitet erneut sanft über sein Haar; es scheint, als ob sie in diesen Minuten die Rolle der beschützenden Mutter übernommen hat.

«Stephan, dein Leben ist so interessant, ich könnte dir stundenlang zuhören! Erzähl weiter, ich bin so gespannt!»

Die Ellbogen liegen aufgestützt auf der Matte, Regentropfen suchen ihren Weg das Vordach entlang und sein Blick wandert gedankenversunken in die Tiefe des Regendunstes. Das Interesse von Olivia schmeichelt ihm.

«Weisst du, Frauen spielten und spielen in meinem Leben eine wichtige Rolle. Nicht, dass ich bewusst etwas dazu tun musste, dieses schöne Gefühl für Frauen war immer da und es wurde von ihnen auch liebevoll erwidert. Wahrgenommen habe ich das schon in meiner Jugend. Frauen wollten mich immer beschützen, die Lehrerin im Kindergarten, die liebe Nachbarin ... Frauen meinten es gut mit mir. Eine Frau nannte mich einmal Sonnyboy – ich wusste damals nicht, was das hiess, aber ihre Stimme liess mich fühlen, es musste etwas Gutes sein.»

Sein Blick wandert zur Olivias schönem Gesicht, ihr warmes Lächeln fordert ihn auf, weiterzuerzählen.

«Die Frauen fühlten, dass ich sie mag und entsprechend hilfsbereit zeigten sie sich im täglichen Umgang. Oft erlebte ich in den letzten Jahren Situationen, in welchen sie signalisierten, mehr von mir zu wollen, als eigentlich erlaubt war. Nie bin ich darauf eingetreten und erstaunlicherweise mögen mich diese Frauen noch immer. Etwas jedoch wollen diese wunderbaren Geschöpfe von mir, sie wollen wahrgenommen werden, sie wollen Aufmerksamkeit von mir und sie lieben es, charmant umgarnt zu werden. Olivia, nun habe ich wirklich sehr viel aus meinem Nähkästchen geplaudert, verzeihst du mir?»

Ihr unergründliches Lächeln gleicht einer Mischung aus Bewunderung und Freude. «Du bist ein richtiger Schwerenöter und Herzensbrecher – einer, den man einfach gernhaben muss und dem man nicht widerstehen kann, das erlebe ich ja an meinem eigenen

Leibe! Mein Leben verlief sehr viel ruhiger und geordneter, ohne grosse Vorkommnisse, wie du sie erlebt hast. Mit meinen Geschwistern hatte ich sehr viel Kontakt, aber meist eher oberflächlich, eine richtige und einfühlsame Beziehung erlebte ich mit meiner Freundin Belinda. Wir besuchten die gleichen Schulklassen, sassen sogar nebeneinander auf der Bank und teilten Freud und Leid miteinander. Es gab kein Erlebnis, war es auch noch so intim, über das wir uns nicht austauschen konnten. Es war eine wunderbare, völlig unbelastete, herrliche Zeit. Jungs waren natürlich immer ein Thema und wir waren schon früh Expertinnen in Männerfragen. Ende der Achtzigerjahre erlagen wir der Anziehungskraft der extravaganten Madonna. Ich kämmte und schminkte mich wie sie, imitierte ihren Gang und fühlte mich so, als ob ich selbst Madonna wäre. Belinda war mir im Madonnaismus einen Schritt voraus: Sie durfte sogar ihr Haar blond färben, meine Mutter war strikt dagegen und setzte mich, um dies zu verhindern, gewaltig unter Druck. Es kam zu furchtbaren Auseinandersetzungen und fast zum Bruch mit ihr. Ich war damals um die 15 Jahre alt, mein pubertierendes Ich sträubte sich mit unglaublicher Kraft gegen ihre biedere bürgerliche Einstellung. Dann hielten die Männer Einzug in unseren Fantasien. Don Johnson und Tom Selleck beherrschten von nun an unsere Welt. Stundenlang malten wir uns aus, wie es sein würde, wenn …! Das eindrücklichste und grösste Ereignis in meinem bisherigen Leben war das Kennenlernen und die Hochzeit mit Alejandro. Es ist mir noch so nah, als wäre es erst gestern gewesen, ich weiss noch jedes Detail!»

Olivias Augen röten sich und die nun folgenden Tränen lassen sie einen Moment innehalten.

«Damals war ich 26 Jahre alt und arbeitete als Designerin in diesem bekannten Couture-Unternehmen ausserhalb von Madrid, von dem ich dir schon erzählt habe. Bei der jährlich stattfindenden Frühjahrsmodegala stand auch der begehrteste Junggeselle Madrids auf der Besucherliste. Er war der Traummann einer jeden Frau der Stadt und die Damenwelt lag ihm zu Füssen.

‚Könntest du nicht ein Treffen mit ihm organisieren, rein zufällig natürlich? Er darf auf keinen Fall merken, dass das geplant ist!‘, bat ich meine Chefin.

Ich staune noch heute über meinen damaligen Mut, ihr diesen Wunsch vorzutragen.

,Weisst du, Liebes, jede Frau träumt vom prominenten Alejandro Sanchez', sagte sie nur, ,stell dir vor, welchen Skandal ich auslöse, wenn diese Sache publik wird, es könnte mich meinen Job kosten.' Natürlich verstand ich sie nicht, ich war vom Gedanken besessen, Alejandro kennenzulernen. Er war der Schwarm des Abends, ständig belagert von Damen der gehobenen Gesellschaft. Einmal kurz, es traf mich wie ein Blitz, fanden sich unsere Blicke. Er musste irgendwann zur Toilette und ich folgte ihm mit einer kleinen Verzögerung. Unweit der WC-Türe kniete ich zu Boden, den Schuh am rechten Fuss hatte ich ausgezogen, und massierte mir das Fussgelenk.

,Schöne Dame, kann ich Ihnen helfen, haben Sie sich verletzt?', fragte er besorgt.

,Ich glaube nicht, Herr Sanchez', stotterte ich, ,vielleicht habe ich mir ein bisschen das Fussgelenk verdreht, der Absatz ist am Teppich hängen geblieben!'

Er ergriff meine Hand, seine feingliedrigen, langen Finger entflammten mein Herz, es wollte aus meinem Körper springen. Er half mir galant auf die Beine. Erneut trafen sich unsere Blicke, ich war kaum mehr in der Lage, auch nur ein einigermassen gescheites Wort über die Lippen zu bringen. Am nächsten Tag in meinem Büro empfing mich ein wundervoller Rosenstrauss mit Kärtchen und der Bitte, ob ich ihm die Ehre erweisen würde, ihn zum Mittagessen zu begleiten. Jetzt bin ich es, die dich mit meinem Lebenslauf strapaziert!»

«Olivia, deine Geschichte könnte aus einem Liebesroman stammen, bitte erzähle weiter», erwiderte Stephan. «Vielleicht bin ich es ja, der diesen Roman einmal zu Papier bringen wird!»

«Wir waren verrückt aufeinander und bereits im August desselben Jahres fand die Traumhochzeit in Marbella statt. Auf dem Weg zum Altar lächelte er mir zu und zwinkerte mit den Augen.

,Deine Eingebung mit dem verletzten Fussgelenk auf der Modegala war sehr einfallsreich, aber völlig unnötig', sagte er zu mir. ,Zu diesem Zeitpunkt war ich von deinem Wesen bereits gefangen, meinen Entschluss, dich näher kennenzulernen und zum Mittagessen einzuladen hatte ich schon vorher gefasst.'

Diese wunderschönen Worte von Alejandro machten mich endlos glücklich. Wir haben uns bei jeder Gelegenheit geliebt, Alejandro war ein stürmischer Liebhaber … vielleicht manchmal etwas zu stürmisch.»

Ein verlegenes Lächeln huscht über ihr hübsches Gesicht. «Alejandro war die Liebe meines Lebens.»

Nun sind es grosse, schwere Tränen, die den Weg über ihre Wangen suchen. Zuerst waren es die sanften Hände von Olivia, welche über Stephans Haar streichelten, jetzt sind es die seinen, die sie berühren.

Wortlos, ihre Tränen rinnen mit den sanften Regentropfen auf dem Zeltdach im Wettlauf, liegen sie länger Zeit auf der weichen Unterlage; ihre Blicke einander zugewandt.

«Stephan, erzählst du mir die Geschichte deiner Ehe?», fragt sie.

«Isabelle habe ich bei einem Pferderennen kennengelernt. Sie war ein ausserordentlich hübsches Mädchen, trug einen hautengen Jupe, der bis zu ihrer Taille reichte, und eine gelbe Bluse. Ihr langes braunes Haar fiel bis tief in ihren Rücken. Sie hatte mir damals am Wettschalter Tipps für das Pferd ‚Le Muscadell‘ gegeben, welches mich dann den gesamten Wetteinsatz kostete. Dafür brannte mein Herz lichterloh, auch bei mir war es Liebe auf den ersten Blick. Von nun an waren wir unzertrennlich und ein Jahr später, im August 1981, heirateten wir an einem wunderschönen Sommertag am Vierwaldstättersee. Sie gab mir die Geborgenheit und die Sicherheit für die täglichen Herausforderungen. Bei ihr erlebte ich auch den Frieden, den ich zu Hause bei meinen Eltern, sie stritten sich andauernd, nie fand. Zwei Jahre nach unserer Heirat erblickte unser kleiner Liebling, Melanie, das Licht der Welt und wiederum zwei Jahre später kamen mein Sohn Peter und vor 21 Jahren unser Nesthäkchen, Michael, auf die Welt. Eigentlich verlief unser Leben wie im Bilderbuch: Tolle Familie, beruflicher Aufstieg bis zum Verkaufsleiter und viele gesellschaftliche Begegnungen. Unsere Kinder entwickelten sich prächtig, wir wurden von vielen unserer Freunde um unsere Familienidylle beneidet. – Dann kam der Alltag, das Geschäft wurde immer wichtiger und beherrschte mehr und mehr mein Leben. Eine geniale Erfindung unseres Ingenieurteams, Konstruktionen in Kombination mit Stahl und Drahtseilen auf Zug und Druck zu belasten, brachte den Durchbruch. Wir liessen unsere Erfindung international patentieren. Architekten und Bauökonomen reissen sich seither um unser System – sie sind nun in der Lage, Gewicht sparend sehr filigrane und trotzdem äusserst belastbare Stahlkonstruktionen zu fertigen. Bei vielen Auslandsbesuchen, vor allem in den USA und Asien, habe ich unser System mit Lizenzverträgen zusätzlich verkaufen können. Es zählte nur noch das Geschäft. Ohne es wahrzunehmen, haben wir uns auseinandergelebt; alles war selbstverständlich, meine Frau besorgte den Haushalt ohne Anerkennung und Aufmerksamkeit von mir. Als Folge meines im Nachhinein unverzeihbaren Verhaltens begannen wir, einander zu kritisieren und uns vermehrt gegenseitig Fehler vorzuwerfen. Es war vor fünf Jahren der Wunsch von Isabelle, sich scheiden zu lassen. Die Scheidung war kurz und schmerzlos, ich habe meine Ehe einfach weggeworfen.»

Erstaunen zeigt sich in Olivias Gesichtszügen und Unverständnis leuchtet aus ihren geröteten, traurigen Augen. «Stephan, dass ihr nicht versucht habt, eure Ehe zu retten …? Du bist doch ein solch anständiger und wertvoller Mensch, ich kann das einfach nicht glauben und fühle mich im Moment sehr niedergeschlagen.»

«Olivia, in vielen späteren Momenten habe ich über diese Scheidung nachgedacht. Ich mache mir im Nachhinein oft Vorwürfe und schlage mich mit belastenden Gedanken herum. Isabelle ist inzwischen wieder eine neue Beziehung eingegangen, aber ohne zu heiraten. Diese Radtour durch Spanien ist nicht nur ein Ausbruch aus meinem beruflichen Leben, sondern auch ein Abarbeiten der verpassten Gelegenheiten meiner gescheiterten Ehe», gestand Stephan.

# Samstag, 25. bis Sonntag, 26. April

Entspannt, unter den sanft fallenden Regentropfen, finden sie erholsamen Schlaf; das Erzählen ihrer Lebensgeschichten wirkte befreiend auf Körper und Geist.

Noch im Verlaufe der Nacht lassen die Schauer nach.

Am Morgen empfangen sie hinter hohen, bewaldeten Hügeln, die sie beim Aufbau unseres Zeltes nicht wahrgenommen haben, erste schüchterne Sonnenstrahlen. Mit der Wiedergeburt der Sonne und der wiederkehrenden Wärme beleben sich auch ihr Bewegungsdrang und der Wunsch nach schönen Wegstrecken und interessanten Landschaften.

Stephan ist damit beschäftigt, den letzten Grasziegel auf den Erdabfallkübel zu setzen.

«Stephan, bitte warte einen Moment.» Olivia lächelt vielsagend, sie hält irgendetwas hinter ihrem Rücken verborgen. «Dieses kleine Etwas darfst du nun auch in den Abfallkübel legen, ich habe es bisher nicht gebraucht und ich werde es die nächsten neun Monate auch nicht mehr brauchen.»

Er kennt das kleine Schächtelchen, welches sie ihm ungeöffnet in die Hand drückt – er hat es ja selbst vor 21 Tagen in Ronda für sie gekauft.

Ihr Lächeln ist nun noch breiter als vor wenigen Augenblicken. «Stephan, mein Leben hat wieder einen Sinn, mein sehnlichster Wunsch geht in Erfüllung: Ich erwarte ein Kind … dieses Kind ist von dir! Ich bin vollkommen sicher, schwanger zu sein, mein Termin ist längstens überfällig, ich freue mich unglaublich auf das Kind!»

Ihr ansteckendes Lächeln lässt auch sein Herz frohlocken.

«Olivia, ich musste ja damit rechnen, dass du schwanger werden wirst!», lacht Stephan «Trotzdem ist dir diese ‚Überraschung‘ gelungen und umso grösser ist jetzt auch die Freude für mich! Hätte mir vor einem Monat jemand gesagt, ich würde nochmals Vater werden … ich wäre jede Wette eingegangen, dass dies nie mehr der Fall sein wird! Und nun freue ich mich unglaublich über deine Nachricht. Jetzt endlich kenne ich auch den Grund deines unergründlichen Lächelns heute Morgen.

Gerührt schliesst er Olivia in seine Arme und sie kuschelt sich an Stephan.

«Oh, wie ich mich auf mein Kind freue!», und übermütig setzt sie hinzu: «Es wird das schönste und liebste Kind auf der ganzen Welt!»

«Olivia, ich werde immer für dieses Kind da sein und es als mein eigenes lieben und für seine Zukunft sorgen.»

Das kleine Schächtelchen Tampons entschwindet im Erdreich und kurz darauf, als ob nie etwas anderes dort gewesen wäre, erstrahlt die Wiese wie vorher im saftigen Grün.

Eine recht anspruchsvolle Strecke erwartet Olivia und Stephan, sie führt von Avignon über Pont-St-Esprit, Bourg-St-Andéol und weiter westlich der Rhône entlang bis in die Gegend von Valence.

Immerhin geplante einhundertdreissig Kilometer verlangen viel Muskelarbeit und Kondition. Leichter Südwind unterstützt ihre Fahrt durch die kaum befahrenen Weingebiete der Côtes du Rhône, immer in Augenhöhe mit dem gleichnamigen Fluss – es ist ein herrliches Vergnügen!

In dem kleinen Dorfladen erfüllen sie all ihre Einkaufswünsche und ein erstes Mal erlauben sie sich einen Kaffeehalt in einem kleinen Bistro unter einem lauschigen Feigenbaum mit Blick auf die Rhône. Die ältere Serviererin bringt ihnen zwei Cafés Crèmes mit Croissants, und freut sich über Stephans Trinkgeld, von Olivia nimmt sie kaum Notiz.

Lächelnd sitzen sie einander gegenüber.

Provenzalischer Duft, komponiert aus herbem Rosmarin, feinem Lavendel und Pinienessenzen tragen ihr Übriges zu ihrer ausgelassenen Stimmung bei.

«Ich glaube, ich werde langsam fahrlässig, Olivia», grinst Stephan.

«Nicht einmal die Tageszeitung interessiert mich im Moment, ich schwelge in Gedanken an das Kind in deinem Körper, es bereitet mir unglaublich viel Freude! In Valence werden wir uns dann wieder mit aktuellem Zeitungsmaterial eindecken, im Moment werde ich nur noch von übermütigen Gefühlen getragen.»

Bald sitzen Olivia und Stephan wieder im Sattel und gegen Abend erreichen sie die Gegend westlich von Valence.

Am Waldrand, gut getarnt in einer kleinen Senke bei Saint-Péray, beziehen die beiden ihr Nachtlager.

«Weisst du, von nun an werde ich alles zum Wohlergehen meines kleinen Lieblings unternehmen.»

Beim Weinkonsum war sie schon vorher sehr zurückhaltend gewesen, seitdem sie um ihre Schwangerschaft weiss, ist sie noch vorsichtiger und gönnt sich gerade mal ein halbes Glas vom gehaltvollen, roten «Vacqueyras» aus den Côtes du Rhône.

Die sinnliche Stimmung der Abenddämmerung, das Glücksgefühl ob ihrer frohen Botschaft und die idyllische Ruhe, die nur von Vogelgezwitscher unterbrochen wird, lässt sie sich aneinander kuscheln.

«Stephan, könnte es sein, dass der Ozelot uns bis hierher gefolgt ist und noch immer Böses im Schilde führt?», fragt Olivia schelmisch.

«Vielleicht genügt dieses Mal eine sanftere Therapie», meint Stephan, «unseren kleinen Liebling sollten wir mit Feingefühl in sein neues Leben begleiten.»

Ein breites Lächeln zeigt sich um Olivias Mundwinkel.

Vorsichtig legt er sie auf die weiche Unterlage. «Ich hole inzwischen die für die Ozelot-Therapie wichtigen Utensilien.»

Olivias schöne Augen glänzen verführerisch und ihr devotes Lächeln weist ihm den Weg zur lustvollen Therapie. Sanft und doch bestimmt verlaufen seine erregenden Liebkosungen, – der Ozelot wird noch immer in der Nähe bleiben, aber es nicht wagen, auf dumme Gedanken zu kommen.

Es ist Sonntag, bereits der 26. April, Olivia hantiert am kleinen Kocher und fein duftender Morgenkaffee erfüllt ihr kleines Heim.

«Stephan, seufzt Olivia, «ich habe wunderbar geschlafen! Wenn du deine erfüllende Ozelot-Therapie, immer wieder bei mir anwendest, wird das Tier keine Ventile mehr aufdrehen, das hat mir der gestrige, lustvolle Abend wieder bestätigt!»

Olivia reicht Stephan den Kaffee, ihre Hand fährt dabei verspielt über seinen Kopf.

«Wir werden zuerst den Kiosk am Bahnhof von Valence aufsuchen, uns mit News eindecken und dann von dort aus westlich der Rhône entlang dem Weg Richtung Lyon folgen.»

Gemeinsam machen sie sich auf den Weg.

Auf wenig befahrenen Strassen der wunderschönen, im frühlingshaft-goldenen Licht glänzenden Rhône folgend, nähern sie sich dem ersten Zwischenziel: Valence.

Entlang der Rue Léon Gambetta radelnd, überqueren sie über den Pont Frédéric Mistral die Rhône – jetzt weiss Stephan, woher der berüchtigte Wind seinen Namen hat – und erreichen im hektischen Verkehr die Innenstadt und kurz darauf den Bahnhof von Valence.

«Olivia, warte dort auf der Bank auf mich, der Besuch am Zeitungskiosk dauert nicht lang, die weiteren Tageseinkäufe machen wir dann von unterwegs.»

Zeitungen, bunte Illustrierte, Postkarten, Souvenirs, vor allem weisses und dunkles Nugat aus Montélimar decken den Kiosk im Bahnhofsgebäude fast völlig zu und machen ihn deswegen nicht weniger sympathisch.

Die rundliche und freundliche Verkäuferin im Kiosk legt die beiden Zeitungen auf die Theke.

«Voilà, Monsieur.»

Einige Euros, die «Mi Mundo» und eine französische Tageszeitung wechseln den Besitzer und bereits ist Stephan wieder auf dem Weg zur Bank und zu Olivia.

Entspannt und das aktive Treiben um sich geniessend, die Bikes und Anhänger im Blick, wartet sie auf seine Rückkehr.

Fröhlich, fast übermütig, nähert er sich von hinten der Bank, auf der seine Herzdame sitzt. Unförmiger Dress hin oder her, sie übt eine unglaubliche Anziehung auf ihn aus, er möchte sie berühren, immer und immer wieder. Sie ein bisschen erschrecken, ihre Augen zuhalten und kindlich fragen, wer er denn sei, so seine übermütige Eingebung.

Noch fehlen einige Meter bis zur Sitzbank.

Quietschende Autoreifen holen Stephan in die Realität zurück. Unglaublich, wie rücksichtslos sich gewisse Automobilisten verhalten! Da fährt doch einer ohne Umschweife aufs Trottoir zwischen flanierende Fussgänger! Anscheinend hat er es sehr eilig, sein Beifahrer macht sich auf den Weg zum Bahnhof, der Fahrer hält es nicht einmal für notwendig, den Motor abzuschalten.

Noch eben voller Euphorie und Zärtlichkeit beschleicht Stephan plötzlich ein ungutes Gefühl, irgendetwas irritiert ihn an der Situation … dieses Fahrzeug! Was stimmt an diesem weissen Auto nicht?! *Der horizontale blaue Kleber an hinteren Kotflügel! Hat nicht Olivia von einem blauen Etikett am weissen Seat berichtet?* Wie ein Blitz schiesst es durch seinen Körper, sein Herz scheint stillzustehen! Stephan kriegt kaum mehr Luft! «*Assassin, assassin*, Mörder, Mörder!», schreit es aus Stephans Brust.

Er rennt auf den Mann zu, der eben das Fahrzeug verlassen hat, aber er ist nicht auf dem Weg in Richtung Bahnhof, sondern sucht die direkte Richtung zu der Bank, auf der sich Olivia niedergelassen hat. Der Verbrecher dreht sich Stephan zu, seine rechte Hand gleitet unter die Jacke, Stephan erkennt das kalte schwarze Ding in der Sonne aufblitzen. Bevor der Verbrecher die Waffe ziehen kann, prallt Stephan, nur wenige Meter von Olivias Bank entfernt, mit voller Wucht auf diesen Mann und wirft ihn zu Boden. Er versucht, sich aufzurappeln, doch Stephan ist schneller: Sein Schuh trifft mit äusserster Gewalt seinen rechten Arm.

Das Metall der Klicks leistet ungeahnte Hilfe, das Knacken von Knochen ist nicht zu überhören. Ein lauter Schmerzensschrei und ein vor Schmerzen verzerrtes Gesicht des Killers verschaffen Stephan einen momentanen Vorteil. Die Pistole schlittert über die rötlichen Natursteinplatten in ein nahes Gebüsch.

Es gelingt dem Verbrecher, sich zu befreien und mit hängendem rechtem Arm rennt er zum wartenden Seat.

Eine Verfolgung zu Fuss, mit seinen Klicks an den Füssen ist nicht möglich und macht auch keinen Sinn, er müsste damit rechnen, vom Fahrer des Wagens mit viel Blei in Empfang genommen zu werden.

Heulender Motor, quietschende Räder, das Fahrzeug fliegt vom Trottoir und entfernt sich in südlicher Richtung. Es ist ein weisser Seat Toledo mit spanischen Kontrollschildern, noch knapp gelingt es, Stephan das Nummernschild zu einzuprägen.

Schockiert, gelähmt, atem- und sprachlos sitzt Olivia noch immer auf der Bank.

«Olivia, das war kein Zufall, die wissen, wo wir sind! Im Moment droht vonseiten der Killer kaum Gefahr, die sind für eine Weile ausser Gefecht. Vertraue mir, ich bringe dich heil aus dieser gefährlichen Gegend und sicher von hier weg!»

Eigentlich weiss Stephan nicht, womit er diese Aussage begründen sollte, die Worte sprudeln einfach aus ihm heraus. Er fasst die Tragweite des Geschehens noch nicht vollständig, sein Körper schaltet auf «Überleben», er funktioniert wie ein Roboter, der ein eingespieltes Programm durchläuft.

«Olivia, notiere dir bitte folgendes Nummernschild: 5773 CNS.»

Apathisch, noch völlig unter dem Eindruck des soeben Erlebten, kramt sie den Schreibblock aus der Sacoche und mit zittriger, kaum lesbarer Schrift kritzelt sie die Ziffern aufs Papier.

Die beim Kampf verlorenen, zerrissenen und zerzausten Zeitungen sammelt Stephan wieder vom Boden auf. Einige Passanten haben ihren Kampf beobachtet und stehen noch immer fassungslos um sie herum.

«Mesdames, Messieurs», und weiter auf Französisch: «Sie können beruhigt sein – alles ist in bester Ordnung, wir üben für einen Kriminalfilm, das war eine gestellte Szene.»

Anscheinend haben seine Worte überzeugt, teilweise unter Kopfschütteln löst sich die Versammlung auf. Besonders beruhigend empfindet Stephan, dass niemand mit dem Handy am Ohr den Platz verlässt.

Die Schilderungen von Olivia – damals in Marbella keinen Schuss gehört zu haben – noch in Erinnerung, findet er nach kurzem Suchen im Gebüsch das schwarze Todesinstrument und wie vermutet mit aufgeschraubtem Schalldämpfer.

«Olivia, gibst du mir bitte ein Papiertaschentuch, ich will keine Fingerabdrücke auf der Pistole hinterlassen, die der Killer genügen vollkommen.»

Unauffällig entschwindet die Handfeuerwaffe in einer ihrer Sacochen.

«Ich glaube zu wissen, warum die Mörder uns hier entdeckt haben», sagt er zu Olivia. «Sobald ich Zeit finde, werde ich dich aufklären, sicher hat mein Handy damit zu tun. Es ist auf jeden Fall ratsam, wenn ich es schnellstmöglich entsorge. Wir müssen rasch aus dieser Gegend wegkommen, mit den Bikes sind wir zu langsam – wir nehmen den Zug.»

Wenig später stehen sie mit ihren Bikes am Bahnschalter, fragende, verunsicherte Blicke Olivias treffen Stephan.

«Madame, wann fährt der nächste Zug nach Paris?»

«Ein TGV mit Zwischenhalt in Lyon fährt um 10.20 Uhr auf Geleise 2. Um 10.40 Uhr fährt ein weiterer Zug mit Halt in Lyon, Mâcon, Beaune und Auxerre. Auf Geleise 1.»

Stephan kauft zwei Fahrkarten erster Klasse nach Paris für den 10.40-Uhr-Zug, bezahlt wie immer in bar und nimmt die Fahrkarten in Empfang.

«Besten Dank, mein Herr», tönt es freundlich aus dem Lautsprecher hinter der Glasfront.

«Wir hätten noch genügend Zeit, den früheren 10:20-Uhr-TGV nach Paris zu erreichen», erklärt er Olivia. «Es ist jedoch nicht meine Absicht, nach Paris zu reisen. Das war nur Täuschung. Zuerst müssen wir mein Handy unauffindbar entsorgen.»

Viele unbeantwortete Fragen liest Stephan aus Olivias Augen – ohne Einwände ihrerseits verlassen sie die Bahnhofhalle.

Eine ältere Dame vor dem Bahnhofgebäude gibt Stephan bereitwillig Auskunft. «Zur Hauptpost ist es nicht weit von hier, Monsieur, Sie fahren die Avenue Sadi Carnot ungefähr fünfhundert Meter entlang, auf der linken Seite ist die Hauptpost.»

«Besten Dank, Madame, sehr freundlich von Ihnen.»

Nun scheint er Olivia völlig verwirrt zu haben: Fahrkarten nach Paris, Hauptpost von Valence, Entsorgen seines Handys …

Sie weiss, dass die Zeit drängt, und stellt deshalb auch jetzt keine Fragen. Sie vertraut ihm einfach. Bevor sie sich auf ihre Bikes setzen, schweift nochmals ein prüfender Blick in die Umgebung. Ein weisser Seat Toledo ist nicht auszumachen.

Zuerst will Stephan das Handy beseitigen, und erst dann die Post von Valence aufsuchen.

Fünf Minuten später erreichen sie die bei ihrer Hinfahrt schon einmal überquerte Rhône-Brücke Pont Frédéric Mistral und stoppen ihre Fahrt genau in deren Mitte.

Eindrücke, wie sie unterschiedlicher nicht sein könnten, erwarten die Biker: hektischer Verkehr auf der Brücke, unter ihnen die friedlich im grünen Uferbereich mit Gebüschen gesäumte, langsam dahinfliessende Rhône.

Scheinbar wie zwei interessierte Touristen lehnen sie ans Geländer und verfolgen die schweren Transportkähne auf ihren Fahrten nach Süden und Norden. Am Boden des Brückenrandes, er hat es kurzfristig dort deponiert, liegt sein ausgeschaltetes, treues Handy. Ein kleiner Schwenker mit dem Schuh, und es verabschiedet sich unbemerkt – mit ihm auch all seine gespeicherten Daten im grünlich schimmernden Wasser der Rhône.

Ihr nächstes Ziel ist die Hauptpost von Valence, die sie wenige Minuten später erreichen. In der Telefonkabine wählt Stephan die Nummer 17.

«*Commissariat de Police Valence*», meldet sich eine Männerstimme.

Stephans Herz rast noch immer ob des Erlebten der letzten halben Stunde, es fällt ihm schwer, langsam und konzentriert zu sprechen. Er versucht es trotzdem, seinen Namen nennt er nicht: «Am Freitag, den 3. April, wurde im spanischen Marbella der Anwalt Alejandro Sanchez ermordet. Der Mörder befindet sich hier in Valence, er fährt …»

Harsch unterbricht ihn die Stimme aus dem Kommissariat. «*Monsieur, s'il vous plaît, voulez-vous me dire votre nom?*», was so viel heisst wie: «Können Sie mir Ihren Namen nennen?»

Stephan reagiert nicht auf die Aufforderung und spricht auf Französisch weiter. «Der Mörder ist hier in Valence, er fährt einen weissen Seat Toledo mit dem Schild 5773 CNS.»

Gereizt reagiert die Stimme am anderen Ende: «*Direz-moi d'abord votre nom, Monsieur!*» Er soll zuerst seinen Namen nennen.

Stephan fährt unbeirrt weiter und wiederholt: «Der Mörder fährt einen weissen Seat Toledo mit dem Kennzeichen 5773 CNS. Verhaften Sie diesen Mann, er ist in Begleitung eines Komplizen! Liefern Sie ihn nicht der spanischen Polizei aus, sie ist in den Mordfall involviert! Der Mörder hat seinen rechten Arm gebrochen, vermutlich will er sich nach Spanien absetzen.»

«*Ecoutez, Monsieur*, ohne Angaben von Ihnen werden wir nichts unternehmen können.»

«Ich kann Ihnen im Moment meinen Namen nicht preisgeben, ich bin selbst in grösster Gefahr, zu gegebener Zeit liefere ich Ihnen als Beweis auch die Mordwaffe.»

Ein Räuspern am anderen Ende signalisiert ein gewisses Verständnis für seine Erklärung.

Stephan fährt fort: «Der Täter ist zwischen 30 und 35 Jahre alt, schlank, ungefähr 1,85 m gross, hat auffällig kurz geschnittenes, dunkles Haar, dunkle Augen und trägt eine lange dunkelbraune Lederjacke. Bitte kontrollieren Sie die Strassen und überwachen Sie auch die Spitäler.»

Stephan hängt den Hörer in die Gabel.

«Das Gespräch wird automatisch aufgezeichnet», meint er zu Olivia, «mit etwas Glück veranlasst die Polizei eine Fahndung nach den Mördern. Wir sollten von hier verschwinden, die Polizei weiss nun natürlich auch, woher der Anruf stammt und sie werden in Kürze hier eintreffen.»

Im dichten morgendlichen Verkehr gelangen die beiden innert fünf Minuten erneut zum Bahnhof Valence. Kein weisser Seat ist ihnen gefolgt oder hat sie gekreuzt, von der Rückseite des Bahnhofs, durch die Unterführung gelangen sie zu den Perrons. Um 10.40 Uhr fährt ihr Zug in Richtung Paris, noch bleiben bange zehn Minuten bis zur Abfahrt.

«Olivia, die Erste-Klasse-Billetts habe ich nur zur Tarnung gekauft, auch das von mir genannte Ziel, Paris, dient dem gleichen Zweck …»

Vielleicht sagt Stephan dies auch schon zum zweiten Mal, anscheinend steht auch er unter einem gewaltigen Schock.

«Wir werden im hintersten Waggon mit unseren Bikes zusteigen und dort während der Zugfahrt bleiben, sicherlich finden wir in dieser Zone auch einen Sitzplatz. Ich beabsichtige, nur bis Mâcon, der nächsten Station nach Lyon im Zug zu bleiben, und dann auf unseren Bikes die Reise fortsetzen.»

Gedankenversunken nickt Olivia, sie scheint noch völlig gelähmt vom Ereignis vor dem Bahnhof; nicht einmal eine Stunde ist seit dem verhinderten Mordanschlag auf ihr junges Leben vergangen.

Quietschende Bremsen, der Zug fährt ein in den Bahnhof von Valence. Zum hintersten Wagen sind es nur wenige Meter. Zuerst hieven sie den Anhänger hinein, dann folgen ihre beiden Bikes und Augenblicke später schliessen sich die Türen. Der Zug setzt sich in Bewegung, gleichzeitig löst sich die zentnerschwere Anspannung der letzten Stunde.

Erst jetzt wird Stephan richtig bewusst, wie nah Olivia am Tod vorbeigeschrammt war. Nur eine Minute später vom Kiosk zurück, Olivias Leben wäre ausgelöscht und auch seine hoffnungsvolle Zukunft wäre zerstört. Diese Frau, die er ins Herz geschlossen hat, die ihm so viel bedeutet, mit der er sein restliches Leben vorstellen könnte und die ein Kind von ihm in sich trägt … einfach ausgelöscht … unerträglich, dieser Gedanke!

Stephans Beine beginnen zu schlottern, er kann sie kaum mehr kontrollieren. Lange, sehr lange, liegen sie einander in den Armen und lassen ihren Gefühlen unter heftigem Schluchzen freien Lauf.

«Stephan», mit zittriger Stimme fährt Olivia zaghaft fort: «Ohne dich wäre ich jetzt tot … einfach alles weg … alles nichts mehr.»

Heftiges Weinen lässt Olivia nicht mehr weiterreden.

«Du hast mir zum zweiten Mal das Leben gerettet.»

«Gott will nicht, dass du stirbst, Olivia, er hält schützend seine Hand über dich. Wahrscheinlich bin ich als Auserwählter damit betraut, diese ehrenvolle Aufgabe zu übernehmen.»

Vorbei fliegt die idyllische Rhône-Landschaft und wunderschönen, wechselnden Bildern im Sonnenlicht, doch sie sehen sie nicht. Minuten verstreichen und wortlos sitzen sich Olivia und Stephan mit geröteten Augen gegenüber.

«Olivia, ich werde für dich kämpfen, die Zeit passiven Flüchtens ist vorbei», sagt Stephan kämpferisch.

Vorsichtig nimmt er die in Taschentücher eingewickelte Pistole aus der Sacoche, darauf achtend, keine Fingerabdrücke zu hinterlassen. Den Schalldämpfer dreht er vom Lauf und versorgt ihn erneut am vorherigen Ort. In einem dünnen Plastiksäckchen, ohne eigene Fingerberührung und mit entsichertem Abzug wandert die Pistole in die Tasche am Rücken seines Dresses.

«Wenn noch jemand versuchen sollte, dir ein Leid anzutun – ich werde es nicht so weit kommen lassen. Es gibt nur eine Erklärung, weshalb uns die Verbrecher aufgespürt haben: nämlich über das Netzwerk meines Handys. Das ist auch der Grund, warum ich es schnellstmöglich entsorgen musste.» Olivias gerötete Augen hängen an seinen Lippen. Sie will verstehen, weshalb ihr Leben auf der Bank am Bahnhof Valence nur noch an einem seidenen Faden hing.

«Bitte Stephan, sag mir, weshalb sie uns aufgespürt haben. Du hast für alles eine Erklärung, ich vertraue dir, du wirst mich auch dieses Mal retten!»

«Olivia, gehen wir einmal davon aus, dass die spanische Polizei seit dem Mord an Alejandro alle Handygespräche nachverfolgt und registriert, die im Umkreis von einhundert Kilometern von Marbella getätigt wurden.»

Die Türe zu ihrem Abteil schnalzt zum Anschlag, Stephans Hand schnellt nach hinten.

«*Vôtres billets, s'il vous plaît.*»

Erleichterung, es ist der Schaffner auf Fahrkartenkontrolle. Stephans Handbewegung hat er glücklicherweise nicht wahrgenommen und wenn doch, dann sicher nicht richtig interpretiert.

«Es ist nicht erlaubt, in diesem Zug Fahrräder zu transportieren, bei der nächsten Station, in Lyon, müssen Sie den Zug verlassen!», murrt er.

Der Mimik des Schaffners entsprechend klickt die Zange lustlos durch die beiden Billette.

«Wir sind auf einer Radtour durch Frankreich, Monsieur, die Schwester meiner Frau liegt im Sterben. Wir müssen schnellstmöglich nach Paris zurück, diese traurige Nachricht hat uns erst vor einer Stunde erreicht», lügt er zusammen.

Die geröteten und verweinten Augen von Olivia lassen seine Begründung glaubhaft erscheinen.

«*Es tut mir sehr leid, Madame, Monsieur.*» Die Miene des Schaffners hellt sich ein wenig auf und zeigt sogar Spuren von Mitleid und Mitgefühl. «Sie müssen verstehen, dass Sie mit diesem Zug nicht bis Paris durchfahren können.» Beinahe entschuldigend seine Tonlage.

Olivia hat bisher kein Wort gesprochen und sie wird es auch nicht tun.

«Bei nächstbester Gelegenheit werden wir den Zug verlassen», versichert ihm Stephan. «Ich danke Ihnen sehr für Ihr Verständnis, Monsieur.»

Gedankenversunken, mit einem letzten Blick auf die trauernde Olivia, verlässt er das Abteil.

«Olivia, das haben wir doch gut hingekriegt, nun müssen wir bis nur noch bis Macôn durchhalten. Mit etwas Glück gelingt es uns, beim nächsten Halt in Lyon im Zug zu bleiben, der Schaffner wird wohl nicht während des Zwischenstopps in unserem Abteil auftauchen – wir werden es schaffen!»

Stephan nimmt den Faden seiner vorhergehenden Erklärung wieder auf und erzählt nochmals von vorn: «Gehen wir also einmal davon aus, dass die spanische Polizei seit dem Mord an Alejandro alle Handygespräche registriert, die im Umkreis von einhundert Kilometern von Marbella getätigt wurden. Mit einem Computerprogramm ist es möglich, diese Handykontakte über das ganze Land zu verfolgen, dabei spielt es wahrscheinlich keine Rolle, ob telefoniert wird oder nicht. Ich habe circa alle zwei bis drei Tage mit meinem Sohn Peter ein Gespräch geführt. Unser Weg durch Spanien – die Handy-Antennen sind sehr eng gesetzt, wurde also nachvollziehbar. Diese Spur seit Ronda, welche wir durch Spanien gezogen haben, ist vorerst bedeutungslos. Dein Name wurde nie erwähnt und auch meine Person war bis dahin unbekannt. Das änderte sich aber schlagartig, als der Velohändler aus Ronda seine Aussage über den Mann machte, der ein für ihn zu kleines Bike mit zu kleiner Fahrradausrüstung gekauft hat. Das hat auch dazu geführt, dass man nun wusste, für wen dieses Bike bestimmt sein könnte, wie aus Pressemeldungen bekannt wurden wir mehrfach in Roses gesehen.»

Stephan überlegt laut weiter: «Nachdem man von unserem Aufenthalt in Roses wusste und dieselbe Handynummer auch am Freitag, den 3. April in Ronda festgestellt werden konnte, bekam diese Nummer plötzlich ein Gesicht. Und man schloss daraus: Dort, wo diese Nummer auftaucht, muss auch Olivia Sanchez in der Nähe sein. Durch die niedrige Geschwindigkeit der Handyspur durch Spanien, lag es ebenfalls auf der Hand, dass die Gesuchten diese Distanz mit einem langsamen Gefährt, zum Beispiel mit einem Velo, bewältigt haben. Noch fehlte aber der schlüssige Beweis für die Behörden. Doch seit auch bekannt wurde, dass wir die jungen Leute aus dem brennenden Audi gerettet haben und auch meine Handynummer zum gleichen Zeitpunkt mit Sicherheit dort festgestellt werden konnte, war der Beweis unserer Flucht unumstösslich: Olivia, die beiden Männer in der Bucht hinter Roses waren auf der Suche nach uns! Wir haben unglaubliches Glück gehabt! Als weiterer Glücksfall sollte sich unsere Flucht mit der *Sun Odyssey* herausstellen. Auf der ganzen Fahrt auf See hatten wir keinen Handyempfang und somit bestand auch für unsere Verfolger keine Möglichkeit, uns zu orten. Erst, als wir im Golf de Fos bei Marseille an Land gingen, gelang es ihnen, wohl mit der Unterstützung der französischen Polizei, die Fährte nach uns wieder aufzunehmen.»

Sprachlos und verblüfft verfolgt Olivia Stephans Ausführungen. «Stephan, ich muss dir einfach glauben! So, wie du die Abläufe schilderst, kann ich auch alles verstehen. Glaubst du, dass wir nun nicht mehr verfolgt werden?»

«Davon können wir vorerst noch nicht mit Sicherheit ausgehen, auf jeden Fall sind die beiden Killer von Valence nicht mehr in der Lage, uns hinterherzujagen; ob ein nächstes Kommando auf uns angesetzt wird, ist eher fraglich. Ich vermute, aufgrund der Fortschritte bei den Ermittlungen zur Ermordung deines Mannes, dass sich die Schlinge um die Verbrecher mehr und mehr zuzieht und sie kaum mehr über Möglichkeiten verfügen, uns weiter zu verfolgen. Eins weiss ich mit Sicherheit: Niemand ausser uns beiden kennt unseren momentanen Aufenthaltsort, über kein Handynetz kann man unserer Spur verfolgen und keine offizielle Stelle hat mehr die Möglichkeit, uns zu orten. Vielleicht vermuten sie, in welcher Richtung wir uns nun bewegen, aber ich werde alles daransetzen, damit sie uns nicht finden!»

Ein schwaches Strahlen ihrer braunen Augen lässt ihre aufkeimende Hoffnung und den erneut erstarkten Glauben an das Gelingen ihres Abenteuers erkennen.

Der Zug rollt in den Bahnhof von Lyon, die letzte Station vor Mâcon. Olivia und Stephan bleiben im Abteil sitzen, versteckt unter dem gelben Windschutz hält Stephans rechte Hand den kalten Gegenstand für allfällige unliebsame Begegnungen einsatzbereit.

Fünf Minuten dauert das Ein- und Aussteigen. Es macht den Anschein, je näher sie sich auf Paris zubewegen, umso hektischer wird das Verhalten der Reisenden.

Eine junge Frau mit Kind und schwerem Koffer beschwert sich lautstark über die Behinderung durch ihre Bikes und den Anhänger im engen Eingangskorridor.

Normalerweise würde Stephan der Frau beim umständlichen Vorbeikommen helfen, aber dieses Mal weicht er kein Stück von Olivias Seite.

*Wenn nur der Schaffner jetzt nicht auftaucht und uns aus dem Zug wirft!*

Die Tür schliesst mit zischendem Geräusch – ein hörbares Aufatmen erfolgt bei Olivia – der Zug nimmt erneut Fahrt in Richtung Paris auf.

Die wunderschöne Landschaft dringt nun vermehrt in ihr Bewusstsein, ein erstes Mal tritt so etwas wie Wohlgefühl in ihren Geist. Der Beaujolais, der südlicher Ausläufer des Burgunds, immer in Tuchfühlung mit der Saône, fliegt an ihnen vorbei. Weinnamen wie «Moulin-à-Vent», «Saint-Amour» oder «Morgon» tauchen in Stephans Gedächtnis auf. Je mehr die Reise in Richtung Mâcon, desto vornehmer werden die Weine.

«Nur fünfundvierzig Minuten dauert die Zugfahrt für die siebzig Kilometer bis Mâcon», resümiert Olivia, «mit etwas Glück schafft es der Fahrkarten-Kontrolleur nicht mehr bis zu uns in den hintersten Wagen.»

Sie drücken einander die Daumen. Erstens kommt es anders und zweitens, als man denkt.

Bereits an der Art, wie sich die Türe öffnet, erkennt Stephan, dass der Schaffner ihnen erneut seine Aufwartung macht.

«Monsieur, Madame, das gefällt mir überhaupt nicht», beschwert er sich. «Eigentlich müsste ich jetzt Anzeige erstatten, ich will aber Nachsicht walten lassen, vorausgesetzt, Sie verlassen den Zug in Mâcon.»

«Das ist sehr verständnisvoll von Ihnen, Monsieur, besten Dank», erwidert Stephan mit Schuldgefühl in seiner Stimme.

Offensichtlich fühlen beide eine gewisse Erleichterung und auch die Absicht, die gegenüberliegende Seite verstehen zu wollen.

«Wäre es Ihnen möglich, für uns eine Anschlusszugverbindung nach Paris mit Transportmöglichkeit für unsere Fahrräder zu ermitteln, Monsieur?», bittet Stephan.

Gekonnt gleiten die Finger des Schaffners über die Tastatur seines Minicomputers.

«Das sieht sehr gut aus für Sie! Wir werden um 12.30 Uhr in Mâcon eintreffen und bereits um 12.40 Uhr haben Sie Anschluss nach Paris auf Geleise drei. Im hintersten Wagen ist Platz für Fahrräder reserviert.»

Stephan bedankt sich nochmals überschwänglich für seine Bemühungen – der Schaffner zieht die Türe ungewöhnlich sanft hinter sich zu.

Der Zug rollt in den Bahnhof Mâcon.

Wie nicht anders zu erwarten ist, leistet ihnen der Schaffner dieses Mal Gesellschaft und hilft ihnen sogar beim Ausladen von Anhänger und Bikes.

«Nicht vergessen, auf Geleise drei … in zehn Minuten erwartet Sie der Anschlusszug nach Paris!», lautet sein erneuter hilfsbereiter Hinweis.

Stephan drückt ihm die Hand, Olivia verabschiedet sich mit einem schüchternen Lächeln.

«Ich wünsche Ihnen viel Mut und Kraft in dieser schweren Zeit.»

Die Türe schliesst sich und mit einem letzten Winken entschwindet der Schaffner in Richtung Paris.

Drei Stunden zwischen Weltuntergang und Zuversicht, davon einhundertachtzig Kilometer mit dem Zug – mehr kann man einem Menschen nicht zumuten.

Welche Überraschungen erwarten sie auf den letzten einhundertsechzig Kilometern bis in die Schweiz? Sie wissen es nicht; ein bisher in dieser Form nie gekannter Druck lastet auf den beiden, die Ungewissheit Ist beinahe unerträglich.

Olivia spürt seine momentane Ratlosigkeit.

«Stephan, glaubst du noch immer an das Gelingen unserer Flucht? Wenn uns die französische Polizei aufgreift, würde ich dann an Spanien ausgeliefert werden?»

«Olivia, wir sind so nahe am Ziel ... die französische Polizei wird uns nicht aufhalten! Wir kämpfen weiter, ich bringe dich sicher in die Geborgenheit der Schweiz, mache dir keine unnötigen Sorgen, vertrau mir!»

Wunderschönes frühlingshaftes Wetter lässt wenig später die Räder fliegen, Kilometer um Kilometer geht es weiter Richtung Osten – sie nähern sich der rettenden Schweiz.

Hunger macht sich bemerkbar, es ist 14 Uhr. Seit dem Frühstück haben Olivia und Stephan nichts mehr gegessen. In einem kleinen Dorfladen decken sie sich mit Lebensmitteln ein. Sandwiches stillen die momentane Esslust und nach kurzer Pause setzen sie ihre Fahrt, nur noch das Ziel: die Schweiz vor Augen, zielstrebig und in rasanter Fahrt fort.

Die Navigation weist ihnen auf menschenleere Nebenstrassen, zwischenzeitlich ohne Teerbelag den Weg.

Die Telefonkabine einer Poststelle lässt sie anhalten. Dieses Mal wählt Stephan die Handynummer seines jüngeren Sohnes, Michael.

«Hallo, Papa – schön, dass du dich meldest!», freut er sich. «Wie geht es dir? Wahrscheinlich fährst du gleich durch bis nach Moskau!»

«Nicht so stürmisch, Michael, immerhin bin ich gut unterwegs und in ungefähr zwei Tagen werden wir Genf erreichen.»

«Warum rufst du mich nicht mit deinem Handy an?»

«Ich habe es leider unterwegs verloren, deshalb mein Anruf aus der Telefonkabine.»

«Hast du vorhin ‚wir‘ gesagt, Papa?», wundert sich Michael. «Bist du nicht allein?»

Stephan räuspert sich, wie soll er seinen Versprecher glaubhaft erklären?

«Weisst du, Michael, wenn man so lange allein unterwegs ist wie ich, gewinnen Gegenstände wie Bike, Handy und der Anhänger fast menschliche Züge ... man ist nicht allein, jemand ist immer bei dir, deshalb das ‚Wir‘.» Ohne Unterbrechung fährt Stephan weiter: «Übrigens, es könnte sein, dass mein Handy gefunden wird, und man versucht herauszufinden, wer der Besitzer ist und wo er wohnt. Ich möchte das auf jeden Fall verhindern, ich werde dir später erklären, weshalb. Es ist im Moment sehr wichtig, dass *niemand* den Besitzer des Handys ermitteln kann! Ich zähle auf dich!»

Ein leises Hüsteln folgt, aber er vernimmt aus der Hörermuschel keine Fragen.

«Orientiere auch Peter über den Verlust des Handys und die Vorsichtsmassnahme.»

Sie tauschen noch einige Nettigkeiten, dann verabschiedet sich Stephan mit den besten Grüssen an Peter und Tochter Melanie. Er freue sich auf das baldige Wiedersehen und werde sich erneut aus der Schweiz melden.

«Olivia, es ist schon ein bisschen verrückt. Es könnte sein, dass auch dieses Telefonat abgehört wurde, nicht einmal meinem Sohn darf ich die Wahrheit sagen. Die Geschichte mit meinem Handy ist eine reine Vorsichtsmassnahme und Genf ist auch nicht unser Ziel, wir werden mehr nördlich auf der Höhe des Lac de Joux in die Schweiz einreisen. Die Handynummer von Michael, die ich eben gewählt habe, ist bisher nicht bekannt und somit für einen Fahnder uninteressant.»

Die Sonne nähert sich bereits dem Horizont, als sie ihren Biwak-Platz am langsam dahinfliessenden Ain bei Pont-de-Poitte erreichen. Schier unglaubliche neunzig Kilometer haben die beiden in nur etwas mehr als fünf Stunden bewältigt und lediglich winzige siebzig Kilometer trennen sie vom Paradies!

Ihr Nachtessen erlebt eine neue Form der Abstinenz, Wein oder Süssigkeiten zum Nachtisch stehen nicht auf dem Speiseplan. Sie essen, damit sie gegessen haben; Freude kommt dabei keine auf, zu schwer lastet der Druck, das ersehnte Ziel, Schweizer Boden, zu erreichen.

Ahmadinedschad sorgt mit seiner antiisraelischen Hetzrede für einen Eklat in der UNO, neue Autokennzeichen gibt es seit dem 15. April in Frankreich und in Aquila nimmt die italienische Regierung an einer Trauerfeier für die Opfer einer schweren Erdbebenkatastrophe teil. Keine einzige Zeile widmet das französische Blatt seinem Nachbarland Spanien.

Anders in der am Bahnhof von Mâcon gekauften Zeitung «Mi Mundo». Olivia übersetzt die spannenden Zeilen:

«Im Mordfall Sanchez wird von der spanischen Zentralregierung eine Untersuchungskommission eingesetzt. Die drei mysteriösen Todesfälle von Alejandro Sanchez, Anwalt im Wirtschaftsministerium, Marcos Villa – Mitarbeiter von Alejandro Sanchez – und einem Wachmann im Aussenministerium lassen auf kriminelle Machenschaften in diesem Departement schliessen. In einem kürzlich verfassten Brief von der seit Roses nicht mehr gesehenen Olivia Sanchez (dieser wurde in Madrid abgestempelt) erklärt die Gesuchte, ihr Mann habe noch am Vorabend seiner Ermordung mit Marcos Villa ein emotionales Telefongespräch wegen vermuteter illegaler Ölgeschäfte mit einem arabischen Staat geführt. Offenbar sind ranghohe Beamte und Polizeiorgane in diesen Fall verwickelt, deshalb fürchtet auch die hübsche Olivia Sanchez um ihr Leben. Wie wir wissen, befindet sie sich mit einem nach wie vor unbekannten Mann auf der Flucht. Von Ronda, Andalusien, bis Roses, Katalanien, haben sie diese Flucht von rund 1200 Kilometern mit dem Fahrrad bewältigt. Dass sie inzwischen in Madrid Unterschlupf gefunden hat, entspringt reinen Vermutungen. – Wir werden weiter über diesen mysteriösen Fall berichten. Die Redaktion.»

Olivia zeigt Stephan den Artikel, darunter finden sich vier Fotografien mit folgendem Text: «Aussenministerium, Foto von Alejandro, Marcos Villa und dem Wachmann.»

Es sind amtliche Fotos, die Personen in dunklen Anzügen, die Gesichter beruflich seriös und ohne emotionales Lächeln.

Der Osten liegt bereits im Dunkeln, der westliche Horizont verabschiedet sich ebenfalls in wunderschönen violett-roten Farbtönen, Dunkelheit legt sich auf die Landschaft.

«Es kann sich nur noch um wenige Tage handeln, bis diese schlimme Geschichte aufgeklärt ist, Olivia. Wie bereits vermutet, glaube ich nicht, dass diese Organisation noch die Kraft hat, ein neues Killerkommando auf uns anzusetzen. Trotzdem bin auch ich sehr angespannt, heute Nacht werde ich sicherlich nicht viel Schlaf finden.»

Ein sanfter Kuss verabschiedet sie in die sternenklare Nacht.

# Montag, 27. bis Dienstag, 28. April früh

Der begonnene Frühling schickt seine Boten mit wärmeren Temperaturen und früher einsetzender Helligkeit zu ihnen. Für das zeitige Erwachen am heutigen Tag ist nicht die Jahreszeit verantwortlich, sondern die hohe Anspannung, die Olivia und Stephan kaum zur Ruhe kommen liess. Die Feststellung «ich konnte kein Auge zutun!» trifft heute hundertprozentig für Stephan zu. Auch Olivia fand keine Ruhe; einige Male unterhielten sie sich, um dann wieder für einige Minuten einzudösen und wenig später erneut ein paar Worte zu wechseln, wieder einzudösen ... und nun ist der Morgen da.

Nicht die Angst, von den Verbrechern überrascht zu werden, lässt sie keine Ruhe finden – es ist dieser ungeheure Druck, ob es ihnen gelingen wird, die letzte Wegstrecke und den Grenzübertritt in die Schweiz zu schaffen. Stephan fühlt fast schon wie in der Schweiz, saftige, grün leuchtende Wiesen begrüssen die beiden und der in den Farben eines Bergsees ebenfalls grünlich schimmernde Ain fliesst gemächlich vorbei. Sie laben an den kleinen Köstlichkeiten ihres Morgenessens.

Welch friedlichen Eindruck müsste ein Betrachter empfinden! Wenn da nur nicht diese innere Unruhe wäre, sie lässt Olivia und Stephan einfach nicht los. Ein Phänomen, wie es Strafgefangene einen Tag vor ihrer Entlassung ebenfalls erleben sollen.

«Dein Kaffee schmeckt wie immer vorzüglich, Olivia.» «Ich bewundere deinen Mut und dein Durchhaltevermögen, du bist eine sehr tapfere Frau. Ich bin glücklich, dich in Ronda getroffen zu haben. Ich möchte ...» Momente verstreichen und leicht verlegen fährt Stephan fort: «mit dir sicher und wohlbehalten in meinem schönen Land ankommen!»

Olivia lächelt, sie mag seine Worte.

«Wir müssen uns nicht beeilen, erst bei Dunkelheit oder vielleicht erst spät in der Nacht werden wir die Schweizer Grenze passieren. Die gewählte Gegend ist wenig besiedelt, sie liegt im Jura beim Lac de Joux, nördlich des Genfersees. Ich kenne einen Weg, vor einigen Jahren bin ich einmal mit dem Bike dort durchgefahren – ein Zollhäuschen mit Schlagbaum steht an der Grenze, damals war es nicht einmal besetzt. Seit die Schweiz dem Schengener Abkommen beigetreten ist, besteht sogar die Möglichkeit, dass die Zollkontrollen ganz aufgehoben wurden. Es wird heute Abend das letzte Mal sein, Olivia, dass wir unser Zelt abbrechen, den Erdabfallkübel schliessen, die Räder der Bikes aufpumpen und unsere Utensilien im Anhänger und den Sacochen verstauen.»

Eine leise Wehmut in Stephans Stimme ist nicht zu überhören.

Alsbald sitzen sie wieder im Sattel.

Mehrheitlich erfolgt die Fahrt auf Naturstrassen, dazwischen liegen vereinzelte Weiler. Oftmals begrüssen Olivia und Stephan friedliche Hofhunde, die sie einige Meter bellend begleiten. Menschen sind kaum sichtbar. Einkäufe müssen sie nicht mehr tätigen, die Verpflegung für diesen Abend und auch für das morgige Frühstück ist gesichert, die neusten Nachrichten interessieren sie im Moment auch nicht.

Nur noch die rettende Schweiz zählt.

In einem kleinen Restaurant, es werden nur zwei Menus angeboten, bestellen sie zwei deftige Omeletten mit Tomaten, Oliven, Peperoni, Käse und Artischocken. Getrunken wird Wasser vom Hahn.

Die Sonne zeigt ihr frühlingshaftes Lächeln, wären sie nicht auf der Flucht, die Reise müsste traumhaft sein!

Weiter auf nun meist ansteigenden Naturstrassen, nähern sie sich dem letzten Zwischenziel auf französischem Boden: Mouthe. Kurz vor der Gemeinde unterbrechen sie die Fahrt. Noch winzige zehn Kilometer fehlen bis zur Schweizer Grenze, und nach nochmaligen neun Kilometern könnten sie ihre Zielortschaft in der Schweiz, Le Pont am Lac de Joux, erreichen.

Durch Mouthe hindurch zur Schweizer Grenze führt eine einzige Strasse. Sie können es sich nicht leisten, dort gesehen zu werden – wer hier durchfährt, will in die Schweiz.

Stephans Hand weist nach rechts. «Dieser schmale Feldweg direkt vor uns führt über einen kleinen Umweg ebenfalls zur Zollstrasse, ihn werden wir bei Dunkelheit befahren.»

Kurz darauf haben sie sich in einem kleinen Wäldchen installiert. Nun heisst es warten und die Zeit bis zur Nacht herumbringen. Ein letztes Mal tritt der Kocher in Aktion und mit Olivias Hilfe entsteht ihre letztes Zeltmahlzeit. Die Sonne zieht sich zurück und Kälte wird fühlbar, die beiden kuscheln sich in den wärmenden Daunenschlafsack.

*Wann sollten sie aufbrechen, wann ist das Risiko einer Zoll-kontrolle am geringsten? Vielleicht müssten sie bis Mitternacht warten.*

Inzwischen ist es 23 Uhr, in der letzten halben Stunde haben sie kein einziges Automobil auf der ohnehin kaum befahrenen Strasse nach Mouthe gesehen. Sie brechen auf. Eine Umarmung als wäre es der Abschied vor der Ewigkeit. Stephan fühlt Olivias kalte Hände und das Zittern ihres Körpers. Ihm geht es nicht besser, die bange Frage, was sie in der nächsten Stunde erwarten wird, macht auch ihn völlig fertig. Das Gepäck ist verladen, der Abfallkübel geschlossen, sie sitzen auf.

Die kleinen LED-Lämpchen erhellen den Pfad gerade so viel, dass sie auf dem schmalen Feldweg den gröbsten Unebenheiten ausweichen können. Wenig später erreichen sie die asphaltierte, von Mouthe herführende Zollstrasse und rollen weiter ihrem Ziel, der Schweizer Grenze, entgegen.

Gespenstische Nachtstille umgibt die Bikefahrer, der Himmel übersät von unzähligen Sternen und kein Mond weit und breit, nur sie zwei im grenzenlosen Universum. Die Situation lässt Olivia erschauern.

Sechs Kilometer liegen hinter ihnen, näher und näher rückt die Grenze, immer unerträglicher drückt die Spannung.

Sanft steigt die Strasse weiter in Richtung Schweiz.

Wiederholt hat sich Stephan vorgängig in die Topografie eingelesen – er kennt nun jede Kurve auswendig. Das Zollhäuschen liegt in einem Waldstück im hintersten Teil einer grossen, vielleicht zwei Kilometer langen Wegschlaufe. Obwohl Stephan nicht damit rechnet, dieses mit Zollbeamten besetzt vorzufinden, möchte er diese Stelle umfahren.

Vor Beginn dieser Strassenschlaufe verlassen sie den asphaltierten Weg und wählen eine direkte Linie über Wiesen, um später durch den Wald, auf Schweizer Boden erneut auf die Zollstrasse zu schwenken.

Es bereitet einiges an Mühe, ihre Bikes mit dem Anhänger über das die Strasse begleitende, völlig ausgetrocknete Bachbett zu hieven. Auch das gelingt ihnen nach einigem gemeinsamen Schubsen und Heben. Noch steigt das Gelände sanft an, später – auf Höhe der Schweizer Grenze – wird das Terrain gegen den Lac de Joux wieder abfallen.

Ungefähr dreihundert Meter haben sie in mühsamer Fahrt über die Wiese bereits bewältigt. Aus Richtung Mouthe nähert sich ein Fahrzeug, es scheint sehr schnell unterwegs zu sein. Nur das Scheinwerferlicht ist zu sehen, weder Motorgeräusch noch Art des Automobils können sie erkennen. Die Distanz zwischen ihnen und dem Lichtkegel schätzt Stephan auf zwei bis drei Kilometer. Wenn das Fahrzeug an ihnen vorbeifährt, sind sie so weit von der Zollstrasse entfernt, dass die Insassen sie nicht sehen können; zudem wird der Lichtkegel der Scheinwerfer nicht zu ihnen, sondern in Fahrtrichtung des Fahrzeuges fallen.

*Wer sitzt in diesem Auto? Warum fährt es um Mitternacht in Richtung Grenze? Und weshalb fährt es dermassen schnell?*

Unruhig, mit ungutem Gefühl, beobachten die beiden das schnell näherkommende Fahrzeug.

Bremsen quietschen,

Ziemlich genau auf ihrer Höhe in einer Entfernung von ungefähr vierhundert Metern steht der Wagen auf der Zollstrasse still,

«*Police frontière, restez là où vous êtes!*» – «Bleiben Sie, wo Sie sind!», erschallt die forsche Stimme aus einem Megafon.

«Olivia, die müssen uns mit Nachtsichtgeräten geortet haben, auf keinen Fall werden wir anhalten! Ich muss den Anhänger abkoppeln, nur so haben wir eine geringe Chance, ihnen zu entkommen. Fahre weiter voraus in Richtung Wald!»

Nur wenig Zeit benötigt Stephan zum Abkoppeln des Anhängers, wie sonst nie vorher lässt er ihn hart auf die Wiese fallen.

Erneut folgt die Aufforderung aus dem Megafon: «*Restez là où vous êtes!*»

Der Lichtkegel des Autos schwenkt zu ihnen, um sofort nach unten wegzukippen. Beim Versuch, sie mit dem Auto zu verfolgen, muss das Fahrzeug im ausgetrockneten Bachbett festgefahren sein; dort kommt auch ein Allrad-Personenwagen nicht durch.

Das Glück scheint Olivia und Stephan zu lachen, es ist jedoch nur von kurzer Dauer. Zwei Hunde machen Jagd auf die beiden, Stephan hört ihr heftiges, schnell näherkommendes Hecheln. Noch hat er Olivia nicht eingeholt, dafür die beiden Tiere ihn– es sind kräftige Schäferhunde.

*Weiterfahren!,* treibt sich Stephan an, er darf auf keinen Fall die Fahrt unterbrechen und vor allem nicht vom Rad stürzen. Auf dem fahrenden Bike liegen die Vorteile auf seiner Seite.

Der Schmerz ist nicht gross, er spürt ihn einfach, einer der Hunde hat Stephan mit einem kräftigen Biss am Oberschenkel erwischt. Stephans volle Getränkeflasche mutiert zur wirkungsvollen Waffe. Drei Schläge auf den Kopf des Hundes, ein leichtes Jaulen folgt – er lässt von Stephan ab. Der zweite Hund riskiert keine Attacke, mit wahrscheinlich eingezogenen Schwänzen bleiben die Hunde auf der feuchten Wiese stehen. Völlig ausser Atem erreicht Stephan die ebenfalls mit letzter Kraft vor ihm in die Pedale tretende Olivia.

«Im Wald sind die Nachtsichtgeräte der Zollbeamten nicht mehr effizient, sie werden uns dort nicht orten können!», keucht Stephan.

Es müssen zwei Grenzpolizisten sein, die sie nun zu Fuss verfolgen; die beiden sich heftig auf- und ab bewegenden Lichter ihrer Taschenlampen markieren ihr schnelles Vorwärtskommen.

Bald werden Olivia und Stephan den vor ihnen liegenden Wald erreichen, noch trennen sie dreihundert Meter von den Verfolgern. Ist es Täuschung oder tatsächlich ein Pfad? Schnell nähern sie sich der Waldlichtung. Stephan fährt voran und taucht in noch tiefere Finsternis als vorhin. Es ist ein Pfad! Riesig seine Erleichterung.

«Olivia, hier durch! Es ist nicht wichtig, wohin dieser Pfad führt, wir müssen einfach die beiden Grenzpolizisten abschütteln!»

Nochmals mobilisieren sie ihre letzten Kräfte, das Terrain ist nun fast flach und ihre Bikes gewinnen an Fahrt. Ausser heftigen, keuchenden Atem und dem Knacken von brechenden Ästen unter den Rädern ist nichts zu hören.

Wieder und wieder wandert Stephans Blick in Richtung der Verfolger, keine auf- und abhüpfenden Lichter sind mehr sichtbar, anscheinend haben die Polizisten die Jagd auf die beiden aufgegeben.

Auf jeden Fall ist es Olivia und Stephan gelungen, eine beträchtliche Distanz zwischen den Polizisten und ihnen zu schaffen.

Erst jetzt wagt Stephan sein Navigationsgerät zu konsultieren. Sie sind westlich vom Kurs abgekommen und noch immer auf französischem Territorium.

«Wir müssen unverzüglich über die Grenze in die Schweiz, Olivia!»

Sie steigen vom Rad und schieben ihre Bikes circa fünfhundert Meter in südlicher Richtung bis zum Waldrand. Die Grenze müsste irgendwo hier durchlaufen, und wie sich herausstellt, glücklicherweise nicht durch Sperrzäune gesichert. Obwohl auf Schweizer Boden, würden sie die Grenzwächter ohne Hemmungen verhaften, denn eine Grauzone besteht auf jeden Fall.

Vorsichtig, auf abfallendem Gelände über die feuchte Wiese holpernd, ihre Bikes an Fahrt gewinnend, rückt die rettende Ortschaft Le Pont näher.

*Nur nicht stürzen!,* das wäre das Dümmste, was ihnen noch passieren könnte.

Wieder und wieder gilt der Blick der Zone hinter ihnen – kein verdächtiges Licht oder Geräusch verfolgt sie.

«Olivia, ich glaube, die haben die Verfolgung wirklich aufgegeben. Gleich werden wir auf der Schweizer Seite wieder die Zollstrasse erreichen.»

Endlich erneut Asphalt unter den Rädern.

Wie auf einem Luftkissen schweben sie auf der Zollstrasse dem vor ihnen liegenden Lac de Joux entgegen. Die friedlich im See spiegelnden Lichter von Le Pont leuchten den Weg, dem Paradies entgegen.

Um ein Uhr morgens erreichen sie den Bahnhof von Le Pont. Keine Menschenseele auf der Strasse, nur der Sternenhimmel leistet ihnen Gesellschaft. Sie lehnen ihre Bikes ans Geländer am Bahnhof.

Weinend und lachend liegen Olivia und Stephan einander in den Armen, niemand wird ihnen mehr etwas Böses antun können. Unbeschreiblich, dieses Glücksgefühl auf dem Bahnhofplatz, tief in der Nacht unter dem Sternenhimmel von Le Pont.

Wie lange sie innig umschlungen hier verweilen, wissen beide nicht – auf jeden Fall lange, sehr, sehr lange.

«Olivia, nun ist es an der Zeit, Peter anzurufen, er soll uns hier oben abholen!», schlägt Stephan vor.

Die Telefonkabine am Bahnhof, im schwachen Licht ist sie kaum sichtbar, hat anscheinend etwas gegen die europäische Währung und Schweizer Franken trägt er keine auf sich.

Aus dem Fenster im Obergeschoss eines nahen Gebäudes fällt schwaches Licht und erhellt die Umgebung vor dem Haus. Ein Schatten nähert sich, es ist ein Mann, der ans Fenster tritt und nach einem kurzen Blick zu ihnen das Fenster öffnet.

«Was fällt Ihnen ein, mich um dieser Herrgottsfrühe aus dem Schlaf zu reissen?», mault er.

«*Excusez-moi, Monsieur,* es tut mir sehr leid, Sie um diese unmögliche Zeit zu wecken. Ich muss ein dringendes Telefongespräch mit meinem kranken Sohn führen, könnten Sie mir nicht Euros gegen Franken wechseln? Ich gebe Ihnen einen Zwanzig-Euro-Schein und Sie mir einige Schweizer Franken dafür. Sie würden mir wirklich sehr helfen.»

Inzwischen ist auch eine Frauengestalt am Fenster erschienen, sie tuscheln miteinander.

«Kommen Sie herein, Sie können auch bei uns telefonieren, Monsieur!», bietet er an.

Genau das wollte Stephan verhindern! Was er seinem Sohn sagen möchte, ist nur für ihn bestimmt, und obwohl dieser Mann Französisch spricht – sie sind ja in der französischsprachigen Schweiz – versteht er vielleicht auch sein Schweizerdeutsch.

«Das ist wirklich sehr grosszügig von Ihnen, Sie müssen sich wirklich nicht bemühen. Ich werde dieses Gespräch in der Telefonkabine am Bahnhof führen, es könnte nämlich länger dauern.»

Nach einigem Hin und Her öffnet sich die Türe, der Herr um die vierzig mit verschlafenem Gesicht und Pyjama mustert die beiden argwöhnisch. Sein Blick gilt zuerst Olivia und verweilt dann auf der Bisswunde am linken Oberschenkel.

«Sie sind verletzt, Monsieur?»

Verflixt, daran hat Stephan nicht gedacht! Die Turbulenz der letzten halben Stunde hat den Schmerz ausgelöscht, er hat die Hundeattacke völlig vergessen.

«Es ist nur eine Schürfwunde, ich habe sie mir vorhin am Geländer beim Bahnhof eingehandelt.»

Zwanzig Euro wechseln gegen zehn Schweizer Franken in Münzgeld den Besitzer, und nach nochmaligem Entschuldigen und Bedanken verabschieden sie sich; die Frau hat Olivia und Stephan die ganze Zeit über vom Fenster aus beobachtet.

«Ich habe kein gutes Gefühl, Stephan, hoffentlich rufen die nicht noch die Polizei!», murmelt Olivia.

«Ich glaube auch nicht, dass sie mir meine Geschichte abkaufen, wir müssen dieses Telefonat tätigen und dann schnell von hier verschwinden!»

Er wählt die Handynummer von Peter, aus den Augenwinkeln beobachten sie das Fenster der beiden. Licht leuchtet keines mehr, sie wissen aber, dass vier Augen die ungebetenen Nachtruhestörer beobachten.

Schlaftrunken meldet sich die Stimme am anderen Ende, ein nicht sehr erfreutes «Wer ist am Apparat?», tönt aus der Muschel. Dann: «Papa, du! Ist etwas passiert, warum rufst du mich um diese Zeit an?»

«Peter, ich kann nicht lange sprechen, bitte höre genau zu.»

«Ich bin in Le Pont am Lac de Joux. Du musst mich hier abholen, ich bin in Begleitung. Zwei Bikes müssen auch transportiert werden, nimm einen Kleinbus aus der Firma, wir warten hier auf dich.»

«Das tönt sehr geheimnisvoll, hast du Schwierigkeiten, Papa, kann ich noch etwas für dich tun?», fragt er nun hellwach.

«Nichts wirklich Beunruhigendes, Peter, alles Weitere später. Wir warten auf der Strecke nach Vallorbe, einen Kilometer vor Le Pont auf dem grossen Parkplatz beim Restaurant Mont d'Orzeires auf dich!»

«Moment, ich notiere deine Angaben, bitte wiederhole sie noch mal!»

Das tut Stephan und fährt fort: «Du benötigst gute drei bis dreieinhalb Stunden, fahre über Bern, Murten, Yverdon – alles auf der Autobahn – und dann in Richtung Vallorbe bis hierher.»

«Ich habe alles aufgeschrieben, sonst noch etwas?»

«Ja, wir werden uns bei diesem Parkplatz verstecken, reine Vorsichtsmassnahme, erschrick also nicht, wenn du uns nicht gleich siehst.»

«Jetzt bin ich hellwach, Papa, das hört sich wirklich spannend an. Ich mache mich sofort auf den Weg.»

Stephan hängt den Hörer in die Gabel.

Das Fenster im Obergeschoss liegt noch immer im Dunkeln, dafür brennt nun im Erdgeschoss ein Licht, ob sie wohl mit der Polizei telefonieren?

«Olivia, nun schnell weg von hier!»

Es sind nur wenige Meter zur Strasse nach Vallorbe und bereits fliegen sie bei dieser Dunkelheit und mit den kläglichen LED-Lichtern fast fahrlässig schnell, die gut ausgebaute Strecke bis zum Restaurant Mont d'Orzeires hinunter. Auf dem Parkplatz hinter einer Holzbeige richten sie sich ein.

Die empfindliche Kälte, sie wird ihnen erst jetzt richtig bewusst, schleicht durch ihre dünnen Kleider. Die Sacochen dienen als Sitzkissen, sämtliche verfügbaren Kleidungsstücke ziehen sie über und lehnen gegenseitig wärmend aneinander. Der sonst so willkommene Schlafsack fristet nun ein trauriges Dasein auf dem Anhänger in einer einsamen Wiese, nicht weit von hier, auf französischem Boden.

Das ganze Ausmass der Bisswunde zeigt sich erst mit dem Hochschlagen seines Velodresses. Die Zähne vom Unter- und Oberkiefer des grossen Schäferhundes sind «kunstvoll» im Oberschenkel verewigt, sie verursachen trotz des beträchtlichen Ausmasses überraschend wenig Schmerzen. Das Reinigen und Desinfizieren der Wunden, von Olivia mit viel Feingefühl durchgeführt, dafür umso mehr. Auch das ist bald überstanden und die kleinen Pflaster sorgen dafür, dass sein Oberschenkel nicht mehr ungeschützt den Attacken von Umwelteinflüssen ausgesetzt ist.

Jupiter entschwindet im Westen, die Uhr zeigt halb zwei Uhr morgens, Peter dürfte kaum vor Tagesanbruch hier eintreffen.

«Die französische Polizei wird inzwischen den Anhänger gefunden haben und nach Indizien suchen», meint Olivia beunruhigt.

«Stephan, können sie Rückschlüsse auf uns ziehen?»

Gemeinsam rekonstruieren sie die auf dem Anhänger transportierten Gegenstände: Anhänger mit Igluzelt, Heringen, Zeltunterlage, Schlafsack, Spaten, Velopumpe, Solarpanel mit Batterien für die Stromversorgung von Handy und Navigationsgerät sowie die ganz zuoberst liegenden, jeweils der Sonne ausgesetzten beiden PET-Flaschen für ihre tägliche Dusche.

«All diese Gegenstände lassen keinen Rückschluss über die Besitzer zu, die Grenzpolizei tappt also völlig im Dunkeln», lautet ihr Fazit.

Eng aneinander gekuschelt unter dem kalten Sternenmeer sehen sie den neuen Tag herbei.

# Dienstag, 28. April, 4.50 Uhr

Stunden ohne Schlaf und bei tiefer Kälte gleichen einem nie enden wollenden Drama, ihre äusseren Extremitäten erkalten schnell, wieder und wieder wechseln sie deshalb die Sitzposition. Die Hände und vor allem ihre Füsse sind eiskalt, was weiter nicht erstaunlich ist bei nur noch sieben Grad Aussentemperatur. Ein bisschen Linderung erreichen sie, indem ihre Füsse gemeinsam in einer Sacoche mit Wäsche stecken.

Zaghaft einsetzende Erhellung im Osten verkündet den lang ersehnten neuen Tag. Ein weisser Kleinbus schwenkt auf den Parkplatz, seine Scheinwerfer tasten über das Areal.

Stephan kennt das Fahrzeug, und obwohl er den Fahrer nicht sehen kann, weiss er auch, wer es fährt. Stephans Glieder sind starr vor Kälte, entsprechend unsicher auf wackeligen Beinen eilt er seinem Sohn entgegen.

«Hallo, Peter! Super, dass du dich beeilt hast, es war sehr kalt, wir sind beinahe erfroren.»

Innig ihre Umarmung. Stephan fühlt sich glücklich in diesem Moment, ihnen kann nie mehr etwas Schlimmes widerfahren.

Vor dem Verladen der Räder und des Gepäcks lassen sie zuerst Olivia in die Wärme. Sichtlich gezeichnet von den letzten Stunden und ebenfalls starr vor Kälte, umarmt Olivia Peter.

«*Buen día,* Peter, das ist sehr lieb von dir, uns um diese unmögliche Zeit hier abzuholen.»

Peter öffnet die Schiebetüre und hilft Olivia ins Fahrzeug.

«Du bist Spanierin?!»

Er erwartet keine Antwort, aber die Verblüffung ist Peter ins Gesicht geschrieben. Wahrscheinlich hat er mit Vielem gerechnet, nur nicht damit, seinen Vater in Begleitung einer jungen Spanierin anzutreffen. Die Heizung lässt Peter unter Volllast laufen, während Bikes und Sacochen im Laderaum ihren Platz einnehmen.

«Fährst du oder soll ich fahren, Papa?»

«Ich bin froh, wenn du fährst, Peter.»

Wortlos setzt sich das Fahrzeug in Bewegung, nur das Brummen des Dieselmotors, das Abrollgeräusch der Pneus und Säuseln des Windes um die Seitenscheiben begleiten sie auf den Kilometer in

Richtung Zürich. Olivia und Stephan geniessen die wohlige Wärme im unkomfortablen Kleinbus wie Flüchtlinge, die man aus einem schaukelnden Boot in kalter See an die Wärme einer Erste-Klasse-Kabine gerettet hat.

«Papa, du blutest ja am Bein, hast du dich verletzt?»

«Ich werde dir gleich alles erklären, aber zuerst muss ich dir eine lange Geschichte erzählen.»

«Was wir seit dem 3. April erlebt haben, tönt wie eine fantasievolle Kriminalgeschichte, doch sie ist Realität und entspricht der reinen Wahrheit. Diese Geschichte hat mein Leben völlig umgekrempelt.»

Stephan beginnt mit dem Erzählen bei dem Moment, wo Olivia in Ronda vor sein Bike gesprungen ist, er berichtet alles in französischer Sprache, denn Olivia soll an ihrem Gespräch ebenfalls teilnehmen.

Peter sagt kein Wort, er hört Stephan nur zu und murmelt dazwischen einige Male: «Das kann doch nicht wahr sein!»

Wenig später erklärt er: «In einer Tagesschau-Sendung Anfang April wurde von einem Mordanschlag auf einen spanischen Anwalt im Aussenministerium in Madrid berichtet, seither fehle von seiner Ehefrau jede Spur. Dann dürfte diese junge Frau auf unserem Rücksitz die Ehefrau des ermordeten Anwalts sein.»

«So ist es.»

«Wow! Ich werde verrückt, dann hast du mit Olivia die Flucht ohne fremde Hilfe und nur mit euren Bikes von Ronda bis in die Schweiz geschafft!»

Wieder und wieder wandert sein Blick unter Kopfschütteln im Rückspiegel zu Olivia. «Das ist der helle Wahnsinn, Papa. In einer kürzlich ausgestrahlten «Tagesschau» wurde von weiteren ungeklärten Todesfällen im spanischen Aussenministerium berichtet, man hat auch ein Foto der vermissten, schönen Frau im Fernsehen gezeigt. Und die schöne Frau sitzt nun tatsächlich hinten in unserem Bus. Wisst ihr, dass man befürchtet, Olivia sei ebenfalls Opfer dieser Verbrecher geworden. Ihr müsstet beide in grösster Lebensgefahr gestanden haben, unglaublich!»

«Peter, die Gefahr ist noch nicht völlig gebannt, die Täter sind noch immer auf freiem Fuss.»

Jetzt erzählt Olivia von den Geschehnissen am verhängnisvollen Freitagmorgen. Mehrmals unterbricht sie mit erstickender Stimme die Ausführungen, sie will tapfer sein, kann aber ihre heftigen Gefühlsausbrüche nicht unterdrücken.

«Peter, fahr ein bisschen langsamer, ich setze mich hinten neben Olivia!»

Sie lehnt sich an Stephan, er hält ihre Hände, und sie erzählt weiter von ihrem traumatisierenden Erlebnis bis zu ihrer ersten gemeinsamen Nacht im Zelt.

Der Diesel arbeitet sich vernehmlich an der Autobahnsteigung dem Neuenburgersee entlang. Eine Stunde sind sie unterwegs, Stephan hat die Zeit nicht wahrgenommen, das Erlebte nachzuerzählen, lässt alles um ihn herum verblassen. Kurz vor Bern, die Episode mit dem Kentern ihres Gummibootes ist gerade an der Reihe, unterbricht ihn Peter.

«Ich hatte in den letzten vierzehn Tagen mindestens zwei dubiose Anrufe auf meinem Handy. Die Männerstimmen sprachen Spanisch, ich glaube, die wollten nur wissen, mit wem sie verbunden sind. Ich melde mich nie mit Namen, und solche Anrufe unterbreche ich jeweils sofort. Vielleicht handelt es sich um diese Verbrecher, aber ich kann dich beruhigen, Papa, die wissen nach diesen beiden Anrufen genauso wenig wie vorher.»

Olivia lehnt sich fester an Stephan, sie ist eingeschlafen. Sanft dreht er sie etwas seitwärts, ihr Kopf liegt nun auf seinem Schoss. Intensives Glücksgefühl empfindet Stephan auf dem Rücksitz ihres Firmenbusses, sie fühlt sich geborgen und er darf sie beschützen. Nur sie beide wissen um ihr kleines Geheimnis.

«Wir sollten uns etwas leiser unterhalten, ich gönne Olivia die Ruhe, die letzten beiden Tage haben sie sehr gefordert.»

Wenige Kilometer vor Zürich neigt sich Stephans Fluchtgeschichte dem Ende entgegen, die letzten drei Stunden waren sehr anstrengend und auch er ist nun todmüde.

«Papa, so eine spannende Story hat mir noch niemand erzählt, es grenzt an ein Wunder, dass ihr beiden noch lebt! Ich bewundere dich und Olivia – was ihr durchgestanden habt, ist einzigartig! Du hast Spuren bei ihr hinterlassen, ich fühle, dass sie dich mag, und ich glaube, auch dich hat es ein wenig erwischt!»

Sein wohlwollendes Lächeln ist nicht zu übersehen.

Vorsichtig fährt Peter bei herrlichem Morgensonnenschein ihr Gefährt auf dem Kiesweg zur Garageneinfahrt und parkiert in der Tiefgarage.

«Da steht ja derselbe Mercedes, den Alejandro gefahren hat!»

Noch schlaftrunken steigt Olivia mit Stephans Unterstützung aus dem Bus und sie treten hinein.

«Dieser edle Flügel, die herrliche Aussicht auf den See … ist das der Zürichsee?», will sie wissen, und: «Verdienen Verkaufsleiter in eurem Land so viel Geld?»

Ein leises Lächeln entlockt ihre Feststellung seinem Munde. Olivia, die weltgewandte, in höchsten Kreisen verkehrende Schönheit, zeigt hier ein unschuldiges, fast kindliches Befinden.

«Habe ich etwas Ungeschicktes gesagt, Stephan?»

Er schliesst sie in seine Arme und sagt nichts; sie weiss, was er für sie empfindet.

«Ihr müsst wirklich beinahe am Verhungern sein.» Peter trägt ein Tablett mit Aufschnitt, Käse, Konfitüre und verschiedenen Broten sowie dazu fein duftendem Kaffee ins Wohnzimmer. «Ich werde heute nur für euch beide da sein. Darf ich für Olivia einige Kleidungsstücke einkaufen? Ihr werdet dann morgen sicherlich auf grosse Einkaufstour nach Zürich gehen.»

«Sind wir den hier nicht in Zürich?», fragt Olivia erstaunt.

«Eigentlich schon, das ist Herrliberg, eine Vorortgemeinde von Zürich.»

«Dein Haus ist wunderschön», erwidert sie beeindruckt. «Dieses riesige Badzimmer, die Ankleide, das einladende Schlafzimmer und diese herrliche Aussicht auf den Zürichsee. Ich bin überwältigt!»

«Wenn ihr nichts dagegen habt, möchte ich euch heute Abend ein Nachtessen zubereiten. Michael wird sicherlich auch mit dabei sein! Wir haben Grund, eure Rückkehr gebührend zu feiern. Ruht euch inzwischen aus.»

Frühlingssonne schmeichelt ihren Sinnen, Olivia geniesst die Dusche, um sich anschliessend im grossen Ehebett einzunisten.

Halb im Dämmerschlaf fragt sie noch: «Auf welcher Seite hat deine Frau geschlafen, hat sie Klavier gespielt?»

Die Antwort hört sie nicht mehr, ruhige Atemzüge begleiten ihren verdienten Schlaf.

Endlich findet auch Stephan einen Moment der Ruhe. Er atmet tief durch, die hektischen Ereignisse der letzten Stunden haben auch ihn sehr gefordert. Die Bisswunde am Oberschenkel rückt erst jetzt wieder in sein Bewusstsein. Sie blutet inzwischen nicht mehr. Noch gut sichtbar sind die Abdrücke der Zähne des grossen Schäferhundes, glücklicherweise hat sich bisher keine Entzündung gebildet und ein Nähen der Wunden ist ebenfalls kaum notwendig.

Eigentlich müsste er ebenfalls völlig erschöpft ins Bett fallen, aber zwei wichtige Telefonate wollen zuerst noch erledigt werden; er macht einen Termin bei seinem Freund Marco, Chefarzt an der Frauenklinik in Zürich, zur Zeit ihrer Ehe pflegten sie eine intensive Freundschaft, und einen beim befreundeten Polizeikommandanten.

Breites Lächeln einer strahlenden Olivia in neuem Kleider-Outfit löst ihn aus der Traumwelt, «Ich habe herrlich geschlafen.»

Stolz präsentiert Olivia ihren neuen Look: Sie trägt eine weisse Bluse, einen dunkelblauen Pullover sowie enganliegende dunkelblaue Jeans mit dunkelbraunen Stiefeletten.

«Dein Sohn hat wirklich Geschmack! Sogar die, Mi Mundo' hat mir Peter mitgebracht.»

«Toll siehst du aus, Olivia!»

«Was würde ich machen ohne dich, Stephan, ich muss mich fast ein bisschen schämen. Du rettest mir das Leben, bringst mich in ein Paradies, und nun auch dein Sohn … ihr seid einfach wunderbar!»

Rote Kerzen verzaubern wenig später die Abendstimmung, der Tisch ist mit Frühlingsblumen geschmückt und vier erwartungsvolle Menschen sitzen sich einander gegenüber. Langsam gleitet der Korken aus der Flasche. Der Hobbykoch Peter hat ganze Arbeit geleistet. Zwei Gabeln, zwei Messer und ein Löffel lassen auf drei Gänge schliessen, wohlwollend erwarten sie seine kulinarischen Überraschungen.

«Und die Hunde haben von dir abgelassen, da habt ihr unglaubliches Glück gehabt!»

Michael, häufig sprachlos vom noch einmal berichteten Geschehenen, nimmt ebenfalls aktiv am Gespräch teil: «Weisst du, Papa, irgendwie beneide ich dich ein bisschen. Da triffst du die attraktive Olivia», ein leises Zwinkern mit den Augen, «und du erlebst ein Abenteuer, wovon Menschen sonst ein Leben lang träumen.»

«Euer Vater ist wirklich einzigartig, in Momenten grösster Verzweiflung hat er mir Mut zugesprochen, und wenn in einer fast aussichtslosen Situation die drohende Gefahr abgewendet war, haben wir oft sogar wunderbare Momente erlebt.»

Olivia küsst Stephan zärtlich. Vielsagend lächeln seine beiden Söhne, Stephan liebt solche von Olivias warmer Herzlichkeit umgebenen Augenblicke.

«Morgen haben wir wieder einen anstrengenden Tag. Wir werden shoppen gehen, den Coiffeur besuchen, Olivia möchte ja wieder in strahlender Schönheit erscheinen.»

Den Besuch beim Frauenarzt erwähnt Stephan vorerst noch nicht. Und gegenseitig herzlich umarmend, es ist inzwischen kurz nach Mitternacht, verabschieden sie sich, die beiden Söhne entschwinden ins Obergeschoss.

«Stephan, ich fühle mich sehr wohl, auch in der Umgebung deiner Söhne», sagt Olivia lächelnd. «Sie sind eigentlich genauso, wie ich sie mir aufgrund des Fotos vorgestellt habe. Du kannst dich glücklich schätzen! Unser kleiner Liebling in meinem Bauch wird uns sicherlich auch einmal viel Freude bereiten.»

Ihre Worte gefallen ihm, sie spürt, was er fühlt.

# Mittwoch, 29. April

Geräusche aus der Küche, der Duft des Kaffees und die durch die Vorhänge sanft einfallenden Sonnenstrahlen eröffnen den wunderbaren neuen Tag. Kleine Blümchen auf dem Frühstückstablett, das von Olivia mit Hingabe zubereitet wurde, tragen das ihre zum Gelingen eines idealen Starts in den Tag bei, als sie Stephan das Frühstück ans Bett serviert.

«Ich habe inzwischen die ‹Mi Mundo› gelesen, Stephan. Ein hoher Polizeioffizier im Aussenministerium wurde in Untersuchungshaft genommen. Man vermutet schwerwiegende Vergehen in seiner Amtsführung und bringt ihn ebenfalls in Verbindung mit dem Mord an Alejandro. Ich hoffe, dass der Mord an meinem Mann bald aufgeklärt wird. Erst dann fühle ich mich wirklich sicher.»

Sanft streichelt seine Hand die ihre, sie liebt die zärtliche Liebkosung.

«Ich möchte heute Morgen meine Eltern anrufen, es muss schrecklich für sie sein, nicht zu wissen, wo ihre Tochter ist und ob sie überhaupt noch lebt.»

«Dieses Telefongespräch dürfen wir nicht von meinem Haus aus tätigen», warnt Stephan.

Eine halbe Stunde später betreten sie am Hauptbahnhof Zürich eine öffentliche Telefonkabine.

«Olivia, lass dir Zeit, geniesse das erlösende Telefongespräch mit deinen Eltern!», rät er ihr. «Ich warte inzwischen draussen, aber sag deinen Eltern nicht, in welcher Stadt du dich befindest und verrate auch nichts über meinen Wohnsitz. Das Gespräch wird sicherlich abgehört.»

Mindestens eine halbe Stunde hat das Telefonat gedauert, bis sich Olivia neben Stephan auf die Bank an der Sonne setzt. Sie scheint bedrückt und erleichtert zugleich.

«Die Freude meiner Mutter war riesig, sie war nahe an einem Zusammenbruch, ich mache mir Sorgen um ihren Gesundheitszustand. Sie wollte alles wissen: Wie es mir geht, wie all das Schreckliche passiert ist, wo ich mich aufhalte und wer dieser unbekannte Mann sei, mit dem ich gesehen wurde. Sie weiss auch, dass ich nach wie vor in grosser Gefahr bin, ganz Spanien ist von meiner Unschuld überzeugt, nur die Behörden scheinen zu schlafen. Den Brief von mir haben meine Eltern nie erhalten. Diese Tatsache erhärtet zusätzlich den Verdacht, dass Teile der spanischen Polizei in den Mordfall verwickelt sind. Immerhin seien erste Verhaftungen im Aussenministerium erfolgt, noch liegen aber keine Geständnisse vor, sagt meine Mutter. Sie weine jeden Tag und bete für mich und Alejandro, auch Papa sei psychisch sehr stark angeschlagen. Aber diese Nachricht von mir mache sie beide unglaublich glücklich, hat sie mir versichert. Sie freut sich wahnsinnig darauf, wenn ich wieder zurück in Madrid bin und sie mich in ihre Arme schliessen kann. Zum Abschied waren ihre Worte: ‹Mein Leben fängt wieder von vorne an, komm bald heim zu uns, du bist unser liebstes Kind›.»

An seine Schultern gelehnt, mit Tränen in den Augen, kämpft die aufgewühlte Olivia mit ihren Gefühlen. Längere Zeit verweilen sie wortlos auf der Bank an der Sonne.

«Es wird alles gut, Olivia, ich weiss es, du wirst wieder glücklich werden und ich möchte dabei an deiner Seite stehen.»

Ein hoffnungsvolles, herzliches, noch immer mit Tränen besetztes Lächeln gleitet über ihr jugendliches Gesicht und sie schmiegt sich noch näher an Stephan.

Viele Modegeschäfte auf der Bahnhofstrasse mit bunten Modeauslagen in den Schaufenstern laden zum Eintreten ein. Eine dieser Boutiquen hat es Olivia besonders angetan.

«Stephan, darf ich hier etwas für mich einkaufen, ich möchte aber, dass du mich begleitest.»

Glücklich hält ihm Olivia beim Verlassen der Boutique die beiden Einkaufstaschen entgegen.

«Du bist sehr grosszügig, Stephan.»

Sanft fühlt er ihre sinnlichen Lippen.

Nun machen sie sich auf die Suche nach einem innovativen Damen-Coiffeurgeschäft.

«Mein ehemals dunkelbraunes Haar hat mir eigentlich sehr gefallen, am liebsten möchte ich es in meine ursprüngliche Haarfarbe zurückfärben.»

«Ich entsinne mich noch an die schöne Frau in Ronda, diese Farbe schmeichelt dir sehr, da hast du vollkommen recht. Im Moment würde ich mit diesem Schritt aber noch warten, denke nur an die noch immer nicht gefassten Mörder. Mach doch etwas Verrücktes, warum sie nicht einmal blond färben?»

Kurz vor Mittag, Stephan sitzt im Strassencafé an der wärmenden Sonne, eilt eine attraktive Blondine auf ihn zu.

«Gefalle ich dir noch immer, Stephan?», lacht Olivia.

Sie setzt sich neben ihn, ihr Haar glänzt in einem verführerischen Hellblond und ist in Stufen geschnitten.

«Wow, Olivia, du siehst auch in Blond umwerfend aus, herzlich willkommen!»

Einige Meter entfernt, in einem lauschigen Restaurant an der im Sonnenlicht herrlich blau leuchtenden Limmat, essen sie etwas Kleines zu Mittag.

Wiederholt lächelnd, auch bewundernd, fixiert Stephan sein Gegenüber, ihre ausdrucksstarken dunklen Augen und das Hellblond passen nicht so recht zueinander, trotzdem ist ihre Ausstrahlung einzigartig anziehend.

«Du lachst mich doch nicht etwa aus?»

Ihre Stimmlage und ihr Schmunzeln lassen keinen Zweifel daran, dass sie genau weiss, wie umwerfend Stephan sie findet. Was hört eine Frau lieber als, dass sie einzigartig und unendlich begehrenswert ist? Und diesen Gefallen tut er Olivia nur zu gerne.

Noch ist ihre Shoppingtour nicht zu Ende. Hand in Hand schlendern sie durch die malerischen Gassen des Zürcher Niederdorfs. Sie stehen vor dem Schaufenster einer Unterwäsche-Boutique.

«Darf ich da auch noch etwas Kleines einkaufen?»

«Ich warte dann hier in der Umgebung auf dich, Olivia! Nur los, du sollst dich wohlfühlen!»

«Bitte, bitte, Stephan ...» Sie fasst ihn bestimmend am Arm.

«Ich will, dass du mich begleitest, ich möchte etwas Schönes für dich kaufen.»

«Herzlich willkommen die Dame und der Herr!», werden sie freundlich begrüsst.

Die hübsche Verkäuferin versteht ihren Job, Dessous in Schwarz, Rot und Dunkelblau, immer sinnlich glänzend, gleiten durch Olivias Hände – sie entschwindet in der Kabine.

«Möchte der Herr einen Kaffee oder auch ein Glas Prosecco?»
Stephan entscheidet sich für ersteres.

«Stephan, schau doch bitte mal kurz herein.» Olivia hält den Vorhang der Kabine einen Spalt breit offen.

«Eigentlich bräuchte ich *jetzt* ein Glas Prosecco!»

Olivia trägt einen Stringbody, die Brüste im Körbchen erregend hochgepusht, einen Strapsgürtel, verführerische Nylons und dies alles in glänzend schwarzem Satin.

«Gefalle ich dir ein wenig?», fragt sie lächelnd und sinnlich provozierend. Sie weiss mit ihrem Auftritt fesselt sie ihren Geliebten. Die geschickte Verkäuferin hat sich in den Nebenraum zurückgezogen.

«Ich bin sprachlos.»

Olivias Hand wandert auf Stephans Körper nach unten. An einer bestimmten Stelle verweilt sie ein bisschen länger.

«Ich gefalle dir!», schmunzelt Olivia. «Das macht mich so glücklich!»

«Nun möchte ich doch ein Glas Prosecco!», ruft Stephan der Verkäuferin zu.

Sie stellt zwei Gläser auf den Glastisch, Olivia verweilt noch einen Moment bei den schönen Auslagen.

Wieder auf der Strasse, ergreift sie seinen Arm, sie schmiegt und kuschelt sich übermütig an Stephan heran. Erinnerungen an seine kleine Melanie werden wach, als sie damals ihre Tochter mit einem Spielzeug oder sonst einem kleinen Geschenk überraschten.

Vor einem Geschäft mit roter Aufschrift und abgedunkeltem Schaufenster verzögert Olivia erneut ihren Schritt.

«In einem solchen Geschäft war ich noch nie, Stephan. Kommst du mit mir hinein, ich bin so neugierig – du hast mich auf Ideen gebracht, die ich vorher nicht gekannt habe.»

Verlegen lächelnd zupft Olivia an seinem Ärmel.

Zwei Männer sind gerade dabei, fantasiefördernde Erotikhilfsmittel zu prüfen.

Der Bereich «Erziehung» hat es Olivia angetan.

Stephan erkennt ein Glänzen in ihren Augen, während sie den Regalen entlang schreiten.

«Alles Gegenstände, die für eine intensive Ozelot-Therapie geeignet sind. Ich bin sprachlos. Auch diese hier, die wohl eigentlich eher in einen Pferdeshop gehören, machen mich ein wenig kribbelig.» Olivia hilft Stephan beim Auswählen einiger schöner Spielsachen für sie beide. Stephan spürt ihre Erregung und freut sich mit ihr auf intensive Lusterlebnisse. Dem Herrn an der Kasse legt Stephan die ausgewählten Gegenstände vom Einkaufskorb auf die Theke.

«Stephan, nur einen kleinen Wunsch habe ich, lass uns bitte nicht alles gleichzeitig ausprobieren», grinst Olivia dann draussen. «Ich habe grosses Vertrauen in dich und überlasse es ganz dir, was du mit mir anstellen möchtest, du bist mein Meister.»

Beide haben das Bedürfnis eilig, nach Hause zu kommen.

Das Schlafzimmer empfängt sie im sanften Licht der bereits tiefer stehenden Sonne, ihre Strahlen leuchten im warmen Rotbraun und das Bett lädt zum Kuscheln ein.

«Ich liebe es, deinen Fantasien ausgeliefert zu sein, Stephan. Deine Lust ist auch meine Lust, ich bin so neugierig auf das, was du dir für mich ausgedacht hast! Der Ozelot muss doch immer wieder auf den rechten Weg gebracht werden!», meint Olivia mit gespielter Sorge.

Wogende Brüste heben und senken sich im Rhythmus ihrer Atmung.

Sie darf geniessen, endlos lang, so lange, wie es Stephan bestimmt.

Sanft gleiten seine Lippen über ihren erregten Körper.

«Stephan, bitte, bitte, erlöse mich!», fleht sie. «Ich halte es nicht mehr aus, du machst mich verrückt, bitte … mach alles, was du willst, lass mich …»

Olivia spricht nicht mehr weiter, ihre Wonne bestimmt nun den Rhythmus, beide sind nur noch fliessende Lust.

# Donnerstag, 30. April

Wohlig rekelt sich Olivias eleganter Körper in der dunkelroten Satinwäsche.

«Ich kann nicht genug kriegen von dir, liebster Stephan. Deine Liebkosungen lassen mich nicht mehr los, ich muss mich sehr zusammennehmen, dir nicht wieder um den Hals zu fallen ... ich bin süchtig nach dir!»

Dieses Mal ist es Stephan, der den Morgenkaffee ans Bett trägt. Ein Arrangement mit Blümchen und verspielt angeordneten Broten sind Olivia vorbehalten, aber Käse und Konfitüre von Stephan serviert, lassen Olivia trotzdem schmunzeln und ihre Gefühle für Stephan sind deshalb nicht weniger intensiv.

«Heute erwartet uns ein reichlich ausgefülltes Programm, Olivia: Um zehn Uhr dein Termin in der Frauenklinik, am Nachmittag bin ich beim Polizeikommandanten und zum Nachtessen sind wir bei Juana und Conrad eingeladen. Conrad ist langjähriger Geschäftsfreund und wie ich in der Metallbranche tätig, er ist Zulieferer unserer Firma. Seine hübsche Frau Juana ist Spanierin, sie ist 38 Jahre alt, er hat sie seinerzeit in Barcelona kennengelernt. Die beiden haben zwei bezaubernde Kinder im Alter von neun und zwölf Jahren.»

Einige Stunden später ruft die Arzthelferin Stephans Namen. «Der Chefarzt erwartet Sie in seinem Besprechungszimmer.»

«Hallo, Stephan, schön dich wieder einmal zu sehen! Komm, setz dich!», fordert ihn der Arzt auf.

Olivia sitzt in entspannter Haltung bereits wieder angekleidet am Tisch und lächelt Stephan entgegen. Die Unterhaltung wird in Französisch geführt.

«Also, Frau Sanchez ist bei bester Gesundheit. Die Schwangerschaft verläuft, soweit ich es bisher beurteilen kann, völlig normal.» Und an Olivia gewandt: «Ich bin selbstverständlich gerne bereit, Sie weiterhin zu begleiten, ich fühle mich geehrt, Sie zu meinen Patientinnen zählen zu dürfen.»

«Muss ich mich im Bereich der Ernährung speziell verhalten?», möchte Olivia wissen.

Diese und weitere Fragen um ihre Schwangerschaft werden von Marco bereitwillig beantwortet.

In der Türe drücken sie einander die Hand zum Abschied.

«Marco, es würde mich und Beatrice sehr freuen, wenn wir euch bald einmal zu einem Nachtessen einladen dürften.»

«Das wäre super, wir kommen sehr gerne, mach uns doch einen Vorschlag.»

Sie verabreden sich bereits für einen der nächsten Abende.

Von Westen her zieht eine dunkle Regenfront in Richtung Zürichsee. Schon bald fallen erste Regentropfen; die Blätter der Buchen und Eichen verwandeln sie in dieses einladende und gemütliche Geräusch, welches Stephan beim Einschlafen oft wohlige Gefühle bereitet.

«Weisst du, Olivia, wir leben im schönsten Land der Welt. Das häufig wechselnde Wetter müssen wir akzeptieren, aber für übermorgen ist schon wieder Sonnenschein angesagt.»

Geborgen im Schutze eines grossen Regenschirmes begeben sie sich auf den Weg zum Italiener.

Der «Barbaresco» im grossen Schwenker, Olivia gönnt sich nur ein kleines Schlückchen zum Anstossen, mundet vorzüglich zu den italienischen Köstlichkeiten.

«In der Frauenklinik musste ich nur noch wenige Ergänzungen auf den Formularen anbringen, an alles hast du gedacht – auch an Fragen der Krankenkasse», freut sie sich. «Sogar der Chefarzt persönlich nimmt sich Zeit für mich. Du bist sehr fürsorglich Stephan, ich bin dir unendlich dankbar.»

Das Büro des Polizeikommandanten ist das pure Gegenteil von demjenigen bei Marco am Morgen. Alles ist sehr sachlich und zweckbezogen, das wenige Mobiliar wurde nach ergonomischen Gesichtspunkten ausgerichtet, die Schreibmappe mit dem Schreibset sauber eingemittet. Selbst der Computer-Bildschirm steht im korrekten Winkel zum Chefsessel und an den Wänden hängen eingerahmte Diplome und Bilder von feierlichen Momenten im Polizeikorps.

Vor ihnen, im Lack des Mahagonitisches, spiegelt sich das Schildchen «Werner Hartmeier, Polizeikommandant Stadt Zürich».

Stephan kennt Werner aus seinem Service-Club, er ist ein Mann der Tat, durchsetzungsstark, loyal, wird weit über den Kanton hinaus geschätzt und ist bei den weniger Gesetzestreuen hingegen sehr gefürchtet. In seinem gestrigen Telefongespräch hatte Stephan Olivias Fall bereits ausführlich dargelegt. Entsprechend vorbereitet ergreift Werner das Wort.

«Frau Sanchez darf auch ohne Aufenthaltsbewilligung vorerst in der Schweiz bleiben. Von dieser Seite aus besteht im Moment kein Handlungsbedarf. Bei meinen Nachforschungen über den Fall Sanchez habe ich, obwohl ein Rechtshilfeabkommen mit Spanien besteht, keine Auskünfte erhalten. Aus Erfahrungen mit spanischen Behörden muss ich davon ausgehen, dass sich auch zukünftig wenig daran ändern wird. Hingegen weiss ich mit Sicherheit, dass bezüglich deiner Handynummer», hier wendet er sich direkt an Stephan, «keine Nachforschungen eingeleitet wurden. Wenn du wirklich nur die Nummer deines Sohnes gewählt hast und er sich nicht zu erkennen gab, kann auch eine spanische Behörde keine Rückschlüsse auf seine Person und den Wohnort herstellen.»

Werner nimmt sein Aufzeichnungsgerät in Betrieb. Olivia äussert sich zum genauen Hergang der schrecklichen Tat und gibt ein genaues Signalement des Täters ab. Mehrmals unterbricht sie unter Tränen ihre Ausführungen.

Stephan wird erneut bewusst, wie knapp sie auch in Valence am Tod vorbeigeschrammt ist, es war ja derselbe Mann, der Alejandro in Marbella umgebracht hatte. Die bedrückende Vorstellung, was am Bahnhof hätte geschehen können, erschüttert Stephan erneut, er zittert am ganzen Körper und kämpft ebenfalls mit den Tränen.

Werner zeigt menschliche Züge, er geht sehr beruhigend und besänftigend auf Olivia ein.

«Den Tathergang haben Sie sehr ausführlich beschrieben, Frau Sanchez, das war fast schon professionell! Mit Ihrer Zeugenaussage vor Gericht wird es sehr eng um diesen skrupellosen Killer werden.»

Nun folgt sogar ein anerkennendes Lächeln, als Werner die Pistole mit dem Schalldämpfer vorsichtig durch seine Hände gleiten lässt.

«Du hast an alles gedacht, Stephan, und sogar das Corpus Delicti in einem Plastik-Säckchen eingewickelt. Unsere Spurensicherung wird sich freuen.» Anerkennendes Grinsen zeichnet das Gesicht des Polizeikommandanten.

«An jenem verhängnisvollen Freitag», fährt Werner fort, «nachdem du Frau Sanchez' Handy auf dem Anhänger eines Sattelschleppers deponiert hattest, wurdest du nach dem Trucker-Parkplatz von einem Automobil überholt. Wenig später fuhr vermutlich das gleiche Fahrzeug in langsamer Fahrt wieder Richtung Ronda. Ihr beide wart bereits auf dem Weg den Hügelzug empor zu eurem Biwak-Platz. Verdeckt durch den Wald konnten euch die Insassen des Automobils nicht mehr sehen. Mit grösster Wahrscheinlichkeit waren jene Autoinsassen auf der Suche nach Ihnen, Frau Sanchez. Zu jenem Zeitpunkt, die Verbrecher mussten ja nicht zuerst den Zeitungsbericht der Samstagausgabe abwarten, wussten sie bereits Bescheid über eure Flucht nach Ronda. Dass der Velofahrer plötzlich wie vom Erdboden verschluckt war, könnten sie auch selbst mit Ihrem Verschwinden in Verbindung gebracht haben. Das würde auch erklären, weshalb in der Folgenacht ein Fahrzeug, nur wenige hundert Meter von eurem Biwak entfernt, auf dem abgelegenen Strassenstück auftauchte und Halt machte. Offensichtlich hatten sie nach etwas Bestimmten gesucht. Ihr hattet einen riesigen Schutzengel, ihr beide!»

Er nickt und fährt fort: «Besonders bedrohlich beurteile ich die Situation in Roses, als die beiden Männer in dieser einsamen Bucht auftauchten. Sie haben sich hervorragend verhalten und kühlen Kopf bewahrt, Frau Sanchez. Die beiden weiter vom Hügelzug aus zu beobachten und erst mit der Taschenlampe auf Stephans Leuchtzeichen zu reagieren, als sie auf der Rückseite der Bucht eintrafen, war genial.»

Olivias Augen glänzen, ihr Händedruck spricht Bände.

«Wenn ich Ihnen noch einen Rat geben darf, Frau Sanchez: Meiden Sie öffentliche Anlässe und behalten Sie vorerst Ihre blonde Haarfarbe, sie steht Ihnen übrigens sehr gut!»

Dieser Charmeur! Stephan hat nicht gewusst, dass sein Freund und strenger Polizist auch noch ein Auge für schöne Frauen hat. Olivia scheint seine Bemerkung jedenfalls zu gefallen.

«Denken Sie daran, bei Telefongesprächen nach Spanien immer von öffentlichen Kabinen aus zu telefonieren, erwähnen Sie auf keinen Fall, wo Sie derzeit wohnen, und geben Sie auch keine Hinweise auf Stephans Person! Diese Telefongespräche werden von den spanischen Behörden mit Sicherheit abgehört. Sollte irgendetwas Aussergewöhnliches geschehen oder machen Sie eine beunruhigende Feststellung, dann rufen Sie mich unverzüglich an.»

Zwei Kärtchen mit der Aufschrift «Werner Hartmeier, Polizeikommandant Stadt Zürich» und seinen Kontaktdaten schiebt er über den Mahagoni-Glanz zu ihnen. Sie tauschen noch einige Nettigkeiten aus und vereinbaren, weitere Informationen beim nächsten Lunch im Service-Club zu diskutieren.

Die kühlnasse Witterung empfängt sie auf dem Weg ins Parking «Hohe Promenade». Seit dem Ereignis in Valence reagiert Stephan hypersensibel auf jede noch so kleine Ungereimtheit ausserhalb stabiler Wände. Er sieht hinter jeder Hausecke einen Killer lauern und in jedem vorbeifahrenden Automobil einen potenziellen Mörder mit grässlicher Visage.

Wahrscheinlich leidet er bereits an Verfolgungswahn. Erst wenn die Mörder hinter Schloss und Riegel sitzen, kann er «herunterfahren» und den Weg in die Normalität wiederfinden.

Olivia scheint diesen Vorfall von Valence besser verarbeiten zu können als Stephan, ihr Schutzengel ist jederzeit bei ihr.

Um halb acht abends werden sie bei Juana und Conrad erwartet.

Olivia freut sich riesig auf diese Einladung und stürzt sich in ihr neu erstandenes Outfit; die Möglichkeit, wieder einmal mit einer Landsmännin zu plaudern, trägt ihr Übriges zur Vorfreude bei.

Langsam rollt Stephans Mercedes vor das schöne Haus an der gegenüberliegenden Seite des Zürichsees.

«Ich bin sprachlos, Stephan, kennst du eigentlich nur wohlhabende Leute?»

Der einladende Ton des Gongs ertönt und aus dem Innern des Hauses nähern sich übermütige Kinderstimmen.

«Hallo, Onkel Stephan, hallo, Olivia!»

Die Kinder hüpfen und klammern sich an Olivia und Stephan und drücken ihnen stürmisch Küsse auf ihre Wangen.

Mit einem herzhaften «Dankeschön!» nehmen sie die zwei lustigen Malbüchlein von Olivia entgegen.

«Ihr beiden seid aber gut erzogen, da haben Mama und Papa sicherlich viel Freude mit euch!»

Olivia zieht sie in ihren Bann, sie fassen links und rechts ihre Rockzipfel und begleiten sie lachend ins Wohnzimmer.

«Die Kinder hast du bereits auf deiner Seite, Olivia!»

Auch auf Spanisch hat Stephan die einladenden Begrüssungsworte Juanas verstanden.

«Hallo, Stephan, du bist ja eine unglaubliche Nummer!», wendet sie sich ihm zu. «Ihr werdet viel zu erzählen haben heute Abend!»

Lachend und ebenfalls mit Wangenkuss begrüssen sie Juana und Conrad.

Die Hand vor ihrem Mund, in nachdenklicher Pose, sinniert Juana vor sich hin. «Olivia, du glaubst es nicht, aber ich habe den Eindruck, als ob wir uns kennen müssten – irgendwie kommst du mir bekannt vor.»

«Vielleicht habe ich eine Doppelgängerin», meint Olivia lachend. «Es ist wirklich das erste Mal, dass ich in der Schweiz bin.»

Aus der Küche dringen Düfte, welche Stephan das Wasser im Munde zusammenlaufen lassen und die sanfte Hintergrundmusik trägt zusätzlich zum begeisternden Empfangserlebnis bei.

Auch das Wohnzimmer verbreitet Gemütlichkeit. Warme, in hellen Brauntönen gehaltene Farben an den Wänden, der Parkettholzboden, Kerzenständer mit roten Kerzen in den Ecken, die Designer-Polstergruppe in rot-schwarzem Leder und der feierlich gedeckte Tisch zaubern ein einladendes Ambiente.

«Juana, du bist eine Perle!», freut sich Stephan. «Da lade ich mich eigenständig zum Kennenlernen mit Olivia ein und du empfängst uns, als würde der spanische König persönlich seine Aufwartung machen!»

«Du Schmeichler», lacht sie, «pass nur auf, Olivia – seinem Charme kann man nicht widerstehen! Er wird dir die unmöglichsten Geschichten erzählen und am Schluss glaubst du sie auch noch.»

Conrad benutzt die kurze eintretende Pause, um die Gläser mit dem fein prickelnden Champagner in ihre Hände zu drücken.

«Zum Wohle und herzlich willkommen ihr zwei! Von Stephan habe ich eigentlich nur gehört, dass er über ein unglaubliches Erlebnis

Bekanntschaft mit Olivia gemacht hat, wir sind sehr gespannt auf eure Geschichte!»

«Kinder, nun ist aber genug, Olivia kann ja nicht einmal in Ruhe ihr Glas halten!», tadelt Juana.

«Wie du siehst, gefällst du ihnen, sie haben dich bereits ins Herz geschlossen», flüstert Stephan Olivia in einem unbemerkten Moment zu.

Natürlich wurde alles auf Spanisch gesprochen, aber dem Sinn nach versteht er all die wohlgemeinten Worte. Begleitet von Juana verabschieden sich die lebendigen Kinder ins Bett.

«Eure beiden Kinder sind wunderbar, ihr seid richtiggehend zu beneiden, Conrad!», freut sich Olivia.

«Dann hast du noch keine Kinder», lacht er. «Manchmal können sie auch nerven, aber auf jeden Fall sind wir glücklich mit unseren Nervenbündeln.»

Einige belanglose Diskussionen um Wetter und Börsengang sind ihre Themen, bis Juana mit der Vorspeise wieder im Esszimmer erscheint: Artischockenherzen mit schwarzen Oliven, pikanten Hackfleischbällchen und Serrano-Schinken zieren nun den feierlich gedeckten Esstisch. Würdevoll entkorkt Conrad den edlen «Meursault». Genüsslich stossen sie an, ein wenig fehlt ihnen das übermütige Wesen der Kinder.

«Was wir euch erzählen möchten, ist sehr traurig und es tut uns leid, dass wir eure liebevolle Einladung mit unseren Ausführungen belasten müssen. Wir haben das Bedürfnis, jemand Ehrlichem eine schlimme Geschichte anzuvertrauen und ausser den Eltern von Olivia und Werner Hartmeier weiss niemand davon.»

«Meinst du den Polizeikommandanten?», fragt Conrad staunend.

«Ja, den meine ich.»

Einen Moment lang herrscht betretenes Schweigen, fast ungläubig und mit ernsten Gesichtszügen genehmigen sich die beiden einen kräftigen Schluck aus dem Schwenker. Auch Juana weiss nicht so recht, wie sie auf seine Aussage reagieren soll.

«Ich musste mit ansehen, wie mein Mann ermordet wurde. Es war am 3. April in Marbella, wir waren auf der Rückreise nach Madrid …»

«*Jetzt* weiss ich, woher ich dich kenne, Olivia!», sprudelt es plötzlich aus Juanas Munde. «Du bist die Ehefrau von Alejandro Sanchez, dem ermordeten Anwalt im Aussenministerium?!»

Olivia nickt und Tränen bahnen sich den Weg über ihre edlen Gesichtszüge.

«Mama, warum weint Olivia?»

Grosse, dunkelbraune, fragende Augen schauen ums Eck am Eingang zum Esszimmer. In ihrem herzigen hellblauen Pyjama mit grossem aufgesticktem Elefanten überrascht uns die kleine Elena mit ihrer kindlichen Rührseligkeit.

Olivia schliesst sie in ihre Arme und möchte sie scheinbar nie mehr loslassen.

«Du solltest doch schon lange schlafen, kleines Fräulein!» Juanas schnelle und klare Antwort wirkt besänftigend auf das kindliche Gemüt. «Weisst du, in der Familie von Olivia ist vor Kurzem jemand gestorben und jetzt ist sie sehr traurig. Jetzt aber Marsch, ins Bett mit dir!»

Juana begleitet die süsse Kleine erneut ins Bett und kurz darauf sitzen sie wieder vollzählig am Esstisch.

«Wahnsinn, ich verfolge dieses Drama schon seit einem Monat», sagt Juana fassungslos. «Ganz Spanien steht hinter dir, Olivia und alle leiden mit dir! Seit längerer Zeit hat man kein Lebenszeichen mehr von dir erhalten, Befürchtungen wurden laut, dass dir das gleiche Schicksal wie deinem Mann widerfahren sein könnte. Ich bin überglücklich, dass du unversehrt hier bei uns bist! Oh, wie ich dich mag», ruft sie laut, «du glaubst nicht, wie ich die vergangenen Wochen gelitten habe – jeden Tag sass ich zur Nachrichtenzeit am Bildschirm vor dem spanischen Fernsehen.»

Sie alle stehen nun am Tisch, beinahe feierlich ist der Moment. Gerührt schliessen Juana und Conrad Olivia in ihre Arme und alle weinen.

«Olivia, wenn es dich nicht zu sehr belastet, erzähl uns alles! Schütte dein Herz aus, wir sind für dich da.»

Olivia fährt fort, wie sie auf der gegenüberliegenden Strassenseite der Avenida de Ricardo Soriano in Marbella dem Mörder ins Gesicht schaute, und in diesem Moment wusste, dass ihr Leben nur noch an dem sprichwörtlich seidenen Faden hing. Sie berichtet, dass der

Mörder wegen des hektischen Verkehrs die Strasse nicht sofort überqueren konnte und der kleine Vorsprung ihr noch knapp genügte, um den Bus zu erreichen.

Wieder und wieder sind verblüffte Ausrufe von Conrad und Juana zu hören: «Das darf doch nicht wahr sein, Olivia!» oder «Einfach unglaublich!»

Olivia beschreibt den Moment und ihre Gefühle, als sie völlig durchnässt und halb erfroren in Ronda auf Stephan traf. «Ich konnte mich nicht an die Polizei wenden; ein nahes Hotel aufzusuchen, kam auch nicht in Frage und einen Automobilisten anzuhalten, war ebenso riskant. Ich sehe noch den Mann im heftigen Regen mit seinem Bike und dem schwer beladenen Anhänger auf mich zufahren. Ein Mann, der mit Velo und Anhänger bei diesem heftigen Regen unterwegs war, musste stark sein und ganz sicher gute Charaktereigenschaften haben. Dann stellte sich heraus, dass er nicht einmal Spanier war und ganz bestimmt keinen Bezug zum Mord an Alejandro haben konnte. Er fragte mich, ob ich in seinem Zelt übernachten wolle. Ich habe ihm vertraut und bin einfach mitgegangen, ich war total am Ende, ich hatte keine andere Wahl.»

Inzwischen steht der köstlich duftende Hauptgang auf dem festlich gedeckten Tisch: Gedünstetes Seezungenfilet, mit Reis, Auberginen, Paprika, Zucchini und Tomaten garniert und dazu erneut ein Spitzenwein aus spanischer Provenienz schmeicheln den Gaumen aller Anwesenden.

«Die folgenden Stunden bleiben für mich unvergesslich. In seinem Zelt wärmte er mich, versorgte mich mit Essen und zeigte sich sehr fürsorglich und als vorbildlicher Gentlemen. Stephan ist einfach wunderbar! Er hat mir das Leben gerettet und mir Mut gegeben, wieder an meine Zukunft zu glauben.»

Olivias Hand streichelt sein Haar und sanft berühren ihre Lippen seinen Hals. Einander zulächelnd nehmen Juana und Conrad die langsam wiederkehrende Lebensfreude Olivias zur Kenntnis. Mit den verschwundenen Tränen darf die Gastgeberin die wohlverdiente Anerkennung für ihr erlesenes Nachtessen nun ebenfalls in Empfang nehmen.

Der Abend nimmt seinen Lauf, die Stunden verfliegen im Nu.

Juana weiss sehr genau Bescheid über diesen bizarren Mordfall, sie hat die spanischen Presseinformationen richtiggehend aufgesogen.

«Deine Briefe mit den Schilderungen des Tatherganges wurden im Fernsehen gezeigt», erinnert sie sich, «und dann habt ihr beide sogar noch zwei junge Menschen vor dem sicheren Tod gerettet! Fotos von dir sind überall im Umlauf! Ich nehme an, die blonde Haarfarbe hast du dir als Tarnung zugelegt, ich hätte dich sonst sofort erkannt.»

«Olivia, du trinkst sehr wenig, magst du den spanischen Wein nicht?», fragt Conrad auf einmal. «Als Juana damals in Erwartung war, hat sie kaum Wein getrunken ... du bist doch nicht etwa schwanger?», fragt er sie ganz unverblümt.

«Also, Conrad, du bist sehr indiskret, das geht uns ja wohl wirklich nichts an!», fährt seine Gattin ihm dazwischen.

Olivia antwortet nicht, Stephan auch nicht ... beide lächeln, so wie man eben lächelt, wenn man etwas zu verbergen hat, das Freude bereitet.

«Die Spanierinnen scheinen es uns angetan zu haben, Stephan!», grinst Conrad nun und auch Juana freut sich mit Olivia und Stephan.

Conrad erzählt zu fortgeschrittener Stunde seine Geschichte, die sein Leben veränderte, als er vor Jahren in Barcelona zwei Tage auf Geschäftsreise war. Im Zentrum der Metropole bediente ihn an der Rezeption des Hotels eine äusserst attraktive junge Frau.

«Ich war sofort gefangen von ihr. Ihr langes dunkles Haar, die ausdrucksstarken dunklen Augen und ihre sinnliche Erscheinung liessen mich nicht mehr los. Unsere Blicke trafen sich und das Feuer loderte in mir. Bereits eine Woche später checkte ich wieder in ihrem Vier-Sterne-Hotel ein, für drei Tage. Angeblich für eine erneute Geschäftsreise, aber der einzig wahre Grund war, dass ich diese bezaubernde Frau an der Rezeption kennenlernen wollte.»

Juana schmunzelt. «Als gutaussehenden Mann im schicken Anzug und gewinnendem Auftreten warst du auch nicht zu übersehen, Conrad.»

«Jeden Tag verliess ich das Hotel mit Anzug und Aktenmappe. Stellt euch vor, wie ich mich mit dieser Aufmachung auf der Flaniermeile Las Ramblas bewegte, die Gaudí-Basilika Sagrada Familia oder das Joan-Miró-Museum besuchte und am Abend als viel beschäftigter Geschäftsmann ins Hotel zurückkehrte.»

Der köstliche Wein rinnt durch ihre Kehlen – abgesehen von Olivias natürlich. Die Stimmung ist gelöst, herzhaftes Lachen erfüllt den Raum. Alle fühlen sich pudelwohl.

«Am zweiten Abend wagte ich den Schritt, meine Herzdame zum Nachtessen einzuladen.» Conrad will weiter berichten, doch seine Frau unterbricht ihn: «Ihr müsst wissen, auch ich hatte Feuer gefangen und gehofft, der interessante Mann, der da meinen Puls in Wallung brachte, würde mich zu einem Rendezvous einladen.»

Dann ergriff Conrad wieder das Wort. «Das Nachtessen in einem flippigen Restaurant, Juana kannte dieses intime Lokal, brachte uns sehr, sehr nahe. Wir waren vernarrt ineinander, es galt nur noch, den Widerstand ihrer Eltern zu brechen. Juana war von ihnen auserkoren worden, als Leiterin des Hotels die Familientradition fortzuführen. Ihr Bruder sprang glücklicherweise in die Lücke und bereits drei Monate später haben wir, mit dem Segen von Juanas Eltern, in Barcelona geheiratet.»

Juana serviert das Dessert. Sie ist stolz auf ihre Eigenkomposition: eine Crema Catalana. Und zum Schluss, inzwischen steht der Zeiger auf 0.30 Uhr, noch eine ebenfalls spanische Spezialität: Frischkäse aus Ziegenmilch und Honig als Beilage.

Bei aufgeräumter Stimmung erzählt Juana enthusiastisch von ihrem spanischen Frauenverein.

«Alle zwei Wochen treffen wir uns, meist zu einem geselligen Nachtessen. Das nächste Mal will ich dich mitnehmen, Olivia, du musst auf jeden Fall mitkommen, es wird dir sehr gefallen.»

«Oh, da komme ich sehr gerne mit, Juana, ich freue mich schon jetzt darauf!», lacht Olivia.

Conrad und Stephan ziehen im Wintergarten genüsslich an den kubanischen «Robustos». Auf dem Clubtisch, in grossen Cognacschwenkern, leuchten im Dimmlicht rot-braun die edlen Rémy Martins.

Die Stimmen aus der Küche gleiten später wie Balsam durch Stephans Seele.

*Da haben sich zwei Freundinnen gefunden!*

Geräusche von Geschirr erklingen, dann wieder das Stakkato der schnell sprechenden Spanierinnen mit dem sympathischen «kch-kch», welches immer wieder durch herzhaftes Lachen unterbrochen wird.

Es ist Zeit zum Aufbruch. Innig umarmen sich die beiden Frauen beim Abschied.

«Es war wunderbar bei euch, wir haben uns sehr wohlgefühlt, wir werden uns in nächster Zeit sicherlich öfters sehen – das nächste Mal bei uns!»

Olivia sitzt am Lenkrad und fährt den Mercedes über die Quai-Brücke auf die andere Seeseite durch das fast menschenleere Zürich.

Die warmen Lichter der Strassenlampen spiegeln sich im Fluss, das Grossmünster mit seinen Doppeltürmen wacht erhaben über ihnen, diese Nachtstimmung könnte nicht schöner sein.

Die beiden Autos seiner Söhne stehen in der Tiefgarage, als Olivia den Wagen parkt.

Das übliche Ritual Zähne putzen, rein in den Pyjama und hineinschlüpfen ins einladende Bett. Nicht so an diesem Abend! – Es ist bereits zwei Uhr morgens!

Olivia steht in atemberaubendem, lachsfarbenem Negligé im Türrahmen, die heute gekauften Stilettos an ihren Füssen machen diese aufreizende Frau noch erotischer.

Der elegante Hauch von Nichts verhüllt viel und zeigt doch alles.

Im diffusen Licht des Schlafzimmers bewegen sich wogende Brüste auf Stephan zu.

«Stephan, setze dich bitte hierhin!», fordert sie.

Er sitzt auf der Bettkante, sie fasst ihn an den Schultern und drückt ihn bestimmend rücklings aufs Bett.

Weich fühlen sich ihre einladenden Lenden auf seinem Schoss an. Sie sitzt gut und sicher, heftig beben ihre verhüllten, lustvollen Brüste.

«Du bist ein ganz, ganz böser Junge, Stephan – du hast mir gar nicht gesagt, dass du der Besitzer dieser Stahlbaufirma bist», schmollt sie. «Das kann ich so nicht gelten lassen!»

Sie beugt sich weiter vor und hält nun auch seine Arme ausgestreckt auf dem Bett.

«Ein ganz böser Junge bist du.»

Sanft lässt sie die Hüften kreisen, ihr Atem wird schneller und heftiger. Ihre Brüste berühren seinen Körper und genussvoll lässt er ihre Verführung über sich ergehen. Olivia richtet sich auf, den Rücken leicht im hohlen Kreuz, ihre Hüftbewegungen werden heftiger und sind nun nicht mehr rhythmisch.

Stephans Hände folgen ihren erregenden Konturen unter dem Negligé nach oben. Sanft umfassen sie ihre vollen Brüste, intensiver werden ihre Hüftausschläge, Stephans Hände werden ebenfalls bestimmender und je mehr Olivia die Kontrolle verliert, umso heftiger fühlt sie seine Macht.

Ihren Kopf hat sie in den Nacken geworfen, ihre Gesichtszüge sind verzerrt – herrlich, wie Olivia vom Lustrausch erfasst wird und sich stöhnend und schreiend der Lustwelle hingibt!

Seine Söhne müssen alles mitbekommen haben: ihr Vater im Sexrausch mit der schönen Olivia.

Erschöpft legt sich seine Liebste auf Stephans Körper, er zieht die Daunendecke über die beiden und noch immer eng umschlungen tauchen sie ein in einen erfüllenden Dämmerschlaf.

# Freitag, 1. Mai

Aus der Küche dringen entfernt die Stimmen seiner beiden Söhne Peter und Michael beim Frühstück. Olivia ist inzwischen ebenfalls aufgewacht, sie lächelt.

«Stephan, ich habe toll geschlafen! Ich glaube, es ist besser, wenn wir mit unserem Frühstück noch ein bisschen zuwarten.»

Sie verstehen einander, und ohne es auszusprechen, wissen beide, weshalb sie im Moment seinen Söhnen nicht begegnen möchten. Neckisch zieht Olivia an seinem Pyjama.

«Deine Art, wie du letzte Nacht auf meine Frage geantwortet hast, ist sehr, sehr erregend und erfüllend!»

«Ich werde mir nun jeden Tag etwas Neues ausdenken, ich kann deine Reaktionen kaum erwarten.»

Eng schmiegen sich ihre einladenden Rundungen an seinen Körper.

«Olivia, ich habe mir überlegt, wie wir die nächsten Tage gestalten könnten. Ich möchte dir die Schweiz ein bisschen näherbringen. Vorerst die Gegend rund um den Zürichsee, zum Beispiel mit einem Besuch der Region Einsiedeln; dann müssten wir die herrliche Aussicht vom Uetliberg über den gesamten Zürichsee geniessen, aber auf eine Dampfschifffahrt sollten wir vorerst aus Sicherheitsgründen noch verzichten. Zürich bietet auch kulturell viele Highlights: Die Tonhalle oder das Opernhaus wird dich begeistern, zurzeit wird die ‹Zauberflöte› mit dem Orchester der Oper Zürich gespielt. Aber an solchen Anlässen dürfen wir uns im Moment leider auch noch nicht zeigen – erinnerst du dich an die Empfehlung von Werner Hartmeier?»

«Wie sehr ich Mozart liebe», sagt Olivia wehmütig, «ich selbst spiele Mozart, auch Chopin lässt mein Herz höherschlagen. Darf ich den Flügel benützen, Stephan? Ich habe mich in meiner Jugend noch gegen die Musikausbildung gewehrt, anscheinend sind die Gene meiner Mutter doch vorhanden und klassische Klaviermusik erfüllt auch mich mit grosser Freude. Deinem Lächeln entnehme ich, dass du nichts dagegen einzuwenden hast.»

«Olivia, alles, was zu deiner Freude beiträgt, macht auch mir Freude! Heute Morgen werde ich meine Firma besuchen. Wenn es dir möglich ist, würden wir uns zum Mittagessen beim Italiener treffen? Die Mercedes A-Klasse darfst du zukünftig für dich behalten.» Du willst sicherlich auch einiges unternehmen und entdecken. «Stephan, ich habe das alles nicht verdient, du bist so grosszügig zu mir. Mit meinem Gewissen kann ich das kaum vereinbaren, aber es freut mich unglaublich!»

Herzlich der Empfang in seiner Firma und schmeichelnde Worte einiger Geschäftsleitungsmitglieder: «Chef, wir haben dich vermisst!» oder «Viertausend Kilometer mit dem Bike, das muss zuerst jemand machen, herzliche Gratulation!»

Ein grosser Blumenstrauss schmückt Stephans Schreibpult. Peter empfängt ihn in seinem Büro. Lachend. «Das ging aber bei euch beiden ziemlich heftig zu letzte Nacht, da kann ich nur noch dazulernen, Papa! Unsere Zahlen entwickeln sich sehr erfreulich, Bestellungseingang, Umsatz und Ertrag konnten wir weiter steigern. Besonders die Auslandaufträge aus Deutschland und Österreich entwickeln sich prächtig.»

Unter Einbezug der vollzähligen Geschäftsleitung widmen sie die nächsten Stunden der langfristigen Strategie ihres Unternehmens und kurz vor Mittag macht sich Stephan auf den Weg zum Italiener.

Olivia erwartet Stephan, bereits am gedeckten Tisch sitzend, und begrüsst ihn mit einem herzhaften «Hallo, Stephan». Sanft ist ihr Kuss auf seinen Mund. Sie erzählt von ihrem Telefongespräch mit Juana und dem für heute Nachmittag geplanten Besuch bei deren bester Freundin in Zürich, ebenfalls einer Spanierin.

Genüsslich entschwinden die kleinen Köstlichkeiten in ihren Mündern und nach einem feinen italienischen Espresso für Stephan und einem Tee für Olivia, verabschieden sie sich in den Nachmittag.

Das Damoklesschwert der noch nicht gefassten Mörder hängt noch immer über ihnen. Der Faden, inzwischen durch sein Haus und die Unterstützung wertvoller Menschen hier «inzwischen eine veritable Schnur», bietet mehr Sicherheit, noch können sie sich aber nicht hundertprozentig sicher fühlen.

«Um 14 Uhr werde ich nochmals Werner Hartmeier treffen», sagt er zum Abschied. Er drückt Olivia fester als sonst an sich, es fällt ihm schwer, sie loszulassen.

Einen Monat lang waren sie unzertrennlich, kaum länger als eine oder zwei Stunden hat er sie alleingelassen und jetzt diesen Nachmittag ohne «seine» Olivia … sie wird ihm fehlen.

Der Mahagonitisch im Büro des Polizeikommandanten glänzt wie beim letzten Mal, als ob nie jemand daran arbeiten würde. Herzhaft lächelnd empfängt ihn Werner und eröffnet sofort die neusten Erkenntnisse im Falle Sanchez: Es lägen bereits erste Ergebnisse bezüglich der Fingerabdrücke auf der Pistole vor und über die Entwicklung in Spanien könne er ihm ebenfalls einige Informationen liefern.

«Die Fingerabdrücke auf der Pistole könnten nicht besser sein. In unserem Archiv finden sich keine übereinstimmenden Hinweise über die Täterschaft, das überrascht mich jedoch nicht, denn wie du weisst, erhalten wir keine Auskünfte von den spanischen Behörden. Hingegen konnte unsere ballistische Abteilung mehrere aus der Pistole abgefeuerte Schüsse nachweisen, alle in einem Zeithorizont von zwanzig bis dreissig Tagen. In der spanischen Regierungszentrale in Madrid brodelt es anscheinend gewaltig. Sieben Personen, teils hohe Politiker, und zwei hochrangige Polizeioffiziere wurden gestern verhaftet. Ihnen wird, wie von Frau Sanchez beschrieben, angelastet, an einem gross angelegten illegalen Ölhandel beteiligt zu sein und den Mordanschlag auf Alejandro Sanchez geplant und ausgeführt zu haben. Auch die von Frau Sanchez erwähnten beiden mysteriösen Todesfälle passen in das Schema dieses Komplotts. Ich rechne damit, dass der Fall sehr bald geklärt sein wird. Die Fingerabdrücke auf der Waffe und die Waffe selbst leisten wertvolle Hilfe, Stephan. Da hast du ganze Arbeit geleistet. – Übrigens, was wird Frau Sanchez nachher unternehmen, reist sie wieder zurück nach Spanien?», möchte er abschliessend wissen. «Ich habe da einen leisen Verdacht, dass zwischen dir und ihr mehr ist als nur eine lose, zufällige Beziehung.»

Sie schauen einander wortlos in die Augen.

«Dir entgeht anscheinend nichts, Werner», grinst Stephan.

Eben noch im Begriff, einander zu verabschieden, sitzen sie nun erneut am glänzenden Mahagonipult und Stephan gesteht ihm: «Diese Frau berührt mich mehr, als mir eigentlich zustehen würde.

Ich habe Feuer gefangen wie ein zwanzigjähriger Junge! Ich wünschte mir, dass sie hier bei mir in Zürich bliebe.»

Werner lächelt erneut, nicht wie ein Polizist normalerweise lächelt, sondern wie ein Freund, mit dem man sich austauschen kann.

«Ich hatte bei deinem Besuch mit Frau Sanchez den Eindruck von gegenseitiger Zuneigung. Weisst du, meine langjährige Erfahrung hat mein Auge geschult und ich täusche mich eigentlich selten. Es sind oftmals kleine Gesten, die jemanden verraten, ein besonderer Ausdruck im Gesicht, ein zuneigungsvoller Blick, die Wärme der Stimme oder die Wahl eines Wortes. Die Chance, dass sie bei dir bleibt, erachte ich als wirklich gross, Stephan. Ich beurteile sie als charaktervolle Frau mit hohem Bildungsstand, dabei ist sie äusserst attraktiv.»

Die Worte Werners sind gut gemeint, aber sie machen es Stephan eigentlich nur noch schwerer.

«Wir haben uns gestern bei einem Geschäftsfreund zu einem geselligen Dinner getroffen. Seine Gattin ist Spanierin, die beiden Frauen haben sich hervorragend verstanden. Jetzt versuche ich, in Zürich einen Standort für eine Boutique für Olivia zu finden, sie ist Modedesignerin und Mitbesitzerin einer gut gehenden Modeboutique in Madrid. Ich möchte, dass sie auf nichts verzichten muss!»

«Du wirst es schaffen, Stephan – alles, was du in deinem Leben an die Hand genommen hast, ist dir geglückt.»

Mit einem herzlichen Händedruck verabschieden sie sich und wenig später sitzt Stephan erneut im Büro seiner Firma.

Noch immer wird die Planung einer langfristigen Strategie diskutiert. Peter signalisiert die Bereitschaft, seine volle Energie dem Weiterausbau der Firma zu widmen.

«Papa, heute Abend habe ich ein Rendezvous mit Petra, Michael wird ebenfalls nicht zu Hause sein. Ihr müsst also beim Nachtessen ohne uns auskommen, aber ich glaube, dass ihr beiden das schafft werdet!» Dabei zwinkert er frech mit den Augen.

Herzhaft lachend verabschieden sie sich die beiden.

Die Melodie der «Kleinen Nachtmusik» erfüllt wenig später gedämpft die Parkgarage. Stephan bleibt im Wagen einen Moment lang sitzen und lauscht den harmonischen Klängen.

Olivia scheint in dieser Musik aufzugehen, sanft und mit viel Gefühl spielt sie am Flügel im Wohnzimmer, sie frönt ihrer neu entdeckten Leidenschaft.

Freudig und ein bisschen stürmisch empfängt sie Stephan im Wohnzimmer.

«Stephan, es war ein sehr schöner Tag, den ich erleben durfte! Mit dir am Mittagstisch und am Nachmittag der Besuch bei Juanas Freundin Paloma. Wir waren gemeinsam beim Einkaufen. Die Auswahl an feinen Broten und Käsen sind einzigartig in Zürich, da mag auch Madrid nicht mithalten», erzählt sie begeistert.

Den Esstisch hat Olivia mit den erlesenen Broten verziert, diverse Käsesorten verspielt auf dem Teller aufgereiht und verschiedenfarbige Blümchen und rote Kerzen in kleinen Ständern – Rot scheint ihr sehr zu gefallen – laden zum genussvollen Verzehr ein.

«Paloma ist in der Nähe von Santander am Golf von Biskaya aufgewachsen. Ihr Ehemann, auch Spanier, ist Geschäftsführer einer spanischen Versicherungsgesellschaft mit Auslandhauptsitz in Zürich. Schon über zehn Jahre leben sie in Zürich, sie haben ihre zweite Heimat hier gefunden.»

Um halb acht sitzen Olivia und Stephan vor dem Fernseher bei der «Tagesschau».

Die üblichen Meldungen, meist negative, die eigentlich niemand braucht, flimmern durch das Wohnzimmer.

Olivia scheint Stephan zu beobachten, irgendeine unerklärliche Spannung liegt in der Luft. Was bedrückt sie?

Die Moderatorin wechselt zum Auslandteil. Bilder eines lebensfreudigen jungen Paares, Stephan hat den Eindruck, ihnen schon einmal begegnet zu sein, ziehen vorbei; unglaublich! Das sind Aufnahmen von Olivia mit Alejandro. Stephan ist völlig überrumpelt und sein Herz rast.

«In der Madrider Regierungszentrale konnte ein gross angelegtes Mordkomplott aufgedeckt werden», sagt der Sprecher. «Darin verwickelt sind hohe Regierungsbeamte und hohe Polizeiorgane. Ein Wirtschaftsanwalt im Aussenministerium wurde, wir berichteten bereits mehrmals in den vergangenen Tagen, nachdem er ein gross angelegtes illegales Ölgeschäft aufgedeckt hatte, vor einem Monat in Marbella auf offener Strasse erschossen. Seine Frau, Zeugin dieses

Mordes, stand auch auf der Liste der Verbrecher. Von ihr fehlt nach wie vor jede Spur. Die geständige Täterschaft, welcher noch zwei weitere Morde angelastet werden, bestreitet hingegen, mit dem Verschwinden von Frau Sanchez in Verbindung gebracht zu werden.»

Olivia muss schon alles gewusst haben! Das erklärt diese unerklärliche Spannung vor einigen Minuten.

Mechanisch wandert Stephans Finger zur Taste «Off» der Fernbedienung.

Dieser Moment, auf den sie beide so sehr gehofft haben, ist nun eingetreten. Er müsste jubilieren vor Freude, doch im Moment stürzt sie Stephan in tiefe Depression. Er ist hellwach und blickt in grosse dunkelbraune, wunderschöne Augen. Seine nun folgenden Worte fallen ihm sehr schwer, er stottert beim Sprechen.

«Olivia, die Gefahr ist vorüber, du bist frei, du darfst alles machen und hingehen, wohin du willst!»

Das «frei» und «alles machen und hingehen, wohin du willst» bringt Stephan kaum über seine Lippen.

«Olivia, wir hatten eine schwere, aber auch wunderschöne Zeit. Ich möchte, dass es so weitergeht, ich möchte, dass du ...»

Olivia lächelt, es ist das wunderschönste Lächeln der Welt. Sie lehnt sich an ihn, ihre Arme umschlingen seinen Hals und ihre Lippen lassen Stephan nicht mehr weiterreden.

«Stephan, ich habe mich schon vor längerer Zeit entschieden.»

Noch leidenschaftlicher schmiegt sie an Stephan und lächelnd fragt sie: «Darf ich dann auch die deutsche Schule besuchen?»

# Der Autor

Der 1946 geborene Schweizer Autor Patrick Salm ist ein stets positiver, nach vorne orientierter Mensch, der in seinem Umfeld schon immer für seine spannenden und fantasievollen Geschichten geschätzt wurde. Nach der Handelsschule und dem erfolgreichen Aufbau eines Unternehmens gab er vor kurzem die Führungsaufgaben ab, um noch genügend Zeit für seine Passion, das Schreiben, zu finden. «Die Bedrohung fährt hinterher» ist nach «Verdorbener Wein», «Das Geheimnis der Kosta Konkordia», »Der Privatdetektiv», «Unheimliche Begegnung», und «Gefangen zwischen Liebe und Leidenschaft», seine sechste Veröffentlichung. Seine Krimis sind menschlich, und leidenschaftliche Liebesbeziehungen gehören zum Genre seiner Romane. Wenn er nicht gerade an seinen Romanen schreibt, ist der Vater zweier erwachsener Söhne gerne in Geselligkeit, beim Ausdauersport und dem Skilanglauf.

Patrick Salm

# Verdorbener Wein

42-jährig beschliesst Marco, sein erfolgreiches Unternehmen zu verkaufen und ein neues Leben zu beginnen. Mit dem Kauf einer Wohnung an der herrlichen Côte d'Azur erfüllt er sich einen lang gehegten Traum. Nicht mehr Profitdenken, sondern etwas Sinnvolles erschaffen, im Einklang mit der Natur, so lautet sein neues Lebensziel.

Er bewirbt sich als Geschäftsführer eines Weingutes in Tourrettes-sur-Loup. Besitzerin ist die 34-jährige kränkelnde Geneviève. Seit dem Tod ihres Mannes vor fünf Jahren schreibt das Unternehmen rote Zahlen und steht kurz vor dem Konkurs.

Marco wird eingestellt und entdeckt bald Ungereimtheiten in der Buchhaltung. Als Marco auf neue, dubiose und nicht erklärbare Phänomene stösst, dringt er immer tiefer in einen undurchsichtigen Sumpf ein, und unwissentlich geraten er und Geneviève in eine lebensbedrohliche Situation.

Spannung bis zur letzten Seite mit vielen unerwarteten Ereignissen und prickelnder Erotik!

ISBN 978-3-99048-271-1
Ex Libris | Orellfüssli | Amazon | Bücher.de | Hugendubel | Novum Verlag

Patrick Salm

# Das Geheimnis der Kosta Konkordia

Die Kosta Konkordia, ein Kreuzfahrtschiff mit mehreren tausend Personen an Bord, läuft auf Grund und sinkt. Viele Menschenleben finden dabei in den kalten Meeresfluten ihr Ende. Unter den Überlebenden ist Silvan Aebischer, ein Physiker, der mit seinen Kollegen für die Berechnung des Kurses verantwortlich war. Er will nicht an einen Fehler bei den Berechnungen glauben und macht sich daran, zu ergründen, was hinter dem Untergang des Luxusliners steckt. Dabei kommt er dunklen Machenschaften auf die Spur – die Havarie wurde ganz bewusst herbeigeführt. Was hat der Mann mit dem Aktenkoffer, der auch Passagier auf dem Schiff war, damit zu tun? Und wohin ist Anna verschwunden, die ebenfalls gerettet werden konnte? Zusammen mit deren bester Freundin macht sich Silvan auf die Suche und stösst dabei auf eine Welt voller menschlicher Abgründe.

Gelingt es Silvan, dem sich zuziehenden Netz der Verbrecher zu entkommen?

ISBN 978-3-99064-660-1
Ex Libris | Orellfüssli | Amazon | Bücher.de | Hugendubel | Novum Verlag

Patrick Salm

# Der Privatdetektiv

Im kleinen Bergnest Gourdon, dem der Küste vorgelagerten Hochland an der Côte d'Azur, geniesst Florian Räber über die Neujahrsfeiertage stressfreie Stunden. Die alte Bergwerkhütte, weit abgelegen vom Geschehen, erlaubt ihm Entspannung vom nervenaufreibenden Alltag. Trotz heftigem Schneetreiben versammeln sich in der Silvesternacht die Anwohner Gourdons in der Taverne Provencale. Sie alle wollen an Florian Räbers spannenden detektivischen Recherchen Anteil nehmen. Florian ahnt nicht, dass seine Ausführungen die Aufmerksamkeit eines Gastes wecken.

Weit nach Mitternacht und inzwischen tobendem Schneesturm poltert jemand an die Türe der Bergwerkhütte. Sein letzter Kriminalfall holt ihn ein – eine Verbrecherbande wurde durch seine Ermittlungen gefasst, nicht aber die Hintermänner. Vorsichtig, mit einem schweren Eisenhaken bewaffnet öffnet er die Türe. Es verschlägt ihm die Sprache. Plötzlich wird Florian Bestandteil eines viel gefährlicheren, sich dramatisch zuspitzenden Kriminalfalls. Welches Spiel treibt die unbekannte Schönheit, darf er ihr vertrauen?

ISBN 978-3-7562-1882-0
Ex Libris | Orellfüssli | Amazon | Bücher.de | Hugendubel

Patrick Salm

## Unheimliche Begegnung

Pascal erwacht aus der Bewusstlosigkeit. Er befindet sich auf dem schmutzigen Betonboden einer verrotteten Halle. Sind das hinter ihm die Männer, die ihn in der Parkgarage seines Hotels niedergeschlagen haben? Pascal stellt sich bewusstlos. Was er hört, lässt ihn erstarren. «Auch wenn er nichts wissen sollte, legt ihn gleichwohl um.» Mit einer List gelingt es Pascal, die Verbrecher zu überwältigen. Welches Wissen sollte ihm zum Verhängnis werden?

Er beginnt mit eigenen Nachforschungen. Eine unbekannte Schönheit erscheint plötzlich auf der Bildfläche. Wurde sie auf ihn angesetzt? Gejagt von der Mafia und der Polizei, beginnt für Pascal ein Wettlauf gegen die Zeit.

ISBN 978-3-75263-026-8
Ex Libris | Orellfüssli | Amazon | Bücher.de | Hugendubel

Patrick Salm

# Gefangen zwischen Liebe und Leidenschaft

Sandro verbringt seine Sommerferien in Deauville. Seit Tagen beschäftigt den Privatdetektiv die attraktive junge Frau im Strandkorb hinter ihm. Wenn nicht am Strand, verbringt sie ihre Zeit mit Schreiben. Er möchte sie kennenlernen und folgt ihr. Dabei beobachtet er in ihrer Nähe einen schwarzen Van. Bereits gestern hatte Sandro diesen bemerkt. Sind es dieselben Absichten, die der Fahrer wie Sandro hegt? Oder plant der etwa eine Entführung? Sandro ist vorbereitet und hatte zum französischen Nationalfeiertag Feuerwerksraketen gekauft. Bei einer Strassenkreuzung wird die Türe des Vans aufgerissen und vier vermummte Männer stürmen heraus. Sandro schiesst die Raketen in ihre Richtung. Ein Mann wird getroffen, die zweite Rakete explodiert im Innenraum. Irritiert und benommen flüchten die Männer in ein anderes Fahrzeug. Die Frau rennt um ihr Leben. Sandro weiss inzwischen, wo sie wohnt, und nimmt Kontakt mit ihr auf. Er wird Bestandteil einer dramatischen Geschichte und gerät ebenfalls in den Fokus der Verbrecher. Schaffen es die beiden, sich lebend aus der verhängnisvollen, sich zuziehenden Schlinge zu befreien?

ISBN 978-3-7583-1435-3

Ex Libris | Orellfüssli | Amazon | Bücher.de | Hugendubel